窦忠如 著

梁思成传

罗哲文题

百花文艺出版社
天津出版传媒集团

图书在版编目(C I P)数据

梁思成传 / 窦忠如著. -- 天津 : 百花文艺出版社, 2016.3(2022.7重印)
ISBN 978-7-5306-6889-4

Ⅰ. ①梁… Ⅱ. ①窦… Ⅲ. ①梁思成(1901~1972)-传记 Ⅳ. ①K826.16

中国版本图书馆CIP数据核字(2015)第300867号

梁思成传
LIANGSICHENG ZHUAN
窦忠如 著

出 版 人: 薛印胜
责任编辑: 王 燕 赵世鑫 **封面设计:** 苏艾设计
出版发行: 百花文艺出版社
地址: 天津市和平区西康路 35 号 **邮编:** 300051
电话传真: +86-22-23332651(发行部)
+86-22-23332656(总编室)
+86-22-23332478(邮购部)
网址: http://www.baihuawenyi.com
印刷: 天津新华印务有限公司
开本: 880 毫米×1230 毫米 1/32
字数: 280 千字
印张: 10.375
版次: 2016 年 3 月第 1 版
印次: 2022 年 7 月第 3 次印刷
定价: 39.00元

如有印装质量问题,请与天津新华印务有限公司联系调换
地址:天津东丽开发区五经路 23 号
电话:(022)58160306
邮编:300300

目录

第四章　天命难知

第五章　落寞之惑

第六章　祭奠

附录：梁思成年谱

第一章

异域童年

泰山倾颓，黄钟毁弃。

公元 1972 年 1 月 9 日，一代建筑巨人梁思成在北京医院凄然而逝。

这年北京的冬天似乎特别寒冷，一月则是这个寒冷季节里最凛冽的时段，而这时断断续续躺在北京医院病床上已经三年之久的梁思成，感觉冷彻心底的并不是自然气候，而是整个国家的政治和社会环境。天气的寒冷，也许能够使人集中精力思考一些问题，而政治和社会气候的寒冷，则使梁思成的思绪变得漫无边际、恍若梦中：

从几天前清华大学工宣队队长专门跑到医院怒气冲冲对他进行一通莫名其妙的叱问，到自己关爱有加的学生们对他进行无情的鞭挞和无休止的捉弄；从新中国建立之初中央人民政府特别委以他负责整个北京城的都市规划重任，到倾注诸多心血和智慧的“梁陈方案”遭到彻底否定和全面批判；从北平解放前夕人民解放军夜访清华征求他如何避免古都文物遭受炮火袭击，到新中国成立初年大肆拆毁曾经不惜用生命来保护的文物古建筑；从妻子林徽因与自己甘苦与共辗转半生的无限恩爱，到老伴林洙在自己人生暮年悉心照料不离不弃的质朴忠诚；从父亲梁启超言传身教谆谆教诲使自己受益终生，到弟妹结伴玩耍友爱嬉闹时的手足深情……

一想起幼时旧事，梁思成心底不由得涌动着一股甜蜜，于是任由飘忽的思绪回到了隔洋相望的童年乐园——日本须磨的"双涛园"。

1. "双涛园"顽童

公元1901年4月20日，在日本东京这个樱花烂漫的时节里，对于被中国清政府重点通缉的流亡犯梁启超来说，实在是一个最感舒心的日子，因为这一天妻子李惠仙为他生下了一个儿子，这就是后来大名鼎鼎但也命运多舛的梁思成。

在梁思成出生之前，梁启超曾有过一个儿子，可那是他深埋心底的痛，因为那个儿子仅仅给他带来短短两个月的快乐就不幸夭折了，夭折在他维新变法失败不久那人生最暗淡的日子里，所以一直以来梁启超总是郁郁寡欢，虽然日本友人对他一向十分的敬重和关照，但丧子之痛还是不能让他在短时间内自愈。而今，这个儿子的出生无疑填补了梁家长子的空缺，这怎能不让梁启超心中感觉快慰呢？

然而，全家人沉浸在新生男儿降临梁家喜庆中的同时，也细心地发现这个瘦弱的婴儿竟然是个残疾——他的两条腿夸张地向外撇开，比所谓的内八字还要严重，两腿撇得几乎能使两脚尖相对了。面对这个让全家人喜忧参半的婴儿，梁启超请来外科医生对他进行治疗，希望能矫正婴儿的畸形双脚，以便今后担当起梁家长子的重任。经过外科医生仔细检查之后，遂建议说将婴儿双脚扳正后用绷带缠紧，再放进特制的木盒里进行矫正即可痊愈。果然，一个月后，这个婴儿的脚板基本恢复正常，虽然仍不像正常孩子双脚那样平整，但不会影响他今后的正常行走。对于这样的结果，梁启超已经很

梁启超与家人

满足了。

不料,这个生就残疾的婴儿竟体弱多病,吃药打针简直成了他小时候的家常便饭,这不由得让家人都很担心,害怕他像前一个男婴那样难以成活。也许是天佑梁家,据说有一天母亲李惠仙在梦中见到一个婴儿向她啼哭不止,于是第二天请来一位圆梦先生进行解梦,圆梦先生说那是先前夭折男儿要求梁家承认他的长子地位。对于这样的解梦结果,崇尚科学的梁启超竟然没有怀疑,于是一贯被世人认为是梁启超长子的梁思成,从此被弟妹们改称为二哥了。说来也怪,从那以后多病多灾的梁思成,开始茁壮成长起来。

出生在日本东京的梁思成,对东京并没有什么特别记忆,他的记忆从迁居到横滨时才开始。不仅横滨,就连整个日本这个岛屿国家,向来就是一个地震频发的地区。那时,父亲梁启超担任《新民丛报》主编,梁家就安置在报社的二楼。后来,梁思成回忆亲历横滨遭受地震时,曾这样说:“日本地震很多,记忆中,居住的房子可怕地摇晃就有好多次。缠足的母亲上下楼梯很困难,每次地震总是女佣人把我背下楼。有一天晚上,邻居家着火,通红的火焰烤灼了天空,映红了窗子的玻璃,一瞬间抱起熟睡的我跑下楼梯的,还是女佣人。”对于女佣人在地震中抱他匆忙跑下楼的脚步声,梁思成在六十年后仍记忆犹新。

当然,与地震、火灾那恐惧记忆所不同的,还有像母亲或姐姐一样亲切和爱护他的幼稚园女老师。对于这样的美好记忆,老年梁思成同样念念不忘。公元 1964 年,他在《追忆中的日本》一篇回忆文章中,这样写道:“我上的是华侨经营的大同学校附属幼稚园,虽是华侨经营,老师却都是日本的女教师。她们就像母亲或姐姐一样亲切,对我们循循善诱,关爱备至。当淘气摔倒把膝盖蹭破时,老师就过来一边哄着不要哭,一边为我涂药包扎。伤口疼痛不能行走时,老师就抱着把我送回家。”

在横滨的日子里,幼年梁思成除了对日本女佣和女教师记忆美好深刻之外,还经常跟着姐姐思顺到有着长长石台阶的小山上去玩耍。从那不高的小山上,梁思成和姐姐远远地就能眺望到美丽的富士山,那种美妙景致是他们只在图画和照片中见过的，以至于这种偶尔从远处眺望的美丽，竟一直印在梁思成心中达数十年之久也不曾模糊或淡忘。

离开横滨搬迁到神户郊外的须磨，是因为除了梁启超几个子女的相继出生外，还有亲戚家的几个孩子也都寄住在梁家，《新民丛报》二楼那几间房屋早已不堪其居。而仅仅依靠办报所得微薄且不稳定的薪水，也只能勉强维持梁家最基本的简朴生活，有时甚至连最简单的饭食也不能保证，更别说有什么经济能力来改善拥挤的居住状况了。而这时，一位向来倾心梁启超改良政治主张、非凡学识和人格魅力的华侨，主动提出将自己在神户郊外须磨的一栋别墅借给梁家居住。

这座名为“怡和山庄”的别墅，也难怪成年后的梁思成兄弟姐妹几人对它一直情有独钟，那实在是一处绝佳的民居所在。坐落在山脚下的怡和山庄，拥有朝向大海的一处宽敞庭院，背后连接着一片茂密松林，坐在别墅窗前就能看到汹涌海浪远远地追逐而来，那院落前排空的海啸声和着别墅后面的阵阵松涛，时时演奏着一曲曲美妙的交响乐，实在让人浮想联翩，心旷神怡。面对如此优美静雅的海滨景致，满怀艺术情趣的梁启超便形象地将这栋别墅更名为“双涛园”。

当然，让梁思成兄弟姐妹几人魂牵梦萦的“双涛园”，不仅因为有依山傍海的优美的居住环境，还有他们人生中最美好最快乐的童年记忆。关于发生在“双涛园”里的往事，梁思成后来回忆说：“在‘双涛园’的四年间，是我童年时代最快乐的时期。每天与兄弟一起沿田间小道步行到鹰取车站，然后乘火车到神户的同文学校上学。野花、野草、蚂蚱、青蛙之类，都令我兴趣盎然。”其实，这是中国几乎所有农村孩童幼时都非常感兴趣的。当然，给幼年梁思成留下幸福记忆的，还有车站检票员和小火车上的乘务员，每次他们都亲热地向“双涛园”这些顽童们打招呼，有时竟连车票也不检查就顺利地对他们放行。如果他们乘车迟到而小火车已经缓缓开动时，乘务员就会及时把梁思成等顽童从舷梯处抱上火车，并板起面孔假装严肃地说，今后可要早点起床，火车是不会等人的呦。其实，为了等候“双涛园”这些顽童，鹰取车站的小火车曾不止一次故意延迟几分钟才开车。而假使有一天这些顽童中有谁没有到学校去,第二天乘务员准会关心地问他是不是生病了。这样美好的幼时往事,梁思成自然不会忘记。

不过,孩提时代真正的乐趣,并不是上学路上得到车站人员的关照或是学习过程中,而是课余或假期里玩伴们的集体活动。对此,梁思成曾饶有兴味地回忆说:“暑假尤其令人愉快,因为可以尽情地游泳。气温不上升到 80 华氏度(27℃),母亲无论如何都不允许去游泳。可是,温度计怎么也升不上来。于是,我就偷偷地又是吹气,又是用手摩擦温度计,好不容易把温度升到了 80 度(27℃)的刻度上,想如此骗过母亲,雀跃地奔向大海。然而,这种小伎俩最终还是被母亲识破。母亲说,那就把温度计放下来看看,无奈,只好放下来,可悲的是,还没有过一分钟,就下降到了 80 度(27℃)以下。这只手不再有效,当只差一两度时,就去死乞白赖地央求严厉的母亲。这时,母亲便无可奈何地许可放行。”为了培养孩子们的多种兴趣,也顺便照管“双涛园”的这些顽童,梁启超在暑假期间专门为他们聘请了游泳教练,这是一位脾气温和的日本海军退役军官。梁思成回忆说:“教练在海滨浴场开有卖柠檬汽水的小店,留着小胡子,30 岁上下,游泳很棒,教练方法也特别对头。”不过,“双涛园”顽童们在学习游泳之前,必须按照教练要求先帮助他把小卖店里的杂活干完,然后才能在海边沙滩上或大海里尽情地嬉戏玩耍。这样独具特色的“海滨夏令营”活动持续了好几年,给“双涛园”顽童们留下了许多难忘的童年记忆,也使他们每人都练就了高超的游泳绝活。

除了游泳之外,“双涛园”顽童们还对骑自行车极为感兴趣。对此,梁思成回忆说:“七岁时,我看到长我三岁的堂兄买了一辆儿童自行车,得意地骑着兜圈,我也很想骑,可没有办法,再加上脚也够不到,只好放弃。就这样忍受了近一年,1907 年, 总算能够踏到脚镫了, 于是也得到了骑自行车的权利。”就这样,在“双涛园”前面那平坦的草地上,经常能看到梁思成等顽童骑着小自行车相互追逐嬉戏的身影,以至于对骑自行车这样的运动,即便是成年之后的梁思成也非常喜欢,这种兴趣大概就是在那时培养的吧。

在“双涛园”的日子里，梁启超除了繁忙的日常工作外，最大乐趣就是沉浸在孩子们的游乐中，有时候他也会积极地参与其中。对于亲切和蔼而又幽默风趣的父亲的参与，孩子们都十分欢迎和兴奋，因为这时他们不仅能够到远处去郊游，玩得更加尽兴而有趣，还可以吃到味道鲜美的野餐。对于这样的游乐，“双涛园”顽童们都不会忘记，梁思成也是记忆如昨：“节假日，一家人会聚在一起去箱根、奈良游玩。奈良的鹿、各地的樱花、箱根的红叶让年幼的我欣喜若狂，颇具风味的红叶油炸食品很好吃。……特别是在须磨附近取访山松林中采集松蘑，刚采下的松蘑用枯树枝烧烤后吃下去的绝妙味道无法用语言描述。”

无法用语言描述的，不仅有美味的野餐，还有“双涛园”儿时诸多美好玩事，这是梁思成一生都不曾忘记的。至于后来梁思成极力保护日本京都与大阪的古建筑一事，是否与他幼年时在心底积攒起这些美好异域情怀有关，想来不难揣想。

2. 家学不治顽皮

公元 1972 年新年伊始，弥留之际的梁思成完全沉浸在“双涛园”美妙的童年回忆之中。对于晚年落寞孤寂老人这种难得而美妙的梦境，我们还是不去搅扰为善。借此机会，不妨来看一看以梁启超为支柱的这个近代中国无比显赫家族的深厚家学背景，以及这种家学背景对梁思成后来人生走向的巨大影响吧。

据《梁氏世系图谱》中记载，祖籍广东新会的梁家，居住在县城以南二十多公里处的熊子乡茶坑村，始祖是宋代进士出身的梁绍。梁绍虽在广东地界为官，最先居住地却在南雄的珠玑里，直到第三代梁南溪时才搬迁到新会县的大石桥，而最终定居茶坑村的则是第十二代梁谷隐时代的事了。再后来，梁谷隐传至其第十二世孙梁维清时，茶坑村梁家已十世为农，变得没落衰败了。

“双涛园”顽童(左一梁思成)

小学时期的梁思成

梁维清兄弟八人,每人靠分家时所得几亩薄田过活,老二梁维清不甘就此沉寂,立志通过科举重振家门。然而,梁维清苦读诗书多年,最终只考中小小的秀才,后以府学挂名生员身份出任新会县教谕(相当于今天的县教育局长),还是依靠时任广东提督的岳父黎第光的关照。即便如此,梁维清在茶坑村也算是头面人物了。

梁维清仕途不济,遂把希望寄托到儿子身上,特别是自幼聪慧的三子梁宝瑛身上,而梁宝瑛在考场上却接连败北,最终只是个乡村的私塾教员,还不如父亲梁维清。不过,梁宝瑛有一个聪慧好学的好儿子——梁启超,自幼就显露出非同寻常的过人才华。于是,梁氏家族又把希望寄托在梁启超身上,两三岁时就由出身书香门第的母亲教授其识文断字,四五岁时改由祖父梁维清亲自为他讲解《四书》《五经》等科举书目,并在课余时间手把手教习临摹颜真卿、柳公权等名家法帖。白天教授完课文和临帖后,晚上祖父梁维清则倚靠在床上听孙子梁启超复习背诵白天之所学,就好像当年欧阳修和苏东坡那样倚床听儿诵读诗书,多年来从不间断。这种晚辈高声诵读古典经籍,老人含颌捻须而听的情景,向来被中国人认为是人生一大乐事。如今,祖父梁维清每天晚上享受这一大乐事时,还有选择地为爱孙梁启超讲授一些传统经典的励志故事。

后来,梁启超如法炮制,也经常给梁思成等传讲祖父当年讲述过的这类故事。对此,梁思成遗孀林洙女士也许是听梁思成讲述过,故此她在《梁思成、林徽因与我》一书中就曾这样写道:“梁启超爱喝酒,每天晚饭后,孩子们都围坐在一个小圆桌旁,父亲一边喝酒一边给他们讲故事。他讲的多半是古代民族英雄的故事。”在祖父、父母和私塾先生的精心教授下,梁启超八九岁时就熟读诗书,且能一气呵成写出洋洋洒洒的千字文章,遂在乡间有“神童”之誉。

“神童”梁启超不负众望,在公元 1884 年初冬年仅 11 岁前往广州应试时考中秀才。公元 1889 年 9 月,16 岁的梁启超在广州乡试中再一次震惊世人,以全省第八名的斐然成绩高中举人,并因此受到主考大人李端棻的特别垂青，遂决定将其堂妹李惠仙嫁给这位少年举子。就此，梁启超将踏入仕途，实现其祖父等梁氏族人多年梦寐难求的夙愿。

不过，祖父梁维清在严格教授孙子梁启超苦读诗书时，无形中也扼杀了幼年梁启超应有的孩童玩兴和某些乐趣。对此，梁启超在回忆文章中多次这样记述他的童年生活："除了读书，还是读书，读书比命还重要。"与父辈梁启超"苦命"童年相比，梁思成兄弟姐妹几人的童年就幸运多了，乃至于在慈父梁启超和严母李惠仙的教养及"娘"王桂荃的"纵容"下，他们在"双涛园"的童年时代简直是充满了顽皮和欢乐。

前文中曾提到梁思成等"双涛园"顽童，从须磨到神户上学在鹰取车站乘车如果迟到时，检票员会提醒说今后要早起床的叮嘱。其实，"双涛园"顽童如果哪次乘车迟到的话，那实在是另有原因。关于这个"另有原因"，妹妹梁思庄后来曾这样解释说：那完全是因为二哥梁思成在上学途中一个极为滑稽的习惯所致。原来，"双涛园"顽童们每天早上上学赶火车时，少年梁思成总要在途中大便一次，然后才能如释重负继续前行，且几乎每天如此。有时候，孩子们眼看着小火车就要开走，虽然急得直跳脚，但可爱的梁思成则必须完成他的这项"功课"，然后才能与大伙儿一同仓促地向车站奔去。

在众多记述梁思成兄弟姐妹几人在"双涛园"生活的文字中，一般都满含爱意地冠名为"双涛园群童"，而我则更愿意以"顽童"名之。如果不信，读者不妨从他们自己及其亲人的下面几段回忆文字中感受一番。

林洙曾这样记述梁思成在"双涛园"的顽皮：作为长子的梁思成虽然比一般孩子懂事和聪慧，但仍难脱孩子的顽皮。他们兄弟姐妹十人年龄相差很远，梁思成和姐姐思顺相差 8 岁，和最小的弟弟思礼相差 23 岁，他和思永、思庄的年龄最为接近，感情也最好。他和思永尽管很疼爱妹妹，但总是忍不住要捉弄她。他们常常装扮成很怪的样子把妹妹思庄吓哭，然后又不得不想方设法哄妹妹破涕为笑，否则被母亲知道后是要挨训的。即便如此，他们还是经常对妹妹搞一些恶作剧，例如在妹妹的饭盒里放上毛毛虫，他们则偷偷躲在一旁看妹妹被吓哭的模样。同样，这样的事若被娘知道了，他们也是要乖乖地给妹妹道歉的。

如果单单是在“双涛园”顽童们之间的顽皮倒也罢了，他们有时竟然把玩笑开到了“南海圣人”康有为的头上，甚至将康老夫子捉弄得无可奈何。有一年夏天，康有为到须磨“双涛园”看望梁启超及其家人，虽然两人情感依然很深厚，但这对昔日师徒兼维新战友同在日本流亡的过程中，相互之间的思想观念及政治主张都发生了很大分歧，已经没有了往日的默契和融洽，他们一个积极吸收当时比较先进的西方改良主义政治主张，另一个则依然裹足不前固守着旧日的保皇观念。于是，两人一见面便会展开激烈辩论，而辩论双方往往是谁也说服不了谁，最后则演变成了两人之间的一场高声争吵。而这种争吵无疑导致了“双涛园”顽童们对康老夫子的“仇视”，他们总认为是康老夫子不好而惹父亲生气，同时也搅扰了父亲和他们之间的玩乐。于是，以梁思成为首的“双涛园”顽童们，决定在康老夫子下海游泳时对他进行自认为是最有效的“报复”行动。那就是趁康老夫子不防备时，梁思成和梁思永兄弟二人仗着娴熟的游泳技术偷偷潜入水中，悄悄地游到康老夫子身边，然后使劲地揪他下颏上那不长的胡须，每次都疼得康老夫子唏嘘不已，可又无可奈何。

公元1958年的一天，周恩来总理应康有为女儿要求为其父亲举办诞辰100周年纪念活动而向梁思成征求意见时，梁思成表示他虽然是梁启超的儿子，但对康梁并没有什么深入研究，只在“双涛园”幼年时对他有一些印象，并风趣地向周总理讲述了一则关于康有为剪辫子的故事。对此，林洙也曾撰文回忆说：“康有为逃亡日本后，仍留着他那大清帝国的大辫子，所以出出进进招来不少看热闹的人。梁启超和许多华侨都劝他把辫子剪了，他死活不同意，后来他自己也感到太被日本人取笑了，只好同意剪掉。剪辫子的那天，好像举行什么盛大典礼一般，他朝北京方向摆了香案，还宣读了一篇奏文。奏明圣上自已着满服在日本的种种苦衷，乞求圣上恩准削发。接着，又读了一篇给祖宗和生身父母的祭文，因为身体发肤受之父母，不可损伤。每念完一篇就行一次三跪九叩礼，行礼完毕才坐下来。请来的日本理发师站在一旁莫名其妙地看着，他已经问了好几次是不是要理发。等理发师刚拿起剪子，忽然十几串鞭炮齐鸣，理发师大吃一惊，把手上的剪子都吓掉了。”还没等梁思成说明那是他们“双涛园”顽童搞的恶作剧时，周总理已经哈哈大笑起来。

其实，“双涛园”顽童们的顽皮并非他们幼年时“专利”，长大成人后也不曾泯灭了他们那难得的童心。林洙记得第一次拜访梁思成和林徽因夫妇时，林徽因就愉快地向她回忆起和梁思成逛太庙的趣事：“那时我才十七八岁，第一次和思成出去玩，我摆出一副少女的矜持。想不到刚进太庙一会儿，他就不见了。忽然听到有人叫我，抬头一看原来他爬到树上去了，把我一个人丢在下面，真把我气坏了。”说到这里，林徽因和林洙都回头看了看梁思成，而梁思成则挑了挑眉毛，调皮地说：“可你还是嫁给了那个傻小子。”这就是顽皮而又可爱的梁思成。

不过，顽皮归顽皮，“双涛园”顽童们还是可以调教的。调教“双涛园”顽童的除了父亲梁启超外，还有母亲李惠仙和娘王桂荃，特别是心地善良而又脾气温和的娘对梁思成有着无可替代的影响。对此，梁思成后来回忆说：“我小的时候很淘气，有一次考试成绩落在弟弟思永后面，我妈气急了，用鸡毛掸捆上铁丝抽我。娘吓坏了，一把把我搂在怀里，用身子护着我。我妈正在火头上，一下子收不住，一鞭一鞭地抽在娘身上。我吓得大哭。事后娘搂着我温和地说：‘成龙上天，成蛇钻草，你看哪样好？不怕笨，就怕懒。人家学一遍，我学十遍，马马虎虎不刻苦读书将来一事无成。看你爹很有学问，还不停地读书。’她这些朴素的语言我记了一辈子。从那以后我再也不敢马马虎虎了。”

学习从此不敢马马虎虎的梁思成，后来不仅成长为中国建筑学界和古建筑研究领域的先驱者，而且是中国文物建筑和历史文化名城保护的开创者和倡导者；不仅是中国现代城市规划事业的推动者，而且还是中华人民共和国国旗、国徽和人民英雄纪念碑的主要设计者；这位被世界学界誉为“研究中国建筑的宗师”，不仅是南京国民政府中央研究院的首选院士，也是中国科学院第一批技术科学部委员；他不仅开设了中国大学的第一个建筑系，而且首倡在清华大学开设建筑系并担任系主任长达二十多年，为新中国培养了一大批杰出的建筑师和城市规划人才。当然，他也是新中国成立之初唯一敢于直面对抗中央领导人新城市建设思想的“死硬分子”，更是中国“文革”期间的“头号反动学术权威”和“丧失民族立场的反共老手”。如此看来，关于梁思成传奇的一生，既有神采飞扬的一面，也有孤寂落寞的一面，实在是精彩之至。

那么，我们首先就从他在北京清华园里的青春飞扬开始记述和解析吧。

第二章

青春飞扬

公元 1911 年 10 月 10 日，在神州大地上发生了一场数千年来所未有之巨变——“辛亥革命”，这场巨变不仅结束了中国人已经习惯了几千年来向一个人叩首朝拜的历史，也将结束梁启超长达 14 年的异域亡命生涯。我们姑且不论当梁启超最初得知这个巨变成功消息时的心情是怎样的惊喜，也不论他对于这场革命的胜利是否直接或间接地付出过怎样的努力，但最起码他终于可以结束这长达 14 年的流亡生涯了，仅此一点他也该抚掌相庆。不过，在梁启超还没来得及享受抚掌相庆的欢宴时，他又不由得该以举手加额的方式来表示另一种欢庆了。因为随着中国国内政治局势的翻手为云，他竟莫名其妙地成了民族大英雄，国内当政者及诸多党派那热烈期盼他早日回国的欢迎信息，早已呈铺天盖地之势。于是，在公元 1912 年 11 月 14 日梁启超率先登船驶进了天津大沽港口，这是他苦苦等待和盼望了长达 14 年之久的归国旅程啊。

随着梁启超回国后的政治声誉和社会地位，在短暂时间内获得空前的隆盛与稳定，暂时留滞在日本的家人也于第二年启程回国，并在天津原意大利租界内的一栋西式洋房里定居下来。不久，梁启超被北洋政府任命为司法总长，为了工作和生活上的方便，他又在靠近紫禁城的南长街找了一所四合院，随后将梁思顺、梁思成和梁思永等几个大点的孩子接到北京一同居住，并分别送他们进入北京女子学校和汇文、崇德学校就读。公元1915年，梁思成顺利考入清华学堂，成为中国政府公派留美预科班的一名学子，从此也将开始他与清华长达数十年的爱恨情仇。

当然，梁思成对于清华是否真的像有些人所说的那样有着某种恨与仇，我们暂且搁置留待后叙，现在先就从他开始自己人生飞扬旅程的起点——求学清华说起吧。

1. 求学清华

位于国都北京西郊的清华学堂，是公元1908年利用美国退还中国的庚子赔款而创办。这所学校具有鲜明的近代教育色彩，学制八年，分为预科六年和本科两年，并为优秀学生提供到美国留学的丰厚助学金。清华学堂的教育方式，完全采用美式教育，开设课程也与美国高中相类似，不仅注重英文与西方科学的教学，对于艺术、音乐和体育等也同样重视，就连教师也多是美国人，上课时全都采用英语讲授。另外，所有学生都必须住校学习，食宿由学校统一安排，只有周末才能回家，管理十分严格。按照梁思成的说法，尽管学制有些冗长，但他们在学校里的生活依然很快乐。

当然，当时能够进入清华学堂读书的学子，其家庭背景多是官宦富贵之家，且家中也多有在国外留学或任职之人，否则他们不会将孩子送进清华接受西式教育的。因为按照中国旧式教育惯例，少年的他们都必须进入私塾诵读儒家传统的经史子集，以便今后能够参加科举考试，从而走上修身齐家治国平天下的仕宦之路。不过，在日本流亡期间的梁启超曾周游欧洲诸国，对西方先进的科技和教育方式有着切身的体会和感悟，他明白当时中国要想改变落后局面而强大起来，就必须拥有大批能够“师夷长技以制夷”的现代化人才。于是，素来就有重视子女教育这一家庭传统的梁启超，敏锐地意识到自己的子女要想赶上时代潮流或步伐，就必须接受中西方双重教育。

在日本十多年里，梁思成等“双涛园”顽童除了在华侨学校学习外，接受的也都是中国传统文化教育，特别是父亲梁启超那有意识的“饭桌故事会”，对他们灌输的依然是传统悠久的中华文明。而今，已经拥有扎实国学根基的梁思成和梁思永兄弟俩，在回国后两年里又在汇文等学校预先学习了英语等课程，现在进入清华学堂可以说是正当其时。另外，梁启超由于在政治仕途上的不如意，已于公元 1914 年接受清华学堂邀请担任国学研究院的兼职导师，准备逐渐退出政坛专心从事学术研究。正是在这样的背景下，梁思成和梁思永兄弟俩于公元 1915 年先后考进清华学堂，从而开始了他们人生旅途中一个不凡的新起点。

对于在清华八年求学的感受，梁思成后来评价说：“我很感谢母校对我的培养，那时学校在生活上对我们管得很严，清华有不少大官阔佬的子弟，但是不管家里寄多少钱来，都由斋务处掌管，学生花钱要记账，周末交斋务处检查，乱花钱不记账要记过的。但另一方面学校提倡各种社团活动，对培养学生的民主精神，对学生的全面发展很有好处，只是学制太长了些，我看不用八年，最多五年就够了。”透过梁思成这短短的几句话，我们至少可以得出以下体会和感想。

首先，清华八年培养了梁思成节俭的生活作风，为他今后无论是在抗战时千里辗转的逃亡中，而不为贫病交加的生活困境所消磨了人生斗志；也不论在“文革”暴风雨中屡遭摧残迫害导致居无定所食无积粟，而不致萎靡消沉奠定了勇于迎接苦难生存环境的信念基础。其实，清华学堂对于学生生活的这种管理模式或者说是培养方式，父亲梁启超在对子女的教养中早已予以关注。特别是他自日本回国后，再次进入上层社会的政治仕途中，随着他社会地位的隆盛和经济收入的增加，以及他对民国初年京城富贵子弟那种种不良习气的敏锐洞察，他深刻地意识到培养子女的“寒士家风”，已经是迫在眉睫的大事了。

当然,梁启超对子女所要培养的“寒士家风”,不单单是指生活上,重要的是要像“寒士”那样勤俭而好学上进。对于中国这种“内圣外王”的优良传统,梁启超经过自己的理解和吸收后,又赋予其新的含义,从而变成了极为丰富的思想养分,一直滋润着梁家子女能够茁壮成长。例如,在长女梁思顺已经出嫁后,他还依然经常写信予以教诲说:“你和希哲(梁思顺的丈夫)都是寒士家风出身,总不要坏自己家门本色,才能给孩子们以磨炼人格的机会。生当乱世,要吃得苦,才能站得住(其实何止乱世为然),一个人在物质上的享用,只要能维持生命便够了。至于快乐与否,全不是物质上可以支配。能在困苦中求出快活,才真是会打算盘哩。”

如今,梁思成能够在清华接受这样艰苦生活上的磨炼,梁启超自然在心中感到欣喜与宽慰,因为这是他一贯家风所要培养的目的和要求,即便是梁思成等人成年之后,他也没有放松对他们在这方面的教育和培养。例如,后来梁思成与林徽因夫妇从美国学成即将归来时, 梁启超在谈到他们的就业去向时说:“奉天形势虽极危险,但东北大学决不至受影响,思成聘书已代收下,每月薪金二百六十五元(系初到校教员之最高额报酬)。那边建筑事业将来有大发展的机会。比温柔乡的清华园强多了。但现在总比不上在北京舒服,不知他们夫妇愿意不(尚未得他信,他来信总是很少)。我想有志气的孩子,总应该往吃苦路上走。”

另外,梁启超不只要求子女养成“寒士家风”,他本人也处处以身作则,并经常提醒自己不要忘记昔日的困苦窘境, 以免丧失进取精神而导致功亏一篑。确实,一般情况下人们在经过艰苦奋斗而获得显赫地位享受优裕生活之后,往往都会忘记今日美好生活之来之不易,或者以为往日过于艰苦现在应该好好享受一番。殊不知,当有了这种想法和作为时,已经距离得意忘形骄奢淫逸乃至身败名裂只有一步之遥了。如此想来,清华学堂的这种做法和梁启超如此的用心良苦, 我们不仅能够理解更应该懂得如何去学习和效仿才是。

梁启超之所以如此重视"寒士家风"的培养，一是他那亦儒亦农的贫寒家庭环境所熏陶，二是中国历来以勤俭为美德的传统文化所根植。古人说，勤以养德，俭则修身。勤俭品格在中国传统的伦理思想中，不仅仅是一种美德，还是儒家思想所要塑造理想人格的一个必备条件。拥有这种理想人格的先贤大儒，已经根深蒂固地成了后人学习和效仿的楷模，例如尧舜商汤周文王和周公等等，他们无不是以勤俭起家治国，并赢得国人数千年的敬仰。再如，距离梁启超时代相去不远的曾国藩和李鸿章等，他们也都是生活在艰苦环境中通过科举入仕，然后依然能时时提醒自己保持勤俭、坚韧、好学和进取的精神品格，从而也成为时人和后世学习的榜样。从一定意义上说，梁启超对子女如此重视"寒士家风"的培养，也多多少少是受到他们的影响，并一直影响到了梁思成等后世子孙。

其次，清华八年培养了梁思成高尚而广泛的兴趣和爱好，这不仅为他赢得并保卫了世人广泛而长久关注的甜美爱情和婚姻，也使他能够积极乐观地去面对人生旅程中的阳光灿烂和风雨挫折。

在清华求学期间，梁思成拥有很多荣誉性头衔和职务，诸如"最有才华的小美术家""首屈一指的小音乐家""一个有政治头脑的艺术家"和"跳高王子"，以及"美术编辑""管乐队队长""爱国十人团"和"义勇军"中坚分子等等，这些无疑表明梁思成在许多方面，都有着与其父亲梁启超那"兴趣甚多"的性格极为相似。那么，梁思成在清华学堂的八年中，到底是怎样的一种生活情形呢？对此，我们还是先来看一看梁思成在清华的同学和学生，以及他自己是如何回忆与看待吧。

梁思成在清华和美国宾夕法尼亚大学的同学、建筑大师陈植曾这样回忆说："在清华的八年中，思成兄显示出多方面的才能，善于钢笔画，构思简洁，用笔潇洒。曾在清华年报(1922～1923)任美术编辑，酷爱音乐，与其弟思永及黄自等四五人向张藹贞女士学钢琴，他还向菲律宾人范鲁索学小提琴。在课余孜孜不倦地学奏两种乐器是相当艰苦的，他却引以为乐。约在1918年，清华成立管乐队，由荷兰人海门斯指挥，1919年思成兄任队长，他

1919年,梁思成(左一)担任清华学堂管弦乐队队长,并兼任第一小号手

参加合唱团(前排中间为梁思成)

北京颐和园谐趣园水彩画，梁思成画

吹第一小号,亦擅长短笛……”这是陈植先生在梁思成诞辰85周年时的回忆,而当时在清华园里的老师和同学们也经常能够见到这样一种情景:

梁思成不是身着笔挺而新潮别致的乐队制服，在校园里精神抖擞地带领一帮同学操练当时还很鲜见的西洋乐器,演奏出一曲曲美妙的音乐,就是他独自一人在小树下神情专注地临摹写生。每逢周末或假期,梁思成和梁思永兄弟俩还会把乐器带回家里练习演奏，那美妙而悠扬的乐曲声常常赢得家人的欢笑和掌声。而这时,眼馋的弟妹们也会缠着要求吹奏一番,那强弱高低而又断断续续的噪音同样也能赢来大家的欢笑,虽然往往是哄堂大笑,但全家人那种欢乐与幸福还是让人能够强烈地感受得到。也许是由于哥哥们熏染的缘故,弟弟梁思礼颇有音乐细胞,很早就显露出过人的音乐才华和天赋,尤其是对于贝多芬的交响乐简直有一种特别的痴迷,乃至贝多芬无论多么复杂的交响乐,他都能够准确无误地哼唱出来,直到晚年也不曾忘记。

另外,梁思成不仅擅长钢琴、小提琴、小号和短笛等乐器的演奏,而且还能在合唱团中同时担任低音与中音两个声部的演唱。这也就是同学们评价“他是一位有高度音乐修养的人”的缘故吧。

对于钢笔绘画,梁思成虽然到清华时才有机会接触到,但这并不妨碍他对它一见钟情式的喜爱,以及迅速在这方面展露出他那过人的悟性和才华。作为清华艺术社的社员,梁思成练就了一手潇洒的素描绝活,因此而担任了公元1922年至公元1923年清华校刊《清华人》的美术编辑。在担任校刊美术编辑期间,梁思成学习创作了大量的封面图、栏头画、插图及写生画和速写等美术作品,甚至对漫画他也表现出了浓厚的兴趣。据说,至今还保存在清华大学档案室里的这些校刊，有幸得见的人都对那绘制精美且构思新颖的作品啧啧赞叹。

当然,梁思成对于美术的特别痴爱,不仅仅表现在为校刊绘制一些用笔简洁而构图别致的钢笔画上，他对于水墨画也同样有着深厚的功底和不俗的审美情趣。例如,人们今天常见的那张颐和园中谐趣园的水彩画,就曾在诸多书刊中频频被采用。不过,至于这张经典水彩画诞生中的趣事,人们也许并不知晓。对此，梁思成的学生、北京市建筑设计院高级建筑师黄汇，曾撰文记述了当时那有趣的一段往事：

> 1955 年高高兴兴走入清华园的时候，我还是个未成年的孩子。因为能咋呼，班主任派我暂任文娱干事。为了使来自全国各地互不相识的同学熟悉起来，组织全班同学到颐和园玩了一次。一到谐趣园，我们不由得叫了起来："快来看呀！这里有个小老头水彩画得真棒！"他又瘦又"小"，抬起头来看了看我们胸前佩戴的清华大学新生的小布章："呵！了不起！清华大学的学生。你们也喜欢画画？是哪个系的呀？"我们颇有些得意地表示："当然，我们是建筑系的学生。你知道？进了清华大学要上建筑系还得再考一次画画呢！""噢？建筑系？你们的系主任是谁呀？""不知道，还没正式开学，怎么会知道系主任是谁呢？不管他是谁都行呗。""好，我也累了，不画了。我请你们上楼看看吧。""上楼？那小楼上是不开放的。""没关系，我就住在上面。""你是颐和园的干部吧？住在这地方多好玩！""我是个没事干的小老头，住在这里并不好玩，因为没人跟我玩。你们来了这里，带我玩行吗？""行！你这人挺好玩。"他请我们上了楼，吃了许多好吃的零食，然后又带我们到对面竹林旁的一块平整的场地上席地而坐，他坐下去很困难，就垫起了一块什么东西。当时玩的是"叫名字"游戏。他自报的名字就是"小老头"，而且一下子就记住了我们四五个人的名字。许多年之后提起这个事时，他硬说"小老头"这名字是我们给他起的。"……而且，当时就你嗓门大，叫得最响！"后来才知道，那是在林先生刚去世而且他正遭"复古主义大批判"的时候，总理关照他在谐趣园休养。

从这段文字的回忆中，我们不难看出梁思成是一个多么有趣而又可爱的"小老头"啊。不过，求学清华时的梁思成则是一个英俊潇洒而又兴趣广泛的棒小伙儿，并因为对美术的浓厚兴趣，在很大程度上决定了他一生从事建筑事业的苦乐选择。

除了爱好音乐和美术之外，小时候脚有残疾的梁思成竟对体育运动也十分热衷，并在清华大学里还是一个有名的运动健将。对此，梁思成当年的体育教师、著名的体育教育家马约翰教授，在晚年时还清楚地记得自己的这位得意弟子，“中国学生在国外念书都是好样的……体育方面也不能落后。像施嘉炀、梁思成等，体育都是很好的。梁思成能爬高，爬绳爬得很好，后来到了美国，因为运动伤了腰，以后又得了病身体才坏下来的”。确实，正如马约翰教授所说，梁思成在体育方面很是出色，不仅能爬高还善于跳高，曾在全校运动会上得过跳高冠军的荣誉。对此，梁思成自己也很是乐意回忆：“别看我现在又驼又瘸，可是当年还是马约翰先生的好学生，有名的足球健将，在全校运动会上得过跳高第一名，单双杠和爬绳的技巧也是呱呱叫的。”

不过，梁思成说这些并不是为了夸耀自己那“好汉的当年勇”，他是想说“想当年如果没有一个好身体，怎么搞野外调查。在学校中单双杠和爬绳的训练，使我后来在测绘古建筑时，爬梁上柱攀登自如”。当然，爱好体育的梁思成因此而拥有了健壮的体魄，这不仅使他在极为艰苦的条件下，能够坚持野外调查古建筑工作，从而取得令世界为之瞩目的非凡成就，同时也使他在生活的重压和疾病的考验下扛了过来。

梁思成这种健康而广泛的兴趣和爱好，在无形中也培养了他积极乐观而又敢于进取的精神和性格。现在的人们都会说：性格决定命运。而对于梁思成来说，性格不仅在一定程度上为他赢得了伴随一生的美妙爱情和幸福婚姻，也使他在颠沛流离的艰难困苦和“文革”那无比凄惨的境遇中，勇敢地战胜了人生中的两大敌人——消沉与妥协。

关于“傻小子”梁思成为何能够赢得并保卫了他与20世纪有“第一美女和第一才女”之称的林徽因的爱情和婚姻，我们不妨试举两例，再从梁思成的性格方面解析一二。

例一，公元1919年，梁林两人在双方父亲的有意安排下相识，从有关史料中我们可以得知，这在当时属于一种现代的相亲方式。可不久，林徽因便随父亲林长民前往英国，并在英国与才华横溢的诗人徐志摩结识。才华横溢但也多情冲动的诗人徐志摩，在与林徽因就双方共同感兴趣的文学、诗歌和戏剧的交流中，产生了强烈的爱慕之心，并不惜亲手捣毁自己的婚姻，而向林徽因展开激烈而漫长的爱情攻势。虽然林徽因对徐志摩也很有好感，但最终并没有接受徐志摩的爱情，而是回国后与梁思成继续前缘，并很快确定了双方的恋爱关系。再后来，梁林两人结伴前往美国宾夕法尼亚大学求学，学业一结束便在加拿大携手走进了婚姻的殿堂，并一直相伴终身不曾分离。

按说，徐志摩不仅出生在一个非常富有的银行家家庭，而且还属于那种典型的江南才子形象，可以说是才华横溢风流倜傥，是众多少女心目中的"白马王子"。可林徽因为什么不仅没有爱上他，而且还明确表示拒绝，并有意躲避徐志摩的不懈追求，而是偏偏爱上了虽然同样英俊但并不浪漫的梁思成呢？在这里，我们先抛开徐志摩当时的已婚身份和林徽因的家庭教养背景等诸多外在因素不提，单就梁林两人在性格互补和兴趣相投方面而言，梁思成性情温厚、稳重朴实、豁达宽容而又不乏机智与幽默，这对于性格急躁、容易激动、稍显刻薄而又敏感多情的林徽因来说，实在是一个最佳的伴侣选择。同时，梁林两人在文学、绘画和音乐等方面也有着共同的爱好和兴趣。特别是因为林徽因的缘故，梁思成对于集绘画艺术与工程技术于一体的建筑学，产生了浓厚的兴趣，当然这同样也是林徽因所痴迷的一门新学科，并因为这门学科使两人携手终生，从而共同创造了不朽的辉煌。

基于这些原因，当从国外追随而来的徐志摩再次向林徽因发起猛烈追求时，林徽因已经对举止文雅、学业优异而又多才多艺的梁思成产生了深深的爱恋。面对徐志摩的爱情攻势，这时的林徽因已不再是一个人去应对，因为身材虽不魁伟的梁思成早已勇敢地站了出来，迎接并最终战胜了强劲的情敌徐志摩。据说，当时已有婚约的梁林两人特别喜欢到北海快雪堂松坡图书馆读书与约会，而依然深爱着林徽因的徐志摩也经常"到此一游"。对此，梁林两人为了避免徐志摩的搅扰，在进入图书馆之后就用自备的钥匙锁上大门，并在门上贴了一张用英文写着"情人不愿受干扰"的纸条。徐志摩见到这张纸条后,“只得怏怏而去,从此退出竞逐”。

例二,公元1932年,已经身为母亲的林徽因遭遇了又一次情感困扰,因为她“同时爱上了两个人”。其实,准确地说应该是林徽因又爱上了另一个人,这个人就是梁家在北京北总布胡同的邻居、清华大学哲学系教授金岳霖。对于这一段婚姻危机,梁思成说:“我们住在北总布胡同时,老金(金岳霖)就住在我们家的后院,但另有旁门出入。可能是在1931年(应为公元1932年),我从宝坻调查回来,徽因见到我时哭丧着脸说,她苦恼极了,因为她同时爱上了两个人,不知怎么办才好。她和我谈话时一点不像妻子和丈夫,却像个小妹妹在请哥哥拿主意。听到这事,我半天说不出话,一种无法形容的痛楚紧紧地抓住了我,我感到血液凝固了,连呼吸都困难。但是我也感谢徽因对我的信任和坦白。她没有把我当成一个傻丈夫。怎么办?我想了一夜,我问自己,林徽因到底和我生活幸福,还是和老金在一起幸福?我把自己、老金、徽因三个人反复放在天平上衡量,我觉得自己尽管在文学艺术各方面都有一定的修养,但我缺少老金那哲学家的头脑,我认为自己不如老金。于是,第二天我把想了一夜的结论告诉徽因,我说,她是自由的,如果她选择了老金,我祝愿他们永远幸福。我们都哭了。过几天徽因告诉我说,她把我的话告诉了老金。老金的回答是:‘看来思成是真正爱你的,我不能去伤害一个真正爱你的人,我应该退出。’从那次谈话以后,我再也没有和徽因谈过这件事,因为我相信老金是个说到做到的人,徽因也是个诚实的人。后来的事实证明了这一点。所以我们三个人始终是好朋友。”如此看来,梁思成不仅是一个兴趣广泛、有多种艺术修养的高尚的人,还是一个对妻子无比信任、理解、宽容和对朋友十分豁达大度的真正的男人。

仅此一点而言,对于如今一些夫妻那种动辄猜疑、刻薄、查阅手机信息或通过嗅觉检查衣服,甚至采取跟踪盯梢等方式对待自己爱人的行为,实在值得他们好好反思反思。试想,如果婚姻“围城”里的双方已经失去了人与人之间最起码的相处规则,那又何必还要困守其中呢?倒不如勇敢地面对已经失去了存在意义的婚姻现实,果断地走出“围城”,重新去寻找属于自己的真爱和幸福。

梁思成这种广泛而高尚的兴趣和情操，同时也培养了伴随他一生的乐观精神。这种越挫越勇的乐观精神，与其父亲梁启超是何其相似。梁启超因维新变法在晚清政坛崭露头角后，不久又因此而流亡海外，但他没有就此消沉，而是广泛地考察西方国家的民主政治体制，积极探索创建适合于中国国情的民主政治的改良主张。回国后，他渴望利用袁世凯北洋政府的政治舞台，实现其追求探索多年的政治改良主张。后来，因袁世凯所要建立的是独裁统治，梁启超从而又果断地起身反袁。当袁世凯死后，梁启超本以为可以实现其政治理想和抱负了，但中国大地出现了极其混乱的军阀混战局面，他的雄心壮志和伟大抱负依然没有施展的天地，于是他又明智地转身投入书斋，从而在学术领域里创造了一个又一个至今也无人能及的巅峰。在梁启超五十多年短暂的生涯中，可以说他遭遇了一个又一个挫折，但他并没有萎靡消沉过，而是始终保持一种乐观向上的精神和斗志。特别是进入书斋之后，他竟在政治、经济、历史、哲学、文学、宗教、新闻等诸多领域，留下了 1400 万字的皇皇巨著，且著作中的许多观点堪称振聋发聩、石破天惊，言前人所未言。

而梁思成呢？在抗日战争的流亡中，不仅始终保持了积极乐观的生活态度，就连幽默风趣的秉性也不曾湮灭。试举两例：一例，梁思成带领全家千里逃亡到贵州边远小城晃县时，不仅衣食无着，而且林徽因这时又突然患上了严重的肺病。面对贫病交加的生活状况，梁思成在竭力照顾好家人的同时，竟然饶有情趣地教孩子如何看懂地图，还经常带领孩子到河边散步，玩起了用石头在河面上“打水漂”的儿时游戏。二例，蛰居极其偏僻闭塞的四川李庄期间，梁家不仅生活条件异常艰苦，就连最基本的生存状况也需要依靠典当物品来维持，而且这时的梁思成和林徽因两人都身患重病。即便如此，梁思成依然为家人创造了幽默而风趣的生活氛围。

对此，梁思成的女儿梁再冰后来曾回忆说：“家中实在无钱可用时，父亲只得到宜宾委托商行去当卖衣物；我们把派克钢笔、手表等‘贵重物品’都

‘吃’掉了。父亲还常开玩笑说:把这只表‘红烧’了吧! 这件衣服可以‘清炖’吗?”正是因为梁思成这种难得的乐观性情,不仅使家人渡过了漫长的李庄难关,而且还带领营造学社成员积极创造条件坚持到野外调查古建筑,取得了令世界学界为之瞩目的辉煌成就。

那么,梁思成这种兴趣广泛和乐观向上的性格,除了清华学堂那种教学理念和宽松民主的氛围培养了他之外,与其父亲梁启超又有着怎样的关联?关于这一点,我们丝毫没有理由怀疑多情、多思、多才、兴趣广泛的梁启超,对儿子梁思成这种性格所形成的重大影响。

梁启超无疑是一个懂得营造和享受生活情趣的人,他不仅自己在日常生活中充满了人情味,而且要求子女也需懂得乐观风趣对于一个人生命的重要性。他曾经说:“我生平对于自己所做的事,总是做得津津有味,而且兴会淋漓,什么悲观咧,厌世这种字,在我所用的字典里头,可以说没有。”梁启超还说:“我是个主张趣味主义的人,倘若用化学划分‘梁启超’这个东西,把里头所含一种元素中‘趣味’的抽出来,只怕所剩下仅有个零了。我认为,凡人必常常生活于趣味之中,生活才有价值。若哭丧着脸挨过几十年,那么生命便成了沙漠,要来何用?中国人见面最喜欢用的一句话‘近来做何消遣’,这句话我听着便讨厌。话里的意思,好像生活得不耐烦了,几十年的日子没有法子过,勉强找些日子来消遣它。一个人若生活于这种状态之下,我劝他不如早日投海。我觉得天下万事万物都有趣味,我只嫌二十四点钟不能扩充到四十八点,不够我享用。我一年到头不肯歇息,问我忙什么,忙的是我的趣味,我以为这便是人生最合理的生活。”确实如梁启超所说,一个人生态度消极的人,不仅难以做好自己应做的事情,即便勉强去做也不会获得理想的效果。所以,梁启超把悲观消极看作人生的一大敌人,它将会使人浪费时间和生命,使其在悲观失望中白白虚度一生。那么,这种生命状态又有何存在的意义呢?

关于梁启超这种人生观对其子女的影响,我们姑且不说流亡日本时使“双涛园”顽童拥有一个美好而难忘的童年是他所特别营造,也不说在天津

“饮冰室”期间梁思成兄妹那充满欢笑的记忆是他刻意所为，单是从梁启超写给当时远在美国留学时儿子梁思成的一封书信中，就不难看出他对于培养梁思成活泼良好性情所付出的拳拳父爱之心了。那是梁思成在美国留学期间，他向父亲写信谈到学校要求学生每天刻板地去描摹一些古建筑外形的学习方法，担心这样会使自己变成一个画匠。对此，父亲梁启超回信时表示同感，但又提出了自己的见解，他说：“你觉得自己天才不能符你的理想，又觉得这几年专做呆板功夫，生怕会变成画匠。你有这种感觉，便是你的学业在这时期内将发生进步的象征，我听到欢喜极了。孟子说：‘能与人规矩，不能使人巧。’凡学校所教与所学不外规矩方面的事，若巧则要离开了学校才能发现。规矩不过是求巧的一种工具，然而终不能以此为教，以此为学，正以能巧之人，习熟规矩后，乃愈其巧耳。……况且一位大文学家、大美术家之成就，常常还要许多环境及附带学问的帮助。中国先辈说要‘读万卷书，行万里路’。将来你学成之后，常常找机会转变自己的环境，扩大自己的眼界和胸襟，到那时候或者天才会爆发出来，今尚非其时也。”

随后，梁启超又就儿子梁思成所学专业，结合自己的切身体验说道：“关于学业，我有点意见。思成你所学太专门了，我愿你趁毕业后一两年，分出点光阴多学些常识，尤其是文学或人文科学中之某部门，稍微多用点功夫。我怕你因所学太专门之故，把生活也弄成过于单调。若你的学问兴味太过单调，将来也会和我相对词竭，不能领着我的教训，你全生活中本来应享的乐趣，也削减了不少。我是学问趣味方面极多的人，我之所以不能专职有成皆在此，然而我的生活内容异常丰富，能够永久保持不厌不倦的精神，亦未始不在此。我每历若干时候，趣味转过新方面，便觉得像换个新生命，如朝旭升天，如新荷出水，我自觉这种生活是极可爱的，极有价值的。我虽不愿你们学我那泛滥无归的短处，但最少也想你们参采我那烂漫向荣的长处。我这两年来对我的思成，不知何故常常会有异兆的感觉，怕他会走入孤峭冷僻一路去。我希望你回来见我时，还我一个三四年前活泼有春气的孩子，我就心满意足了。这种境界，固然关系人格修养之全部，但学业上之熏染陶熔，影响亦非小。因为我们做学问的人,学业便占却全生活之主要部分。学业内容之充实扩大,与生命内容之充实扩大成正比例。……这些话许久要和你讲,因为你没有毕业以前,要注意你的专门,不愿你分心,现在机会到了,不能不慎重和你说。你看了这信意见如何,无论校课如何忙,必要回我一封稍长的信,令我安心。”

通过梁启超的这封信,我们不难看出他对儿子梁思成今后性情的养成是多么的关切。当然,梁思成后来也确实没有辜负父亲的谆谆教诲,虽然从事的是一门艰深晦涩的专业科学,但他的生活依然充满了乐趣。

第三,清华八年证明梁思成在清华学堂的学习成绩是出类拔萃的,否则他不会认为八年学制太过冗长,这一点在诸多关于他的文字记载中都鲜少提及。不过,梁思成一向抱有严谨向上的学习态度,且从小又受到良好的家学教养,再加上他那过人的天分,我们有理由相信他的学业一定非常优秀,无可挑剔。确实,我们从清华大学有关的文档中发现,至今保存不多的梁思成当年的练习簿上几乎都是最高分。

但是,对于梁思成这种在清华学堂接受西式教育且成绩优异的状况,父亲梁启超却有着另外一种担心。这就是国学修养极其深厚的他,唯恐儿子迷失在西学中而渐渐遗失了中华优秀的传统文化。对此,公元1918年底梁启超在参加巴黎和会的过程中,曾历时几个月漫游欧洲考察西学,回国后他的这种担心更加强烈。于是,他竭力倡导“整理国故科学化,与西洋文化相沟通”,遂建议清华学堂成立国学研究院,以培养“以著述为毕生事业”的国学人才,并亲自担任第一任院长上台讲授国学史。对于梁启超在清华国学研究院讲授国学的情景,梁实秋曾回忆他听讲时的感受说:“(梁启超)中等身材,微露秃顶,风神潇洒,声如洪钟,一口广东官话,铿锵有致。……听者悄然危坐,那景况感人极了。”除此之外,关于我们的主人公梁思成的记忆,梁实秋说道:“(梁启超)不时地呼唤他坐在前排的儿子:‘思成,擦擦黑板!’梁思成便跳上台去,把黑板擦干净。”由此可见,父亲梁启超在清华研究院讲授国学时,儿子梁思成也是经常要去听讲的。

不仅如此，梁启超于公元1920年至公元1922年的每年夏天，竟在自己的家中开设了国学课堂，亲自为梁思成等兄妹几人和年轻的门生们讲授国学，诸如《国学源流》《孟子》《墨子》及《前清一代学术》等都是他讲授的内容。在每天上午的讲授过程中，梁启超还启发梁思成等人积极提问，共同讨论，而下午则要求学生利用两个小时的时间将讲稿刻印在蜡纸上，并复习一天所讲授的课程。为了检验和巩固梁思成等人的国学基础，梁启超竟敦促儿子梁思成和另外两名学生共同翻译《世界史纲》这一世界名著，这对于当时年仅21岁的梁思成来说无疑是一个极大的挑战，也是一次培养他国学修养的绝佳机会。不过，为了成功地翻译并出版这本世界名著，梁启超不仅在"本年暑假三个月中，每日分半日为之改润，现仍每日分两点钟为之，故此书虽号称儿曹所译（亦所谓私授厥子，借以教授），因其书为文学的，故吾于行文特别注意，往往竟半日仅改千字耳"，而且在修改后及时联系中华书局予以出版。对于父亲梁启超为了培养自己国学修养所付出的心血，梁思成后来说："我非常感谢父亲对我在国学研习方面的督促和培养，这为我后来研究建筑史打下了基础。"

在清华学堂的八年里，精力充沛的梁思成显然不愿意成为一个"书呆子"，他在学习之余充分发展自己的广泛兴趣，并像当时所有热血青年一样对时局非常关注。关于这一点，我们应该说是他完全继承和延续了父亲梁启超积极参与政治的意识和热情。对此，黄廷复先生在梁思成诞辰85周年时曾撰文记述说：

"学生时代的梁思成的另一与众不同处，就是他具有冷静而敏捷的政治头脑，同学们称他为'一个有政治头脑的艺术家'。1919年'五四'运动中，他是清华学生中的小领袖之一，是'爱国十人团'和'义勇军'中的中坚分子。进城宣传时，曾同一百三十余人一起被反动军警拘禁于北大法科大院内。拘禁期间，他们坚持斗争，并声明'政府不派人谢罪，誓不出法科一步'。终于迫使军阀政府派参议曾彝进前来当众道了歉，然后在'义勇军'和军队的护送下凯旋回校，沿途特意从总统府门前过，大呼'中华万岁'，声动天地，观者如堵,军警再也不敢干涉。到校时,校中教职员及同学百余人,排列大门两旁迎接,掌声雷鸣……”

此后,清华学堂的同学们决定成立“学生自治会”,以便今后有组织地领导学生运动。不料,就在“学生自治会”成立的那一天,清华校方在政府当局派出军警的支持下,竟然公开予以阻挠和破坏。而就在双方情绪异常激动时,梁思成挺身而出,高声倡议以罢课来对抗学校的阻挠,随后全校罢课。因此,偌大的清华学堂竟在一年之内连续更换了三任校长,直到公元1922年还不曾有一个胜任的校长前来接任。

通过这两次事件,我们不难看出梁思成早在学生时代,就已经显露出过人的政治热情和卓越的领导才能。然而,正是因为梁思成对于国家政治前途命运的热情和关注,竟然意外地发生了一场灾难性的车祸,导致他一生的命运都为此而改变。

公元1923年5月7日,已经从清华毕业的梁思成正在家中准备前往美国留学。这时,他得到北京各大专院校的学生将在这一天到天安门前举行集会的消息,以纪念八年前的“国耻日”。八年前的这一天,袁世凯为了取得日本等帝国主义国家的支持,使自已顺利地登上皇帝的宝座,不仅签订了出卖国家主权的《二十一条》,而且还将高徐、顺济两条铁路的修筑权转让给了日本。为了抗议中日这项军事秘密协定,中国留日学生举行集会以示抗议,但遭到了日本军国主义的残酷镇压。随后,中国全体留日学生罢课回国,向中国政府当局发起请愿运动,这次运动是中国学生第一次请愿运动,也是著名“五四运动”的前奏。到了公元1918年,在第一次世界大战中获胜的各国在法国巴黎召开会议,这是帝国主义列强重新瓜分世界的会议,也是中国人民备感耻辱的会议。因为在这次被称为“分赃会议”的巴黎和会上,中国作为战胜国在参加会议时提出废除对德条约,但日本则提出接管战败国德国在中国山东的所有特权的强盗要求,而帝国主义列强不仅对日本予以支持,就连中国北洋政府也从国内发出训令要求与会的中国代表在和约上签字。当这一消息传到国内时,中国人民的爱国热情像火山一样爆发出来,特别是首都北京的青年学生们决定到天安门前举行集会予以抗议。然而，北洋政府竟然派出大批军警进行残酷镇压，仅在一天之内就逮捕数十名爱国学生，后来随着被逮捕学生的日渐增多，警察厅的监狱里已经是人满为患。对于北洋政府的这种暴行，全国各地广泛开展了声势浩大的罢课、罢工、罢市等运动，对北京学生的爱国运动予以强有力的支持。面对全国人民群情激奋的爱国热情，北洋政府又不得不再次训令参加巴黎和会的中国代表拒绝签字，从而赢得了中国近代史上唯一一次在国际会议中的胜利。于是，这次北京学生的爱国运动，也就成了中国历史上一次有标志性的爱国运动——“五四运动”。

作为“五四运动”中清华学堂“爱国十人团”的中坚分子，梁思成自然要参加八年后这一“国耻日”的集会活动。于是，梁思成骑上一年前他到菲律宾时姐姐梁思顺赠送的戴维逊牌摩托车，带着弟弟梁思永追赶游行队伍而去。不料，当他驾驶摩托车行驶到南长街口进入主道时，一辆疾驰而来的大轿车直撞过来，梁思成兄弟俩躲闪不及被当场撞翻。梁思成被重重地压在摩托车下面，右腿骨折，脊椎受伤，而梁思永虽然被撞飞出去一百多米，满脸鲜血直流，但只是受了皮外伤。面对这起严重的车祸，肇事者不仅没有下车进行救护，竟然只是从车窗里扔出一张名片留给前来处理事故的警察，然后便驾车绝尘而去。

也难怪肇事者如此嚣张，中国国情向来有此“传统”，因为他是政府高官——北洋政府陆军部次长金永炎。不过，小小的金永炎相对于鼎鼎大名的梁启超来说，实在是微不足道，犹如一芥。于是，在社会舆论的强大压力下，金永炎不得不出面表示道歉，并承担了梁思成兄弟俩住院的全部治疗费用。但是，梁启超的夫人李惠仙并未就此罢休，她强烈要求惩办肇事者，母亲心疼儿子的心情可以理解，当然她的这个要求也并不过分。不得已，北洋政府只好将肇事的责任推给了“替死鬼”车夫，总统也只能出面替下属向梁家道歉，从而了结了这场在首都已经闹得沸沸扬扬的车祸。当然，这种处理事故的方式，似乎也是带有中国特色的一种“传统”。

车祸虽然结束了，但留给梁思成的伤痛才刚刚开始，因为这种伤痛一直伴随了他一生。在梁氏兄弟被送往医院检查诊断之后,弟弟梁思永诊断为皮外伤,只需要住院一个星期便可出院,而当时对于梁思成的诊断也是轻伤,并声明不需手术治疗。不过,这个错误的诊断耽误了对梁思成进行及时有效的治疗,因为那时他不仅脊椎受到了严重损伤,而且右腿也是复合性的股骨骨折。随后,从5月7日出车祸到月底,梁思成不得不先后接受三次手术治疗,但腿骨依然没有接好,致使他的右腿始终比左腿短了一厘米。出院后的梁思成,虽然像父亲梁启超所说能够"和正常人一样走路",但他脊椎受伤所留下的病痛则折磨了梁思成的一生,使他在外出调查古建筑的过程中吃尽了苦头。

不过,中国古老的哲学中有"祸兮福所倚,福兮祸所伏"的辩证。但是,不知从什么时候开始,人们似乎只信奉前者"祸兮福所倚",并衍生出了一则使用频率极高的成语"因祸得福",这是否是中国人的一种阿Q精神,我们姑且不论。而人们之所以漠视或者说忽视后者"福兮祸所伏",这是否又是中国人向来缺少忧患意识的表现,我们也不便深入揣测,因为这似乎还是中国人的一种不能随便触摸的民族劣根性。当然,抛开这些暂且不论,反正梁思成因为这场车祸的缘故而加固了与林徽因的爱情根基,这应该算是一种"祸兮福所倚"吧。这是后话。

另外,梁思成因为车祸不得不推迟赴美留学的行程,但这段时间他在父亲梁启超的督导下,得以潜心研习国学并大有长进。这是否是梁思成的又一个"祸兮福所倚"呢?在梁思成住院期间,父亲梁启超担心儿子会因此而荒疏了学业,于是告诉梁思成说:"吾欲汝在院两月中取《论语》《孟子》温习暗诵,务能略举其辞,尤于其中有益修身之文句……可益神志,且助文采也。更有余日读《荀子》,则益善。《荀子》颇有训诂难通者,宜读王先谦《荀子集解》。"父亲梁启超之所以如此重视在国学修养方面对儿子梁思成的特别教习,似乎是对梁思成即将出国留学接受多年西学熏染的一种担心,因为学贯中西的梁启超非常明了如何把握国学与西学之间关联的重要性。对此,我们不应该忘记梁启超在19世纪末就国学与西学之间的关系,所进行的一种权威而又经典的解析，因为它至今也是我们从事国学研究者所尊奉的信条。梁启超说："舍西学而言中学者，其中学必为无用；舍中学而言西学者，其西学必为无本。"不过，梁启超所言中西并重的学说也并非是其独创，而是作为晚清以来的一种文化潮流存在于中国，并一直影响到了20世纪中国文化的变革与创新。当然，就梁启超对于中西学关系的论证，即便今天对于中国学者而言还是大有裨益的，何况是悟性极高的梁思成呢？后来，梁思成之所以在中国古建筑研究方面，创造出了今人都难望项背的非凡成就，可以说在一定程度上，是得益于父亲梁启超对他在国学方面的督导和教习。

在清华的八年里，梁思成既然表现出了多方面的才华，为什么他没有按照人们习惯性推理的那样成为一名音乐家、画家、运动员，或者像其父亲梁启超那样成为"集政治家、思想家、文学家和史学大师于一身的传奇人物"呢？特别是梁思成对于政治不仅过早地就显露出了其"领袖风采"和"领导才能"，而且还为此"光荣负伤"落下残疾，他是最应该顺理成章地步入政坛，在政治上成就一番事业的，而他为什么随后却偏偏远离政治而醉心于学术研究呢？如果说是因为残疾不便从政的话，古今中外身有残疾而成为政坛风云人物的，可以说比比皆是，数不胜数，何况梁思成的那点残疾实在算不得残疾。如今，鉴于世人对于梁思成没有从政问题的探究，以及越来越引起人们的普遍关注和兴趣。在此，我们不妨从以下几个方面予以解析一二：

一是民国初年，局势混乱，政治腐败，不利从政。屈指数点一下，在整个中华民国短短37年的历程中，竟然更易最高领导者达15次之多，什么临时大总统、大总统、临时执政、主席、总统、代总统前后分别由12人担任，特别是民国初年，国家最高领导人的更替简直就像走马灯一般。如此混乱的政治局势，必然会导致腐败丛生，而这种局面岂能利于青年人从政？

中国自古以来就有"学而优则仕"的传统，这种传统自汉朝时因朝廷以官爵利禄引诱，使所有学人都为官而学，不再是"古之学者，为学而学"，从而将儒家学说所讲求的"入世"曲解为"入仕"。如此，必然导致人的个性和才能不能得到最大效能的张扬与发挥，而是一味地朝向仕途一路去拥挤，这也就为政治生活中产生腐败行为提供了温床。对于这一点,梁启超曾分析得很是透彻,他说:“而求阅历于官吏社会,则与个性发育主义最相妨者也。今试问国中大多数之青年,其性质实宜于为官吏者果有几许?其所学与官吏事业绝无关系者亦且泰半。今乃悉投诸官吏之大制造厂中,而作其机器之一轮一齿,其自暴殄毋乃太甚乎!……又以官吏之量供过于求,故其得之也,必须至剧烈之竞争。而此种竞争,非若陈贷于肆,惟良斯售。而其间恒杂以卑屈之钻营,阴险之倾轧。其既得而患失也,则亦若是。故虽以志节之士,一入乎其中,则不得不丧其本来,而人格既日卑微,则此后自树立之途乃愈隘。”因此,梁启超认为在腐败丛生的纷乱政局中,“所谓政治是万恶渊丛”,也是“诱惑青年一大坑陷”。既然如此,作为梁启超的儿子梁思成自然是近水楼台先得月,对于当时黑暗的社会现状及腐败的政治行为能够及时了解和洞悉,何况他也曾积极参与到政治活动中并深受其害呢?

二是父亲教诲,以自己的前车之鉴引导儿子走上学术救国之路。在梁启超的短暂一生中,他曾将大半时间和精力驰骋在晚清与民国初年的政坛上,但最终他还是退回到原先的道路上——学术研究。回首梁启超从政的历程,可以说也曾有过壮怀激烈、豪气冲天、纵横捭阖、风光无限,但最终他只落得鞠躬尽瘁、徒费心力、毫无建树、两手空空。至于他在维新变革中的往事,那是世人皆知的,且不赘说,单就他与袁世凯合作、分裂、决斗的过程,简述如下:

在政治活动中,没有永远的朋友,也没有永远的敌人。公元 1912 年 11 月,梁启超应袁世凯多次盛情邀请回到祖国,准备一展自己殚精竭虑多年的政治抱负,积极参与推动中国民主政治的历史进程。按说,在维新变法最危急的关头,因为袁世凯的两面三刀,致使康梁变法功败垂成,不仅康梁二人被迫亡命天涯,还使“戊戌六君子”喋血北京菜市口。对此,梁启超恨不能对袁世凯“食其肉,饮其血,寝其皮”,亲手除之而后快。不过,梁启超毕竟是梁启超,他能够面对国内纷纭变幻的政治形势,审时度势,及时调整自己的政治策略,当袁世凯在与清廷和孙中山领导的南方革命党的权力角逐中大获全胜时，他果断地捐弃前嫌与袁世凯展开了合作。当然，梁启超并非与袁世凯真心合作，而是想利用这个政治舞台通过对他的监督，从而实现自己的政治理想。而当梁启超成为国务大臣当了司法总长，并准备积极实施他的司法改革时，大总统袁世凯则处处掣肘，予以钳制。同时，袁世凯还积极谋图独裁统治，对此梁启超只能是愤然辞职，与袁世凯分道扬镳。当袁世凯逆时代潮流而动，终于冒天下之大不韪要登上"洪宪皇帝"的宝座时，梁启超便立即挺身而出，积极策划并发动了声势浩大的反袁运动，也就是席卷全国的"护国战争"，并最终导致袁世凯在革命的炮火中惶惶死去。这时，梁启超本以为实现自己政治理想和抱负的时机确实来到，但在随后中国那种群龙无首、军阀混战的时代背景下，他依然是壮志难酬，最后不得不忍痛告别官场。

其实，早在公元 1915 年 1 月从袁世凯的阵营中脱离时，梁启超就曾宣布要脱离政治，并郑重地发布宣言说："自今以往，除学问上或与二三朋辈结合讨论外，一切政治团之关系，皆当中止。乃至生平最敬仰之师长，最新习之友生，亦惟以道义相切磨，学艺相商榷。至其政治上之言论行动，吾决不愿有的与闻，更不能负丝毫之连带责任。"不过，后来的事实证明，这不过是梁启超的韬光养晦之策，并非要真正脱离政治。直到公元 1918 年 11 月 18 日，梁启超经过诸多政治起伏之后，已经是彻底看清了中国的政治形势，遂先后三次向临时执政段祺瑞提交辞呈，并终于如愿以偿，永离政治。回到了梦想多年的天津"饮冰室"书斋后，梁启超潜心学术研究，写出了一大批开历史先河的学术著作，并就此奠定了其在中国近代文化史上不可撼动的学术地位。确实，至今我们已经能够比较清楚地看出，梁启超将流芳万古的绝对不是他早年所热衷的政治，而是近百年来一直散发着无比芬芳的学术清香。

有此亲身体验的前车之鉴，当梁思成在美国向父亲写信表示自己专事学问会远离时代的忧虑时，梁启超则列举前贤大儒予以解析说："思成来信问有用无用之别，这个问题很容易解答。试问唐开元、天宝间李白、杜甫和姚崇、宋璟比较，其贡献于国家者孰多？为中国文化史及全人类文化史起见，姚、宋之有无，算不得什么事，若没有了李、杜，试问历史减色多少呢？"对于父亲梁启超的这种解析,自幼崇敬、钦佩父亲的梁思成自然会听从梁启超的规劝,从此远离政治,专心治学,而终成中国建筑学的一代宗师。

三是个性使然,兴趣转变,找到了能够激发自己最大兴趣和潜能的学术方向。在梁启超以大儒前贤的例子规劝梁思成的同一封信中,梁启超还谈到了发挥个性特长一事,他说:“我也并不是要人人都做李、杜,不做姚、宋。要之,各人自审其性之所近何如,人人发挥其个性之特长,以靖献于社会,人才经济莫过于此。思成所当自策厉者,惧不能为我国美术界作李、杜耳。如其能之,则开元、天宝间时局之小小安危,算什么呢?”从这里以及前文梁启超在谈到做学问与兴趣之间关系的阐释中,我们不难看出梁启超教育子女的方法,应该属于孔子所说的“因材施教”,并非要求他们同走一途,而是要根据自己的兴趣和爱好选择专业。不过,基于梁氏家人那种天真、忠诚、不藏城府等特性,他们确实不适宜走政治仕途之路。关于这一点,我们从梁启超的从政经历及后来梁思成的政治遭遇来说,确为使然。

另外,从梁启超的这封信中,他似乎希望儿子梁思成从事美术事业,今后能在“我国美术界作李、杜”,而梁思成的最初愿望则似乎是成为一名雕塑家。然而,梁思成最终并没有从事美术或雕塑工作,却选择了当时国人还不曾认识的建筑学。究其原因,我们就不能不提到一个女人,一个“20世纪中国第一美女和第一才女”,她就是林徽因。

2. 初识徽因

公元1919年的一天,和以往的每一天一样,似乎没有什么不同之处。不过,对于清华学子梁思成来说,这一天却非同寻常,因为这一天不仅决定了他一生的幸福,也将决定他一生事业的方向。当然,也正是因为这一天所发生的一件事,从一定意义上也改变了中国学界的原来格局,或者直接说将为中国学界增添一门新的学科。那么,这是怎样的一天呢?这一天到底又发生了什么事呢?

其实,这就是极其平常的一天,如果说有什么不平常的话,那就是这一天梁思成认识了一个女子,一个在20世纪中国文坛引起一个浪漫而经典的爱情故事,并使之延伸到21世纪依然引起大众都特别关注的女子。这个女子就是曾任北洋段祺瑞政府司法总长林长民家的大小姐——林徽因。

公元1904年6月10日出生在浙江杭州的林徽因,按照梁林两人的一生挚友、研究中国文化的美国学者费慰梅女士的说法,她是一个“天生的艺术家”。不过,梁思成与这位“天生的艺术家”林徽因的第一次相识,不仅没有现代人的一点浪漫可言,似乎“年轻的思成看上去还略显拘谨”,并给后人留下了两道谜题。那就是他们到底是何时相识?第一次相识的具体地点在哪儿?对于这个本不应该成为问题的问题,无论是梁林两人的亲人朋友,还是诸多书刊资料中,竟然给出了多种答案,让今天的人们颇感莫衷一是,无所适从。

据林洙在《梁思成、林徽因与我》一书中是这样写的:“1920年他初识林徽因是她刚随父从英国回来时,她的父亲林长民,是任公的挚友,两家有意结成儿女亲家。”而费慰梅女士则说:“徽因生命中崭新的、重要的一页,自1919年铺展开来,这年她15岁。梁启超和林长民结为好友。两人有同样在日本待过的背景,都在革命后的北京政府担任高官。两家门当户对,于是他们想以启超的爱子思成和长民的爱女徽因的联姻,使两家结为亲家。这一年,两个年轻人在‘正式介绍’之下认识了……”不过,梁思成的女儿梁再冰在一篇回忆文章中却又是另一种说法:“当时妈妈年仅14岁,正在培华女子中学学习,爹爹17岁,是清华学堂的学生……”由此,我们不难得出梁林两人初次相识的时间竟有三种说法,分别是公元1920年、公元1919年,以及梁再冰所说的“妈妈14岁”和“爹爹17岁”的公元1918年。这是关于梁林两人第一次相识所留下的时间谜题。

关于梁林两人第一次相识的地点问题,梁再冰在回忆文章中说:“他们首次相识是在梁启超的书房中。”而如果按照林洙的说法,梁思成初识林徽因也就是他第一次前去拜访林徽因时,那就不可能是在“梁启超的书房中”

梁思成与林徽因在一起

去拜访，而应该是到林家——北京景山后街雪池的林长民寓所。然而，对于这两个地点，费慰梅女士则没有提及，只是含糊地说："两个年轻人在'正式介绍'下相识了。"至于在什么地方相识，她并没有明确告知。

如今，距离梁林两人的初次相识虽然已近一个世纪，但要想揭开这两个谜题，似乎并不是什么难事。首先，林洙所说梁林两人第一次相识，是在林徽因刚从英国回来的公元 1920 年，而事实上林徽因是公元 1920 年夏天才前往英国，回国时已是公元 1921 年的秋天，很显然公元 1920 年从英国回来的记忆是错误的。其次，根据梁林两人及其家人回忆文章中的记述，他们相识后并没有影响各自的原来生活，且不久林徽因就前往英国，由此可知他们相识在林徽因出国的公元 1920 年夏天之前。那么，梁林两人初次相识是否像梁再冰所说，"当时妈妈年仅 14 岁"和"爹爹 17 岁"呢？如果按照梁再冰的说法，再结合中国人习惯只说周岁的传统，这一年应该是公元 1918 年，这与林徽因前往英国的时间相距两年之久，很显然并不是梁林两人"相识不久"。而据梁思成和费慰梅等人关于梁林两人相识时梁 18 岁与林 15 岁的记述，这一年既不是公元 1918 年，也不是公元 1920 年，而应该是公元 1919 年。如果再说得准确一点，应该是在公元 1919 年的夏天，否则也不会有后来梁思成所说林徽因告辞时那"轻快地将裙子一甩"的情景了。

另外，要解决梁林两人第一次相识的地点问题，似乎也不是什么难事。因为梁思成曾撰文回忆他与林徽因第一次相识时的情景，他说："特别令我动心的是，这个小姑娘起身告辞时轻快地将裙子一甩翩然转身而去的那种飘洒。"在梁思成的这一回忆中，其中的关键词是"起身告辞时"，也就是说他们第一次相识时并不在林家，而是在梁家。这就从另一方面验证了梁再冰所说，他们第一次相识是"在梁启超的书房中"的说法，而不是林洙等人所说的是在林家，否则哪来的"小姑娘起身告辞"一说呢？

那么，关于梁林两人第一次相识的时间和地点为什么会出现误差呢？记得，梁思成曾在回忆文章中有一段很重要的话，那就是关于他为什么会选择建筑这个专业作为自己终生事业的原因，他说："我第一次去拜访林徽因时，她刚从英国回来,在交谈中,她谈到以后要学建筑。我当时连建筑是什么还不知道,林徽因告诉我,那是集艺术和工程技术于一体的一门学科。因为我喜欢绘画,所以也选择了这个专业。”在梁思成的这段话中,除了透露他之所以选择建筑作为自己专业的这一重要信息之外,其中“第一次拜访林徽因”这几个字,非常容易给人以误解,导致许多人都把“第一次拜访”当作了“第一次相识”,从而演变出了以上关于他们第一次相识的时间和地点的种种误解。今天在此郑重声明:梁思成与林徽因的第一次相识,是于公元1919年夏天在北京梁启超的书房中,请今后切勿讹传。

其实,人们对于梁林两人第一次相识的时间与地点之误解,不仅丝毫不妨碍我们了解梁林两人之间的爱情往事,也证明了人们对于梁林两人那段经典爱情的关注,同时还为诸多文学作者留下了更多的揣测余地和想象空间。这岂不是梁林两人赋予文学的一种魅力?

抛开以上谜题不赘,现在让我们对林徽因的身世做一介绍。林徽因,原名林徽音,祖籍福建闽侯,是林长民与大姨太何雪媛所生三个孩子中唯一存活的。原来,林长民的原配夫人没能生育,进士出身的父亲林孝恂为了接续林家香火,便让儿子林长民迎娶了浙江嘉兴女子何雪媛为“二房”。按照中国的传统礼数,林长民与何雪媛的结合只能算是“纳妾”,根本不存在什么吹吹打打、欢天喜地的“迎娶”。正是因为这样的尴尬身份,林徽因的母亲何雪媛在官宦之家的林家并不受重视和欢迎,再加上她出生于商人家庭,不曾受过官家向来看重的琴棋书画的私塾教育,所以当林长民接着又“纳”了年轻貌美的“三房”程桂林时,她每天就只能是活在孤独、忧闷和怨艾中了。

不过,公公林孝恂和丈夫林长民对于她的女儿林徽因,从出生到长大成人一直都充满了关爱。例如,祖父林孝恂得知孙女出生的消息时,默思良久,遂取《诗经·大雅·思齐》中“思齐大任,文王之母。思媚周姜,京室之妇。大姒嗣徽音,则百斯男”之意,为孙女起名“徽音”。后来,因为一男性诗人名叫林微音,在报刊上发表一些诗歌时常与林徽音的名字相混淆,于是林徽音便改名林徽因。虽然林徽因一直得到祖父林孝恂和父亲林长民的特别疼爱,但旧式的家庭格局和林家那种特殊的家庭环境，对幼年林徽因的性格形成产生了巨大影响，敏感、忧郁而又多思一直伴随她终生。

在林徽因 8 岁和 12 岁的时候，随着父亲林长民的事业发展和职务变迁，林家先后搬迁到上海和北京居住与生活，特别是对于后来居住了数十年的北京，林徽因与梁思成一样充满了无限的关注和感情。这是后话。公元 1916 年，林家搬迁到北京之后，林徽因被父亲送进了一家英国教会创办的培华女子学校就读，接受英国贵族式的西式教育。随着时间的流逝，自幼聪颖灵秀的林徽因逐渐出落成了一个姿容秀丽、恰似仙子一般的青春少女，这使父亲林长民更是宠爱有加，视若掌上明珠。公元 1919 年，林徽因已经 15 岁了，按照中国旧时婚姻惯例，她已经到了该谈婚论嫁的年龄，她的母亲何雪媛就是 14 岁时嫁给父亲林长民的，于是林长民开始考虑女儿林徽因的婚姻问题。

其实，关于儿女的婚姻问题，林长民与志同道合的挚友梁启超早就私下讨论过，这两位在政坛和学界都鼎鼎有名的名流，因为在政见、为人做事风格、学术文化及兴趣爱好等方面都极为相近，相互之间的合作也非常默契，所以早就希望以中国传统思维模式结为秦晋之好，从而巩固和加深两个人之间的友谊。对于林徽因，想来梁启超早就听说并亲自见过，他认为这个像冰雪一样的清纯女子，实在是儿子梁思成最佳的配偶人选。对于梁思成，林长民自然也是十分的中意，那不仅是因为梁思成的家庭背景，更因为那时的梁思成已经在清华学堂和“五四运动”中成了赫赫有名的“青年才俊”，这也是他心目中乘龙快婿的标准。

于是，在梁林两家父亲的有意安排下，终于有了公元 1919 年梁思成与林徽因的那次看似普通实不寻常的相识。对于梁林两人在相识之前，双方父亲是否分别向他们透露过各自的心愿，以及俩人初次相识时的具体情景，今天的我们已然不能明了了。不过，可以想象得出，风流倜傥的梁家长公子和美若仙子的林家爱女第一次相见，相互给对方一定都留下了美好的印象。特别是梁思成，后来在回忆与林徽因初次相见的情景时，话语里充满了一种美好和甜蜜的感觉,这种感觉一直伴随了他终生。而林徽因呢?“如此富有朝气,广博扎实的学识,幽默不俗的言谈,毫无富家子弟的轻浮与做作”的梁思成,同样给年少但较为早熟的林徽因留下了一种深刻而心动的记忆。

如果再按照中国的传统习俗,或者是林长民的心愿,接下来两家就应该是进行定亲和订婚等一系列旧时礼数,然后再选定良辰吉日为梁思成和林徽因两人举办婚礼了。不过,一生致力于追求民主和自由的梁启超,并没有落入俗套,而是希望他们在今后的接触中自然产生感情,“自定婚姻”。即便是两人真正的情投意合,最起码也要等到他们完成学业之后再举行婚礼等仪式,这是梁家向来看重的。所以,梁思成和林徽因相识之后并没有影响各自的原来生活,梁思成依然回到清华学堂继续他的学业,而林徽因在培华女子学校就读不久,便于公元1920年初夏随同父亲前往英国学习,并得以游历巴黎、日内瓦、罗马、法兰克福、柏林和布鲁塞尔等欧洲诸多国家与地区。特别是在英国伦敦的那段日子里,林徽因因为结识了中国留学生、后来著名的新月派诗人徐志摩,从而给梁林两人本该平静而美妙的爱情乐章,增添了一些看似不和谐但又合乎情理的、活跃而跳动的音符。当然,对于梁思成来说还有一份苦涩和挑战。好在在梁林两家父亲那及时而强有力的翼护下,以及敏感冲动而多情的林徽因在面对徐志摩的爱情诱惑时,能够以理智战胜多情和往日的冲动,于公元1921年秋天提前返回北京,从而暂时摆脱了徐志摩的爱情攻势,接续和培植了与梁思成已经中断了一年多的爱情萌芽。

不过,梁林两人的爱情萌芽依然要接受来自多方面的考验。考验,首先来自梁家内部,也就是梁思成的母亲李蕙仙的反对。前文我们说过梁思成的母亲李蕙仙,也就是梁启超中举时主考大人李端棻亲许的堂妹,这位出身官宦之家的闺中小姐,虽然不曾接受过系统教育,但自幼熟读诗书,知书达理,是一种严格意义上的大家闺秀。不过,这位大家闺秀自从嫁给农家子弟出身的梁启超后,不仅没有半点大家小姐的坏脾气,而且在进入梁家过那种普通的平民生活时,处处体现出尊长爱幼、相夫教子等传统妇人的美德来,这使她深得婆母及梁家人的喜爱和梁启超的敬重。这样一位遵守三从四德的旧式妇人，对于自幼接受西式教育、处处充满青春活力的现代女性林徽因要进入这个家庭，自然从心里看不惯也不愿意接纳。特别是在梁思成出车祸住院期间，已经与梁思成“约定婚姻”的林徽因不仅每天陪伴在病床前，而且还落落大方地为梁思成拧毛巾擦汗，使梁思成愉快地度过了难挨的病房生活。对此，有着浓厚封建伦理思想的梁母李惠仙认为，当时正值天气炎热的夏天，本来就穿着单薄，再加上梁思成还是衣衫不整地卧床养伤，作为待嫁闺中的大家小姐本应该小心回避才是，岂有天天耳鬓厮磨亲热在一起的道理？所以，梁母李惠仙非常不能容忍林徽因这种有悖“妇德”的言行举止，并明确表示不能接受她进入梁家。

对于梁母李惠仙的坚决反对，梁思成和林徽因一度非常苦恼，但父亲梁启超则对自己为儿子选择的这门亲事极为满意，多次在给女儿梁思顺的信中提起，并自豪地认为这种由他先选定一人后，再由孩子们自己决定的婚姻方式，实在是天底下“最理想的婚姻制度”了。有了父亲梁启超的大力支持和精心安排，随后不久梁林两人便携手前往美国宾夕法尼亚大学求学，从而远离了来自梁母李惠仙的反对。再后来，梁母李惠仙不幸于公元 1924 年 9 月 13 日因病去世，这无疑在不经意中避免了梁林两人婚姻时将会出现的尴尬。

对梁林两人爱情发起严峻考验的，还有当年在英国强烈追求林徽因的江南才子徐志摩。当年，林长民为了避免徐志摩对女儿林徽因的追求，让林徽因离开伦敦跟随他的英国好友柏烈特医生一家，前往英国南部小城布莱顿度假，随后又提前结束自己的工作带领女儿启程回国，且没有告知也是他自己好友的徐志摩。自从公元 1921 年 10 月林长民父女回国后，徐志摩绝情地和几个月前从中国而来与之团聚的、已经怀孕的妻子张幼仪离婚，随后他在英国剑桥激烈而孤独地生活了近一年，于公元 1922 年 8 月也返回中国。从某种意义上说，徐志摩之所以回国就是为了林徽因，因为他刚到上海就急切地打听到了梁思成和林徽因已“约定婚姻”的消息，这使他一度大为消沉。不过，即便如此徐志摩依然没有死心，而是尽快赶往北京前去拜会林长民，虽然林家通过朋友委婉地告知徐志摩说梁林两人已经“约定婚姻”,但徐志摩却从另外渠道得知梁林两人并没有正式订婚的真实情况。于是,徐志摩又燃起了追求他心中女神林徽因的希望。

对于徐志摩曾在英国狂热追求林徽因的往事，以及他离婚回国后依然对林徽因紧追不舍的现状，老师梁启超对自己昔日的这个得意弟子徐志摩不能不提出严厉警告，虽然警告的由头是针对徐志摩与妻子张幼仪离婚一事,但作为父亲那种对儿子婚姻的良苦用心还是不难明了的。公元1923年新年的第二天,梁启超在写给徐志摩的信中说:

> 其一,万不容以他人之苦痛,易自己之快乐。弟之此举,其于弟将来之快乐能得与否,殆茫如捕风,然先已予多数人以无量之苦痛。
>
> 其二，恋爱神圣为今之少年所乐道。……兹事盖可遇而不可求。……况多情多感之人,其幻象起落鹘突,而得满足宁帖也极难。所梦想之神圣境界恐终不可得,徒以烦恼终其身已耳。
>
> 呜呼志摩！天下岂有圆满之宇宙？……当知吾侪以不求圆满为生活态度,斯可以领略生活之妙味矣。……若沉迷于不可必得之梦境,挫折数次,生意尽矣,郁悒侘傺以死,死为无名。死犹可也,最可畏者,不死不生而堕落至不复能自拔。呜呼志摩,可无惧耶！可无惧耶。

对于梁启超的这番规劝,一生追求完美、追求自由、追求个性、追求浪漫而又坚持己见的徐志摩,似乎并没有听从,而是在满含感情的一封长信中表达了他的不懈追求。徐志摩在信中说:“我将于茫茫人海中访我唯一灵魂之伴侣,得之,我幸;不得,我命,如此而已。”

其实,在梁启超写信告诫徐志摩之前,梁思成和林徽因已经是“互定终身”了。这在梁启超于公元1923年1月7日写给女儿梁思顺的家信中表露无遗,他说:“思成和徽因已互定终身,……我告诉他们,订了婚要赶快结婚……”很显然,梁启超对梁林两人的爱情并不放心,他是否对固执的徐志摩还有所顾忌,我们不得而知。不过,梁启超毕竟非寻常之人,他虽然希望梁林两人订婚后尽快结婚,但又要求他们在订婚之前一定要完成学业。所以,梁林两人真正订婚是在公元 1927 年从美国毕业之后,之前他们只是“互定终身”。

正如梁启超所顾忌的那样,徐志摩始终没有放弃对林徽因的追求,特别是在公元 1924 年 4 月印度著名诗人泰戈尔来华期间,不仅使他有机会频繁地接触到林徽因,也使他在对林徽因追求而不得中受尽了情感的煎熬。当然,受情感煎熬的还有梁思成,因为林徽因与徐志摩在担任泰戈尔在华活动的英语翻译期间,社会舆论频传林徽因与徐志摩之风采,这岂能让正处在热恋中的梁思成安心?记得吴泳当时在《天坛诗话》中有这样一句经典描写:“林小姐人艳如花,和老诗人挟臂而行,加上长袍白面、郊寒岛瘦的徐志摩,有如苍松竹梅的一幅三友图。”而最让梁思成不堪煎熬的是 5 月 8 日这一天,因为这一天是诗人泰戈尔的 64 岁寿辰,北京文化界为了庆祝这位贵宾的寿辰,专门由徐志摩主持的“新月社”同仁演出了一出取材于印度史诗《摩诃婆罗多》中的故事《奇特拉》短剧。在这出短剧中,林徽因应邀扮演公主奇特拉,而徐志摩则扮演爱神玛达那,因为剧情讲述的是充满了浪漫色调的爱情故事,所以演出人员都十分投入,情感表露得淋漓尽致,观众也反响强烈。对于台上演员的精彩表演,担任舞台布景设计的梁思成作何感想,今天已经无法得知了。不过,正是因为这一出短剧所引起的轰动,再加上徐志摩曾请求贵宾诗人泰戈尔代为向林徽因表示爱意,使林徽因与徐志摩之间的传闻一时间闹得沸沸扬扬。虽然林徽因这时已经心属梁思成,并明确拒绝了诗人泰戈尔代传的徐志摩的爱意,但这还是引起了梁林两家人的特别重视。于是,在梁启超的安排下,梁思成与林徽因于一个月后便前往美国留学去了。

那么,林徽因对于徐志摩到底是怎样的一种感情呢?

首先,梁从诫先生曾在一篇回忆文章中写道:“当徐志摩以西方诗人的热情突然对母亲表示倾心的时候,母亲无论在精神上、思想上,还是生活体验上都处在与他完全不能对等的地位上,因此也就不可能产生相应的感情。

母亲后来说过,那时,像她这么一个在旧伦理教育熏陶下长大的姑娘,竟会像有传说的那样去同一个比自己大八九岁的已婚男子谈恋爱,简直是不可思议的事。母亲当然知道徐在追求自己,而且也很喜欢和敬佩这位诗人,尊重他所表露的爱情,但是正像她自己后来分析的:徐志摩当时爱的并不是真正的我,而是他用诗人的浪漫情绪想象出来的林徽因,可我其实并不是他心目中所想的那个人。”

其次,费慰梅在多年后听林徽因谈起徐志摩时,说:“她对徐的回忆,总是离不开那些文学大家的名字,如雪莱、济慈、拜伦、曼殊斐儿、伍尔芙。我猜想,徐在对她的一片深情中,可能已不自觉地扮演了一个导师的角色,领她进入英国诗歌和英国戏剧的世界,新美感、新观念、新感觉,同时也迷惑了他自己。我觉得徽因和志摩的关系,非情爱而是浪漫,更多的还是文学关系。”对此,我们还有理由相信,和父亲林长民一样天生具有诗人气质、当时年仅16岁的林徽因,虽然很容易受到浑身充溢着浪漫气味而又狂恋她的诗人徐志摩的迷惑,但“她不过是父亲身边的一个女学生而已”,她不可能对徐志摩的热烈追求有对等的反应,因为她还只是一个未经世事的女孩子,“并不是像有些人想象的那般世故”。

其实,对于梁林两人爱情的最大考验来自他们自己,也就是来自他们强烈而截然不同的性格。例如,林徽因性格外向,为人热情,善于交流,容易激动,个性鲜明而强烈,脾气稍显急躁;而梁思成则性格内向,待人沉稳,感情含蓄,做事认真,虽幽默但不够活泼。对此,熟悉和了解他们的人都知道,正是因为这种性格上的巨大差异,导致他们几乎一生都在争吵,这似乎也验证了中国一句古老而带有哲理性的俗语——“不是冤家不聚头”。不过,梁林两人是一对“欢喜冤家”,争吵一生也恩爱一生。他们的这种爱情范例,并不是个别现象,在中国传统爱情婚姻模式里几乎比比皆是,只不过他们属于比较典型的一对罢了。

当然,按照中国人恋爱的普遍心理习惯,两个人最初的相识与交往,展现给对方的几乎都是性格阳光的一面,所以恋爱之初相互之间或人们见到

梁思成、林徽音、徐志摩等与印度诗人泰戈尔合影

的都是两人的恩恩爱爱,因为这时他们都被爱情的美妙蒙住了眼睛,根本不可能发现对方的缺点,或者根本就不想发现什么不和谐的爱情因素。而当恋爱双方真正进入中国人称之为“围城”的婚姻现实中之后,彼此性情中曾经隐藏的那些缺陷就开始逐渐暴露出来,爱情的阴雨天也就该多了起来。于是,埋怨、挑剔、指责、争吵,乃至相互之间的讥讽和谩骂,几乎凡是能想到的伤害方式都不惜使用在对方身上,直至最后破裂无补拆毁“围城”,各自再去重新寻找自认为完美的爱情,但最终结果还是要回到最初的来路上。

不过,这是中国大众婚姻的一般轨迹,对于梁林两人而言并不适用,但争吵几乎是所有家庭生活中必不缺少的“佐料”,梁林两人也不例外。之所以将相爱两人之间的争吵比喻为“佐料”,一是因为它鲜少忽缺,二是因为它还是增进彼此了解和感情的一种方式。例如,梁林两人在北平时期可以说是恩爱有加,让人艳羡,而到美国留学之初虽然两人并没有结婚,但他们毕竟已是“自定婚姻”,属于中国那个时代的“准夫妻”了。于是,在他们随后长期而频繁的接触中,相互性格中不和谐的因素逐渐浮现,特别是传统家庭观念较深的男人梁思成总认为,自己有责任处处关心和爱护自己的未婚妻,而迅速接受西方文明并融入其中享受其中的林徽因,很显然对爱情的理解是相互之间的平等、尊重和自由,她将梁思成对她的呵护看作是一种干涉或限制,因此争吵便不可避免地发生了。不过,梁林两人毕竟有着很深的感情基础,且都接受过国学教养和西学熏陶,他们能够及时发现对方表示爱的不同方式,相互之间开始学习宽容和理解,逐渐减少非理性的争吵次数,并进一步加深了彼此之间的感情。如此看来,争吵确实是恋人和夫妻间情感交流的一种催化剂、黏合剂。

对于梁林两人之间因性格差异而引起的争吵,作为父亲的梁启超早已知晓。例如,他在给长女梁思顺的一封信中写道:“今年思成和徽因已在佛家的地狱里待了好几个月。他们要闯过刀山剑林,这种人间地狱比真正地狱里的十三拷问还要可怕。但是如果能改过自新,惩罚之后便是天堂。”为了使梁林两人顺利地闯过“刀山剑林”,享受人间“天堂”的美好生活,父亲梁启超在他们婚后不久便写信提醒说:“你们结婚后,我有两件新希望:头一件你们俩体质都不甚好,希望因生理变化作用,在将来健康上开一新纪元。第二件你们俩从前都有小孩子脾气,爱吵嘴,现在完全成人了,希望全变成大人样子,处处互相体贴,造成终身和睦安乐的基础。”为了实现父亲对他们从“地狱”到“天堂”的希望,梁林两人不仅逐渐学会了相互宽容和理解,还懂得并极好地运用了性格互补的优势,这也是他们一生恩爱无比的不可动摇的重要基础。

对于这一点,费慰梅女士曾有这样一段关于梁林两人在美国求学过程中,能够很好地体现他们之间性格互补的生动记述:“在大学时代,他们性格上的差异就在工作作风上表现出来。满脑子创造性的徽因常常先画出一张草图或建筑图样,随着工作的进展,就会提出并采纳各种修正或改进的建议,它们自己又由于更好的意见的提出而被丢弃。当交图的最后限期快到的时候,就是在画图板前加班加点拼命赶工也交不上所要求的齐齐整整的设计图定稿了。这时候思成就参与进来,以他那准确和漂亮的绘图功夫,把那乱七八糟的草图变成一张清楚整齐能够交卷的作品。他们的这种合作,每个人都向建筑事业贡献出他的(或她的)特殊天赋,在他们今后共同的专业生涯中一直坚持着。”确实,正是梁林两人这种性格迥异而带来的优势互补,使他们在共同钟爱的建筑事业中默契配合,从而取得了极其辉煌的成就。

对于他们的这种“黄金组合”,一位作家曾用建筑术语这样来形容:“梁思成是坚实的基础和梁柱,是宏大的结构和支撑;而林徽因则是那灵动的飞檐,精致的雕刻,镂空的门窗和美丽的阑额。他们一个厚重坚实,一个轻盈灵动……他们的组合无可替代。”另外,梁林两人这种无可替代的“黄金组合”,不仅体现在性格互补上,还体现在对共同事业的追求和兴趣爱好上。关于梁林两人共同的事业追求,我们留待后叙,在此只想引录作为建筑学家梁思成的一段野外勘测笔记,来体味一下梁思成精妙的文采,也感受一下他是否与林徽因一样充满了诗人情怀。记得梁思成在一则野外调查笔记中这样写道:“桥是那么伟大,但也能娇小妩媚。秦少游为‘秋千外,绿水桥平;东风里,朱门映柳'的绚丽景色所动,李健吾爱看'直下小桥流水,门前一树桃花',欧阳修更痛快,他偏喜欢'独立小桥风满袖',多么潇洒!"如此看来,谁又能说梁思成不也是一位满怀生活情趣的出色的诗人呢?

"出色的诗人"梁思成与"天生的艺术家"林徽因在北京接受一番严峻的爱情考验和磨难之后,于公元 1924 年 6 月结伴前往美国,从而开始了他们生命中短暂而漫长的真正的"黄金组合"历程。

3. 结伴"宾大"

其实,梁思成与林徽因"黄金组合"的实质是事业上的合作,而他们所从事的事业当时在国内还是不为人们所了解的一门艰深学科——建筑学。那么,他们最先是如何知晓建筑这门学科的,又是什么动因促使他们要终身从事这一事业的呢?

关于梁思成第一次听说建筑学,前文中已经提及,在此不赘。而关于林徽因最初是如何知道并喜欢上建筑学的,在诸多书刊中也是众说纷纭,不妨罗列如下:

例如,张清平女士在《林徽因传》一书中说,林徽因在英国伦敦时的女房东是一位建筑师,"在与女房东的交谈中,徽因知道了建筑师与盖房子的人的区别,懂得了建筑与艺术密不可分。以这样的眼光再去回想她在国内国外看过的庙宇和殿堂,果然就对这些建筑有了不同的理解和感受。从这时起,徽因萌生出了对未来事业的朦胧愿望。"也就是说,林徽因是从身为建筑师的女房东那里得知并喜欢上了建筑这门学科。

又如,费慰梅女士在《中国建筑之魂——梁思成林徽因》一书中写道:"多年以后他(梁思成)告诉我,徽因在伦敦有一个同学,能花好几个小时在画板上画房子。徽因着迷了。她的朋友在她的追问下描述了建筑这个职业。徽因当下就确定这正是她所要的事业,一种把艺术创造和人的日常需要结合在一起的工作。"费慰梅女士所说的是,林徽因知道并爱上建筑是受到她

1924 年，梁思成、林徽因与中国留美同学合影

在伦敦圣玛丽女子学院上学时一位同学的影响。

再如,林与舟先生在其编著的《梁思成的山河岁月》一书中却又是一说:“1921 年 8 月,他(林长民)让林徽因跟随柏烈特医生一家到英国南部的海滨小城布莱顿度假,也是在那里林徽因首次接触到了‘建筑’这门艺术。”在这里,林与舟先生说得有些模糊,虽然说明了林徽因是在“英国南部的海滨小城布莱顿度假”时“首次接触到了‘建筑’这门艺术”,但并没有说清楚是通过谁、如何接触到建筑这一学科的。

对于以上三种不同的说法,我手边没有权威资料可以确认,这对于林徽因的研究者倒是值得去做一番考证。不过,在还没有得到林徽因是如何得知建筑这门学科的确证之前,最起码我们明了了她是在英国时接触到并喜欢上它的,否则她不会鼓动梁思成和陈植一同前往美国学习建筑,也就不会有中国建筑学新纪元的早日出现。仅此一点,我们一些人也不应该只记得林徽因的美貌和才气,而往往忽视她对于中国建筑学界的这一特别贡献,以及她作为中国第一位女建筑师的骄傲身份。

公元 1924 年 6 月,梁思成与林徽因结伴前往美国宾夕法尼亚大学准备报考建筑系,他们到达时已经过了该校春季招生的时间,不得不等待秋季的招生机会。在这期间,他们又结伴来到康奈尔大学选修相关课程,因为宾夕法尼亚大学采取的是学分制,每门课程只要学分修够便可毕业,并不限定学生学习的学制年限,所以他们希望通过在康奈尔大学选修之后,在秋季入学时能够直接进入二年级或更高年级。在美丽的康奈尔大学里,梁思成选修了户外写生、水彩静物和三角三门课程,这都与他在清华学堂非常喜爱的绘画有关,在这里不过是将往日的兴趣转变成系统的培训而已。而林徽因除了选修户外写生之外,还选修了高等代数,对此我们至今也不了解喜欢文学艺术的林徽因,那发散性思维是如何解决高等代数所需的理性推理的。

转眼间,他们迎来了宾夕法尼亚大学秋季招生的九月,梁思成和陈植顺利地在建筑系入学注册,而林徽因则因为建筑系不招收女生,不得不在美术系注册入学,这实在是一个无奈的玩笑。不过,后来林徽因不仅选修了建筑系的课程,并于公元1926年春天担任了建筑设计课的助教,随后还成了建筑设计课的辅导员。对此，至今我们也同样不明白林徽因到底使用什么方法,使宾夕法尼亚大学打破了不让女生学建筑的先例,这实在是一个非常有趣的话题。

创建于18世纪的宾夕法尼亚大学,是美国东部长春藤大学联盟中的一员,该校不仅依山傍水,环境幽静,景色优美,而且学术底蕴和民主气氛都极为浓厚,堪称美国一流名校。梁思成等人入学时,担任该校建筑系主任的是法国著名建筑大师克雷,这位毕业于巴黎美术学院的高才生,很早就显露出其在美术和建筑教学方面的非凡才华，他不仅能够快速流畅地画出结构简洁、异常漂亮的各种建筑透视图,而且在建筑设计上也独具特色,例如他先后在美国华盛顿设计的泛美联盟大楼、联邦储备局大楼和底特律艺术学院校舍等实物作品,如今都成为美国建筑中的经典。不过,作为建筑大师的克雷却非常酷爱建筑教学,并不是流于单纯地去设计几栋经典建筑,以至于他在卸下系主任职务之后依然执教于宾夕法尼亚大学，直到公元1937年退休为止,所以他所倡导的"布杂艺术"在该校影响深远。

布杂艺术,是西方建筑教育的一种传统风格,建筑设计讲求套用古典建筑形式,对于当时已经出现的建筑新材料和新技术并不重视,只是一味在建筑形式上模仿各个历史时期经典建筑的外形之美，所谓的设计只能算作是将建筑主体在平面上进行重新划分而已。这种教育理念对于梁思成建筑思想的形成产生了极大的影响，虽然他曾经对这种建筑外形与实际功能相互脱节的教学方法产生过怀疑，但在他建筑思想中还是留下了比较深刻的讲究形式美的影响。后来,随着建筑新材料如玻璃和钢材等的广泛采用,使传统的建筑形式不得不进行变革,"布杂艺术" 所追求的现代古典主义开始进入现代主义潮流,而这时的梁思成却已经从宾夕法尼亚大学毕业了。对此，梁思成曾经多次表示过遗憾。

即便如此,梁思成在宾夕法尼亚大学也并没有完全落入"布杂艺术"的窠臼,而是将西方建筑理念与中国建筑文化进行了很好地结合,因此曾获得过两次设计金奖及其他奖项。记得他的同学兼室友陈植曾回忆说:“在宾大,思成兄就学期间全神以赴,好学不倦给我以深刻的印象。我们常在交图前夕彻宵绘图或渲染,他是精益求精,我则在弥补因经常欣赏歌剧和交响乐而失去的时间。在当时‘现代古典’之风盛行的影响下,思成兄在建筑设计方面鲜落窠臼,成绩斐然,几次评为一级。他的设计构图简洁,朴实无华,亦曾尝试将建筑与雕塑相结合,以巨型浮雕使大幅墙面增添风韵。他的渲染,水墨清澈,偶用水彩,则色泽雅淡,明净脱俗。”之所以如此,与梁思成深厚的国学文化底蕴有着直接的关联,他似乎在实践着父亲梁启超那一贯的“学以致用”的治学主张,有意将西学与国学相融合,使西学在国学中立足根基,国学在西学中得以创新。这也许就是梁思成后来成为一代建筑学宗师的缘由吧。

不过,梁思成虽然对学院刻板的教学方式抱有疑虑,但他始终恪守一贯的认真严谨的良好学风,对于老师布置的练习作业他总是高标准完成。例如,至今保存下来他在宾夕法尼亚大学时期那不多的几张作业图,不仅都得了最高分数和获得极好的评价,而且确实给人以一种美的享受,特别是遵照要求按原来历史背景重新设计的法国凯旋门和几座罗马教堂等图样,实在是赏心悦目,美妙无比。对于通过这种从最初的绘制草图、平面图到立面图和透视图的反复练习,最后再追溯到一座建筑的历史变迁过程,这不仅使梁思成练就了一手高妙的绘图技能,为他今后的教学及著述生涯打下坚实基础,而且还使梁思成对建筑历史产生了浓厚的兴趣。

而在一次偶然的机会里,当他听到该校建筑史教授古米尔为建筑系二年级学生讲授课程时,仿佛一下子为他打开了一扇梦想中的大门,带领他进入了一座梦寐以求的艺术殿堂。课后,梁思成直接找到古米尔教授向他毫不掩饰地表达了自己对这门课程的喜爱,他认为这是世界上最有趣的一门学问了。古米尔教授很喜欢梁思成的坦率,便兴致盎然地向他询问关于中国建筑史的情况,这不由得使梁思成感到一丝茫然,因为据他所知中国还从来没有把建筑当成一门艺术,更没有什么形成文字的建筑史。对此,古米尔教授在表示遗憾的同时,有意引导梁思成对中国建筑历史予以特别关注,并进行了一些具有中国建筑特色的课外练习。

在此期间,梁思成“看到欧洲各国对本国的古建筑已有系统的整理和研究,并写出本国的建筑史。唯独中国,我们这个东方古国,却没有自己的建筑史”,使他在心里感到了一种悲哀。另外,特别引起他注意的是,当时西方学者虽然还没有关注中国的建筑历史和建筑技术,但日本的大村西崖、常盘大定和关野贞等一些学者已经对中国的建筑艺术开始了一些研究,并取得了一定的成就。对此,梁思成不仅深刻地认识到“建筑是民族文化的结晶”,更是一个民族文化象征的道理,而且在他的心中涌起了一种危机感,促使他立志要尽快写出中国人自己的建筑史。

公元1925年,父亲梁启超从国内给梁林两人特意寄来一部陶本《营造法式》,翻看父亲在扉页上的题字,梁思成和林徽因都感到了一阵惊喜。记得梁启超在扉页中写道:“李明仲诫卒于宋大观四年即西历1110年明仲博闻强记精通小学善书画所著续山海经十卷续同姓名录二卷琵琶录三卷马经三卷六博经三卷大篆说文十卷今皆佚独此营造法式三十六卷岿然尚存其书义理至精图样之完美在古籍中更此一千年前有此杰作可为吾族文化之光宠也已朱桂辛校印甫竣赠我此本遂以寄思成徽因俾永宝之。民国十四年十一月十三日任公记”然而,当梁林两人打开《营造法式》之后,又不由得陷入了一种极大的苦恼和失望当中,因为面对书中艰深晦涩的建筑专业术语,他们简直就像是在看天书一般。

《营造法式》,是北宋官订的一部建筑设计、施工的专书,其性质相当于今天的建筑设计手册和建筑规范蓝本,它不仅是中国古籍中最完善的一部建筑技术专书,更是研究宋代建筑及研究中国古代建筑的一部不可缺少的参考书。该书是北宋哲宗和徽宗年间的将作监李诫所修撰,总共有三十四卷,堪称中国最古老、最权威的一部建筑学专著。对于这样一部瑰宝式建筑学专著,立志从事建筑学事业的梁思成自然不会轻易放弃,因而他不仅产生了要研究注解《营造法式》这部“天书”的想法,而且更加坚定了要研究中国建筑历史、编写《中国建筑史》的强烈愿望。

此后,梁思成更是一门心思地钻研学业,在课余时间里简直是雷打不动地安坐图书馆,尽情地徜徉在建筑艺术的海洋中,以至于几乎忘记了林徽因的存在,以至于林徽因的主动邀请也被他“扫兴”地拒绝了。一次,林徽因应同学邀请准备外出举行野餐会,希望梁思成也能参加,因为同学们都知道梁思成是一个特别注重学业且严守规律的人,所以就委托林徽因前往邀约,并与她打赌说只要能让梁思成参加野餐会,她就不用做任何事情而只管享受野餐美味好了。对此,林徽因满怀信心,精心打扮一番来到图书馆邀请梁思成,没想到梁思成正沉浸在希腊古典神庙那典雅的爱奥尼克柱式的艺术欣赏之中,并没有留意到林徽因的刻意装扮,而是稍显歉疚地表示不能参加,致使林徽因扫兴而归。

其实,在宾夕法尼亚期间梁思成非常关爱和在意林徽因,经常来到林徽因租住的公寓前等候她,而每次也都要等她打扮好之后才得相见。对此,梁思成当时也在美国留学的弟弟梁思永,曾顽皮但非常切合实际地写了一副对联:“林小姐千装万扮始出来,梁公子一等再等终成配。”确实,梁思成虽然有时行事稍显有些刻板,但我们也可以想象在文学和艺术诸多方面都有着相当修养的他,并不是不懂得或不会制造享受浪漫,而是他知道应该在什么时候、如何制造浪漫才叫真正的浪漫。

例如,在公元 1928 年 6 月 10 日的一天晚上,梁林两人正在漫游欧洲的蜜月之旅中,梁思成将一面外形古朴而奇特的镜子送给林徽因,并轻轻地在她的耳边说了声:“生日快乐!”这时,林徽因才想起这天是自己的生日,而当她幸福地欣赏这面仿古铜镜时,才发现除了镜面上镶嵌着一面圆圆的现代玻璃外,背面还镶刻着中国敦煌莫高窟中所特有的仙女飞天图案,飞天图案四周环以卷叶花草文饰,文饰之外的下方有两条脚线,在脚线之间铸有“徽因自鉴之用民国十四年元旦思成自镌并铸喻其晶莹不玦也”等字,字迹匀称而清晰,一看便知是梁思成的笔迹。后来,林徽因得知这是梁思成在哈佛大学东方人文艺术研究院攻读博士期间,利用一周的业余时间亲自铸造、雕刻、打磨而成,并进行了精妙逼真的仿古处理,曾使该校一位东方美术史教授误以为是中国北魏时期的古董。由此可见，我们不能不说在梁思成的骨子里，实在是充满了真正的浪漫情愫。

公元 1927 年 2 月，梁思成提前完成学业获得建筑学学士学位，同年 7 月因成绩优异被该校授予建筑学硕士学位，林徽因也获得了美术学学士学位，并一同受聘到克雷的建筑事务所进行实习，这向来被当作是对建筑系最出色学生的最高奖励。不过，梁思成并不甘于做一名优秀的建筑匠师，他的愿望显然是要从事中国建筑历史研究，写出中国人自己的建筑史。于是，他向哈佛大学提出攻读博士学位的入学申请，申请的理由就是要“研究东方建筑”，随后他顺利地进入哈佛大学人文艺术研究院，开始了他对中国建筑的研究苦旅。说是苦旅，因为梁思成在哈佛大学几乎翻阅了图书馆里所藏关于中国建筑及其相关方面的所有文献，但这并不足以使他顺利地完成《中国宫室史》的博士论文。确实，当时在西方对中国建筑进行研究的只有两名学者——塞伦和波胥曼，他们分别写有《北京的城墙和城门》《北京的皇家宫殿》和《图画中国》《中国建筑》(一、二卷)几本书，但他们“都不懂中国建筑的‘文法’。他们以外行人的视角描述中国建筑，语焉不详。其中以塞伦较好一点，他运用了《营造法式》，不过并不经心。”至于西方学者对与中国建筑相关方面的研究，也不过是魏雷和芬奈罗萨的《中国绘画》、霍布逊和赫瑟林顿的《中国陶瓷》，以及劳福尔的《中国玉石》和塞伦的《雕刻》等，可这些研究成果在梁思成看来都很肤浅，因为他们不仅是用外国人的眼光看待中国文化，而且欠缺和不完善的地方很多，特别是缺少深厚的中国传统文化做底蕴，使他们的这些研究成果只能是流于一般性的介绍罢了。不过，他们的这种研究方法倒引起了梁思成的兴趣，为他今后写作《中国建筑史》和《中国雕塑史》提供了很好的借鉴。

经过几个月在哈佛大学高强度、密集性的参阅史料，梁思成虽然研究了中国宫殿、庙宇、塔楼和园林等建筑形式，也制作了大量的知识卡片，但这依然不能使他顺利地完成《中国宫室史》的博士论文。关于这一点，父亲梁启超早就予以关注，并及时提出了预言性的建议。他在写给儿子梁思成的一封信中说:“思成的中国宫室史当然是一件大事业,而且极有成功的可能,但非到各处实地游历不可。”确实,要想写出真正的《中国宫室史》,必然不能脱离中国的外围文化,特别是远离中国建筑的实物,否则那只能是纸上谈兵,即便写出来也只会是隔靴搔痒。于是,梁思成果断地中止了在哈佛大学的图书资料准备工作,而是在征得导师同意之后,准备回国进行实地调查研究,以便高质量地完成他关于《中国宫室史》的博士论文。

然而,后来由于中国国内政治局势动荡不稳,梁思成没有机会到全国各地进行这方面的调查研究,致使他关于《中国宫室史》的撰写计划没能完成,这实在是中国学界的一大损失。不过,梁思成虽然没能完成《中国宫室史》的撰写,但并没有影响他对《营造法式》的研究和《中国建筑史》的撰写,特别是在哈佛大学所汲取到的写作方法和父亲梁启超关于实地调查的建议,都使他在后来撰写《中国建筑史》和《中国雕塑史》,以及从事古建筑研究中大受裨益。这是后话。当时,为了完成博士论文《中国宫室史》的写作,梁思成决定于公元 1928 年 2 月离开哈佛大学。与此同时,林徽因也结束了她在耶鲁大学戏剧学院进修舞台美术设计的学业,准备与梁思成一道返回中国。

在这里,我们在结束梁林两人近四年结伴留学生涯的同时,不能不将在这期间发生的几件大事告知读者。

第一件大事:在梁林两人入学宾夕法尼亚大学不久的公元 1924 年 9 月 13 日,梁思成的母亲李惠仙就不幸因乳腺癌而去世。其实,早在公元 1915 年冬母亲李惠仙就患有乳腺癌,经过手术治疗后一直在家静养。不料,公元 1924 年春母亲李惠仙病情复发,癌细胞已经扩散全身,难以治愈。当时,正是梁林两人和弟弟梁思永前往美国留学前夕,他们本想等母亲病愈后再出国,但自知难以治愈的母亲李惠仙深明大义,依然微笑着劝送儿子按时启程。随后,母亲李惠仙病情急剧恶化,随时都有生命危险,父亲梁启超曾打算让刚刚到美国的两个儿子,一同回国“以尽他应尽的孝道”。但最终,父亲梁启超没有让梁思成和梁思永一同回国,而是梁思永一人返回国内“以尽他应尽的孝道”,至于梁思成未能回国的原因至今不得而知。按照如今人们从有关书刊中所知，那是因为“梁思成是赶不及回去的，即使他坐三天横贯大陆的火车，赶上最早一班轮船进行跨越太平洋的长时间的海上航行，他也是无法及时赶到的。”对于这种解释，很显然不能让人信服。

对于母亲李惠仙，在梁思成的印象中虽然严厉些，不如“娘”王桂荃亲切随和，但母子感情很是深厚，特别是在处理那场车祸中就可见一斑。而对于梁启超来说，夫人李惠仙的中道而逝，使他悲痛万分，简直是“不知人间何世”，对他的身体和精神打击极其巨大。据说，夫人李惠仙去世后，梁启超几个月不能写作，每天只是诵读最凄婉的宋词以排解心中的悲痛。对此，我们从公元1925年梁启超所写《祭梁夫人文》的片断中，就不难体会出他对夫人李惠仙的恩爱和怀念之情：

我德有阙，君实匡之；我生多难，君扶将之；我有疑事，君榷君商；我有赏心，君写君藏；我有幽忧，君噢使康；我劳于外，君煦使忘；我唱君和，我揄君扬。今我失君，只影彷徨！……月兮，月兮，为谁圆？中秋之月兮，照人弃捐！呜呼！中秋月兮，今生今世与汝长弃捐，年年此夜，碧海青天。

诵读这一千古绝唱，我们在感动之余又不能不为梁启超拥有这天赐之缘，感到万分的欣慰和艳羡。可以说，梁启超之所以能够在诸多学术领域里创建出极为骄人业绩，在一定程度上不能不归功于夫人李惠仙为他打造的一方稳固而和谐的后方基地。这是否也验证了中国那句“一个成功男人背后必然有一个伟大的女人”的俗语呢？窃以为不谬也。

第二件大事：公元1925年12月，林徽因的父亲林长民在担任东北军第三军团副军团长郭松龄的幕僚长时，在反对军阀张作霖的一次战斗中被流弹击中身亡。

走笔至此，应该对林长民的生平做一交代。公元1876年出生于浙江杭州的林长民，字宗孟，是林徽因祖父林孝恂的长子，21岁时通过生员考试进入杭州一所学堂学习英文和日文，在林徽因两岁时毅然前往日本早稻田大学学习政治、法律和经济学。公元1910年,林长民获得学士学位后回国,曾在祖籍福建创办法政学堂,并担任校长,但随后他积极参与民国初年的政治活动,不仅担任过南京临时政府参议院的秘书长,还曾一度担任北京段祺瑞政府的司法总长。不过,林长民在政治仕途上与梁启超一样屡不得志,公元1917年被迫辞职后组建"国际联盟中国协会",并以此身份于公元1920年携带女儿林徽因前往欧洲考察。公元1921年秋,林长民回国后对国内军阀混战状况极为厌恶,积极支持好友东北军骨干郭松龄反对张作霖,在北京策划政变希望用武力迫使张作霖下野,以结束北方的军阀混战局面。不料,在他前往东北协助郭松龄进行军事行动中,在巨流河遭到张学良军队的伏击,不幸被流弹击中身亡,当时年仅49岁。

对于这样一个猝然而至的不幸消息，作为林长民的好友兼未来亲家的梁启超,简直是费尽了心机才将这一信息辗转告知林徽因。我们可以想象当林徽因得知这一消息时是怎样的悲痛欲绝，因为不仅从此她失去了最疼爱她的父亲,林家失去了最坚实的"顶梁柱",而且随着父亲的猝逝林家已经是支离破碎,林长民的二姨太程桂林带着几个孩子回了老家,只剩下林徽因母亲何雪媛一人孤苦伶仃,无依无靠。一想到这里,林徽因简直是痛不欲生,对此父亲梁启超写信给儿子梁思成,希望他劝慰林徽因不要过度悲伤。在这封信中,梁启超的父爱之心展露无遗:

……徽因遭此惨痛,唯一的伴侣,唯一的安慰,就只靠你。你要自己镇静着,才能安慰她,这是第二层。

第二,这种消息,谅来瞒不过徽因,万一不幸,消息若阙,我也无法用别的话劝解她,但你可以将我的话告诉她:我和林叔叔的关系,她是知道的,林叔叔的女儿,就是我的女儿,何况更加以你们两个的关系。我从今以后,把她和思庄一样看待。在无可慰藉之中,我愿意她领受我这十二分的同情,度过她目前的苦境。她要鼓起勇气,发挥她的天才,完成她的学问，将来和你共同努力，替中国艺术界有点贡献，才不愧为林叔叔的孩子。这话你要用尽你的力量来开解她。

遵照父亲梁启超的嘱咐，梁思成一直陪伴在林徽因的身边，想方设法宽慰她，使她在巨大悲痛的打击下没有消沉下去，最终出色地完成了自己的学业，并与梁思成在加拿大步入了婚姻的殿堂，这也就是下面要说的第三件大事。

第三件大事：公元1928年3月21日，这是梁林两人结束长达八年“恋爱马拉松”终于步入婚姻殿堂的日子。

按照中国的旧习传统，结婚之前必然要行订婚仪式，前文我们谈到当年梁林两人是“自定婚姻”，并非传统意义上的订婚，所以当梁林两人顺利完成学业后，他们订婚之事已经是水到渠成。虽然梁林两人远在大洋彼岸的美国，但父亲梁启超在北京为他们举行的订婚仪式不仅没有丝毫马虎，而且还异常庄严隆重。在择定订婚日期上，病中的梁启超亲自给远在福建的林家族人致信商量，他在信中说：“鄙意用旧式红绿庚帖各一份，合写男女（籍贯）生年日月及三代，想徽因生日或其诸姑当能记忆耶。交聘以一玉器为主，外更用一小金如意配之（两家所用可同一样），公谓何如？大媒此间拟请宰平，林家请何人，公当能代定。”梁林两家通过书信往来商量后，决定将他们订婚的日子选定在公元1927年12月18日，并将这一日期及时告知了梁林两人。对此，我们不知道梁林两人是如何度过这一天的，但在国内的梁家则将订婚仪式举办得喜庆洋洋。

关于父亲梁启超在北京家中为梁林两人举行订婚仪式的情况，他在信中写道：“这几天家里忙着为思成行文定礼，已定本月十八日（阳历）在京寓举行。因婚礼十有八九是在美举行，所以此次行文定礼特别庄严慎重些。晨起谒祖告聘，男女两家皆用全帖遍拜长亲，午间宴大宾，晚间家族欢宴……今将告庙文写寄，可由思成保藏之作纪念。”至于订婚时两家选定的聘礼，父亲梁启超在信中也详细提及：“聘礼我家用玉佩两方，一红一绿，林家初时拟用一玉印,后闻我家用双佩,他家也用双印。但因刻印好手难得,故暂且不刻,完其太璞。礼毕拟将两家聘礼汇寄坎京(即加拿大),备结婚时佩带,唯物品太贵重,深恐失落。届时当与邮局及海关交涉,看能否确实担保,若不能,即仍留两家长处,结婚后归来,乃授予保存……"

梁林两人订婚之后,他们依然分别前往哈佛和耶鲁求学,随着梁思成在哈佛学业的进展,抑或是遵照父亲梁启超那订婚后当尽早结婚的安排,他们随后结束学业前往加拿大渥太华姐姐梁思顺处准备结婚。当时,梁思成的姐夫周希哲担任中国驻加拿大领事馆总领事,父亲梁启超便将梁林两人的婚姻大事交由他们办理。梁林两人到达渥太华之后,经与姐姐梁思顺等人商量,确定将婚期定在公元 1928 年 3 月 21 日。其实,这个日期是梁林两人自行确定的,为的是纪念他们两人心中的共同偶像——《营造法式》的著者李诫,因为这是所有史料中关于李诫生平的唯一日期,也就是朝廷为李诫所立墓碑上的唯一日期。

当父亲梁启超得知这一消息后,立即写信表示了自己的关爱和祝贺:"思成,得姊姊电,知你们定三月行婚礼,国币五千或美金三千可以给你,详信已告姊姊。在这种年头,措此较大之款,颇觉拮据,但这是你学问所关,我总要玉成你,才尽我的责任。"我们都知道,像梁启超那种正直的学人,当年从政时最恨官员贪污腐败,所以他一向清正廉洁,并没有什么金钱的结余,他的收入来源依然和在日本时一样,完全来自他的稿费,以及任职清华的薪金,所以他在信中有"措此较大之款,颇觉拮据"之句。即便如此,父亲梁启超因为"这是你学问所关,我总要玉成你。"也就是说,父亲梁启超为儿子梁思成筹措如此"大款",似乎主要并不是为了他们结婚所用,而是为了他们的"学问所关"。然而,当时梁林两人已经结束了在美国的学业,何来"学问所关"呢?

原来,早在梁林两人订婚之日,父亲梁启超就为他们结婚以及婚后的蜜月之行做了极为详细的安排:"婚礼只要庄严不要侈靡,衣服首饰之类,只要相当过得去便够,一切都等回家再行补办,宁可从中节省点作旅行费。"那

梁思成与林徽因结婚照

么,父亲梁启超为他们的蜜月旅行又是如何安排的呢?对此,父亲梁启超可谓事无巨细,安排周全,他在信中写道:“你们最主要目的是游南欧,从南欧折回俄京搭火车也不太经济,想省钱也许要多花钱。我替你们打算,到英国后折往瑞典、挪威一行,因北欧极有特色,市政亦极严整有新意(新造之市,建筑上最有意思者为南美诸国,可惜力量不能供此游,次则北欧特可观),必须一往。由是入德国,除几个古都市外,莱茵河畔著名堡垒最好能参观一二。回头折入瑞士,看些天然之美,再入意大利,多耽搁些日子,把文艺复兴时代的美,彻底研究了解。最后便回到法国,在马赛上船,(到西班牙也好,刘子楷在那里当公使,招待极方便,中世及近世初期的欧洲文化以西班牙为中心)中间最好能腾出时间和金钱到土耳其一行,看看回教的建筑和美术,附带着看看土耳其革命后的政治(替我)。关于这一点,最好能调查得一两部极简明的书(英文的)回来讲给我听听。……”确实,这不仅是一次极有特色的蜜月之旅,更是父亲梁启超为梁林两人学问长进的殷殷关切和寄予的厚望之心。

为了使梁林两人蜜月之旅行程顺利,父亲梁启超还特意给梁思成寄来了十几张名片,希望他“到欧洲往访各使馆时,可带着。投我一片,问候他们,托其招呼,当较方便些。你在欧洲不能不借使馆作通信机关,否则你几个月内不会得着家里人只字了。你到欧后,须格外多寄些家信(明信片最好),令我知道你一路境况。”这就是中国传统父母的舐犊之情。

于是,在父亲梁启超的殷殷关爱和姐姐梁思顺、姐夫周希哲的操持下,林徽因穿着自己设计的极有民族情调的礼服,与梁思成终于结束了漫长而幸福的苦恋之旅,即将踏上他们浪漫而特别的蜜月之行。

4. 蜜月之旅

20世纪80年代旅行结婚成为时尚,不过那时的旅行结婚多是为了能到繁华都市购置一些时髦衣物或稀罕物件,如今旅行结婚的方式则花样翻新,例如什么水下旅行婚礼、空中飞行婚礼等等,最近还听说有人要搞什么月球太空旅行婚礼,真不知在荒无人烟的广寒宫里举行婚礼是什么滋味,反正梁林两人欧洲的蜜月之旅没有现今的新潮。不过,他们的蜜月之旅还是充满浪漫和温馨的,特别是有目的的考察欧洲经典建筑的举动,不仅称得上是一次穿越和欣赏美的旅行,实际上也应该属于一种真正意义上的学术游历,这实在比那些一味追求新潮和时髦的旅行结婚行为要有价值、有意思得多。

由于梁林两人的欧洲蜜月之旅,如今没有留下任何的文字记录,所以今天所有关于他们行程的文字,可以说都是根据他们所留下不多的几张照片和水彩画的猜想,有的干脆就是凭空想象。然而,即便是猜想或者凭空想象,许多人也没有沿着梁启超当年所提示的路线前行,当然梁林两人是否按照那个路线进行的蜜月之旅,我们也不得而知。对此,在经过一番艰苦的访问和资料查访之后,再针对梁林两人建筑师和艺术家的身份为他们重新设计了蜜月之旅,且重点安排他们在欧洲几处最经典的建筑与艺术珍品宝库之间,进行一次穿越时空的特别之旅。不过,虽然梁林两人的这次特别之旅是今天所设计,但其中所涉及的地方和艺术珍品都是他们当年确实游历观览过的,绝非无端猜想或凭空想象。

梁林两人蜜月之旅中最精彩的行程,无疑是法国巴黎的塞纳河畔,因为沿河两岸名胜古迹众多,公园广场密布,不仅是法国巴黎经典景点中的经典,而且也是欧洲旅行的精华所在。发源于法国东部海拔 471 米朗格勒高原的塞纳河,是法国四大河流之一,全长 776 公里,从西向东北流经巴黎,在巴黎市区内有 13 公里之长,就像是一条环腰缠绕的美丽玉带一般,将浪漫的巴黎都市轻轻而温柔地揽入怀中,而沿河诸多的经典建筑则犹如一颗颗明珠点缀其上,实在是举世罕见,无可媲美。徜徉其间的梁林两人,在有选择地重点参观之前,他们找来了一册旅游指南,从中先了解了巴黎城市的相关历史,当然这也是他们早在教科书中就已经大概知道了的内容。

公元前 300 年,在塞纳河东段一个被称作“城岛”的小岛上,居住着一群以捕鱼为生的巴黎斯人,他们属于高卢族的一个分支,因为他们勤劳而善良,故他们最先居住的地方被称作巴黎,这就是巴黎得名之因。形似小船又像摇篮的城岛,虽然经过多个世纪的发展,依然只是一个名不见经传的小岛城,直到公元486年被法兰克王克罗维斯占据后,才开始进入城市发展的快车道,特别是在公元508年被确定为法兰克王国的首都后,发展的速度更是异常惊人,几乎成为当时欧洲经济和文化的中心。

公元1928年4月,当梁林两人携手来到巴黎时,巴黎已经是一个国际性的文化名城了。于是,梁林两人在市区凯旋门前留影之后,首先来到了世界最高建筑之一的埃菲尔铁塔前。作为巴黎这个城市的象征性建筑,埃菲尔铁塔是为了纪念法国革命100周年而建,塔高320米,共分为上、中、下三层,总重量为9000吨左右,塔基占地约为10000平方米,四座塔墩均为水泥浇铸,塔身则全部采用钢架镂空结构,共有金属部件一万二千余个,是由250万颗铆钉连接而成。这种构造显然与中国诸多没有使用一颗铁钉的木塔或全由砖石砌筑的石塔截然不同,这对于后来梁思成研究中国古塔颇有参照借鉴作用。

告别埃菲尔铁塔,梁林两人来到久已熟知的巴黎圣母院,这是一座世界驰名的天主教堂,也是一处早期哥特式建筑的经典代表作,许多人得知教堂建筑就是从它开始的。说梁林两人早已熟知巴黎圣母院,那是他们从教科书和文艺作品中知道的,真正近距离接触这还是第一次,所以他们细细地用心"阅读",几乎对建筑的每一处细节都不曾放过。

梁林两人依依不舍地走出雨果为巴黎圣母院营造的小说世界,来到了昔日象征王权、今为人民博物馆的卢浮宫。卢浮宫馆藏有最著名的"宫中三宝"——米洛斯岛的维纳斯雕像和无头断臂、双翅舒展欲飞的胜利女神尼卡雕像,以及意大利天才画家达·芬奇的名画《蒙娜丽莎》。关于这幅世界名画,林徽因了然于胸:这是文艺复兴盛期最卓越的肖像画之一,特别是画中那位温柔的佛罗伦萨青年妇女的微笑,被后人称为"神秘的永恒的"微笑,被西方艺术家称为"神品"。

告别浪漫之都巴黎,梁林两人前往古罗马帝国的发祥地,也是欧洲文艺

梁思成与林徽因

1928年，梁思成携爱妻林徽因漫游欧洲时，在法国巴黎留影

复兴时期的一处艺术宝库——意大利的罗马。

最初建造在景色秀丽七座山丘之上的罗马古城，有“七丘城”之称，距今已有两千七百多年的历史，如此悠久的历史给后人留下了极其丰富的文物古迹，特别是宗教建筑数量之多、建造之精美、建筑技术之精湛，实在是罕有匹敌。徜徉在罗马历史城区，梁林两人置身在浓厚的艺术氛围中，尽情地享受着深邃古典文化的浸淫，几乎忘记了旅程中的下一站——西班牙。

按照父亲梁启超的说法，西班牙是欧洲中世纪及近世初期的文化中心，自然成为梁林两人蜜月之旅的重要游历之地。然而，当梁林两人于黄昏时分到达西班牙格兰纳达的时候，他们已经错过了最后一班前往他们梦中圣殿——阿尔罕布拉宫的班车。

据林洙在文章中介绍说，当年梁林两人不顾长途旅行劳顿竟然雇用了一辆马车立即前往参观，即便如此当他们来到阿尔罕布拉宫门前时，早已是游人散去锁门闭宫了。而在梁林两人诚挚的恳求下，管理员不仅爽快地放行，还充当了一次义务讲解员，陪同他们一同游览了这座伊斯兰世界中保存较好的一处没落的皇家宫殿。

他们在这空无一人的宫殿中游荡着，欣赏着，体会着，真是如醉如痴。最后，他们不得不告别了热心的管理员，乘上马车返回格兰纳达。月光泻满大地，树影婆娑，听着“嘚嘚”的马蹄声，他们回头向阿宫望去，那些高高低低的方塔耸立在蜿蜒的红色围墙上，在蓝色月光的笼罩下，清晰却又迷茫，依然飘散着淡淡的忧郁。不由得令他们想起李后主的词：

四十年来家国，三千里地山河；凤阁龙楼连霄汉，玉树琼枝作烟萝。几曾识干戈？

一旦归为臣虏，沈腰潘鬓消磨。最是仓皇辞庙日，教坊犹奏别离歌，垂泪对宫娥。

怀想南唐后主李煜这首凄美之词，梁林两人是否想到自己国家正在遭受军阀混战的摧残，是否预知到不日也将要遭受异族入侵的蹂躏，我们不得而知，但这时他们应该准备启动归程了。因为中国东北大学已经招收了一班学习建筑的学生，而他们将成为中国大学中第一个建筑系的开创者，他们面临着新的征程。

5. 执教“东大”

执教国立东北大学，是父亲梁启超处心积虑的安排，虽然他原本希望儿子梁思成能在美术方面有所成就，今后成为中国美术界的“李、杜”。

对此，他在谈到梁思成回国就业问题时，曾在信中写道：“另外有一件‘非职业的职业’——上海有一位大藏画家庞莱臣，其家有唐（六朝）画十余轴，宋元画近千轴，明清名作不计其数。这位老先生六十多岁了，我想托人介绍你拜他门下，当他几个月的义务书记，若办得到，倒是你学问前途一个大机会。你的意思如何？”对于父亲的这一安排，梁思成并没有积极响应，因为他已经找到了能够激发自己兴趣和智慧的最佳职业——研究中国建筑史，所以当他在西班牙公使馆看到父亲的这封信时，他未置可否，而是希望回国后能与父亲当面讨论。对于儿子梁思成兴趣的转变，父亲梁启超已经明了，他是一个开明而民主的父亲，所以他开始为儿子梁思成在清华学堂争取教职，即便那时清华还没有设立建筑专业。后来，当他得知国立东北大学准备筹建建筑系，该校原本希望梁思成的学长杨廷宝担任建筑系主任一职，而已经就职天津基泰工程司的杨廷宝则推荐当时还在国外的梁思成担任，并受国立东北大学委托前往北平向梁启超游说。深谋远虑的梁启超在权衡清华学堂与东北大学的利弊之后，果断地代替儿子梁思成承接了东北大学的聘书，希望儿子能远离清华园的“温柔乡”，到有苦吃但建筑事业也有大发展的东北大学任教。

当梁思成接到父亲的这封信时，已经是公元 1928 年的 7 月份了，距离东北大学开学只有一个多月的时间，于是梁林两人不得不提前结束欧洲的蜜月之旅,准备从莫斯科乘坐火车穿越横贯西伯利亚的大铁路返回中国。

在返回国内的漫长旅途中,梁林两人胸怀激荡,踌躇满志,渴望将自己多年所学付诸实践,特别是对于创建东北大学建筑系,他们早已有了自己的想法,虽然基本上是套用美国宾夕法尼亚大学建筑系的教学模式,但梁思成还是强烈地感到要将自己对中国建筑史的初步研究,应用到即将开始的建筑教学实践当中。对此,梁思成已经准备了一份筹建建筑系的草案,在这份草案中除了谈及建筑系的组织构成外,还对将要开设的课程也详细罗列出来。为了使这份草案更加明晰和完善,梁林两人准备利用漫长的旅途时间对它进行精心的修改,以便于路过沈阳时与东北大学工学院院长高惜冰共同商讨确定。没想到,梁林两人竟在火车上结识了同样年轻的一对美国夫妇——查里斯和蒙德里卡,后来这对美国夫妇受费慰梅女士的邀约,写了一篇文章生动记述他们的交往过程,深情地回忆了他们对梁林两人的美好印象。他们在文章中写道:

人的一生中有时候有些具有神奇性质(某种不会重复产生的东西)的片断或插曲。我们同梁氏夫妇短暂而热烈的友谊就具有这种性质——一扇敞开的通向共同憧憬的大门。

1928年初夏的一天,蒙德里卡和我坐上一列西伯利亚大铁道的火车,从莫斯科缓缓东行,车子不时停下来上水或装木头燃料。在车子停站的时候,人们都跑到站台上去,走上走下地乱转,同当地人换东西吃或泡茶。在这些粗鲁的、发臭的旅客群中,这一对迷人的年轻夫妇显得特别醒目,就像粪堆上飞着一对花蝴蝶一样。除了那自然的沉默寡言以外,在我们看来他们好像反映着一种不可抗拒的光辉和热情。在这种相互愉悦的心情驱使下,我们几乎立即投入了热烈的谈话——在他们是因为,他们向我们解释说,他们是满载着美国的体验回国去,急于要把它们付诸实践;而在我们则是因为我们刚开始投入一次通向其艺术和哲学久已深深吸引我们俩人的地区的伟大旅行。今天回顾起来,火车旅行生活的单调以及同其他旅客交谈的语言障碍显然也促进了友谊。

但是谁能“说清楚”爱？它就这么来了——我们相互陪伴时感到欢喜并且发现彼此间很容易亲密地找到共同的观念、计划和志向。……火车颠簸前行，经过鄂姆斯克、托木斯克、伊尔库茨克、贝加尔以及其他许许多多的站头，最后到达了和中国中东铁路的接轨站，我们四个人在这里登上向东南穿过满洲的火车，经过哈尔滨、沈阳，到达黄海边的大连。

我们在沈阳停下来，对一座沿大街布置着石刻人像的古老大图书馆作了礼节性的拜访。梁思成的父亲在那里有熟人，当我们走过毛笔书法和绘画的珍藏精品展览时，梁这个姓氏产生了巨大的奇迹，引来无数的打躬作揖。

从大连我们登上了一艘日本轮船横跨直隶驶往大沽口，天津的外港。然后又在黄昏和瓢泼大雨中从天津登上一列又慢又漏的火车前往北京。车顶上坐满了乘白车的旅客。尽管如此，雨水还是漏进来，落在我们用报纸折成的帽子上，落到立在座位靠背上点着的蜡烛上。我们就这样到了北京，一个鼻孔里是晚香玉的味道，另一个鼻孔里是粪臭，混合着人力车夫和乞丐的叫喊声，在吵吵嚷嚷中把我们迎到了这座我们梦寐以求的城市。

在北京短暂的日子里，梁林两人不仅给家人带来了巨大惊喜，而且还特意热情地陪同查里斯夫妇游逛了北京城，从而更加深了彼此间的了解和感受。查里斯夫妇在回忆文章中写道：

……在北京梁氏夫妇成了我们忠实的导游。从景山到天坛，从玉泉塔到元代土城，到香山，参观了各种饭店，戏院，街市，商店，送葬行列，甚至到了老梁先生的有围墙的私家花园，到了许多叔叔阿姨参加的在一系列有着各种笼养小鸟、夏日花卉、水池、树木的天井里举行的豪华宴会,到了紫禁城里无穷无尽的房间和庭院。一切都是免费提供的,一切都点缀着热切和殷勤的气氛。

那些在北海、孔庙以及其他圣地残存的辉煌中进行的委婉的谈话,加强了友情的体验并使之更加难忘。在这些谈话中大家渐渐明白,他们的回家已经成为一种震惊和失望。他们说,明显的是,不管他们所受的教育,他们要找到一种办法以便有益于那些年里混乱和变化中的祖国或给予实质性的影响,都是特别困难,或许是不可能的。由于要和官僚作风和漠然态度迎面相撞,在戏剧领域和建筑方面的新旧融合问题似乎难于克服。然而口号仍旧是"坚持!坚持!"

有时那种玩世不恭和遭受挫折的感觉会冒出来。在这种时候我们就坚持认为,尽管有我们自己的怀疑和无知,这终究是一个变革的时代,从长远来说一切都会好起来的。尽管如此,显然我们的朋友在感到自己就像是一对里普·凡文克尔。他们回到了一个忽然间变得不熟悉而混乱的中国;然而他们还是决心要找回自己的位置并把他们新的技能和创造力贡献给杂乱无章的环境。他们有充满田园诗般的憧憬的时刻,其余的则让位于怀疑。

菲莉斯(指林徽因)是感情充沛、坚强有力、惹人注目和爱开玩笑的。她疯狂地喜欢梅兰芳,因为梅兰芳在她在场时从来不敢坐下;她为能把传统戏剧带进20世纪的节奏的前景而欢喜。梁思成则是斯文、富于幽默感和愉快的,对于古代公共建筑、桥梁、城墙、商店和民居的任其损坏或被破坏深恶痛绝。他们两人合在一起形成完美的组合……一种气质和技巧的平衡,即使在其早期阶段的产出也要比它的组成部分的总和大得多——一种罕有的产生奇迹的配合。

在那军阀土匪当道的混乱年代,在我们看来,即使以他们的才能和优越的社会地位,似乎他们也将在中国社会的大旋涡中消失得无影无踪。就在他们传奇故事的这一段,我们必须离开到京都去,此后再也没有见到过他们。

不过，梁林两人并没有如查里斯夫妇说的那样，“在那军阀土匪当道的混乱年代”里，在“中国社会的大旋涡中消失得无影无踪”，而那时竟是他们人生飞扬和创造学术巅峰的黄金时段。相反，梁林两人特别是梁思成则是在新中国那汹涌澎湃时代潮流的激烈撞击下，时而被抛上政治巅峰，时而又被甩入政治深渊，乃至于头破血流，伤痕累累，最终在万千人们的批判中凄然而逝。这是后话。这时，在送别查里斯夫妇之后，梁林两人立即前往东北大学就职，协力创建中国大学中的第一个建筑系，从而开始了他们在建筑事业上携手相伴终生的漫漫历程。

创建于公元1923年的国立东北大学，其前身是国立沈阳高等师范学校和公立沈阳文科专科学校，两校合并后在沈阳北陵附近建设了新校园。当时的中国东北虽然早已成为日本觊觎的重点地区，但年轻的少帅张学良在父亲张作霖被炸身亡后，在内心已经倾向于与蒋介石联合，这就使东北全境出现了中原地区少有的和平环境。对此，张学良抓住机遇，励精图治，大肆改革，使东北地区呈现了一片欣欣向荣的局面。就东北大学而言，不仅张学良亲自出任校长，而且学校内部也进行了充分的扩充和革新，特别是继国立中央大学机械系设立建筑专业不久，它就大胆地筹建了中国大学中的第一个建筑系，这使梁思成这个当时年仅27岁、从美国宾夕法尼亚大学毕业不到一年的年轻人，幸运地担起了开创中国建筑学的历史使命。

在东北大学建筑系草创的日子里，梁林两人不仅是组织者，更是仅有的两名建筑学的“授业”老师，他们不得不一切从零开始，既要处理日常事务，又要为四十多名新生讲课。在东北大学建筑系开设的课程中，林徽因负责讲授美术和建筑设计，梁思成则讲授建筑学概论和建筑设计原理，同时他还将西方建筑史和中国建筑史相融合，开设了建筑史课程，着力将“人类文化和历史的记录者”——建筑的深层内涵灌输给他的第一批学生们。梁思成特别重视对学生的专业教育，开班学生的建筑概论课他更是极为重视，许多人对建筑专业的热爱就是从这一堂课开始的。

公元1929年考入东北大学建筑系的学生张翔先生曾回忆说:“先生虽然个头不大,但两眼炯炯有神,而且带着对建筑学专业的无比热爱和自信,给人以很大的感染力。先生的第一句话就说‘建筑是什么?它是人类文化的历史,是人类文化的记录者,它反映时代的步伐和精神。’最后他总结说‘一切工程离不开建筑,任何一项建设,建筑必须先行,建筑是工程之王。’听了先生的这一篇讲演我下决心一定要学好建筑不再转系。”后来,张翔先生成为美国夏威夷的一位著名建筑师。

对于梁思成重视学生启蒙教育而印象深刻的,还有其开山弟子沈三陵的回忆:先生的第一句话说,不满18岁的同学请站起来,呼啦一下站起了三分之一的同学。先生温和地笑了笑说果然你们是年龄最小的一班。于是他转身在黑板上只一笔就勾画出了一只可爱的小狗,问我们这是什么?我们说是狗,他又在黑板上画了个与狗同等大小的小屋,问我们这是什么?我们说是狗窝。他点了点头,又在狗的旁边画了一个大的房子问我们这是什么?我们说是房子。先生笑了,在黑板上写上“尺度”两个字,然后说这就是尺度。对此,沈三陵深有感触地说:“现在我也是教师了,感到给初学的同学讲清‘尺度’的概念颇费口舌,但先生当年那么简单生动地帮我们了解了什么是‘尺度’,这一课我真是一辈子也忘不了。”与梁思成讲解“尺度”同样有趣的,是他对抽象性很强的“比例”一词的解说,沈三陵回忆说:“一次他画了一个小婴儿和一个成年人,然后又在成年人旁画了一个和成年人同等大小的婴儿,问我们这两个谁是大人谁是小孩,我们回答了,他说这就叫‘比例’。建筑也和人一样,各种建筑有自己的特点和比例,如果尺度弄不好,让人看起来像个拔高了的小孩或缩小的大人,会很不舒服。”

中国著名建筑大师、新中国成立10周年时“国庆十大献礼工程”中的民族文化宫和民族饭店的设计者张镈先生,也是梁思成早年在东北大学时的学生,他晚年多次回忆自己当年的学习生活:有一次交作业时,我把插图的四角加上压片的三角。梁公看后一方面肯定了我的努力,同时又在三角旁眉批“费而不惠”四个字。这四个字对我一生的发展起了极大的影响。张镈先生还深情地回忆说：“梁公当时只有27岁，却已经学问渊博。梁公讲课的一个大特点是高度的‘视觉化’，每讲到一个实例都要在黑板上准确地把建筑的平、立、断面画出来。”不过，张镈先生还应该记得“梁公”之所以能如此娴熟而准确地画出各式建筑的各种图样，他在那刚刚执教之时不知道要花费多少时间默默练习呢。好在“梁公”的心血没有白费，在东北大学那短短几年间就为中国培养了一大批建筑大师和建筑学者。

在异常紧张忙碌的教学生活中，“天才的艺术家”林徽因从来就不曾湮灭她那随时喷涌的诗思，即便是在土匪横行随时出没的动荡时局里，她依然留下了这样的记忆：“当时东北时局不太稳定，各派势力在争夺地盘。一到晚上经常有土匪出没——当地人称为胡子。他们多半从北部牧区下来。这种时候我们都不敢开灯，听着他们的马队在屋外奔驰而过，那气氛真是紧张。有时我们隔着窗子往外偷看，月光下的胡子们骑着骏马，披着红色的斗篷，奔驰而过，倒也十分罗曼蒂克。”

感觉上的罗曼蒂克，却代替不了现实生活中的严峻。作为已经成家就该立业的梁家长子，梁思成还面临着赡养妻子林徽因那孤寂一身的老娘，所以他们不能不在教学之余想法谋生。不过，这种想法直到第二年夏天之后才能付诸实施，因为这时应梁思成的盛情邀请，他在宾夕法尼亚大学的同学陈植、童寯和蔡方荫等人先后来到东北大学任职，并联合成立了“梁陈童蔡营造事务所”。

对于这一行动，也是父亲梁启超当年的一个设想，他曾在公元1928年5月13日给梁思成的信中写道：“（梁思成）到彼（东北大学）后便可组织公司，从小规模办起，徐图扩充……”果然，在“梁陈童蔡营造事务所”成立不久，他们就承接了吉林大学和北方交通大学锦州分校校舍的设计工程，后来梁思成和林徽因还合作设计了一座名叫“肖何园”的公园，以及当地一些军阀官僚的宅第。特别是林徽因，在东北大学公开征集校徽的活动中，她那极具地域特色的“白水黑山”设计方案被选中，从此成为东北大学的标志。

在繁忙的教学之余，梁思成从来也没有忘记研究中国建筑史的宏大愿望。为此，他开始对附近一些古代建筑进行调查和测绘，特别是对位于沈阳北郊5公里处清朝皇家陵寝北陵的测绘，这是他第一次为今后漫长的古建筑调查之路奠定基础和积累经验。

在利用从美国宾夕法尼亚大学学到的测绘技术对昭陵进行测量中，梁思成发现他丈量的数据并不符合最后要绘制成图纸的比例要求，于是他果断地废弃了英尺等尺度分划，而代之以公制，使自己的测量技术得到及时改进。对此，梁思成后来说:"这代表我在追求我后来掌握了的技巧中的一个阶段。"

在进行实地调查和测量的同时，梁思成还从撰写《中国雕塑史》着手，从建筑学的外围对中国建筑史进行研究。当然，这也符合梁启超当年所提醒的必不可少的一种治学方法，那就是要研究一种学科必不能忽视对相关专业知识的广泛涉猎。

不过，梁思成在撰写《中国雕塑史》时，首先遇到的困难就是可查询的资料极其匮乏，他不得不"借重于外国诸先生及各美术馆之收藏"，也就是当年他与林徽因游历欧洲时在各国博物馆或美术馆所欣赏到的有关史料，同时借鉴日本的大村西崖、常盘大定、关野贞和法国的伯希和、沙畹，以及瑞典的喜龙仁等学者的著述。所以，在公元1930年完成的《中国雕塑史》，其实只是梁思成当年在东北大学建筑系的讲课提纲，他"甚望日后战争结束，得畅游中国，以补订斯篇不足也"。即便如此，在短短只有三万余字的《中国雕塑史》中，梁思成不仅特别重视中国雕塑巅峰时期的"魏风唐韵"，而且运用了生动鲜活的文笔，将学术研究文章写得趣味盎然。同时，在中国这第一部"雕塑史"中，梁思成还精心绘制搜集了200余幅插图，使这部著作显得更加图文并茂，如沐清风。

不料，随着日本侵华战争进程的推进，东北局势日益动荡不安，东北大学也处在风雨飘摇之中，梁思成的中国建筑史研究不得不中断。随后，林徽因因为患上肺病不能坚持教学，在东北那寒冷的气候中也不利于养病，遂于公元1930年下半年回到北京治疗。公元1931年2月，鉴于东北局势已不适宜今后发展的情况，陈植不得不离开东北大学加盟到上海华盖建筑师事务所，后来东北大学建筑系被迫停办后童寯也加入其中，从而与建筑大师赵深组成了声名赫赫"华盖三驾马车"，这是后话。当时，梁思成在结束公元1931年东北大学建筑系这一学年的课程之后，也不得不回到北京照顾林徽因，并接受中国营造学社的邀请，而将东北大学建筑系这一重任交给了祖籍东北沈阳的童寯。公元1931年9月18日，日本人侵略中国的行动从东北开始，东北大学建筑系被迫南迁，并在童寯先生的竭力主持下，终于于公元1932年7月艰难毕业。这是中国人自己培养的第一批建筑学专业人才，也是梁思成等人倾注满腔心血的结晶，所以当他们毕业前夕邀请梁思成参加毕业典礼时，梁思成满怀深情而又不无遗憾地写了一封热情洋溢的贺信。贺信全文如下：

诸君！我在北平接到童先生和你们的信，知道你们就要毕业了。童先生叫我到上海来参与你们毕业典礼，不用说，我是十分愿意来的，但是实际上怕办不到，所以写几句话，强当我自己到了。聊以表示我对童先生和你们盛意的感谢，并为你们道喜！

在你们毕业的时候，我心中的感想正合俗语所谓"悲喜交集"四个字，不用说，你们已知道我"悲"的什么，"喜"的什么，不必再加解释了。

回想四年前，差不多正是这几天，我在西班牙京城，忽然接到一封电报，正是高惜冰先生发的，叫我回来组织东北大学的建筑系，我那时还没有预备回来，但是往返电商几次，到底回来了，我在八月中由西伯利亚回国，路过沈阳，与高院长一度磋商，将我在欧洲归途上拟好的草案讨论之后，就决定了建筑系的组织和课程。

我还记得上了头一课以后，有许多同学，有似晴天霹雳如梦初醒，才知道什么是"建筑"。有几位一听要"画图"，马上就溜之大吉，有几位因为"夜工"难做，慢慢地转了别系，剩下几位有兴趣而辛苦耐劳的，就是你们几位。

我还记得你们头一张 Wash Plate，头一题图案，那是我们“筚路蓝缕，以启山林”的时代，多么有趣，多么辛苦，那时我的心情，正如看见一个小弟弟刚学会走路，在旁边扶持他，保护他，引导他，鼓励他，唯恐不周密。

后来林先生来了，我们一同看护小弟弟，过了他们的襁褓时期，那是我们的第一年。

以后陈先生、童先生和蔡先生相继都来了，小弟弟一天一天长大了，我们的建筑系才算发育到青年时期，你们已由二年级而三年级，而在这几年内，建筑系已无形中形成了我们独有的一种 Tradition，在东北大学成为最健全，最用功，最和谐的一系。

去年六月底，建筑系已上了轨道，童先生到校也已一年，他在学问上和行政上的能力，都比我高出十倍，又因营造学社方面早有默约，所以我忍痛离开了东北，离开了我那快要成年的兄弟，正想再等一年，便可看他们出来到社会上做一分子健全的国民，岂料不久竟来了蛮暴的强盗，使我们国破家亡，弦歌中辍！幸而这时有一线曙光，就是在童先生领导下，暂立偏安之局，虽在国难期中，得一个赓续工作，这时我要跟着诸位一同向童先生致谢的。

现在你们毕业了，毕业二字的意义，很是深长，美国大学不叫毕业，而叫“始业”(Commencement)。这句话你们也许听了多遍，不必我再来解释，但是事实还是你们“始业”了，所以不得不郑重地提出一下。

你们的业是什么，你们的业就是建筑师的业，建筑师的业是什么，直接地说是建筑物之创造，为社会解决衣食住三者中住的问题，间接地说，是文化的记录者。是历史之反照镜，所以你们的问题是十分的繁难，你们的责任是十分的重大。

在今日的中国，社会上一般的人，对于“建筑”是什么，大半没有什么了解，多以(工程)二字把他包括起来，稍有见识的，把它当土木一类，稍不清楚的，以为建筑工程与机械、电工等等都是一样，以机械电工问题求我解决的已有多起，以建筑问题，求电器工程师解决的，也时有所闻。所以你们(始业)之后，除去你们创造方面，四年来已受了深切的训练，不必多说外，在对于社会上所负的责任，头一样便是使他们知道什么是“建筑”，什么是“建筑师”。

现在对于“建筑”稍有认识，能将他与其他工程认识出来的，固已不多，即有几位其中仍有一部分对于建筑，有种种误解，不是以为建筑是“砖头瓦块”(土木)，就以为是“雕梁画栋”(纯美术)，而不知建筑之真意，乃在求其合用，坚固，美。前二者能圆满解决，后者自然产生，这几句话我已说了几百遍，你们大概早已听厌了。但我在这机会，还要把他郑重地提出，希望你们永远记着，认清你的建筑是什么，并且对于社会，负有指导的责任，使他们对于建筑也有清晰的认识。

因为什么要社会认识建筑呢，因建筑的三元素中，首重合用，建筑的合用与否，与人民生活和健康，工商业的生产率，都有直接关系的，因建筑的不合宜，足以增加人民的死亡病痛，足以增加工商业的损失，影响重大，所以唤醒国人，保护他们的生命，增加他们的生产，是我们的义务，在平时社会状况之下，固已极为重要，在现在国难期中，尤为要紧，而社会对此，还毫不知道，所以是你们的责任，把他们唤醒。

为求得到合用和坚固的建筑，所以要有专门人才，这种专门人才，就是建筑师，就是你们！但是社会对于你们，还不认识呢，有许多人问我包了几处工程，或叫我承揽包工，他们不知道我们是包工的监督者，是业主的代表人，是业主的顾问，是业主权利之保障者，如诉讼中的律师或治病的医生，常常他们误认我们为诉讼的对方，或药铺的掌柜——认你为木厂老板，是一件极大的错误，这是你们所必须为他们矫正的误解。

非得社会对于建筑和建筑师有了认识，建筑不会到最高的发达。所以你们负有宣传的使命，对于社会有指导的义务，为你们的事业，先要为自己开路,为社会破除误解,然后才能有真正的建设,然后才能发挥你们创造的能力。

你们创造力产生的结果是什么,当然是“建筑”,不只是建筑,我们换一句话说,可以说是“文化的记录”——是历史,这又是我从前对你们屡次说厌了的话,又提起来,你们又要笑我说来说去都是这几句话,但是我还是要你们记着,尤其是我在建筑史研究者的立场上,觉得这一点是很重要的,几百年后,你我或如转了几次轮回,你我的作品,也许还供后人对民国廿一年中国情形研究的资料,如同我们现在研究希腊罗马汉魏隋唐遗物一样。但是我并不能因此而告诉你们如何制造历史,因而有所拘束顾忌,不过古代建筑家不知道他们自己地位的重要,而我们对自己的地位,却有这样一种自觉,也是很重要的。

我以上说的许多话,都是理论,而建筑这东西,并不如其他艺术,可以空谈玄理解决的,他与人生有密切的关系,处处与实用并行,不能相脱离,讲堂上的问题,我们无论如何使他与实际问题相似,但到底只是假的,与真的事实不能完全相同,如款项之限制,业主气味之不同,气候,地质,材料之影响,工人技术之高下,各城市法律之限制等等问题,都不是在学校里所学得到的,必须在社会上服务,经过相当的岁月,得了相当的经验,你们的教育才算完成,所以现在可以说,是你们理论教育完毕,实际经验开始的时候。

要得实际经验,自然要为已有经验的建筑师服务,可以得着在学校所不能得的许多教益, 而在中国与青年建筑师以学习的机会的地方,莫如上海,上海正在要做复兴计划的时候,你们来到上海来,也可以说是一种凑巧的缘分,塞翁失马,犹之你们被迫而到上海来,与你们前途,实有很多好处的。

现在你们毕业了,你们是东北大学第一班建筑学生,是“国产”建筑师的始祖,如一只新舰行下水典礼,你们的责任是何等重要,你们的前程是何等的远大!林先生与我两人,在此一同为你们道喜,遥祝你们努力，为中国建筑开一个新纪元！

梁思成

民国廿一年七月

至此，梁思成真正结束了他在东北大学的执教生涯，卸下了肩负培养"'国产'建筑师的始祖"的重任，但他同时则挑起了另一副重任，那就是成为煊赫多年的梁氏家族新的"顶梁柱"。

6. 支柱

梁思成成为梁氏家族真正支柱的时间，应该是从公元1929年1月19日开始，这一天是父亲梁启超病逝的日子。

一向健康乐观的梁启超，从来没想到自己会被疾病所击倒，特别是自他回到渴盼已久的天津"饮冰室"书斋后，他完全沉浸在学术研究的海洋里，没有一天不是快乐而满足的。不过，生老病死是人生的自然现象和规律，谁也无法预知和抗拒，即便是像梁启超这样的一代巨人，在这方面也不能例外。早在公元1926年2月，梁启超就因尿血症久治不愈，不顾亲人和朋友们的反对，毅然住进协和医院进行手术。当时，亲人和朋友们之所以反对，是因为那时人们对于西医还不了解不信任，历史悠久的中医才是人们治病的根本。而对西方先进的医学技术早有了解的梁启超，一直致力于向国民推介西方先进的科技和思想理念，所以他也想在这方面为大家做一表率。不料，当他在协和医院接受手术切除病变的肾时，没想到西方先进的医学技术对他开了一个玩笑，而这一个玩笑竟使他彻底丧失健康，在年仅56岁的学术黄金年龄上就猝然而逝。这是后话。

在协和医院接受手术治疗后的梁启超，身体病状并没有减轻，尿血现象依然时有发生，如果稍一劳累竟然还出现了尿潴留。即便如此，向来坚强乐观而精力旺盛的梁启超，几乎一天也没有歇息，仍然坚持在学术的海洋里带病遨游着,他似乎是想将往日在政坛上所浪费的时光追赶回来。毅力惊人的梁启超,就这样坚持了一年多的时间,不仅依然故我,还对远在大洋彼岸的儿子梁思成等子女关怀备至,既对他们在学问上予以远程指导,又对他们在生活和人生中给予鼓励。在这期间,梁启超给海外子女写了多封家信,但从来没有谈到自己身体上的病症,直到公元1927年12月18日梁林两人订婚时,他也不愿意因为自己身体上的病症而搅扰了儿子的这一喜庆。所以,他在这一天写给儿子梁思成的信中,依然满是喜悦和慈爱的心情:"……这几天为你们的聘礼,我精神上非常愉快。你想从抱在怀里的'小不点点'(是经过千灾百难的)一个孩子盘到成人,品行学问都还算有出息,眼看着就要缔结美满的婚姻,而且不久就要返国,回到我的怀里,如何不高兴呢?今天北京家里典礼极庄严热闹,天津也相当的小小点缀,我和弟弟妹妹们极快乐地玩了半天。想起你妈妈不能小待数年,看见今日,不免起些伤感,但他脱离尘恼,在彼岸上一定是含笑的……"是的,作为子女心目中慈爱而坚强的父亲,梁启超因为梁林两人经历种种磨难和考验终于要喜结连理的喜讯,备感心情愉快,从而忽视了自己身体上的病症。

不过,病症并没有因为梁启超的达观和忽视,也同样忽视对他身体的侵害。在梁林两人结婚前夕,梁启超因病再次住院治疗,直到公元1928年2月12日春节将至时他才出院。在这一天,梁启超在给儿子梁思成的信中同样没有谈及这次住院的事,而是告知为他们的婚礼筹备了一些钱,并随信寄了十多张名片,为他们婚后游历欧洲做铺垫工作。没想到,此后梁启超的身体健康状况急剧恶化,以至于又一次住进协和医院治疗,病症虽然得以暂时的减轻,但他却不能像往常那样安坐书斋进行思想和写作,就连儿子梁思成结婚的那天按惯例要写信的他也不能动笔。

直到两个月后,梁启超病情好转才给儿子梁思成写了一封长信,在信的开头他这样写道:"我将近两个月没有写给孩子们的信了。今最可告慰你们的,是我的体子静养极有进步,半月前入协和输血并检查,灌血后红血球竟增至四百二十万,和平常健康人一样了。你们远游中得此消息,一定高兴百倍。”梁启超在让儿子放心游历的同时,也希望在病中能得到儿子的信息聊以安慰,于是他在同一封信的末尾写道:“你来信终是太少了,老人爱怜儿女,在养病中以得你们的信为最大乐事,你在旅行中尤盼将所历者随时告我(明信片也好),此当卧游,又极盼新得的女儿常有信给我。”其实,这时梁启超的病情时好时坏,时常需要到协和医院输血维持,并于公元 1928 年 3 月 16 日再次进行手术,切除了那个真正病变的坏肾。

随后,随着新婚夫妇梁林两人的归来,梁启超一度沉浸在喜悦欢乐之中,精神状态也一直很好,不仅忽视了依然需要静养的身体,而且还像往常一样进行学术研究和写作。特别是对于自己牵线促成的这桩婚姻,梁启超非常满意,他在给女儿梁思顺的信中说:“新人到家以来,全家真是喜气洋溢。初到那天看见思成那种风尘憔悴之色,面庞黑瘦,头筋胀起,我很有几分不高兴。这几天将养转来,很是雄姿英发的样子,令我越看越爱。看来他们夫妇体子都不算弱,几年来的忧虑,现在算放心了。新娘子非常大方,又非常亲热,不解作从前旧家庭虚伪的神容,又没有新时髦的讨厌习气,和我们家的孩子像同一个模型铸出来。”

同样,虽然喜悦的心情和精神状态能暂时缓解一些病症,但并不能根治病痛,因为这段时间的劳累,梁启超于公元 1928 年 11 月 12 日已是病入晚期,不得不住进协和医院的特别病房。虽然经过精心治疗,但病情已是日趋严重,梁启超也许是自知自己将不久于人世,遂给当时在东北大学的儿子梁思成写了一封信。在这封字迹有些潦草的信中,坚强的巨人梁启超不得不第一次承认自己“精神委顿”,他说:“这回上协和医院一个大当。他只管医痔,不顾及身体的全部,每天两杯泻油,足足灌了十天,把胃口弄倒了。也是我自己不好,因胃口不开,想吃些异味炒饭、腊味饭,乱吃了几顿,弄得肠胃一塌糊涂,以致发烧连日不止。人是瘦到不像样子,精神也很委顿……”梁林两人接到父亲梁启超的这封信后,立即意识到父亲梁启超肯定是病势沉重,于是急忙赶回北京探望。在协和医院里,望着形容枯槁、面色苍白的父亲,梁林两人不由得泪如雨下,他们怎么也没有想到往日充满精神活力的父亲,在短短几个月的时间里竟然病到了这种程度。而梁启超望着自己最钟爱的儿子和儿媳,虽然已经是口不能言,但依然面露喜悦之色。

不过,梁启超心里明白他没有多少时间享受父子情深了,虽然儿子梁思成已经结婚成家立业,但毕竟还只有 28 岁,他能否担当得起梁家实际长子的重任呢?对此,我们今天并不曾知道梁启超在离世之前,对儿子梁思成有何希望和规劝,因为著作等身的他竟然没有给后人留下一纸关于家事的遗言。相反,在公元 1929 年 1 月 15 日他却要求家人在他死后请医院对他进行尸体解剖,探查出真正的病源,以供医学界参考研究之用。四天后,也就是当月 19 日下午 2 时 15 分,一代巨人梁启超溘然长逝,时年仅仅 56 岁。

一代思想高士和学术巨匠梁启超的崩逝,不仅使梁思成等家族人员和亲友悲痛欲绝,就连中华大地上的山川河流也为之呜咽落泪。连日来,社会各界人士纷纷撰文悼念梁启超的辞世,全国各大报刊也连篇累牍地刊载文章记述梁启超病逝的消息和生前事迹。2 月 17 日和 18 日两天,梁启超的追悼会在北京广惠寺和上海静安寺分别举行,北京有丁文江、熊希龄、胡适、钱玄同、朱希祖、任鸿隽等五百多人参加祭奠,上海则有张元济、陈叔通、蔡元培、高梦旦、孙慕韩等多人参加,冯玉祥和章太炎等社会各界名流敬送挽联三千余幅,以表哀思。在众多挽联中,冯玉祥将军写道:“矢志移山亦艰苦,大才如海更纵横。”对梁启超坚韧不拔的意志和非凡的才华,予以公允的评说和赞扬。梁启超的生前挚友章太炎则对梁启超在推进中华民族历史和文化进程上,通过挽联的方式表示了理解和敬佩:“进退上下,式跃在渊,以师长责言,匡复深心姑屈己;恢诡谲怪,道通为一,逮枭雄僭制,共和再造赖斯人。”同年,就连美国史学界也对梁启超予以高度评说:“以非凡的精神活动和自成一格的文风,赢得中国知识界的领袖头衔。”确实,梁启超在短短 56 年的人生历程中,思想随时代而变,论著开风气之先,竟然在史学、哲学、政治学、外交学、经济学、财政学、教育学、新闻学、语言文字学、图书目录学、地理学、金石学、诗词、文学评论,以及学术评论、春秋诸子研究和校勘考据学等诸多领域,进行了广泛的研究和探索,许多方面不仅开中国风气之先河,

梁启超墓，是梁思成与林徽因联袂设计并付诸实施的第一件作品

而且也绝非一概粗浅、浅尝辄止,例如他关于中国近三百年学术史和佛学的研究,至今又有几人能与他比肩同行?如此,也就难怪他生前挚友徐佛苏称颂他为"世界第一博学家"了。

如今,"世界第一博学家"的父亲梁启超已逝,作为实际长子的梁思成在万分悲痛之中,撰写长篇文章追述父亲辞世前的情况,以向公众表示他们哀思之望。不过,梁思成在文章的开头则是这样写的:"我父亲一向非常健康,很少生病。"那么,"一向非常健康"的父亲梁启超怎么就这样早早地走了呢?

四十多年后,当梁思成得知父亲梁启超逝世的真正原因,竟然是一起严重的医疗事故时,使他备感悲凉和哀痛。对此,费慰梅女士在书中写道:"鉴于梁启超的知名度,协和医院指派著名的外科教授刘博士(笔者注:时任协和医院院长刘瑞恒)来做这项肾切除手术。当时的情况,不久由参加手术的两位实习医生私下讲出。据他们说:'病人被推进手术室后,值班护士用碘在肚皮上标位置,结果标错了地方。刘博士就动了手术(切除了那健康的肾),而没有仔细核对一下挂在手术台旁的X光片。这个悲惨的错误在手术之后立刻就发现了,但由于攸关协和医院的声誉,被当成'最高机密'归档。'"

后来,费慰梅女士还从梁启超一位名叫张雷的好友那里得到证实,他说:"直到现在,这件事在中国还没有很多人知道。但我并不怀疑其真实性,因为我从和刘博士相熟的人那里得知,自那次手术以后,他就不再是充满自信的外科医生了。"而梁启超好友张雷获知这个消息的来源,就是从和他也同样很熟悉的那两位实习医生处。为了证实这个消息的准确性,费慰梅女士在书中特别写道:"以下一点可能也很重要:1928年11月,即为梁启超动完手术后九个月,也就是梁死前六个星期,刘博士辞去了协和医院的外科医生职务,到国民政府卫生部当政务次长。关于这一前往南京的调动,布尔曼编撰的《中华民国人名词典》中如此解释道:'刘博士认为,不管私人事业如何赚钱,公众职务总是更为重要。'他利用余生33年致力于奠定全国卫生服务网的基础。"据说,这位刘博士还特别对于如何识别X光片的正反面,专门对医护人员进行了培训,以免再因此而出现类似的手术错误。不过,这项活动则是在公元1949年以后才开始进行。

父亲梁启超辞世后，梁思成和林徽因于同年11月为父亲梁启超，在北京香山卧佛寺东侧设计并监修了古朴庄重、形似榫状的墓碑，这是梁思成和林徽因夫妇联袂设计并付诸实施的第一件作品。

如今，父母已逝，梁思成不仅要独自面对人生风雨，还要担当起梁氏家族的支柱。随后，随着女儿的出生和妻子林徽因患病，梁思成不得不将他们从东北大学送回北京，并在北京北总布胡同3号安了自己的新家。从此，这里便成了梁氏族人一个重要的避风港。

公元1929年8月，也就是父亲梁启超辞世半年多后，梁思成和林徽因的女儿在东北沈阳出生，梁林两人为女儿起名"再冰"。行文至此，简单说明一下"梁再冰"这个名字。按照中国传统姓氏文化和起名之特点，一个人的姓名一般情况下为三个字组合(复姓者除外)，即除了放在最前面的姓氏之外，中间一个字往往代表其在这个家族中的辈分，如梁思成在梁氏家族中为"思"字辈，最后一个字才是这个人名字中最有含义的。不过，梁思成之所以为女儿起这样的名字，很显然是为了纪念父亲"饮冰室老人"梁启超的，他希望自己的女儿能继承祖父的品格和学问。

作为梁氏家族新的支柱，梁思成不仅要永远怀念父亲梁启超，他还要像父亲那样为这个家庭所有成员遮风挡雨，爱护弟妹、教养子女自然是他义不容辞的责任。那么，梁思成是否能成为梁家真正的支柱，将梁启超所创建的梁氏家族的辉煌再向前推进一步呢?

公元1935年，日本早已占领中国东北三省，在疯狂攫取东北丰富的资源之外，竟将贪婪的魔爪伸向了华北大地，进而想侵占整个中国。面对巍巍中国这头庞然大象，小小日本这条踽踽小蛇为何敢于吞并，不怕撑破自己的肚皮，至今我们国人中还有许多人不能明了，这实在是一件危险的事情。其实，日本之所以敢有吞象之心，究其原因虽有多种，但国人中那些败类的软弱、妥协和奴性，是其中一条最不该被忽视和忘记的重要原因。例如，蒋介石集团那不敢光明正大签订的《塘沽协定》和《何梅协定》，就是最好的明证。

不过，泱泱中华这类蝇营狗苟的卖国之辈毕竟属于少数，面对外族入侵勇敢挺直腰身坚决予以抗击者，不仅是中华民族之主流和脊梁，而且俊杰志士可谓前赴后继，永不断流。例如，公元1935年12月9日在北京爆发的各大专学校学生的爱国运动中，梁思成的妹妹梁思懿和内弟即林徽因的弟弟林恒，就是其中的代表。在这场旨在要求国民政府抗日救亡的学生爱国运动中，当局政府与16年前镇压梁思成参加的那次学生爱国运动一样，不仅派出大批军警予以暴力阻挠和破坏，打死打伤多名手无寸铁的青年学生，还有许多学生被逮捕入狱或遭受追捕。当天，作为燕京大学学生领袖之一的梁思懿，在组织学生游行过程中被军警驱散，并成为当局重点追捕"黑名单"成员中的一员。对此，梁林两人及时在将妹妹梁思懿藏在北总布胡同3号的家中，随后又巧妙装扮安全送往武汉躲避。同时，为了寻找救护在游行队伍中遭受军警残暴殴打成重伤的内弟林恒，梁思成不顾自身危险连夜在北京城逐家医院查问，最后在城外一处破旧院墙内找到了他，并当即机智地带回家中躲藏。当时，林恒是清华大学机械系一年级的学生，此后他毅然放弃清华学业，报考航空学校，最终成为一名出色的航空兵，曾多次对日进行空中作战。

通过这两件事，我们不难看出在这场震惊世界的"一二·九"运动中，梁思成不仅表现出了一种大无畏的爱国情怀，还确实起到了梁氏家族顶天立地的"支柱"作用。当然，梁思成在大是大非面前敢于任事，在教育子女方面也起到了一种薪火相传的重要作用。

梁林两人一生只有两个孩子，一个是前文中提到的女儿梁再冰，还有一个就是公元1932年8月在北京出生的儿子梁从诫。对于"从诫"这个名字，很显然是梁林两人希望儿子跟从编撰《营造法式》的巨匠李诫的意思，同时也表达了他们矢志研究中国建筑历史的愿望和决心。这是插话。确实，在梁再冰和梁从诫这姐弟俩的成长道路上，梁林两人对他们的影响极为重要而深远。试举几例：

一例，梁林两人教养子女与梁启超当年一样充分讲究民主。记得梁再冰在父亲梁思成诞辰85周年纪念会上，曾有文章说："在我们家里，儿童可以提问或发表意见，但不许哭闹撒娇。他们出差时，我总是若有所失，非常想念他们。他们有时写很长的信给我，告诉我他们的生活和工作，把我俨然当成一个大人看待。"对此，下面不妨引用梁再冰8岁时母亲林徽因写给她的一封信为证：

宝宝：

妈妈不知道要怎样告诉你许多的事，现在我分开来一件一件地讲给你听。

第一，我从六月二十六日离开太原到五台山去，家里给我的信就没有法子接到，所以你同金伯伯（金岳霖）、小弟弟（梁从诫）所写的信我就全没有看见（那些信一直到我到了家，才由太原转来）。

第二，我同爹爹不止接不到信，连报纸在路上也没有法子看见一张，所以日本同中国闹的事情也就一点不知道！

第三，我们路上坐大车同骑骡子，走得顶慢，工作又忙，所以到了七月十二日才走到代县，有报，可以打电报的地方，才算知道一点外面的新闻。那时候，我听说到北平的火车，平汉路同同蒲路已然不通，真不知道多着急！

第四，好在平绥铁路没有断，我同爹就慌慌张张绕到大同由平绥路回北平。现在我画张地图你看看，你就可以明白了。

请看第二版　第三版①

注意万里长城、太原、五台山、代县、雁门关、大同、张家口等地方，及平汉铁路正太铁路平绥铁路你就可以明白一切。

第五，（现在你该明白我走的路线了）我要告诉你我在路上就顶记挂你同小弟，可是没法子接信。等到了代县一听见北平方面有一点战

① 原文如此，是两幅地图。

事,更急得了不得。好在我们由代县到大同比上太原还近,由大同坐平绥路火车也顶方便的(看地图)。可是又有人告诉我们平绥路只通到张家口,这下子可真急死了我们!

第六,后来居然回到西直门车站(不能进前门车站),我真是喜欢得不得了。清早七点钟就到了家,同家里人同吃早饭,真是再高兴没有了。

第六[①],现在我要告诉你这一次日本人同我们闹什么。

你知道他们老要我们的“华北”地方,这一次又是为了点小事就大出兵来打我们!现在两边兵都停住,一边在开会商量“和平解决”,以后还打不打谁也不知道呢。

第七,反正你在北戴河同大姑、姐姐哥哥们一起也很安稳的,我也就不叫你回来。我们这里一时也很平定,你也不要记挂。我们希望不打仗事情就可以完;但是如果日本人要来占北平,我们都愿意打仗,那时候你就跟着大姑姑那边,我们就守在北平,等到打胜了仗再说。我觉得现在我们做中国人应该要顶勇敢,什么都不怕,什么都顶有决心才好。

第八,你做一个小孩,现在顶要紧的是身体要好,读书要好,别的不用管。现在既然在海边,就痛痛快快地玩。你知道妈妈同爹爹都顶平安的在北平,不怕打仗,更不怕日本,过几天如果事情完全平下来,我再来北戴河看你,如果还不平定,只好等着。大哥(指梁再冰的大表哥)、三姑过几天就也来北戴河,你们那里一定很热闹。

第九,请大姐(指梁再冰的大表姐)多帮你忙学游水。游水如果能学会了,这趟海边的避暑就更有意思了。

第十,要听大姑姑的话。告诉他爹爹妈妈都顶感谢她照应你,把你“长了磅”。你要的衣服同书就寄来。

妈妈

---

① 原文如此。

林徽因和子女在一起

当然,梁氏家族除了民主开明的家风之外,最重要的特色就是永恒的爱国情怀,关于这一点在后面有关章节中单独列出,在此只举一例。公元 1937 年,梁家在逃亡到湖南长沙期间,虽然还不时地遭到日军飞机的轰炸,但梁思成一直保持着乐观的心态,这给女儿梁再冰留下了很深的印象,后来她回忆说:“使我更难忘的是父亲教我们唱《义勇军进行曲》的情景。那时,父亲的许多老朋友也来到了长沙,他们大多是清华和北大的教授,准备到昆明去筹办西南联大。……大家常到我们家来讨论战局和国内外形势,晚间大家就在一起同声高唱许多救亡歌曲。‘歌咏队’中男女老少都有,父亲总是‘乐队指挥’。我们总是从‘起来,不愿做奴隶的人们!’这首歌唱起,一直唱到‘向前走,别退后,生死已到最后关头!’那高昂的歌声和那位指挥的严格要求的精神,至今仍像一簇不会熄灭的火焰,燃烧在我心中。”

也许正是当年父亲梁思成那指挥高唱救亡歌曲的爱国情怀感染,女儿梁再冰在公元 1949 年竟然离开清华学堂,参加了人民解放军的南下服务团,投身到火热的人民解放事业之中,而梁林两人竟然也毫不犹豫地亲自送女儿出发了。新中国成立后,梁再冰长期担任新华社记者,成为新闻战线上的一名老兵。这不仅是父亲梁思成支持的结果,似乎与其祖父梁启超最初所从事的职业有关,或者说就是继承了祖父的遗志,不枉父亲梁思成为其起名“再冰”之望。

与姐姐梁再冰一样,弟弟梁从诫当初按照父亲梁思成的愿望报考清华大学建筑系,后因考分毫厘之差不得不投考了北京大学历史系,从而没有实现父亲所要求他跟从李诫或继承父业的愿望。不过,先后在云南大学、北京国际关系研究所、中国大百科全书出版社和中国文化书院等单位工作的梁从诫先生,在某些方面还是实现了父母梁思成和林徽因的心愿。

例如,梁从诫先生在费慰梅女士和中国建筑界诸多前辈的支持和帮助下,将父亲梁思成当年用英文撰写的《图像中国建筑史》翻译成中文在国内出版,并引起了很大轰动。

又如，梁从诫先生编辑的《林徽因文集》(建筑卷、文学卷)在百花文艺出版社出版后，不仅再次引起世人对一代才女林徽因的关注，同时也将她作为一名杰出的建筑学者的真实或原来面貌展现给了世人，从而纠正了许多人将林徽因一向定位在诗人或作家身份上的偏差。

再如，梁从诫先生竟在花甲之年放弃自己追求多年的专业，开始投身到中国环境保护事业方面来，不仅锲而不舍地创办了“中国文化书院·绿色文化分院”，一心一意致力于中国环境保护事业，而且将环境保护问题引申到国民经济发展等领域中来，使环境保护问题不再仅仅局限在片面的自然环境保护方面，而是全方位、立体式的深层环境保护。在创办这个称之为“自然之友”的活动中，梁从诫先生真可谓是百折不挠、愈挫愈勇，这一点实在是梁氏家族优秀品格中的精髓。“自然之友”创办之初，梁从诫先生到高等院校与国家机关等地演讲和宣传环境保护的重要问题时，听讲者竟然只有寥寥数人。对此，梁从诫先生不仅没有气馁，反而认为这恰恰说明中国民众对于环境保护意识的淡薄，更需要他们从事环境保护工作者的大力宣传。于是，梁从诫先生就像当年祖父梁启超热情如火地追求中国民主政治变革一样，不辞劳苦地到处奔波“游说”，向当地政府官员和广大民众宣讲环境保护的重要性；更像其父亲梁思成当年不顾自身危险一次次前往荒村野地探寻古建筑那样，深入蛮荒之地考察中国北方地区沙漠化和藏羚羊的生存状况，向世人高声疾呼人与动物与自然和睦相处的重要性。通过多年的不懈努力，梁从诫先生所率领的“自然之友”，从最初的几人已经发展到数千团体，组成人员遍及全国各地，大力推动政府有关机构开展了许多有重大影响的环境保护活动。

当然，梁从诫先生也因此获得了多项荣誉，如公元 1995 年 10 月被日本《每日新闻》和韩国《朝鲜日报》联合颁授第一届“亚洲环境奖”，如公元 1999 年 7 月被中国环境新闻工作者协会和香港“地球之友”共同颁授 1999 年度“地球奖”，如公元 1999 年 12 月被中国林业局授予“大熊猫奖”，如公元 2000 年 8 月被菲律宾授予“雷蒙·麦格赛奖”。同时，中国政府有关机构鉴于梁从诫先生在文物保护和环境保护方面的突出成就，推选他为中国文物学会副会长和全国政协常委，这使他能够从更高更远的角度关注整个中国乃至全球的大环境保护问题，使环境保护不再成为问题。我们期待，全人类都在期待。

就此打住，想来关于梁思成作为梁氏家族支柱的问题也该不成为什么问题了吧。

安逸容易使人懈怠而至堕落，困苦有时却催人奋进获取成功。当然，这属于一般性规律，适用于大众或普通人群，对于胸怀大志而又意志坚定的人，例如像梁思成这种心无旁骛的真正学人来说，并没有什么可参比的价值。相反，当梁思成返回北京加盟中国营造学社后，在 7 年相对平稳舒适的环境中，并没有安坐书斋深究死学，而是“自讨苦吃”积极探索了一条用现代科学方法研究中国古建筑之路，使中国学人原本只局囿于书海史迹中去查证的学问小径，忽然间变成了“柳暗花明”的阳光大道。从此，不仅使中国营造学社在中国学术史上留下了浓重的一笔，也使梁思成的中国建筑史研究开始迈向巅峰。

第三章

巅峰岁月

1. 加盟营造学社

在中国漫长的建筑历史上,曾经出现过“覆压三百余里,隔离天日”的秦阿房宫,也曾有过气派恢宏、声势夺人的汉未央宫和唐大明宫,更有集数千年中国建筑技术之大成的明清时期那金碧辉煌、富丽奢华、巍峨非凡的故宫紫禁城。不过,人们见到的似乎只有这些“五步一楼,十步一阁。廊腰缦回,檐牙高啄。各抱地势,钩心斗角”的华丽建筑,并不曾知道是什么人创造了这些经典而不朽的艺术精品。当然,囿于自古以来“道器分途,重士轻工”之固习,中国学界从来就不曾将建筑列入属于高雅的艺术门类,人们似乎也并不想知道或记住那些印象中行为粗拙的“匠人”。正因如此,在这里就不能不提到在中国建筑史上具有某种开创性和奠基性贡献的一个人——朱启钤,以及最先由他个人出资创办的中国营造学社。

公元1872年,朱启钤出生在河南信阳,其祖籍则为贵州开阳,字桂辛,晚年号蠖公,后人多尊称他为桂老或朱桂老。清光绪年间举人出身的朱启钤,自公元 1894 年任职于泸州盐务局后,仕途一直平淡无奇,直到公元 1904 年与河南项城的袁世凯结识后,由于受到袁世凯的器重才开始平步青云,乃至最后竟就任了北洋政府的内务总长兼交通总长之显职。公元 1917 年,朱启钤脱离政界开始经营地方实业,并取得了极大的成功。公元 1919 年,朱启钤受北洋政府总统徐世昌的委托前往上海出席南北议和会议路过南京时,偶然间于南京的江南图书馆里发现了《营造法式》一书,这是一部北宋年间官方修订的关于建筑设计和施工的专业性书籍。对于这部中国古籍中最完善的一部建筑技术专著,朱启钤明白它是研究中国古代建筑特别是宋代建筑必不可少的参考书,于是就委托商务印书馆影印出版。到了公元 1925 年,朱启钤竟然个人出资创办了"营造学社",后来还以他个人的声望和影响争取到了中美庚款基金会的支持,并于公元 1930 年 2 月正式成立了"中国营造学社"。

作为一个民间的学术机构,中国营造学社最初不仅没有固定的办公场所,先后在北京珠宝子胡同、天安门内西朝房、赵堂子胡同 3 号朱启钤私宅和今天的中山公园内辗转迁移办公,而且应邀加入营造学社的都是一些社会名流和政府官员,虽然他们多是中国学界最顶尖的国学家,但他们对于建筑学几乎是一无所知,只是习惯于用传统思维方式在浩瀚的古书典籍中,去搜寻有关文献加以文字考证。对此,朱启钤认为还应该"访问大木匠师,各作名工及工部老吏,样房算房专家",这不仅是因为他们"本为世家之工,号称专家,至今犹有存者",可以当面向他们请教艰深晦涩的建筑专业术语,而且还可以参照实物"制作模型,烫样傅彩",使原本只限于口口相传的建筑技艺得以用现代文字的方式记述流传下来。即便如此,中国营造学社如果按照这条路子走下去,也不会像后来那样有所大成乃至学人皆知。所以,公元 1929 年当朱启钤向支配美国退还中国庚子赔款的"中华教育基金董事会"申请经费补助时,该董事会董事、营造学社成员周诒春则提议说,营造学社缺少懂得现代建筑学的专业人才,即便有了"庚款"经费补助也难有什么大的作为

朱启钤(中间坐者)90岁生日合影(朱启钤身后是梁思成)

梁思成与林徽音

1932年冬，梁思成在北平中山公园中国营造学社办公室前留影

和成就。于是,他将自己当年从梁启超那里得知其子梁思成有志于研究中国建筑的志向,并从美国留学归来现在东北大学执教的消息告知了朱启钤,希望能聘请到梁思成加盟营造学社。

闻听此言,朱启钤十分兴奋,当即请周诒春亲往东北沈阳邀请梁思成。周诒春曾经是朱启钤的幕僚,也是梁思成在清华学堂时的校长,而当他来到东北大学动员梁思成加盟营造学社时,梁思成却没有立即应允,因为他还舍不得放弃自己刚刚一手创建起来的建筑系,但他也没有直接表示拒绝,而是希望给他一点时间进行考虑。后来,随着东北局势的日益恶化,以及妻子林徽因患病等原因,再加上周诒春多次诚恳的游说,梁思成终于答应加盟中国营造学社。正是因为有了梁思成的加盟,中国营造学社终于走出中国学者积习多年的老路,开创和奠定了用现代科学技术方法研究中国古代建筑的一条新路。

当然,因为有了梁思成的加盟,朱启钤也热情高涨。那么,朱启钤为什么要创立中国营造学社,并为此付出如此的辛劳呢?

记得他在《中国营造学社缘起》一文中是这样解说的:"中国之营造学,在历史上,在美术上,皆有历劫不磨之价值。启钤自刊行宋李明仲营造法式,而海内同志,始有致力之涂辄。年来东西学者,项背相望,发皇国粹,靡然成风。方今世界大同,物质演进。兹事体大,非依科学之眼光,作有系统之研究,不能与世界学术名家公开讨论。启钤无似,年事日增,深惧文物沦胥,传述渐替,爰发起中国营造学社。"同时,朱启钤也是为了"纠合同志若而人,相与商略义例,分别部居,庶几绝学大昌,群才致用"。另外,朱启钤在创立中国营造学社之初,还十分清醒地意识到了要纠正"自古以来理论与实践分离,士、匠相分开的偏向",并使之能够相互结合起来。对于朱启钤的这一做法,中国国家文物局古建筑专家组组长罗哲文先生称之为"实在是一件了不起的事"。

公元 1931 年 9 月,梁林两人正式加盟中国营造学社,梁思成担任法式部主任,林徽因任学社校理,开始了他们学术生涯中一段历经艰难却又不断创建辉煌的不平凡之路。

梁思成入社之初,就决心要破解中国古代建筑中那神秘的“文法”,否则他所要从事的建筑史研究将无从谈起。为此,梁思成对朱启钤当年广泛搜集的关于建筑工程方面的数十册手抄本和秘籍，首先进行了系统的整理和研究。这些来自于古代匠师自行总结或由官方样式房偷偷流传出来的手抄本和秘籍,内容繁复杂乱,术语晦涩难解,计算方法不一,名词混淆重叠,让人如坠云雾,不知所云。为了弄懂这些内容,梁思成虚心诚恳地向当年故宫的老匠师请教,并参照故宫实物进行一一指认,诸如“蚂蚱头”和“三福云”之类,都是通过老匠师在故宫内指认和详细解释后才弄明白的。

在大略了解这些手抄本和秘籍的内容后，梁思成将整理的成果定名为《营造算例》,于公元 1931 年在《营造学社汇刊》二卷中分三期陆续刊出,后来梁思成对《营造算例》又进行重新校读,使之更加清晰明白,并以单行本的方式予以出版。不过,《营造算例》“刊行之初,不加笔削,以存其真,归纳演绎,尚有所俟”,也就是说只是简单整理保存其真实,还需要进一步进行系统的研究。其实,整理《营造算例》是为了解读“天书”《营造法式》做准备工作,而要真正解读距当时已有近千年历史的《营造法式》,光是整理那些手抄本和秘籍还远远不够,还需要对这些或相关内容进行深入系统的研究。于是,梁思成将突破口选择在了先注解距当时年代较近的清工部《工程做法则例》一书上,然后再逆时向上推演。

清工部《工程做法则例》,是清雍正十二年(公元 1734 年)修订颁行的一部建筑术书,全书共分为 70 章,涉及建筑材料的计算和“大木作”的规则,并对 27 种大小房子的每一个建筑结构,都不厌其烦地提供了丈量方法。不过,在这部书中却很少提到如何确定每一种结构的方法和位置，这就需要通过老匠师的现场指认和讲解。清工部《工程做法则例》与宋李诫的《营造法式》,是中国流传于世仅有的两部建筑专书,其他的如《大唐六典》、宋朝喻皓的《木经》、元朝内服的《宫殿制作》、明朝的《营造正式》和《梓人遗制》等都已失传。而清工部《工程做法则例》距当年仅有 200 年,而且保存的建筑实物比比皆是,特别是故宫紫禁城近在咫尺,更是破解这部专书的最好参照。对此,梁思成说:“我认为在这种技术科学性的研究上,要了解古代,应从现代和近代开始,要研究宋《营造法式》,应从清工部《工程做法则例》开始;要读懂这些巨著,应从求教于本行业的活人——老匠师开始。因此,我首先拜杨文起老师傅和彩画匠祖鹤洲老师傅为师,以故宫和北京的许多其他建筑为教材、标本,总算把清工部《工程做法则例》多少搞懂了。对于清工部《工程做法则例》的理解,对进一步追溯上去研究宋《营造法式》打下了初步基础。”

其实,为了破解清工部《工程做法则例》,梁思成所付出的心血岂止以上简单所述。当时,朱启钤认为《工程做法则例》附图太少,很难说明问题,曾聘请大木作、琉璃和彩画等诸多匠师绘制过四百余幅图表,但由于这些老匠师没有受过科学的制图训练,并对原文理解不透或误解,致使所绘制的图表多不适用。于是,梁思成带领社友邵力工重新绘制,对书中各式建筑物都绘制了平面、立面和剖面图,力求对各式建筑的做法有一个准确而详细的解释。对于梁思成当年破解清工部《工程做法则例》所付出的辛劳,学社成员莫宗江先生后来曾回忆说:“梁先生的工作特点是计划性极强,一个题目来了,他能很快地定出计划,而且完全按计划执行。写《清式营造则例》,他一边学工部工程做法则例,一边向老工匠学,只二十几天就画了一大摞。我每天都去看他的作业,一大摞让我太吃惊了,他一辈子都是如此严格按计划执行,工作效率非常高。”确实,正是因为有了梁思成这种精益求精和高效率的工作作风,才使中国第一本以现代科学观点和方法总结中国古代建筑构造做法的读物——《清式营造则例》,终于在公元1932年3月全部脱稿。那么,这是怎样的一部书呢?

对此,梁思成在序言中曾有明晰的解说,又因序言解说详尽,对研究或想了解中国建筑之人有非常之裨益,故不烦全文录下:

> 这部书不是一部建筑史,也不是建筑的理论,只是一部老老实实,呆呆板板的营造则例——纯粹限于清代营造的则例。
>
> 既不是史,所以中国历代建筑之变迁,不在本书叙述范围之内。各

部结构本身的由来和沿革,以及各时代形制特征,虽然全极有趣,与则例有密切的关系,本书也不能枝节的牵涉及之。既不是理论,所以清式建筑在结构方面,力学方面,美学方面,实用及其他方面的优劣所在,也不能在本书内从事探讨或评论。但在研究一代建筑则例之前,不能不稍有历史方面演变的认识及理论方面基本的了解。姑烦内子林徽因为作绪论一章,将这历史及理论两方面,先略为申述介绍。

至于本书的主要目标,乃在将清代"官式"建筑的做法及各部分构材的名称,权衡大小,功用,并于某另一部分地位上或技能上的联络关系,试为注释,并用图样标示各部正面,侧面,或断面及与他部相接的状况。图样以外,更用实物的照片,标明名称,以求清晰。但这些仅以"建筑的"方面为限,至于"工程的"方面,由今日工程眼光看来,甚属幼稚简陋,对于将来不能有所贡献,故不赘。

清式则例至为严酷,每部有一定的权衡大小,虽极小,极不重要的部分,也得按照则例,不能随意。在制图之初,我本拟将每部分权衡数目全在图上注明,终因繁杂混乱,故未实行,而另作成《权衡尺寸表》,附于卷尾备查。

清式营造专用名词中有许多怪诞无稽的名称,混杂无序,难于记忆,兹选择最通用者约五百项,编成《辞解》,并注明图板或插图号数,以便参阅。各名词的定义,只能说是一种简陋的解释,尚待商榷指正。

本书所用蓝本以清工部《工程做法则例》及抽编《营造算例》为主。《工程做法则例》是一部名实不符的书,因为它既非做法,也非则例,只是二十七种建筑物的各部尺寸单,和瓦石油漆等作的算料算工算账法。这部"则例"乃是从那里边"提滤"出来的。《营造算例》本来是中国营造学社搜集的许多匠师们的秘传抄本,在标列尺寸方面的确是一部原则的书,在权衡比例上则有计算的程式,体例比《工程做法则例》的确合用。但其主要目标在算料,而且匠师们并未曾对于任何一构材加以定义,致有许多的名词,读到时茫然不知何指。所以本书中较重要的部分,还是在指出建筑部分的名称。在我个人工作的经过里,最费劲最感困难的也就是在辨认，记忆及了解那些繁杂的各部构材名称及详样。至今《营造算例》里还有许多怪异名词,无由知道其为何物,什么形状,有何作用的。

至于各部许多详细做法,如栱头分瓣,斗底的斜面,椽径及角梁的大小等等,在《工程做法则例》和《营造算例》里,概无说明,而匠师所授,人各不同,多笨拙不便于用。所以在本书图板及标内,皆使简单化,但在插图或文中,亦将旧法解释,以便参考。

本书脱稿于廿一年三月,为着许多困难,迟至今日克付印。在这将近两年的期间,我得着机会改正了许多错误,增补了许多遗漏,勉强成此。深知清式营造原则,断不是这短短的文字和几张图表所能解释详尽的,只望能示其基本大概而已。直至书将成印,我尚时时由老年匠师处得到新的智识;所以本书中的错误和遗漏,仍必不少,希望读者不吝赐正。

我在这里要向中国营造学社社长朱桂辛先生表示我诚恳的谢意,若没有先生给我研究的机会和便利,并将他多年收集的许多材料供我采用,这书的完成即使幸能实现,恐怕也要推延到许多年月以后。再次,我得感谢两位老法的匠师,大木作内栱头昂嘴等部的做法乃匠师杨文起所指示,彩画作的规矩全亏匠师祖鹤洲为我详细解释。图板第拾贰,贰拾及贰拾肆乃社友邵力工所绘,插图中有几张照片也是他摄影的。内子林徽因在本书上为我分担的工作,除绪论外,自开始至脱稿,以后数次的增修删改,在照片之摄制及选择,图板之分配上,我实指不出彼此分工区域,最后更精心校读增削。所以至少说她便是这书一半的著者才对。

梁思成

中华民国廿三年一月

当然,以上只是梁思成自己的谦虚说法,其"内子"林徽因曾在《清式营造则例》第一章"绪论"中有这样一段话,读之也许有益。她说:"不研究中国建筑则已,如果认真研究,则非对清代则例相当熟识不可。在年代上既不太远,术书遗物又最完全,先着手研究清代,是势所必然。有一近代建筑知识作根底,研究古代建筑时,在比较上便不至茫然无所依傍,所以研究清式则例,也是研究中国建筑史者所必须经过的第一步。"对此,清华大学建筑系后来在编辑梁思成的这本《清式营造则例》一书前言中,也认为:"自这部书出版以来的近半个世纪中,一直是中国建筑史界一部重要的教科书。无论中国和外国,凡是想升堂入室,深入弄懂中国古代建筑的人,都离不开《清式营造则例》这个必经的门径。"不过,林徽因对于建筑学人在参照《清式营造则例》时,还提醒说:"规矩只是匠人的引导,创造的建筑师们和建筑学生们,虽须要明了过去的传统规矩,却不要盲从则例,束缚自己的创造力。我们要记着一句普通谚语:'尽信书不如无书。'"这是否就是真正学人的风范呢?

前面说过,梁思成整理研究清工部《工程做法则例》是为了全面破解宋李诫的《营造法式》,最终撰写出第一部中国人自己的建筑史。为此,梁思成并没有陶醉在首战告捷的成功之中,而是清醒地认识到"近代学者治学之道,首重证据,以实物为理论之后盾。俗谚所谓'百闻不如一见',适合科学方法。艺术之鉴赏,就造型美术而言,尤须重'见',重视试验,比较研究的方法是科学的,具有创造性的。"当然,接受西方现代科学教育和中国国学滋养的梁思成,向来就是一个注重和乐于行动的人。

不过,那时梁思成的行动还只局限于理论研究,少有的实地调查和测绘也只是在沈阳和北京城市里,而他所要调查的古代建筑则多数保存在荒村野外,这对于那些出身名门、生长在城市里的高级知识分子来说,实在是一件不可想象的事。关于这一点,我们不应该有丝毫的隐讳,梁思成也绝不例外。而梁思成之所以成为梁思成,就是因为他毕竟不同于普通的旁人,他不仅没有半点名门宦家子弟那种浮华骄奢的习气,而且很自然地就将那时学者与贫苦农民之间的鸿沟弥合无寻。对此,我想今天即便不是那些处处讲究的官人,就连在城里漂来漂去的“漂一族”,恐怕面对依然行为粗拙的农人还是会避之不及的。想来,他们与梁思成的家风学养又有何比可言呢?

其实,善于行动的人向来是要吃苦的,而通过吃苦行动所获得的快乐,也同样是不劳而获者所无法体味的。如此,我们不妨就跟随梁思成当年足及数省区几百个市县的苦乐旅行,也许行程足够漫长,但亲自去体味一番他那别样的行者滋味,也实在算是一件难得的趣事吧。

2. 苦乐行者

梁思成加盟中国营造学社最大的贡献,应该说是对古建筑研究开创了一种科学的研究方法,使营造学社不至于落入窠臼。这个科学的研究方法,就是“非作遗物之实地调查测绘不可”。

不过,中国的建筑向来是以木材作为主要原料,而木材是极易焚毁和腐朽的,属于“非永久材料”。另外,中国封建王朝时限漫长,更迭频繁,战乱不断,每次战乱期间都是珍贵古建筑的厄运期。特别是战胜为王者,为了彰显自己的武力和军队威风,往往以焚毁战败者的宫室为荣耀,这以项羽当年入关燃起的那场“咸阳宫室火三月不灭”为滥觞,以后几乎每次朝代更迭都不能幸免,因此“古木建筑之所以罕而贵也”。当然,在一些气候条件适宜且保护得当的地方,木构建筑还是可以留存的。对此,梁思成深信不疑,因为他当时已经从西北科学考察团在新疆获得保存完好的汉代木简中得以证实,坚信保存千年的古木建筑一定在中华大地上有所留存。确实,恰似灼灼绽放在荒山野岭里的孤寂寒梅一样,众多珍贵的古建筑就散布在广袤的中华大地上,正静静地等待着它们春天的到来,虽然已经等待了数百上千年,但它们并不曾丧失希望,始终相信懂得欣赏它们卓越风姿和独特美丽的人正在向它们走来。是的,梁思成就是它们正在等待且值得等待的人。然而,即便是两情相悦,那些“深藏闺中人未识”的古建筑到底在哪儿呢?

是的,梁思成苦于不能得知到底应该到何处去寻找这些珍贵的古建筑,因为他的手边没有一份关于古建筑的信息资料，哪怕是短短几句简单的旅游性介绍也好。正在一筹莫展之际，识闻广博的梁思成突然想起了流传在华北地区的一句谚语，即“沧州狮子，应州塔；正定菩萨，赵州桥”。其中，正定菩萨就在中国历史上有名的大伽蓝之一——正定隆兴寺里。于是，梁思成当即决定先从北京附近的华北地区开始他的古建筑调查之路，而华北之行就从正定的隆兴寺着手。

随后，梁思成在做文字资料准备工作的同时，还向清华大学土木系第一任系主任施嘉炀先生借来了几种测绘仪器。一切准备就绪，只待选定起程的时间了，可就在梁思成等人即将前往河北正定时，一个偶然信息却改变了他的正定之行，也改变了中国建筑史上第一次科学调查之路的行程。这个信息来自于他的学长杨廷宝，后来杨廷宝先生这样回忆说：“有一次我偶尔去到用作公共图书馆和群众教育展览厅的北京鼓楼，我看到在一楼巨大的穹顶下的一面墙上，挂着一幅外表古怪的寺庙照片。照片下面的说明清楚地写着：‘蓟县独乐寺’。当我向梁思成形容照片上斗拱的形状时，他很兴奋，说我看到这张照片非常走运。”随后，梁思成立即驱车前往鼓楼，当他见到那幅照片上那寺庙巨大而奇特的斗拱时，他不仅联想到当年他看到日本学者常盘大定和关野贞在中国旅行后所发表的相似照片，确信蓟县这座寺庙一定是一处宋元以前的古代建筑，而且当即就决定改变他正定之行的原计划，先行前往蓟县调查独乐寺。这时是公元1931年的秋天，正当梁思成等人准备前往蓟县时，适逢在天津的日本人因为“九·一八”事变后唆使一些流氓汉奸袭击国民党政府，劫持末代皇帝溥仪事件的发生，致使天津局势一度十分混乱。于是，梁思成等人不得不耐心地等到第二年的春天，才使蓟县之行得以实现。

蓟县，原属河北，今归天津，向来是中国北方的军事重镇。不过，位于北京之东90公里处盘山之麓的蓟县，虽然山清水秀，风景宜人，但当时只是一个极为闭塞落后的山区小城。经过打听，梁思成幸运地得知每天早上6点竟有一班长途汽车从北京出发直达蓟县。于是，梁思成和学社社员邵力工，以及当时还在天津南开大学读书的弟弟梁思达一同前往。

对于这段经历，几十年后当梁思达回忆时，依然是激情满怀："二哥去蓟县测绘独乐寺时，我参加了。记得是在 1932 年南大放春假期间，二哥问我愿不愿一起去蓟县走一趟，我非常高兴地随他一起去了……"不过，"从北京出发的那天，天还没亮，大家都来到东直门外长途汽车站，挤上了已塞得很满的车厢，车顶上捆扎着不少行李物件"，而"那时的道路大都是铺垫着碎石子的土公路，缺少像样的桥梁，当穿过遍布鹅卵石和细沙的旱河时，行车艰难，乘客还得下车步行一段，遇到泥泞的地方，还得大家下来推车"。就这样，当梁思成他们到达蓟县时，虽然已经是黄昏时分，浑身上下落满了灰尘，一个个都变成了灰头土脸的"土地爷"，但这是他们第一次离开主要交通干线，到达他们从未见识过的僻野乡村，所以每个人都感到十分的兴奋和有趣，称这是他们最难忘的一次"旅行"。遗憾的是，对于这样的旅行经历，当时身怀六甲的林徽因却无缘参与，如果她能够得以尝试这第一次的话，一定会以诗人的心灵体味出别样的情怀来。

独乐寺建筑群，当时保留有两处单体建筑，一是前面的山门，一是中央的观音阁。山门是一座面阔三间进深两间的单层四阿顶建筑，青砖红瓦，屋脊呈鸱尾式，这是梁思成鉴别这座建筑年限的一个确证。因为中国古建筑屋脊装饰之特征，唐朝时是鳍形尾，宋以后则为吻，二者之间的变化程序从无实例，而独乐寺山门的屋脊呈鸱尾式，也就是上为鳍形下为吻式，很显然处于唐宋之间的过渡形式。由此可知，独乐寺应为宋辽之物。后来，梁思成等人又从有关碑记和史料中，明确得出其为辽式建筑无疑的确证。这是后话。

观音阁是一座外表两层实为三层的木构建筑，整座建筑主要是围绕一尊高约 16 米的十一面观音塑像而建造，因此二三层楼板中央不得不留出一个上下畅通的天井，使这尊塑像由地面得以直接耸立到二三层，给人一种仰视观瞻的角度。确实，观瞻者来到二层时，可以达到观音塑像下垂左手的高度，到第三层则可细观菩萨的面容和举起的右手。这种尺度适当而巧妙的比例安排，使观瞻者与菩萨之间很自然地就形成了一种低微与崇高的对比感

1932 年在天津蓟县调查独乐寺时留影

测绘三大士殿时留影

觉。在建筑的结构上,独乐寺使用的是中国传统的柱、斗拱和梁枋的构架方法,即第一层框架运用斗拱构成底层的屋檐,中间一层的斗拱构成上一层的平座,而上一层斗拱构成整座建筑的上檐,所有木材以框架结构一层层地叠加起来,使三个单层殿堂以框架的形式重叠而成一座整体建筑。不过,独乐寺观音阁和山门的柱式,虽然是清式那种讲究柱与柱之间保持一定比例距离的形式,但柱子的高度却并不随着柱子的直径而有所变化,柱头被削成了圆形,且柱身也稍微向内倾斜,这是明清时期木构建筑中所罕见的柱式做法。最有特点的,是独乐寺观音阁的斗拱形式,不仅按其功能起到一种承檐、承平座或承梁枋的作用,安置在柱头、转角或补间等处,而且各个不同且都雄大坚实,并不像清式斗拱那样成排并列,纤细弱小,几乎完全变成了一种纯粹的装饰。

在对独乐寺进行细致测绘后,当梁思成访问当地耆老缙绅关于独乐寺的历史时,他们则众说纷纭,有说是唐朝贞观十年建造的,也有说是尉迟敬德监修的,还有干脆将二者合而为一说是“贞观十年尉迟敬德监修”,凡此种种,不一而足。对此,梁思成认为“敬德监修”向来是中国匠人所尊崇的一句俗语,凡是年代久远的建筑都一概说是“敬德监修”,这不足信。另外,即便真的是“敬德监修”,那也是指独乐寺创建之初,或者属于其历史中的一段,并不能确切地说现在留存的观音阁和山门就是唐时“敬德监修”的建筑。

果然,当梁思成等人返回北京后,通过林徽因查阅《日下旧闻考》引录清同治间李氏刻本《盘山志》所载的内容,梁思成得知:“独乐寺不知创自何代,至辽时重修。有翰林院学士承旨刘成碑。统和四年孟夏立石,其文曰:‘故尚父秦王请谈真大师入独乐寺,修观音阁。以统和二年冬十月再建上下两级、东西五间、南北八架大阁一所。重塑十一面观音菩萨像’。”由此可知,自统和也就是北宋初年上溯到唐朝初年有三百多年的历史,其间经历五代十国之乱,独乐寺即便不遭毁灭,至少倾颓不堪,到了统和年间确实需要好好重修一番了。而重修观音阁是在统和二年,即宋太宗雍熙元年,也就是公元984年,这距李诫修撰《营造法式》的公元1100年不过116年,而距唐朝灭亡仅仅只有77年的时间,可见独乐寺确属当时所见最古老之建筑。

除了通过文献考证独乐寺年限之外，梁思成还请清华大学蔡方荫先生采用土木工程中的比较计算法进行测定,遂可确认其为辽式建筑无疑。这一结论,实在使梁思成欣喜万分,随后他又参照《营造法式》和清工部《工程做法则例》,对独乐寺的结构和木作制度进行分析、整理、研究和总结,更加确定独乐寺为辽式建筑,并写出了《蓟县独乐寺观音阁山门考》,于公元1932年刊登在《中国营造学社汇刊》第三卷第二期上。

《蓟县独乐寺观音阁山门考》一经发表,立即引起了中外学界的极大关注和震动,特别是对于日本学者而言,此后他们再也不提由他们代劳来测绘研究中国古代建筑实例的事了。确实,梁思成这第一次外出调查古建筑的蓟县之行,不仅发现了当时中国最古老的一座木构建筑,而且写出了中国学界第一次用科学方法分析研究古建筑的调查报告。而这一调查报告,则反映了梁思成通过实物精密测绘与《营造法式》的相互印证,初步探明了宋辽建筑设计规律的过程和科学的研究方法，堪称在这方面是开天辟地的第一篇重要论文。对此,有文章评价说:梁思成的“这篇处女作不仅一举超过了当时欧美和日本人研究中国建筑的水平，而且就透过形式深入探讨古代建筑设计规律而言,也超过了日本人当时对日本建筑研究的深度。”另外,作为一篇关于古建筑调查报告的学术文章，梁思成在写作中除了严守学术界向来十分讲究的严谨和条理外,还使用了今天学术界难得一见的生动文笔,使其独具特色而别致的治学风格初见端倪。

首战告捷,梁思成实地调查古建筑的热情愈发高涨,在随后的几年间他频频外出调查,不断发现散落神州四方诸多的珍贵古建遗构,使这些中华瑰宝拂去积尘重现光辉，将中国古老悠久而又璀璨无比的建筑史就这样生动形象地展现在了世人面前。下面罗列梁思成自公元1932年至公元1937年外出调查古建筑的行程，人们也许就不难明白他当年对于这种科学研究方法的兴趣和重视程度。公元1932年6月,前往河北宝坻县调查广济寺三大士殿；公元1933年3月，前往河北正定调查隆兴寺及其他古建筑；公元

1933年9月，调查山西大同上下华严寺、善化寺、云冈石窟，以及应县木塔和浑源县的悬空寺；公元1933年11月，调查河北赵县的赵州桥；公元1934年8月，调查山西晋中地区13个县的古建筑；公元1934年10月，调查浙江省6个县的古建筑；公元1935年2月，考察山东曲阜孔庙并精心制定修葺计划；公元1936年春，调查河南龙门石窟及山东中部19个县的古建筑；公元1936年冬，再次前往调查山西和陕西部分县市的古建筑；公元1937年6月，第三次前往山西和陕西调查10多个县的古建筑。在这诸多外出调查古建筑的过程中，梁思成都写有高质量的调查报告或科学的修葺计划，诸如《云冈石窟中所表现的北魏建筑》《赵县大石桥即安济桥》《晋汾古建筑预查纪略》《曲阜孔庙之建筑及其修葺计划》《杭州六和塔复原状计划》和《浙江杭县闸口白塔及灵隐寺双石塔》等等，这些通过实地调查所写出来的学术报告，都为梁思成后来撰写《中国建筑史》奠定了极为重要的史料基础。

在这诸多次调查古建筑的行程中，有两次需要特别指出，一是公元1934年8月梁氏夫妇与美国学者费正清夫妇同行山西晋汾之游，一是公元1937年6月在山西五台山发现佛光寺之行。两次外出调查古建筑之行，对于梁思成来说不仅行程不同，意义也极为重要，故不能不予以特别记述。

公元1934年8月，北京的气候异常闷热，梁思成为了整理上一年调查山西应县木塔的资料，一直没能离开北京。这时，他与妻子林徽因打算前往北戴河避暑，那里有父亲梁启超生前购买的一栋别墅，不仅风景优美，气候宜人，而且还十分宽敞明亮，环境幽雅，既可用于避暑又宜安心整理调查报告。对于这样的安排，喜好与朋友交往的林徽因想邀请两年前相识并结为挚友的费正清、费慰梅夫妇同往，没想到费氏夫妇也正想邀请梁氏夫妇共同前往山西汾阳的峪道河消夏避暑。因为汾阳毗邻山西赵城，而赵城的广胜寺在公元1933年曾因发现宋版藏经而声名远扬，所以早被梁思成列入考察的计划之中，于是梁氏夫妇便决定同往山西。

山西汾阳的峪道河，位于白彪山东麓，据说当年自宋太宗胯下骏马踢出一眼甘泉解救了干渴的三军后，从此便汩汩涌流不绝，不仅“为沿溪数十家磨坊供给原动力,直至电气磨机在平遥创立了山西面粉业的中心”为止,而且“这源源清流始闲散的单剩曲折的画意”。后来,由于原始的磨坊业衰败无余,所剩下那众多空寂的磨坊竟成了外国人消夏避暑的别墅。梁林两人和费氏夫妇在一处外籍传教士的别墅里安顿下来后,便开始以峪道河为中心,向周边的太原、文水、汾阳、孝义、介休、灵石、霍县和赵城等处进行他们共同的古建筑调查之旅。对于这次难得而又难忘的晋汾之游,费慰梅女士曾有生动的文字记述了他们同行中的甘苦:

> 我们四个人每天三顿饭都在一起吃,头一天我们就发现他(指梁思成)爱吃有辣椒的菜。这个沉默寡言的人在饭桌上可是才华横溢的。我们吃饭的时候总是欢闹声喧。饭后他就专心致志地研究当地的建筑,找寻古建筑物,或者翻阅他带来的历史地理书籍来进行准备。他拟制了一个考察计划,准备从在我们北边大约90英里的省城太原沿汾水南下直到赵城,一共搜索8个县。
>
> …………
>
> 第二天一早,我们租用了两辆驴车,雇渡船过了河,向介休前进了25英里。黄昏时分,我们在那里第一次见识到阎锡山的窄轨铁路。那真是一幅可怕的景象!生锈的、有轨电车大小的铁轨,安在公路上边用泥巴随便铺成的铁路路堤上。由于公路路基本身就没有经过夯实或碾平,铁轨高高低低、东倒西歪不成样子。一个工人也看不见,这个路段显然被认为已经完工。我们要赶上正在进行的铁路建设,那就还得再往南去。这里的铁路紧挨着河边修筑,迫使我们那敞篷的土造驴车,四个轮子上也就是四块木板那么宽,只好从铁轨后边沟里一条狭窄的通道穿行。
>
> 我们在一所很好的旅店投宿,考察了这座城市。寺庙很令人失望,但街道和房屋却给我们从意大利中部城市移植过来的印象。狭窄的街道上排满了带有雉堞的高墙,而巨大的拱门则是十字路口。我们通过

敞开的门道可以窥见一些两层的居住庭院，但是没有时间和机会去仔细研究它们。后来，我们听说这些深宅大院曾是19世纪山西家庭钱庄的老窝，他们把汇票卖给那些想在中国的各地之间转移资金的官员们。这就避免了在重兵保卫下运送银锭的麻烦，并使新的金融阶级得以兴起。

第二天，我们终于在灵石遇上正在干活的铁路工人。现在我们的困难更大了，因为在我们的需要方面又遇上阎锡山部队的竞争。能够带我们再往南边去的有轮工具只有人力车了，它们窄到足可以通过当地的小道，而拉车的人又能应付临时发生的事故。一切都被征用去搞铁路建设了，但一个聪明的旅馆老板用出奇的低价给我们找来了三辆。我们把行李都装上就徒步上路了。我们需要一个过夜歇脚的地方，我们住过的那座寺院已住满工人、士兵，而当地的旅馆又糟透了。我们只好再向前走，等再走了8英里到了常家庄时，天已黑下来，我们也累极了。我们已无法再走。村里住房的高墙头对我们来说现在已不具吸引力，而是充满敌意。

在绝望中我们把一座门楼当成了公用的避难所，把我们的行李搬上去占地方。谁知这里早有兵士们住着，他们很恼火，大吵大嚷起来。最后来了一名少校，他答应在一所私人住宅中给我们一间屋，来换取我们腾空他的房子。我们接受了。那一晚我们就睡在以前在外边羡慕过的高围墙的宅第中一间精致的楼上房间里。它的窗户朝北开向一座内花园，它的门朝南通向一座阳台，俯视着天井里的雕梁画栋。这很可能是阎锡山从一家富有的山西银行家族征用来给他的官员住的。

第二天早上，我们就急于继续往南赶。但是少校又来了。他显然为梁思成那绅士般的行为和显赫的家世所打动，坚持要陪我们游览一下城镇。离别时双方的一些礼仪又使我们进一步延迟，我们直到半晌才得以脱身。给铁路建设者们运送给养的卡车把路上的土坑变成了无底的泥浆洞，而为铁路的弯道进行的爆炸又用石头和垃圾堵塞了我们的通路。一辆人力车损坏了一只轮子。在这种混乱的情形下,进展当然很慢了。拉车的人每两个小时就停下来休息和吃东西。到天黑的时候,我们还在离霍州(霍县)7英里的地方。

人力车夫们知道,正如我们即将发现的,在黑暗中走这崎岖的道路,要拉4小时才能到达。他们就不肯再往前走了。由于没有希望找到一个像样的地方投宿,我们就买通车夫们继续往前走,并且雇了一个小孩打着灯笼领路,我们自己则踩着泥泞走完全程。奇迹发生了:我们晚上11点走到城门的时候它居然还开着。在城里一个鸦片烟馆里,我们找到一个能够把我们带到中国内地传教站的男人,到了那里我们大声敲门和报名。一个仁慈的中国基督教老女信徒给我们开了大门。她端来了许多碗面汤使我们一时精神大振,然后我们就躺在帆布床里累得动不了劲儿了。

接待我们的传教士是特里基夫妇, 一对和蔼可亲的英国夫妇,带着六个小孩子度日, 友好的欢迎和环境的清洁整齐使我们十分欣慰……那专注而又不屈不挠的梁思成,在雨中又考察了霍州城并发现了一些美丽和重要的寺庙,有些还是元代的,后来他指给我们看了。那些最有意思的当然都被士兵们占住着,要进去调查是不可能的。

……雨已停了,原野在阳光中格外碧绿和美丽。我们的目标即将达到,情绪特别高涨。到那时我们都成了久经考验的步行者了——也包括梁思成,尽管他年轻时的一次意外事故使他瘸了腿。

即使为了给这种差劲的铁路提供合适的路基,这段公路也必须大大加高。在附近的山头上负责挖土的工人、士兵把黄土装进筐里,其他士兵则负责运土,用扁担一头一筐,穿过来倒在公路上。然后又循环往复。这两个相关的工作有几百人参加。这是一个难忘的景象,它使人想起就是这样的一行行的人没有机器的帮助,用肌肉的力量筑起万里长城和到处都有的城墙和村墙,以及像大运河那样的其他工程伟绩。

那老是满怀希望的梁思成,又从当地报上读到赵城城里有一座唐代的庙宇。这天傍晚我们进了城门就直奔那儿。不对了。他的希望破灭了。那是一座晚得多的建筑,而且没多大意思。我们于是离开那里到中国内地传教站找那孤独的女传教士——年老的罗姆克小姐。尽管我们是不速之客,她还是给了我们热烈的欢迎和饭前的热水澡。她被一些单纯的农家妇女包围着,她们是她从不公正待遇、死亡线上或饥饿中救出来的。从她们的脸上表达出来的对她的爱是很明显的,然而她即使是在讲述她们的故事时,也没有一点炫耀自己的意思。她那发亮的脸表达了对做出这一切奇迹的上帝的挚爱。

我们距我们最后的目的地——霍山山脉南端的上下广胜寺的所在地还有15英里。这就意味着要离开河道,把士兵们甩在后边。这真是那天早上的一个悦人的变化。天气继续晴好,因为我们朝向正东,这一天中的大部分时间我们都能看见远山顶上那广胜寺的宝塔,它鼓舞着我们前进。直到我们差不多在山脚下撞上它的时候,我们才在落日的余晖中看见了下寺。它的光彩、漂亮的设计以及众多的斗拱说明它是建筑学上的瑰宝,就好像是对我们这一番辛苦的奖赏。

是的,这就是行者梁思成等人的苦与乐。

在苦乐行者梁思成那诸多野外古建筑的考察中,最应该引起中外学界特别重视的,就是公元1937年6月他与林徽因及社友莫宗江、纪玉堂等四人的山西五台山之行了。因为从某种意义上说,这不仅是梁思成最感激动和兴奋的一次考察,也是中国真正系统研究古建筑学的一条开发之路。那么,这到底是怎样的一条路呢?

在梁思成、林徽因与学社同仁调查古代建筑的漫漫征途中,他们虽然不断取得喜人的成绩,但始终没有发现比宋代更早的古老建筑,以至于有日本建筑学者竟断言说:中国境内已经没有了唐代以前的古建筑,如果中国学者要想研究唐代建筑只能到日本的奈良去,因为那里才有中国鉴真和尚当年建造的诸多具有典型唐代风格的寺庙建筑。确实,在人口只有38万的日本奈良,不仅拥有7处被列入世界文化遗产的历史古建筑,而且其中最著名的就是建造于公元745年仿照中国唐代寺院建筑结构而建造的东大寺。当然,在日本奈良随处可见的中国唐代建筑中,与大唐关系最密不可分的要数唐招提寺了。因为这座寺庙不仅是由鉴真大师按照唐朝寺院的规划而修建,且极具盛唐的优雅风姿与宏大气势。据说,就连寺庙门楣那横额上的"唐招提寺"四个大字,也是日本孝谦女皇模仿中国大书法家王羲之和王献之的字体而书写的。即便如此,梁思成和林徽因等人自然不会相信在广袤的中华大地上,竟然没有一处中国人自己建造的唐代以前建筑,因为他们曾在云冈石窟中明晰地看到过魏晋时期建造的宫殿建筑实图。另外,梁思成也曾在《清凉山志》中读到过关于五台山上有建造于两汉时期建筑的文字记载。于是,梁思成果断地决定将调查方向选择在山西境内的五台山,并根据《敦煌图录》中收录有五台山佛光寺的图片,毅然把目光定格在了这一史料记载中的不朽寺庙。

作为古刹云集的中国名山——山西五台山,因由五座山峰环抱而得名。五峰以内被称为"台内",以外则称"台外"。在五座山峰之中,是一块广阔而平整的盆地,其中有一村镇名叫台怀,这是五台山的中心,其附近寺刹林立,香火极为兴盛。因此,这里的殿塔佛像也就经常被京城等地的达官富贾出资修建,有的香客为了炫耀其势力显赫、富贵无比,竟将佛家寺院修建得金碧辉煌,可比皇家宫殿。而正是因为这个缘故,千年来这一盛名的文殊菩萨道场,竟然很少有明清以前的殿宇存在。这自然不是梁思成所要寻访调查之地。

与台内情形相比,位于台外的寺刹因为交通不便且散布偏远,所以祈福进香之人的足迹就鲜少涉及。而正是因为香火冷落、寺僧贫苦,致使这些寺刹很难得到重新修装,这也就比较有利于古建筑之保存。所以,梁思成等人到达五台县后,并没有进入台怀喧闹之地,而是折返北行,直接向南台的外围而去。这里距离佛光寺还有两天的路程,因为道路崎岖难走,他们只能骑着毛驴缓缓前行。不过,在险峻蜿蜒的山路间行走,梁思成等人却得以欣赏到平常难得一见的美景。对此,梁思成写道:"田陇随山势弯转,林木错绮;近山婉婉在眼前,远处则山峦环护,形式甚是壮伟,旅途十分僻静。风景很幽丽。”傍晚时分,当他们终于到达豆村附近的佛光真容禅寺时,简直真有了一种朝圣般的心态。用梁思成的话来说,“瞻仰大殿,咨嗟惊喜”。

确实,面对近在咫尺的佛光寺,梁思成等人显然被那层层交叠而又宏大雄伟的斗拱所震撼,虽然这些斗拱像是承受了千年的委屈一般,折叠萎缩在举势和缓但却前出深远的屋檐下,而正是这种稳妥牢固的姿势,支撑着佛光寺千年的骨骼和历史。环视整座大殿,不仅这种形式的斗拱是梁思成等人所未见,整座大殿的结构比例和雄浑的轮廓也不是他们以前所见识过的,这种结构给人以一种强烈的震慑和感染,很明显不是唐以后的建筑风格。不过,要想确认佛光寺是否属于唐构建筑,还必须找到确凿的实物证据。当然,梁思成明白最确凿的证据就是通常写在屋脊檩条上的文字。这种在新建房屋檩条上留下建造年代的习俗,在中国也不知沿袭了多久,即便今天在偏远的农村依然还保留着。

而佛光寺因为架设有“平阇”的顶板,遮挡了梁架以上的内里结构,并与斜坡殿顶构成了一个黑暗的空阁,人如果想进入其中,只能攀上顶柱从屋檐下的狭小空隙爬进去。为了弄清大殿的建造年代,梁思成等人不顾黑暗的空阁内积沉千年的灰尘,以及难以预知的不测和危险,手持电筒坚定地爬了进去。厚及盈寸的灰尘,踩上去就像是踩在厚厚的棉被上一样,梁思成小心翼翼地爬行着,顺着并不明亮的电筒光亮,他发现空阁内竟然盘踞着数以万计的蝙蝠,组成了一个黑压压不可驱散的强大阵容。而当梁思成按动照相机快门的时候,那闪光灯骤然之间发射出的强光,使这些已经聚集了千年的蝙蝠家族成员惊恐地四散翻飞,那扬起的灰尘和秽气使梁思成一时竟透不过气来。待灰雾散尽,梁思成仔细搜寻竟没能发现檩条上有什么字迹,这不由使他感到有些失望。少顷,梁思成又不由得惊喜起来,原来梁架上那叉手的特别做法,实在是古老而罕见,属于“国内木构中的孤例”。不过,在那些叉手木材的缝隙间,梁思成也发现了数不清的臭虫大军,稍不留神就踩压碾死一片,那散发出的血腥臭味实在让人作呕不止。即便如此,梁思成等人为了探清佛光寺的确凿年代,"不辜负古人的匠心",他们"早晚攀登工作,或爬入顶内,与蝙蝠臭虫为伍,或爬到殿中构架上,俯仰细量,探索唯恐不周。"

经过三天的辛勤查勘,一直在大殿内负责地面工作的林徽因竟然说她发现一根大梁上有字迹,于是大家都仰头瞪眼仔细观看,果然在五根大梁的中间一根上似乎隐约有字,但却不能识别到底是否是字迹,而"徽因素来远视,独见'女弟子宁公遇'之名"。为了确证林徽因之所见,梁思成等人参照大殿台阶前那经幢上的文字,果然发现有被称为"佛殿主"的"女弟子宁公遇"几个字,且其姓名竟然列在诸尼之前。

随后,梁思成等人为了确认题字的全文,请佛光寺住持到附近的村子里寻找村民帮助搭建脚手架。由于"村僻人稀",老住持花费了一整天的时间才找来了两个老农,又费时一天筹划终于搭建起一个简易的脚手架。随后,梁思成等人急切地爬上脚手架,与地面人员通过不断传递蘸水的布单擦拭梁上灰尘,才逐渐隐约辨认出其中字迹。因为大梁上的墨迹较为暗淡,水稍一风干字迹便隐藏不见,于是他们竟花费了三天的时间才读完全文,从而确认佛光寺建造于唐大中十一年,也就是公元 875 年。

获此重大发现,众人欣喜万分,即便如梁思成这样不轻易喜形于色的人,在后来的记述中也抑制不住异常激动的心情。他在日记中这样写道:"当时夕阳西下,映得整个庭院都放出光芒。远看山景美极了,这是我从事古建筑调查以来最快乐的一天!"确实,梁思成的快乐不仅仅是因为发现了当时国内唯一一处唐代建筑,更重要的是找回了一种失落久远的"民族的建筑历史与文化精神"。于是,从此五台山不仅成了佛教徒的朝圣地,也成了中国建筑学人的朝圣地。

确实,梁思成实地调查古建筑的意义,实际上早已超出了建筑学本身,而是在独辟蹊径地体味和发扬着中国的传统文化。众所周知,当时中国学界对于中国文化的理解,一贯是通过诗书画这一中国士大夫公认的途径,而对于凝聚着中国传统文化神韵的建筑从未给予应有的重视。而梁思成则特别认为,建筑"完全是由于当时各地的人情风俗,政治经济的情形,气候及物产材料所提供的，和匠人对于力学之智识，技术之巧拙，等等复杂情况总影响之下产生”的，而“到了各地各文化渐渐会通的时代，一系的建筑，便不能脱离它邻近文化系统的影响。……而不同民族的生活习惯和文化传统又赋予建筑以民族性。它是社会生活的反映，它的形象往往会引起人们感情上的反省。”然而，正当梁思成沉浸在中国古老而辉煌的建筑文化中的时候，一场几乎亡国灭种的侵略战争已经降临到了中国人民的头上，梁思成也不得不踏上漫长的流亡之路。

3. 流亡之路

公元 1937 年 9 月5 日凌晨 6 点，梁思成携全家共 5 人仓促离开北京。我实在不想想象像梁思成和林徽因这样出身名门且留洋多年的高级知识分子，在流亡途中将会遭遇到怎样的磨难和尴尬，但是公元 1937 年 7 月 7 日在北京卢沟桥响起的枪炮声，迫使他们不得不匆忙踏上这条流亡之路。

北京卢沟桥事变之后，北京城里的国民政府机关开始向外地疏散，作为民间学术机构的中国营造学社也不得不宣布暂时解散，社长朱启钤坚决不愿离开北京，其他社员则纷纷返回家乡避难或另谋出路。而梁思成因为家在北京，又有两个年幼的孩子和年老且缠足的岳母，再加上林徽因的肺病检查出空洞，以及自己年轻时因车祸而今竟患上了脊椎软组织硬化症，行动很不方便，他们只能暂时留在北京。不过，梁思成的心里明白他们早晚是要离开北京的，所以他在和学社同事将学社有关珍贵资料打包存进天津英租界内英资麦加利银行的保险库之后，也开始着手整理自家的行装，随时准备离开北京。

应该说梁思成是非常明智的，因为这几年来随着他野外调查不断获得惊人发现，以及一系列高水准调查报告的发表，不仅奠定了他在中国建筑学界执牛耳者的地位，还引起了世界学界的特别重视，而对中国文化向来兴趣浓厚的日本学者，则更是将梁思成早已纳入他们所关注的中国学人名单中的重点。公元1937年8月的一天,梁思成忽然收到一封署名"东亚共荣协会"的请柬,邀请他参加即将召开的一个会议。梁思成明白这是日本人对他的特别关注,如果他不及时离开北京,日本人绝对不会放过他。于是,梁思成和林徽因在一个天色朦胧的清晨,叫醒还睡得迷迷糊糊的两个孩子,搀扶着行动不便的老娘,携带好早已收拾妥当的两只装有贵重物品和刚刚调查得来的古建筑资料的皮箱,以及两个简单的铺盖卷,离开家门登上了开往天津的长途汽车。

由于天津与北京近在咫尺,所以天津并不是梁思成最终的避难所,他的流亡之路才刚刚开始。对此,当时年仅8岁的女儿梁再冰后来回忆说:"1937年9月,父亲带领全家(包括外婆在内共五口)经天津、青岛、济南、徐州、郑州、武汉到达长沙,在火车站附近租了两间房子住。"不难想象,在从北京到长沙历经10多座城市数千里路的流亡途中,梁思成和林徽因全家那扶老携幼、身背行囊的行程是怎样一幅景象。生长在今天中国的年轻人也许无从想象,而如果将今天中国许多城市里那大批衣着脏旧的民工流,置于不知何时从空中突然落下一枚炸弹而惊慌奔突的情景之中,也许会引起他们一点可以参照的联想。

抛开今天人们并不切合实际的联想,还是来看一看当事人的回忆吧。公元1937年10月1日,梁思成全家历时20多天,"由天津到长沙共计上下舟车16次,进出旅店12次,为的是回到自己的后方。"在"自己的后方"长沙,梁思成与林徽因在车站附近租住了两间房屋,算是暂时安定下来。虽然"这同我们在北平住的那个有丁香花的四合院(虽然也是租来的)相比,差别自然很大。父亲和母亲立即开始学习烧饭洗衣等家务劳动。给我印象最深的是,他们对于生活水平的明显下降毫不在意,而是带着兴奋和愉快的心情来迎接这种变化的。"女儿梁再冰的回忆,让我们多少了解了这对出身名门的高级知识分子,面对战乱所保持难得的乐观而平和的心态。不过,"自己的后方"长沙并不安宁,对此林徽因写信给已经返回美国的好友费慰梅说:

在日军对长沙的第一次空袭中，我们的住房几乎被直接击中。炸弹就落在距我们的临时住房大门十六米的地方，这所房子我们住了三间。当时我们——外婆、两个孩子、思成和我都在家。两个孩子都在生病。没有人知道我们怎么没有被炸成碎片。听到地狱般的断裂声和头两响稍远一点的爆炸，我们便往楼下奔，我们的房子随即四分五裂。全然出于本能，我们各抓起一个孩子就往楼梯跑，可还没来得及下楼，离得最近的炸弹就炸了。它把我抛到空中，手里还抱着小弟，再把我摔到地上，却没有受伤。同时房子开始轧轧乱响，那些到处都是的玻璃和门窗、隔扇、屋顶、天花板，全都坍了下来，劈头盖脑地砸向我们。我们冲出房门，来到黑烟滚滚的街上。

当我们往联合大学的防空壕跑的时候，又一架轰炸机开始俯冲。我们停了下来，心想这一回是躲不掉了，我们宁愿靠拢一点，省得留下几个活着去承受那悲剧。这颗炸弹没有爆炸，落在我们正在跑去的街道那头。我们所有的东西——现在已经不多了——都是从玻璃碴儿中捡回来的。眼下我们在朋友那里到处借住。

每天晚上我们就去找那些旧日的“星期六朋友”，到处串门，想在那些妻儿们也来此共赴“国难”的人家中寻求一点家庭温暖。在空袭之前我们仍然常常聚餐，不在饭馆，而是在一个小炉子上欣赏我自己的手艺，在那三间小屋里我们实际上什么都做，而过去那时要占用整整一栋北总布胡同三号的。我们交换着许多怀旧的笑声和叹息，但总的来说我们的情绪还不错。

我们已经决定离开此处到云南去……我们的国家还没有组织到可使我们对战争能够有所效力的程度，以致至今我们还只是“战争累赘”而已。既然如此，何不腾出地方，到更远的角落里去呢。有朝一日连那地方(指昆明)也会被轰炸的，但眼下也没有更好的地方可去了。

从长沙到昆明原本10天的行程，梁思成全家竟然走了40天。对此，梁

再冰回忆道:

在这次轰炸后不久,我们就离开了长沙前往昆明。父亲是北方来的这批知识分子中第一个去昆明的。当时同路没有任何熟人,一家人颇有孤单之感。但是,父亲并没有丝毫犹豫。

我们是坐公共汽车走的。开始几天还比较顺利,湘西群山风景如画,常德、沅陵一带的山光水色和黄果树的大瀑布都很引人入胜。我们"晓行夜宿"。早上起床后,父亲很快就把铺盖卷打起来了,晚上汽车到站后他立即同妈妈一起飞奔着去找那些"未晚先投宿,鸡鸣早看天"的小客店,让我们坐在行李上照顾晕车的外婆。

在离开北平前,父亲就常常背痛,医生诊断他患了脊椎间软组织硬化症,并为他设计了一副铁架子"穿"在衬衣里面以支撑脊骨。在旅途中当然加重了他的负担,但父亲并不把这放在心上。

当我们经过湘黔交界的晃县时,母亲突然感染了肺炎,高烧至40度。当时还没有抗生素和其他特效药,肺炎是很可怕的病。县城中没有医院,旅馆拥挤而阴暗,但父亲并不慌乱。他找到同车一位留学日本又懂得中草药的女医生,请她替母亲治疗,根据她开的处方给母亲煎中药服用,使母亲在两周后退了烧。每天下午,他还带着弟弟和我到小河边去"打水漂"。我记得他投掷的石子总是飞得很远,有时能跳跃一二十下。晚上他教我们看地图,帮助我们认识自己走过的路,所以至今我还记得沿途许多地名。

后来的旅途中,汽车经常"抛锚"。有一次,车开到一个地势险峻的大山顶上后,突然站住不动了。当时已是12月份,气候很冷而且天色已晚。大病初愈的母亲快冻僵了。听说这一带常有土匪抢汽车,乘客们都很害怕。父亲会开车也会修车,就同司机一起研究车子出了什么毛病,并根据经验把他的手帕放入油箱,发现油已用光。但这里前不着村后不着店,怎么办呢?他只好同乘客们一起推着车慢慢走,突然有个村庄奇迹般地出现在路旁，使我们当晚得免露宿在荒山野岭上。

就这样，梁思成全家于公元1938年1月中旬终于到达了昆明。经过这4个多月的颠沛流离，梁思成因为扁桃体脓毒不仅使受伤的脊背剧烈疼痛，还引发了牙周炎不得不将满口牙齿全部拔掉。这使梁思成更加疼痛难忍，为了避免因服用大量止痛药而引起中毒，只能日夜半躺在一张帆布椅子上的他，为了分散注意力竟学会了缝补破旧的袜子。即便如此，梁思成依然想着如何开展野外古建筑调查之事，在重新争取到中美庚款基金会的支持后，他便组织随后来到昆明的学社成员莫宗江、陈明达和刘致平等人，对昆明周边的古建筑进行调查，诸如圆通寺、土主庙、建水会馆、东寺塔、西寺塔、真庆观大殿和金殿等五十余处昆明主要的古建筑，都因为经过他们的调查而引起了当地政府的重视。不久，梁思成的老搭档、公元1932年担任中国营造学社文献部主任的刘敦桢也来到昆明，从而使中国营造学社真正得以复社，并对中国西南地区展开了大范围的古建筑调查活动。当时，由于梁思成卧病长达近一年之久，对野外古建筑调查活动基本上是由刘敦桢带队，写到这就不能不对刘敦桢做以介绍。

公元1897年出生在湖南新宁的刘敦桢，字士能，早年就读于湖南长沙楚怡学校，公元1913年到日本留学，公元1921年毕业于日本东京高等工业学校建筑科，公元1922年回国后在上海与柳士英等人创办华海公司建筑部，公元1923年9月在苏州工业专门学校建立建筑专业学科并任教于该校，公元1927年该校与东南大学合并为国立第四中山大学，公元1928年改称国立中央大学，刘敦桢一直任教至公元1932年，公元1932年刘敦桢出任中国营造学社文献部主任，与梁思成密切合作发表了诸多高水准的学术文章，梁思成一直对他敬重有加。如今，刘敦桢来到昆明，使中国营造学社再次恢复了原先的强势班底，古建筑调查工作随即展开。

以往，中国营造学社所开展的古建筑调查主要偏重于皇家宫殿、官府衙署和寺庙道观等，如今得以与贫苦民众广泛接触，使他们对丰富多彩的民居建筑产生了浓厚兴趣,并展开了深入而细致的调查。昆明的民居虽然不像井干式民居那样为全国所罕见,也不似丽江或大理民居那样美观而富有变化,但它毕竟是中原文化与边疆文化相互交融的结晶，有着鲜明的地域和民俗特色,及其独特的文化个性。昆明的民居多采用对称布局,平面略近“万”字形,当地俗称“一颗印”,其建筑方向因地势的关系,可以随意选择,颇为自由,不过朝向正南者极为少见。据考察得知,这主要是因为云南距离赤道较近,如果房屋采取正南朝向,夏至前后几乎没有阳光射入室内,即便到了冬至时节亦不过北方同样建筑的五分之二。

昆明古建筑调查基本结束后，中国营造学社为了方便借阅中央研究院历史语言研究所的图书资料,从昆明市区搬迁到了郊区的龙泉镇。在昆明东北郊的龙泉镇内,有三个相邻的村庄,分别叫龙头村、棕皮营和麦地村,营造学社租用了麦地村一处名叫“兴国庵”的尼姑庵,这里距自公元 1938 年 3 月从长沙搬迁来的中央历史语言研究所所在的龙泉村不远。占地约有 10 亩的“兴国庵”,虽然殿宇并不雄伟轩昂,但却十分规整而清净,殿外树木环绕,环境幽静。在殿前的庭院里,不知何时栽种的四株桂花树,每到金秋时节则清香四溢;而四角配殿的天井里,同样是花木扶疏,景色宜人。

梁思成等人的工作室就设在供奉有泥塑菩萨的大殿内,他们先是巧妙地用布帘遮住泥塑菩萨的真面目，然后将从村里租用来的那种供奉祖先牌位的供桌,安置在没有窗页但有几根横竖钢筋充任窗棂的窗户边,以便借用没有吊灯或台灯的自然光线。在只有笔墨纸砚和铝制茶壶等极为简陋用具的“兴国庵”里,梁思成等人凭着非凡的勇气和超人的智慧,将中国古建筑研究事业再一次推向了一个巅峰。

自公元 1939 年 9 月至公元 1940 年 2 月,中国营造学社以“兴国庵”为基地，由梁思成和刘敦桢分别率队对四川和西康等中国大西南地区的古建筑进行了广泛的野外调查。在仅仅半年的时间里,梁思成等人就跑了 35 个县,调查了七百三十余处古建筑、崖墓、摩崖石刻和汉阙等,为他随后完成《中国建筑史》再次充实了极为重要的实物资料。在梁思成等人外出调查的日子里,林徽因则留守在“兴国庵”主持日常工作,她不仅绘制整理了大量的图纸和文字资料,还查证了许多重要史料,使原本简陋而空寂的“兴国庵”竟呈现出了一派繁忙兴旺的景象。

营造学社搬迁到麦地村“兴国庵”的同时,梁思成也将租住在昆明巡律街9号一处名为“止园”的家搬到附近的龙头村,并于公元1940年初春耗尽全部家资自行设计建造了他们一生中唯一一处属于自己的住宅——独具特色的昆明“一颗印”民居。对此,林徽因写信告诉好友费慰梅说:

> 我们正在一座新建的三房农舍中安顿下来。它位于昆明市东北12公里处一个小村边上,风景优美而没有军事目标。邻接一条长堤,堤上长满如古画中的那种高大笔直的松树。我们的房子有三个大一点的房间,一间原则上归我用的厨房和一间空着的佣人房,因为不能保证这几个月都能用上佣人。这个春天,老金(指金岳霖)在我们房子的一边添盖了一间“耳房”。这样,整个北总布胡同集团就原封不动地搬到了这里,可天知道能维持多久。
>
> 在龙头村自建这种土坯小房的还有李济、钱端升。我们的房子是最晚建成的,以致最后不得不为争取每一块地板、每一块砖,乃至每根钉子而奋斗。我们还得亲自帮忙运料,做木匠和泥瓦匠。

这所土木结构的平房,大约有80平方米,三间住房坐西向东,两间附属用房则坐东向西,中间隔有一条通道,很自然地形成了一个小小的庭院。从外观上看,房屋窗户的面积要比当地民居的窗户大得多,那是为了具有良好的采光;而采用斜线交叉木条构成的一个个菱形窗棂,则又显得简洁而古朴;在房屋的内部,最与众不同的就是在客厅里竟然还设计有一个壁炉,且将三间住房内全部安装上了木地板,这都是附近居民中所绝对没有的。这也许就是作为建筑师的特别优势吧。不过,使梁思成一贫如洗的这所民居,据说如今虽然还保存有当年的大体格局,但早已是破败不堪,损毁殆尽了。

当然,面对当年遥遥无期的战争,梁思成全家毕竟有了一处遮风避雨的居所,使林徽因获得了暂时的诗意安宁,虽然"天气开始转冷",但"天空布满愈来愈多的秋天的泛光,景色迷人。空气中飘满野花香——久已忘却的无数最美好的感觉之一。每天早晨和黄昏,太阳从那奇诡的方位带来静穆而优美的快感,偷偷射进这个充满混乱和灾难的无望的世界里,人们仍然意识到安静和美的那种痛苦的感觉之中。"不过,这种诗意的美感并不长久,或者说只是一瞬间的电光火石,因为他们的生活完全沦落到了贫民境地。对此,费慰梅曾这样记述梁思成全家当时的生活状况:

生活是艰难的。冷热自来水都没有。第一样买回的物品是一口陶制的大水缸,有近一米高,用来储存挑进屋里的水。对一个家庭来说,一口水缸是如此重要,以至于一座烧缸的窑刚开张时,妇女们彼此拥挤甚至打架,唯恐买不到。烧饭是俯身在一只三条腿的火盆上动手,火盆的顶部离厨房的泥地不过四五十厘米,只能支一口锅。燃料用煤灰和泥做成的煤球,火必须扇旺到能做饭的程度。如果要洗澡、洗衣或洗碗,就得从水缸里舀出水来,在这个或另一个炉灶上烧热。任何家庭若是有一个大热水瓶来储存热水,就把它当成是家中的宝贝。除此,还要冒着尘土或泥泞,迢迢跋涉到村里去买那些买得起的食物带回家,而且还得天天去,因为根本没有冷藏这回事,连想都别想。当然没有电话或交通工具。天黑了点菜籽油灯,但那也很贵,所以最好还是跟村民一样,天一黑就睡觉。孩子的衣服穿破了或穿不下,不知如何是好。布,几乎没有。一句话,战争、通货膨胀和原始的生活方式,已把梁家变成了穷人家。

如果说"穷人家"的生活还能够让梁家人承受的话,那么"战争,特别是我们自己的这场战争",却"正在前所未有地阴森森地逼近我们,逼近我们的皮肉、心灵和神经。"特别是当"日本鬼子的轰炸或歼击机的扫射都像是一阵暴雨"时,"你只能咬紧牙关挺过去,在头顶还是在远处都一样,有一种让人呕吐的感觉，尤其是当一个人还没有吃过东西，而且今天很久都不会再吃任何东西，就是那种感觉。”

与这种难挨的真正农家生活所不同的是，梁思成等人在外出调查古建筑的行程中则别有一番滋味。对此，林洙女士后来记述说：“西南的调查工作整天在山区中进行，与华北的大平原相比又是另一番景象。一年四季郁郁葱葱的山林，自然景色极美，那时西南地区还没有开发，马队和双人抬的滑竿儿是主要的交通工具。在运气好时能拦截一辆军用卡车，载他们一程，否则就只有靠两条腿了。由于山林茂密，他们最担心的就是迷路。云南的疟疾非常可怕，他们走到哪里都背着帐子，带着奎宁和指南针。四川的跳蚤多得惊人，他们每到一个地方，第一件事就是搞一大盆水来，脱了鞋袜站在水盆中央，然后抖动衣裤，不一会儿就能看到水面上浮着一层跳蚤。云南、四川的自然资源十分丰富，但是封建势力还很强大，30 年代买卖人口还是常见的，而且有普遍的吸毒现象。在华北只是大地主、大资本家才吸毒，而西南地区却有相当一部分贫苦的劳动者也吸毒。他们在旅途中常常看到种植罂粟的大片土地。那些脚夫们一个个骨瘦如柴，白天卖了一天的苦力，晚上往往就把当天的收入买了鸦片，在街头找个角落一躺，蒙上毡斗篷，躲在里面吸，看了真叫人心酸。”

然而，这些“叫人心酸”的脚夫们自己却活得很是风趣有味，梁思成后来曾回忆说：“别看脚夫们生活贫苦，但却不乏幽默感，他们绝不放过任何开心的机会。要是遇上一个姑娘，他们就会开各种玩笑，姑娘若有点麻子，前面就说‘左(右)边有枝花’，后面的立刻接上‘有点麻子才巴家’。而如果遇上一个厉害的姑娘，就会马上还嘴说‘就是你的妈’。”诸如此类，梁思成在考察途中搜集了许多，林徽因还曾想就此编一册《滑竿儿曲》呢。据说，这是脚夫们在那高低不平山路间为了前后配合而创造出来的。比如，要是路上有一堆牛粪或马粪，前面的人就会说“天上鸢子飞”，后面的人马上回答“地上牛屎堆”，从而小心地避开牛粪。再如，西南山区的道路多是用石板铺筑而成，时间一长石板便会活动，人走在上面不小心就会滑倒或把石缝中的泥水溅到身上，于是走在前面的脚夫就会高声唱道“活摇活”，而后面的则立即回答道“踩中莫踩角(guo)”。

不过，艰辛而愉快的生活属于那些无忧无虑的脚夫们，梁思成的生活还有那么多的无可奈何。公元1938年4月，北京大学、清华大学和南开大学这三所中国名校，万名师生经过长途跋涉抵达昆明后，创建了西南联合大学。由于昆明没有现成的校舍，主持西南联合大学校务的梅贻琦先生邀请梁思成夫妇设计校园，梁林夫妇欣然受命。一个月后，当他们将第一套设计方案交到梅贻琦的办公桌上时，因为经费短缺使他们的方案难以实施。在此后的两个月里，梁林夫妇把第一套设计方案进行了多次更改，由最先的高楼变成了矮楼，又由矮楼变成平房，再由砖墙变成土墙，几乎每一次修改，林徽因都要落一次泪。而当他们将最后一套设计方案交出时，竟被告知说：经过学校委员会的研究决定，除了图书馆的屋顶可以使用青瓦，以及部分教师和校长办公室可以使用铁皮屋顶之外，其他建筑一律以茅草覆顶，土坯墙也将改为黏土打垒，即便是砖头和木料的使用也被再次削减二分之一，并希望梁思成再做一次调整。

闻听此言，梁思成简直是忍无可忍，不顾一切地冲进梅贻琦的办公室，把设计图纸摔在他的办公桌上，痛心地喊道：“改！改！改！你还要我怎么改?！”望着眼前这位昔日温雅且时时洋溢着学者风度的建筑师的急躁表情，梅贻琦呆呆地愣了半天，难过地说不出一句话来。面对此景，梁思成也只能喃喃自语地说：“茅草房？这不是每一个中国农民都会盖的吗？要我梁思成干什么啊？我……已经修改到第五稿了，从高楼到矮楼，从矮楼到平房，现在又要我去盖茅草房。茅草房就茅草房吧，你们知不知道农民盖一幢茅草房要多少木料？而你给的木料连盖一幢标准的茅草房都不够！”听着梁思成这无奈的话语，梅贻琦轻轻地叹了口气，声音颤抖而坚定地说：“正因为如此，才需要土木工程系的老师们对木材的用量严格计算啊。你想想，没有这些茅草房，学生就要在露天上课，风吹，日晒，雨淋。大家都在共赴国难，以你的大度，请再最后谅解我们一次。等抗战胜利回到北平，我一定请你来建一个世界一流的清华园，算是我还给你的谢意，行吗？”闻听此言，据说梁思成竟像一个孩子似的流下了眼泪……

梅贻琦在就职清华大学校长的典礼上，曾经说过一句关于大学的名言，他说：“所谓大学者，非有大楼之谓也，有大师之谓也。”在此套用梅贻琦先生的这句名言，建造中国西南联合大学的茅屋校舍，非建筑师梁思成无能，乃当时国民政府无能也。

无能的国民政府别说让像梁思成这样的精英学者人尽其才，就连当时所谓的中国大后方昆明竟也不能保证最起码的安全。公元1940年11月底，梁思成全家不得不与中国营造学社同仁再次搬迁，而这一次搬迁的地点则是号称“万里长江第一镇”的四川李庄。

4. 蛰居李庄

全长六千三百多公里的长江，自唐古拉山脉主峰各拉丹东雪山滚滚而下，犹如茫茫苍龙在穿越青藏高原和云贵高原之后，开始进入一马平川的四川盆地。这时的长江，因为已经穿行了3496公里的漫漫长途，渐渐地表现出了一种平静而非凡的气度。不过，它这是在静静地流淌中积蓄力量，准备以前所未有的猛烈气势冲破长江上游的天然门户——夔门，然后再一鼓作气切开险峻万分的瞿塘峡、巫峡和西陵峡这风流天下闻的“三峡”，从而滋润四川宜宾以下2884公里沿岸的江淮儿女。由于长江在进入四川宜宾之前并不称之为长江，而叫金沙江，所以宜宾当属长江第一城，而南溪县的李庄又是宜宾长江上游的第一古镇，故李庄向有“万里长江第一镇”之说。

虽说李庄有“万里长江第一镇”之称，在历史上也曾是兵家必争之地和西南地区的货物集散中心，但因为上下距离宜宾和南溪均有25公里的水路，且没有任何陆路可以通行，所以到民国年间已变成了一处极为闭塞落后的孤寂之地。不过，在抗日战争期间由于国民政府的中央研究院、中央博物院筹备处、中国营造学社、同济大学和金陵大学文学研究院等机构搬迁至此,使小小的李庄一时间声名鹊起,不仅成为与重庆、昆明和成都齐名的战时四大文化中心之一，还为它赢得了一个村镇级行政单位不可轻易使用的前缀词——中国。确实，在抗战时期无论是国内还是海外的邮件只要写上“中国李庄”四个字,便能准确无误地送达收件人的手中。即便是在今天,当人们提到李庄的时候,往往在文字的表述中也会不自觉而又自豪地使用“中国李庄”这个新专用名词。当然,今日李庄的骄傲、辉煌与名闻遐迩,是来自于昔日上述文化和学术机构人员的苦难。在这苦难当中,梁思成和梁思永两兄弟及家人当属最苦难之人。

公元 1940 年 11 月底，梁家与中国营造学社在不得不随同中央研究院历史语言研究所迁往李庄时,梁思成却突然发烧病倒只能暂时留在了昆明。于是，同样病体孱弱的林徽因独自带领两个年幼的孩子和小脚外婆踏上行程。在长达两个星期寒冷冬季的旅途中,林徽因与同车 31 人共乘一辆敞篷的大卡车,双脚叉开坐在铺盖卷上,“在仲冬天气里越过大山”,来到了这个“远离任何机关、远离任何大城市的一个全然陌生的地方”——中国李庄。一个星期后,梁思成病势减轻也来到李庄,随即将中国营造学社和家人都安置在了李庄镇上坝村一片竹阴丛中的张家老房子里。对此,后来曾专程到李庄看望梁思成和林徽因夫妇的费慰梅女士这样回忆道：

> 营造学社在李庄的总部是一座简单的 L 形平房农舍,它的长臂是南北走向。这一臂的一侧从南到北是一个打通的工作间,备有供画草图和写作用的粗糙桌凳。对面是女仆的房间、储藏室和三个初级研究人员的卧室排成一行。走过一条狭窄的走廊,就是向东延伸的 L 形的短臂。
>
> 一穿过走廊就是两间卧室,一间是外婆和宝宝的卧室,另一间是儿子的。再过去就是梁氏夫妇的两间房,一间卧室、一间书房,这就是短臂的全部了。他们的房子是朝南的,窗外是浓荫覆盖的、赏心悦目的一个院子。徽因的帆布床就安在这间房里(大家睡的则是光板和竹席)。

对面，在L形长臂的西边，是一处更大的天井，大部分是参天的樟树，点缀着小丛的香蕉林。在院落中还散落着一些小平房，一间作厨房，远些的一间是食堂，留出些地方给莫宗江睡觉，最远的一处则是户外厕所。

工作间的布置和装修是沿着当年工作间在北京皇宫院里的时候策划的营造学社正规道路上前进了一大步。刘敦桢安家的地方离得不远。思成多年的初级助手莫宗江、刘致平和陈明达都可随叫随到。

梁家到达李庄刚刚安顿下来不久，不仅林徽因因为旅途劳累导致肺结核复发，且病势来得极为凶猛，自此在李庄一直卧病在床达5年之久，其他的不幸也接踵而至。对此，梁再冰后来回忆说：

四川气候潮湿，冬季常阴雨绵绵，对父亲和母亲的身体都很不利。我们的生活条件比在昆明时更差了。两间陋室低矮、阴暗、潮湿，竹篾抹泥为墙，顶上席棚是蛇鼠经常出没的地方，床上又常出现成群结队的臭虫，没有自来水和电灯，煤油也须节约使用，夜间只能靠一两盏菜油灯照明。

我们入川后不到一个月，母亲肺结核症复发，病势来得极猛，一开始就连续几周高烧至40度不退。李庄没有任何医疗条件，不可能进行肺部透视检查，当时也没有肺病特效药，病人只能凭体力慢慢煎熬。从此，母亲就卧床不起了。尽管她稍好时还奋力持家和协助父亲做研究工作，但她身体日益衰弱，父亲的生活担子因而加重。

更使父亲伤脑筋的是，此时营造学社没有固定经费来源。他无奈只得年年到重庆向“教育部”请求资助，但“乞讨”所得无几，很快地就会被通货膨胀所抵消。抗战后期物价上涨如脱缰之马，父亲每月薪金到手后如不立即去买油买米，则会迅速化为废纸一堆。食品愈来愈贵，我们的饭食也就愈来愈差，母亲吃得很少，身体日渐消瘦，后来几乎不成人形。为了略微变换伙食花样,父亲在工作之余不得不学习蒸馒头、煮饭、做菜、腌菜和用橘皮做果酱等等。

三叔到李庄后肺病也复发了,病情同母亲非常相似。父亲对兄弟和妻子的病都爱莫能助。他自己的体质也明显地下降,虽然才四十多岁,背已经驼得很厉害,精力也大不如前了。

1941年春天,正当母亲病重时,三舅林恒(空军飞行员)在一次对日空战中牺牲,外婆和母亲后来得知都为此伤痛不已。三舅的后事是父亲在重庆时瞒着母亲到成都去办理的。

后来,又传来了天津涨大水的消息。营造学社的一批无法带到后方的图片资料当时寄存在天津一家银行的地窖中，涨水后全部被淹毁,这是父母和学社成员多年心血的积累,所以父亲和母亲闻讯后几乎痛哭失声。

尽管贫病交加,挫折一个接一个,但父母亲并不悲观气馁,父亲尤其乐观开朗。他此时常教我读些唐诗,杜甫的“剑外忽传收蓟北,初闻涕泪满衣裳。”是全家最喜爱的诗句之一。生活愈是清苦,父亲愈相信那“即从巴峡穿巫峡,便下襄阳向洛阳”的日子即将到来。他从来不愁眉苦脸,仍然酷爱画图,画图时总爱哼哼唧唧地唱歌,晚间常点个煤油灯到他那简陋的办公室去。他仍在梦想着战争结束后再到全国各地去考察。有一次我听到他对母亲说:如果他今生有机会去敦煌一次,他就是“一步一磕头”也心甘情愿。母亲不发烧时也大量读书做笔记,协助父亲作写《中国建筑史》的准备。她睡的小小行军帆布床周围堆满了中、外文书籍。

对于梁家如此悲惨境况和梁氏夫妇顽强的治学精神，作为梁家好友的中央研究院历史语言研究所所长傅斯年很是同情和感佩，他似乎责无旁贷要帮助梁家渡过这一难关，因为这时身为中国营造学社社长的梁思成已被任命为中央研究院的研究员，中国营造学社也纳入了中央研究院历史语言研究所的编制。为了解决梁家的这种困境，傅斯年于公元1942年4月18日向时任重庆国民政府教育部部长的好友朱家骅（字骝先）写信请求予以帮助，他在信中详细地写道：

骝先吾兄左右：

兹有一事与兄商之，梁思成、思永兄弟皆困在李庄。思成之困是因其夫人林徽因女士生了T.B（笔者注：即肺结核病的英文缩写），卧床二年矣。思永是闹了三年胃病，甚重之胃病，近忽患气管炎，一查，肺病甚重。梁任公家道清寒，兄必知之。他们二人万里跋涉，到湘、到桂、到滇、到川，已弄得吃尽当光，又逢此等病，其势不可终日，弟在此看着，实在难过，兄必有同感也。弟之看法，政府对于他们兄弟，似当给些补助，其理如下：

一、梁任公虽曾为国民党之敌人，然其人与中国新教育及青年之爱国思想上大有影响启明之作用，在清末大有可观，其人一生未尝有心做坏事，仍是读书人，护国之役，立功甚大，此亦可为功在民国者也。其长子、次子，皆爱国向学之士，与其他之家风不同。国民党此时应该表示宽大。即如去年蒋先生赙蔡松坡（指蔡锷将军）夫人之丧，弟以为甚得事体之正也。

二、思成之研究中国建筑，并世无匹，营造学社，即彼一人而（在君语。笔者注：在君是时任中央研究院总干事丁文江的字）。营造学社历年之成绩为日本人羡妒不止，此亦发扬中国文物之一大科目也。其夫人，今之女学士，才学至少在谢冰心辈之上。

三、思永为人，在敝所同事中最有公道心，安阳发掘，后来完全靠他，今日写报告亦靠他。忠于其职任，虽在此穷困中，一切先公后私。

总之，二人皆今日难得之贤士，亦皆国际知名之中国学人。今日在此困难中，论其家世，论其个人，政府以皆宜有所体恤也。未知吾兄可否与陈布雷先生（笔者注：时任蒋介石侍从室主任）一商此事，便中向介公(指蒋介石)一言,说明梁任公之后嗣,人品学问,皆中国之第一流人物,国际知名,而病困至此,似乎可赠以两三万元(此数虽大,然此等病症,所费当不止此也)。国家虽不能承认梁任公在政治上有何贡献,然其在文化上之贡献有不可没者,而名人之后,如梁氏兄弟者,亦复少!二人所作皆发扬中国历史上之文物,亦此时介公所提倡者也。此事弟觉得在体统上不失为正。弟平日向不赞成此等事,今日国家如此,个人如此,为人谋应稍从权。此事看来,弟全是多事,弟于任公,本不佩服,然知其在文运上之贡献有不可没者,今日徘徊思永、思成二人之处境,恐无外边帮助要出事,而帮助似亦有其理由也,此事请兄谈及时千万勿说明是弟起意为感,如何?乞示及,至荷。

专此敬颂

道安

弟斯年谨上四月十八日

弟为此信,未告二梁,彼等不知。

因兄在病中,此写了同样信给咏霓(笔者注:是时任重庆国民政府经济部部长兼资源委员会主人翁文灏的字),咏霓与任公有故也。弟为人谋,故标准看得松。如何?

弟年又白

对于傅斯年的真诚帮助,林徽因则感到很是不安,她在病中回信表达了这种不安的感激:

孟真[1]先生:

接到要件一束,大吃一惊,开函拜读,则感与惭并,半天作奇异感!

① 傅斯年的字。

空言不能陈万一，雅不欲循俗进谢，但得书不报，意又未安。踌躇了许久仍是临书木讷，话不知从何说起！

今日里巷之人穷愁疾病，颠蹶颠沛者甚多。固为抗战生活之一部，独思成兄弟年来蒙你老兄种种帮忙，营救护理无所不至，一切医药未曾欠缺，在你方面固然是存天下之义，而无有所私，但在我们方面虽感到 lucky，终增愧悚，深觉抗战中未有贡献，自身先成朋友及社会上的累赘的可耻。

现在你又以成、永兄弟危苦之情上闻介公，丛细之事累及咏霓先生，为拟长文说明工作之优异，侈誉过实，必使动听，深知老兄苦心，但读后惭汗满背矣！

尤其是关于我的地方，一言之誉可使我疚心疾首，夙夜愁痛。日念平白吃了三十多年饭，始终是一张空头支票难得兑现。好容易盼到孩子稍大，可以全力工作几年，偏偏碰上大战，转入井臼柴米的阵地，五年大好光阴又失之交臂。近来更胶着与疾病处残之阶段，体衰智困，学问工作恐已无分，将来终负今日教勉之意，太难为情了。

素来厚惠可以言图报，惟受同情，则感奋之余反而缄默，此情想老兄伉俪皆能体谅，匆匆这几行，自然书不尽意。

思永已知此事否？思成平日谦谦怕见人，得电必苦不知所措。希望咏霓先生会将经过略告知之，俾引见访谢时不至于茫然，此问

双安

林徽因

原来，因为傅斯年的那封求助信，中央研究院虽然没有完全按照他的请求资助两三万元，但还是在艰难的境况中为梁家筹措了一万元医药费，这无疑是雪中送炭。因此，林徽因才得知傅斯年的那封求助信，从而引出她信中那番“惭汗满背”的感激。

生存环境如此恶劣而艰难，但梁思成对于古建筑的研究热情并没有降

低,不仅没有因个人的家事而影响学社的研究工作,而且学社还吸引了众多年轻人加入其中,例如从中央大学毕业前来实习的卢绳、叶仲玑和毕业于燕京大学研究院的王世襄,以及由同济大学毕业的洪慰德和营造学社招收的学员罗哲文等,他们的到来使中国营造学社在李庄这个闭塞的小镇里充满了生机和活力。那时,不足20岁的罗哲文还稚气未脱,经常与梁思成之子梁从诫及刘敦桢之子刘叙杰三人趴在地上玩弹子,于是大学生卢绳便写了一首打油诗送给他们说:“早打珠,晚打珠,日日打珠,不读书。”并将这首诗抄写在一张纸条上,贴在营造学社院中的树上。而身体瘦弱的叶仲玑因为当时伙食较差,他又希望自己能够长胖起来,于是他也写了一张纸条贴在树上,内容是“出卖老不胖半盒”。经常伤风感冒的梁再冰感到很有趣,她也写了“出卖伤风感冒”的纸条一并贴在那棵树上。对此,后来梁思成被国民政府委任为联合国大厦设计顾问团中国代表前往美国,并同时应邀到美国耶鲁大学和普林斯顿大学讲学时,因为事务繁忙经常不在公寓,好友罗常培又一次找他不见,便在门上留下了一张纸条说:梁思成成天乱跑。不几天,梁思成回访罗常培时也未能相遇,同样留言说:罗常培常不在家。再后来,两人见面竟连句成了一副对联,上联是:罗常培常不在家,大儒常培女弟子;下联是:梁思成妄思伏骥,拙匠思成联国楼。大人们的这种游戏,是否是受当年李庄这些年轻人的启发姑且不论,起码因为这些年轻人的到来,确实缓解了李庄时期那沉闷的生活气氛。

对于这些新加入营造学社的年轻人,梁思成无论是从生活还是学习上都给予特别的关心和爱护。对此,公元1940年被中国营造学社录取的首位也是唯一一位社员、如今已年逾八旬的中国国家文物局古建筑专家组组长罗哲文先生,在梁思成诞辰85周年时曾撰文回忆说:“我学艺于梁思成老师,转眼已经45年了。我从他那里不仅学到了古建筑方面的知识,也学到了其他方面的学问。新中国成立之初,我从清华大学营建系调到文化部文物局以后,三十多年中,一直得到他的指导与帮助。在他诞生85周年之际,怀念之情涌上心头。特选了其中的十件事简记成文,以为纪念。”在罗哲文先生所

记述的十件事中,第一件就是"启蒙学艺",即他当初是如何受教于梁思成的,他在文章中这样写道:

1940 年,我国唯一研究古建筑的学术团体——中国营造学社,因日寇入侵,从北平辗转迁移到了我的家乡四川宜宾附近的南溪县李庄镇,并登报招考练习生。我幸运地被录取了,从此就与古建筑结下了不解之缘。我先是受教于刘敦桢老师,替他整理抄写西南古建筑调查报告的文章,并绘一些插图。不久,思成老师见我绘图的技术有培养前途,便商得敦桢师的同意,把我调到他那一组来学习与工作(当时中国营造学社分为法式与文献两组,思成师主任法式,敦桢师主任文献)。

我至今难忘的是思成师那种对学艺青年耐心细致传艺的精神。他从绘图板、丁字尺、三角板和绘图仪器的使用方法到削铅笔、擦橡皮等小技都一一地手把手教,并注重谈了线条的艺术性问题。他说:"你别看画图都是由一条条粗细不同的线条所组成的,但是把线条组织起来就是艺术,特别是建筑图纸,比工程和机械图纸要求的艺术性更高。不仅是花纹图样、装饰艺术的图纸有艺术性,就是结构图纸也有艺术性,比如用不同粗细的线条来表示斗拱、屋檐的层次,表示断面和轮廓等等。就是线条的交结也有艺术,要恰到好处。"他连鸭嘴笔和圆规的用法,蘸墨、拭墨的方法都做了详细的示范。他还特意安排了刘致平、莫宗江两位先生对我进行指导,我从他们那里又学到了许多宝贵的知识与技能。

梁思成对罗哲文的爱护不仅体现在教学上，还真诚地体现在一些生活小事上。例如,罗哲文原来名叫罗自福,这与当时中国联盟国美国总统罗斯福的读音极为相近,于是就有人经常开玩笑地叫他"罗总统",弄得他很难为情,为此梁思成便为他改名罗哲文。如今,罗哲文这三个字,已经成为中国古建筑方面权威的代名词。还有一次,罗哲文生病发高烧,"其时学社因躲避日寇飞机的轰炸,搬到了乡间",那里没有任何医生和医疗条件,梁思成就亲自跑到镇上的同济大学医院,请来了"有名的唐大夫前来为我看病,亲自给我端水吃药。在旧社会师傅对待徒弟有这样的盛情,是极为珍贵的"。不仅梁思成对罗哲文关爱有加,病中的林徽因也很关注罗哲文的成长。对此,罗哲文先生曾回忆说:"特别使我难忘的是林徽因先生,她身患重病,还教我英语,给我的英语打下了一点基础。"对于梁思成和林徽因的这种关爱之情,即便是今日罗哲文先生每次谈起时依然很激动,对此我曾多次亲眼目睹过罗哲文先生陷入回忆中的那份难忘情怀。

在李庄的几年间,罗哲文不仅在古建筑学方面得到了严格的技术训练,而且从梁思成和林徽因的身上还获得了用之无尽且受益终身的学术教养,使他从一个不足20岁的青年逐渐成长为如今中国乃至世界古建筑方面的权威专家。对此,我们不妨来看一看罗哲文先生深情回忆恩师梁思成的第二件事——出版"汇刊":

> 《中国营造学社汇刊》是我们这一学术团体的机关刊物,也是发表学社同仁研究成果的主要阵地。在北平的时候,曾经出版过六卷,每卷四期,发表了许多重要的古建筑调查报告与论文,从内容和印刷质量来说,都是一流的刊物,深受国内外学术界的好评。自学社南迁后,流离辗转,由长沙而昆明,才住不久又迁四川,无暇顾及。众所周知,抗战时期的四川,印刷、纸张、装订、出版极为困难,尤其是在李庄乡下就更加困难了。然而思成先生深知,一个学术刊物是这一学术机关的生命线,如果一个学术机关、学术团体没有自己的学术刊物,它也就难以存在了。为此,他想尽了一切办法要在最困难的情况下,恢复这一刊物。在他的倡导下,学社的同仁也都积极响应,一起动手,同心协力。这件事给我的印象是极为深刻的。那时李庄根本没有白报纸、新闻纸之类的纸张,也没有铅字,更谈不上铜版、铅版和装订机具之类的东西,有的只是土纸和大石版的石印。就在这样的条件下,《中国营造学社汇

刊》七卷还是问世了。我们是用药纸、药水手写石印,不仅有文字,而且还有平、立、剖的墨线图,照片也是用描绘的方法予以石印的,从设计版式、抄写文字、描绘线图和照片,到石印、折页、装订成书,完全都是学社同仁一手完成的。值得称道的是在思成先生的倡导和亲自动手之下,学社全体同仁包括卧病在床的林徽因先生及老人、妇女、小孩都参加了这项工作。我们今天翻开七卷两期的土纸"汇刊",可以看到当时在学社的刘致平、莫宗江、卢绳、王世襄等人的笔迹。自己的文章自己抄写、印制、装订,可说是彻底的自力更生了。我在这两本书内抄写的文字和描绘的图纸也不少。思成先生的五台山佛光寺详细调查报告文字和图,大都是由我抄写和描绘的。这种实干苦干的精神现在想起来,还觉得很有意义。在工作的过程中,思成老师又给了我许多的教导。

当书的封面包装完成的时候,梁先生的欢喜心情至今犹在眼前。

是的,在如此艰难的境况中,梁思成想方设法恢复中国营造学社的"生命线"——《中国营造学社汇刊》,不仅使当年他们在山西五台山发现佛光寺这一重大成果得以展现在世人面前,而且还明确地告知世界学术界他们极为关注的中国营造学社依然存在,并不曾被战火湮灭无寻,这对于中国乃至世界学界的意义都非同小可。记得曾任美国总统顾问的著名汉学家费正清先生,对于梁思成和林徽因这种献身学术的精神曾发表如此感慨说:"在忧患的战时生活中能获得如此成就,说明他们不仅具有极高的学术水平,而且还有崇高的品德修养,而正是后者使他们能够始终不渝地坚持自我牺牲,坚定地为中国的现代化做出了自己的一份贡献。"其实,梁思成不仅如费正清所说"为中国的现代化做出了自己的一份贡献",而且为了保卫敌战国日本的古建筑也同样"做出了自己的一份贡献"。这就是罗哲文先生怀念恩师梁思成蛰居李庄期间的第三件事——重庆描图:

1985年我和郑孝燮同志应日本奈良县的邀请,参加由上田繁洁知事主持的“在城市建设中如何保护好文物古迹”的国际学术讨论会。我们在日本大阪下飞机的时候，接待我们的日本朋友、奈良县原考古研究所的研究员、学术部主任管谷文则先生就很热情地询问我：“太平洋战争后期，美军反攻日本进行轰炸时，东京、大阪等等城市都遭惨重的轰炸，唯独保存古建筑文物最多的古都奈良和京都幸免于难，不知何故。有人说是美军中的学者建议的，而据前年访问日本的中国北京大学教授、考古系主任宿白先生说，是梁思成先生建议的结果。不知您是否能证实这件事？”他这一问，我就想起了1944年的一个夏天。那天思成老师要我和他一起去重庆，帮他做一些工作。到了重庆，我们住在上清寺中央研究院的一座小楼里，专门给了我一个单独的房间，先生住在另外一座小楼里。先生每天拿一捆晒蓝图纸来，让我按他用铅笔绘出的符号，用圆规和三角板以绘图墨水正规描绘。我虽然没有详细研究内容，但大体知道是日本占领区地图，标的是古城、古镇和古建筑文物的位置，还有一些不是中国的地图，我没有仔细去辨识，但有两处我是知道的，就是日本的京都和奈良，因为我一进营造学社的时候，就读过刘敦桢先生写的奈良法隆寺、玉虫橱子的文章。然而日本正在和我们打仗，为什么要画在日本地图上呢？当时我没有多问，因为我觉察到是不宜知道的。

那次去重庆是我平生首次进大城市。有两个事从未领略过的，一是我初次与电话打交道，开始真把耳机拿反了，二是先生请我去吃冰淇淋，大夏天吃冰冷食品还是第一次，印象很深。结合宿白先生所说的，我才真正把这件事肯定下来，梁先生确实做了一件保护人类共同文化财富的大事。

对此，郑孝燮同志还提供了一个旁证。1951年的一天，梁先生突然把他叫住说：“孝燮，告诉你一件不好的消息。日本法隆寺战争未毁，却被火烧了，真可惜。”这时他几乎流下泪来了。他对日本古建筑感情如此之深，当遇到要对日本进行轰炸的时候，提出建议保护古都和古建筑,应是很合情理的。

1985年访问中,日本现在建筑史的老一辈著名学者,京都文化研究中心理事长,80余高龄的福山敏男也发表意见:认为梁思成先生不仅对中国古建筑有精深的研究,而且对日本古建筑也甚是精通。他出生在日本,早年生活在日本多年,对日本的情况甚是熟悉。他提出要保护奈良和京都两个古都的建议是完全可能的。

回北京后,我立即打电话询问了宿白先生,他说他确实于1947年梁先生在北京大学的一次讲话中听他说过,曾经建议不要轰炸京都与奈良。

对于梁思成保护日本奈良和京都文物古建筑一事,公元2001年3月罗哲文先生在应邀到日本参加“亚洲历史文化遗产的环境保护与旅游开发国际研讨会”时,不仅参观了奈良的唐招提寺和法隆寺等唐构建筑,而且还访问了新中国建立后与梁思成多有交往的日本建筑界人士。其中,日中建筑技术交流会会长、年逾80高龄的清水正夫先生,不仅向罗哲文先生赠送了他在40年前访问中国时与梁思成合影的珍贵照片,而且再次回忆了当年梁思成与他谈起保护奈良文物古建筑等往事。当罗哲文先生告别时,清水正夫先生满怀深情地缅怀说:“梁先生过早地离开人世,不仅是中国建筑、文化界的重大损失,也是日本人民、中日友好的一大损失。希望他童年的绵绵心意能够永远留在日本的东京、横滨、奈良、京都,并感谢他为日本古都保护做出的巨大贡献。”是的,即便是今天的日本朝野人士,也都以“古都的恩人”的敬语来称赞和怀念梁思成。

在李庄的日子里,梁思成除了对宜宾周边部分古建筑进行测绘外,他把主要精力都用在了研究《营造法式》和撰写《中国建筑史》等资料整理与著述上。在这期间,也就是公元1943年秋天,中国营造学社的骨干刘敦桢受聘为中央大学工学院建筑系教授,不得不离开李庄前往当时设在重庆沙坪坝的中央大学就职。对于这一变动,梁思成与刘敦桢两人都极为不舍,据说两人在分别的前一天晚上促膝畅谈至天明，且是边说边哭，最后竟号啕大哭起来。对于刘敦桢的离开，林徽因曾向好友费慰梅这样诉说道："刘先生是一个非常能干、非常负责任的人。全部的账目都由他负责，连思成应付不了的琐碎杂事也交给他管。现在这些工作全要落在思成肩上了！这不大紧，如你们所知，自从我们南迁以来，营造学社里的同仁一共只有五个。现在刘先生一走，大家很可能作鸟兽散。"

依依送别刘敦桢先生，我们还是应该回到梁思成在李庄那昏暗菜油灯下潜心"翻译""天书"《营造法式》和撰写扛鼎之作《中国建筑史》上来。

公元1940年底，梁思成蛰居李庄开始对《营造法式》进行系统而具体的"注释"工作。在这之前，梁思成不仅有了以往校勘《营造法式》版本和文字的基础，以及成功"翻译"了清工部《工程做法则例》的经验，更有历时多年调查15个省二百二十多个县近三千处古建筑的实例，特别是对唐、宋、辽、金几朝的木构殿、堂、楼、塔等四十多处实物的深入研究，已经具备了系统整理《营造法式》的条件。于是，梁思成遵照"重点在说明宋代建筑的工程、结构和艺术造型的诸作制度上"的总原则，针对《营造法式》中"由于当时绘图的科学和技术水平的局限"，导致"原图的准确性和精密度本来就是不够"的缺陷，"加之以刻板以及许多抄本之辗转传抄、影摹"等原因，致使书中的图表"走离原样，以讹传讹，由渐而远，差错层层积累"等原因，再加上那诸多难懂的语句、术语和名词等文字难关，决定采取先"图解"后"文解"的方法，对《营造法式》进行系统的"翻译"和"注解"。

在"图解"工作中，梁思成要求自己及参与这一工作的莫宗江和罗哲文两位助手，"必须体现在对个别构件到建筑整体的结构方法和形象上，必须用现代科学的投影几何的画法，用准确的比例尺，并附加等角投影或透视的画法表现出来。"对于这样做的好处，梁思成认为"有助于对'法式'文字的进一步理解，并且可以暴露其中可能存在的问题。"梁思成带领两名助手除了把《营造法式》中"不准确、不易看清楚的图样'翻译'成现代通用的'工程画'"之外，他们还对其中"文字虽写得足够清楚、具体而没有图"的内容，"也酌量予以补充”或“尽可能用适当的实物照片予以说明”。在这项工作中，梁思成给后人留下了一幅经典画面：在昏暗的菜油灯下，戴着眼镜而驼背的梁思成正尽力俯身向前，下颌放在一只花瓶上，那是为了支撑因脊椎疼痛而难承头部重量之用的。那聚精会神的形象至今让人感动得不能遗忘。在“文解”的过程中，梁思成将工作分为两个部分，“首先是将全书加标点符号”，以便读者在阅读时“能毫不费力地读断句”；其次是“尽可能地加以注释”，对于一些难以读懂的部分，尽量翻译成现代语句，并在文字的注释中加入小插图或实物照片，“给予读者以形象的解释”。

到了公元 1945 年抗日战争胜利前夕，梁思成带领两名助手已经完成了“壕寨制度”“石作制度”和“大木作制度”等图样，以及部分文字的注释工作。对于在李庄期间所完成的这两项工作，梁思成认为：“文字中的差错，可以从校勘中得到改正；一经肯定是正确的，就是绝对正确的。但是图样的错误，特别是风格上的变换，是难以校勘的。虽然我们自信，在古今中外绘画雕饰的民族特点和时代风格的鉴别、认识上，可能比我们的祖先高出很多(这要感谢近代，现代的考古学家、美术史家、建筑史家和完善精美的摄影术和印刷术)，但是我们承认‘眼高手低’，难以摹绘；何况在明、清以来辗转传摹，已经大大走了样的基础上进行‘校勘’，事实上变成了模拟创作一些略带宋风格的图样，确实有点近乎狂妄。”其实，即便后来于公元 1961 年清华大学再次组织人员对《营造法式》进行科研攻关时，也没有脱离当年梁思成等三人在李庄所做“注解”的范围。如今，人们在《梁思成全集》的第七卷中，依然不难看出他们那时工作的严谨和紧密。完成了《营造法式》大部“图解”和“文解”工作后，梁思成把这部书定名为《注释中国建筑标准》，后因其他事务而暂时搁置了这项工作。

公元 1942 年，梁思成开始把主要精力放在撰写中国建筑学的扛鼎之作——《中国建筑史》上，这是他已经深藏心中十多年的梦想。另外，早在公元 1939 年国民政府中央博物院就聘请梁思成担任中国建筑史料编纂委员会主任，准备撰写《中国建筑史》。为此，梁思成曾做了大量的文字准备工作，并完成了一系列高标准的讲课稿，还曾在重庆中央大学作过“中国传统建筑的发展及特点”的系列讲座。如今，在李庄这个闭塞但宜于做学问的清静之地，梁思成终于能够潜心撰写《中国建筑史》，来实现珍藏他心中多年的夙愿了。那么，除了前文中我们提到梁思成那“中国的建筑史应该由中国人自己来写”的朴素的民族心理之外，他为什么对撰写《中国建筑史》如此地“耿耿于怀”呢？

对此，梁思成在《为什么研究中国建筑》一文开头这样写道：“研究中国建筑可以说是逆时代的工作。”原来，“近年来中国生活在剧烈的变化中趋向西化，社会对于中国固有的建筑及其附艺多加普遍的摧残。”这种“普遍的摧残”主要表现在几个方面：一是“虽然对于新输入之西方工艺的鉴别还没有标准，对于本国的旧工艺，已怀鄙弃厌恶心理”，特别是“自‘西式楼房’盛行于通商大埠以来，豪富商贾及中产之家无不深爱新异，以中国原有建筑为陈腐”，这些人“虽不是蓄意将中国建筑完全毁灭，而事实上，国内原有很精美的建筑物多被拙劣幼稚的，所谓西式楼房，或门面，取而代之”，这导致中国诸多城市内“纯中国式秀美或壮伟的旧容，或破坏无遗，或仅余大略。”而更为严重的是，有关部门在城市改造中，为了“拓宽街道，整顿‘市容’”，竟然将“本不需拆除无数刻工精美的特殊市屋门楼”，“悉数加以摧毁”。这是梁思成将研究中国建筑说成是逆时代工作的缘由，也是他为什么要研究中国建筑的一大理由。

其次，也与中国建筑遭受毁坏有关，只不过毁坏的原因不同罢了。对此，梁思成在文章中认为由于中国的建筑“艺术表现大多数是不自觉的师承及演变之结果”，所以“这些无名匠师，虽在实物上为世界留下许多伟大奇迹”，但是他们“在理论上却未为自己或其创造留下解析或夸耀”，“因此一个时代过去，另一时代继起，多因主观上失掉兴趣，便将前代伟创加以摧毁，或同于摧毁之改造。”

第三，“中国建筑既是延续了两千余年的一种工程技术，本身已造成一个艺术系统，许多建筑物便是我们文化的表现，艺术的大宗遗产。除非我们不知尊重这古国灿烂文化,如果有复兴国家民族的决心,对我国历代文物,加以认真整理及保护时,我们便不能忽略中国建筑的研究。"

第四,梁思成认为"今日中国保存古建",更重要的原因是"还有将来复兴建筑的创造问题"。而要想"将来复兴建筑的创造",是绝对"不能完全脱离以往的传统基础而独立"的。对于个中原因,梁思成解释道:"这在注重画学的中国应该用不着解释。能发挥新创都是受过传统熏陶的。即使突然接受一种崭新的形式,根据外来思想的影响,也仍然能表现本国精神。"对此,梁思成举例予以说明,"如南北朝的佛教雕刻,或唐宋的寺塔,都起源于印度,非中国本有的观念,但结果仍以中国风格造成成熟的中国特有艺术,驰名世界。"所以说,"艺术的进境是基于丰富的遗产上,今后的中国建筑自亦不能例外。"

最后,梁思成总结说:"研究实物的主要目的,则是分析及比较冷静的探讨其工程艺术的价值,与历代作风手法的演变。知己知彼,温故知新,已有科学技术的建筑师增加了本国的学识及趣味,他们的创造力量自然会在不自觉中雄厚起来。这便是研究中国建筑的最大意义。"

正是因为明了研究中国建筑这重大之意义,梁思成多年来才不辞劳苦地查阅浩渺繁复的诸多史料,才不顾身体之疾常年奔波在全国诸多人迹罕至的荒村野岭去寻找古建遗构。如今,有了这诸多厚实的资料和实物准备,以及在李庄这大块无扰的时间,梁思成撰写《中国建筑史》的夙愿终于可以实现了。至于在撰写过程中梁思成经历了怎样的辛劳,为文者自有体会,在此不多赘言,只引录梁思成一句话供读者想象。梁思成在撰写《中国建筑史》的过程中,曾这样说:"这本书的格局和范围,比刚开始时大多了。但如果精简其内容,而又要涵盖所有的时期,恐怕要费更多的时间。但若为了节省篇幅而省略了重要资料,那更是不行……而且,这是第一部中国建筑史。为了出版这本书,我已经等了许多年。"

多年一"剑",像梁思成这样十分在意和讲求质量的"铸剑师",自然不会容许或放过"剑身"上的任何瑕疵。所以,这部论述了具有两千多年历史的中国古代建筑工程技术、建筑文化和建筑艺术的建筑史学著作,不仅体现了梁思成深刻的建筑史学思想、科学的治学态度和敏锐的文思华采，更因为其严密的结构、翔实的史料、科学的论证、畅达的文笔、详尽的注疏以及丰富的图片，使这部著作在半个多世纪后出版时，仍然放射出了熠熠华美的光彩。对此，梁思成却在公元 1954 年 1 月油印本的《中国建筑史》前言中这样写道："尽管这部稿子写得很不好，它仍然是一部集体劳动的果实。绝大部分资料都是当时中国营造学社的研究人员和工作同志的实地调查、测绘的结果。在编写的过程中，林徽因、莫宗江、卢绳三位同志都给了我很大的帮助，林徽因同志除了对辽、宋的文献部分负责搜集资料并执笔外，全稿都经过她校阅补充。精美的插图都出自莫宗江同志的妙笔，可惜在这油印本中不能与读者见面，卢绳同志在元、明、清的文献资料搜集和初步整理上费了不少力气。"这就是真正的学人梁思成！

除了中文本《中国建筑史》外，梁思成为了将中国伟大的建筑艺术介绍给全世界人民，他在公元 1943 年还用英文撰写了《图像中国建筑史》，并委托好友费正清和费慰梅夫妇制作微缩胶片和校对文字，准备在美国予以出版发行。这是后话。下面我们不能不把视线转移到不远万里前来李庄的两位外国客人身上——费正清、李约瑟。

公元 1942 年 8 月，费正清出任美国驻华大使馆的文化参赞，再次来到中国和梁思成等老朋友相见。梁思成与费正清再次相见，是同年 9 月底在重庆的中央研究院招待所里，两人相见都很激动，但相见的地点实在让费正清记忆深刻，他后来这样描述道："高级知识分子生活在落难状态中，被褥、锅碗瓢盆、孩子、橘子和谈话喧闹声乱成一团。这是一个贫民窟，但又住满了受过高等教育的专家，真是一个悲喜剧的好题材。"

重庆相见之后，梁思成希望费正清访问李庄，他在邀请信中写道："我们的会见，将意味着你终于来到这个谁都到不了的该诅咒的小镇。从重庆搭一艘破船到李庄上水要走三天，回程下水要走两天。没有任何办法可以缩短船行时间。然而，我还是要给你一张地图，标出我们营造学社的位置，以备你万一在李庄登岸而又没人去码头接你时，可以派上用场。船不按班期开航。每

梁思成与林徽因在昆明(前排左起:林徽因、梁再冰、梁从诫、梁思成、周如枚、王蒂澄、周如雁,后排左起:周培源、陈意、陈岱孙、金岳霖)

一次船到时,在这里都是突发事件。但你仍然可以用电报通知我们,你搭乘的船名和日期。电报是从宜宾或南溪以信函通知，两地离李庄都有三十公里,所以可能在你到之前或之后到达。”即便如此,费正清于同年 11 月 14 日在老朋友、中国著名社会学家陶孟和的陪同下,还是以在路上被感染呼吸道疾病为代价来到了李庄。

刚到李庄,梁氏夫妇的生活便给费正清留下了这样的印象:“林徽因非常消瘦……傍晚五时半便点起了蜡烛。没有电话,仅有一架留声机和几张贝多芬、莫扎特的音乐唱片;有热水瓶而没有咖啡;有许多件毛衣但多半不合身;有床单但缺少洗涤用的肥皂;有钢笔铅笔但没有供书写用的纸张;有报纸但都是过时的……我为我的朋友们继续从事学术研究所表现出来的坚韧不拔的精神而深受感动。依我设想,如果美国人处在这种境遇,也许早就抛弃书本,改善生活去了。”

在李庄的几天里,费正清就住在梁思成的家里,与林徽因的病房只一厅之隔,每天“思成在病房的两张病床之间拿食物、药品、体温表等,跑来跑去奔忙着。”对于在这种状况下的相会,林徽因和费正清的感觉很是不同,费正清向他们保证要竭尽所能帮助梁氏夫妇，而林徽因则表示:“我已经很久没有开玩笑和嬉闹了,但在你的巨大影响之下,现在对我来说是一种享受,在严肃的谈话、亲切的私语和冷静的讨论之余,那随意的、不太正经的隐喻和议论,非常动人心弦、非常甜蜜。”多年好友在战时的李庄重逢,林徽因因为心情愉快身体竟然渐渐康复,而费正清则更加感佩梁氏夫妇,他后来在文章中这样写道:“二次大战中,我们又在中国的西部重逢,他们都已成了半残的病人,却仍在不顾一切地、在极端艰苦的条件下致力于学术。在我们的心目中,他们是不畏困难,献身科学的崇高典范。当时,林徽因身患肺结核,梁思成则因青年时代一次车祸的后遗症而使脊椎受伤。然而,不论是疾病还是艰难的生活都无损于他们对自己的开创性研究工作的热情。”

是的,就是在这种艰难困苦的情况下,梁思成竟然“写成了最近刚出版的这部《图像中国建筑史》。他以英文写这本书,就是为了向世界介绍中国建筑的宝藏及其结构原理。在外国人看来他们在自己专业中的成就几乎是无与伦比的。”其实，梁思成的这一成就不仅在外国人的眼里是“无与伦比的”，即使在中国本国的专家学者眼里也是很难企及的。不过，关于梁思成的这本《图像中国建筑史》一书，不仅在当时得到了费正清的竭力帮助，数十年后还得到了费慰梅的全力“营救”，否则它是否能与今天的人们见面还是一个未知数。这是后话。

与费正清访问李庄情景有所不同的是，公元1943年春天英国驻华大使馆科学参赞李约瑟博士也来到了李庄。这位后来因为多卷本《中国科技史》而蜚声世界的英国著名生化学家，在李庄的日子里同样过得非常愉快而有趣。对此，林徽因曾写信给费正清描述他在李庄接受特别招待时的情景：

> 李约瑟教授刚来过这里，吃够了炸鸭子，已经走了。开始时人们打赌说李教授在李庄时根本不会笑。我承认李庄不是一个会让客人过度兴奋的地方，但我们还是有理由期待一个在战争时期不辞辛苦地为了他所热爱的中国早期科学而来到中国的人会笑一笑。终于，在这位著名教授和梁先生及夫人（当时卧病在床）见面时露出了笑容。他说他非常高兴，因为梁夫人的英语竟有爱尔兰口音。而我不知道英国人对爱尔兰还有如此好感。据说最后一天下午，在中央博物院的院子里受到茶点招待时他更为活跃。可见英国人爱茶之甚。

在同一封信中，林徽因还记述了这样一件事：

> 有人开玩笑说，梁思成成功地使平时有嫌隙的陶孟和博士（中国资深社会学家、中研院社会研究所所长）与傅斯年博士（活跃的人文主义者、中研院历史语言研究所所长）在李约瑟的讲演会上当众握手言和，应当获诺贝尔和平奖。这件事因为在大庭广众下发生，更具戏剧效果，它刚好在李教授在中央研究院大礼堂做讲演之前那一刻发生的。

据报道,许多人暗自为这件事鼓了掌。李济博士走上前和梁思成握了手,并且私下说要授给思成诺贝尔和平奖。

这次和解的基本工作还得归功于某位人士。这位人士有拼命卷入别人是非的癖好,而且人尽皆知。

在读了托尔斯泰关于1805年到1812年在莫斯科和彼得堡之间的各色人等的详尽描写之后,我必须承认,在1922年和1943年之间,李庄、重庆或昆明、北平、上海的各种人物,与《战争与和平》中所描写的一个世纪以前,甚至更远的俄罗斯的人们是何等的相似。所以,为什么不让他们都和解呢——我是一般地指生活和人们。

当然,可以调和的矛盾无处不在,而难以调和的家庭内部矛盾向来是最为费心劳神的,而这也最是林徽因的心痛。她在信中这样抱怨道:

我所能做的最糟糕的事,莫过于让自己陷入仇恨。我生来是个女人,而这又是战时。我自己的母亲碰巧是个极其无能又爱管闲事的女人,而且她还是天下最没有耐性的人。刚才这又是为了女佣人。真正的问题在于,我母亲在不该和女佣人生气的时候生气,在不该惯着她的时候惯着她,还有就是过于没有耐性,以至于让女佣人不能按时做好日常工作,而又叫她违背我的指示,如此等等,直到任何人都做不了任何事。我经常和母亲争吵,但这完全是愚蠢和自找苦吃。

除了"无能又爱管闲事的"母亲让林徽因烦心之外,她的一双儿女则给她带来了诸多喜悦和乐趣,她在信中还写道:

再冰继承了思成的温和和我的优点。她在学校里学习和交友的成绩都非常出色。她容光焕发的笑容弥补了她继承自父母的缺乏活力……另一方面,从诫现在已长成一个晒得黝黑的乡村小伙子,脚上穿着草鞋。他能操一口地道的四川话，和粗野的本地同学打交道。但在家里他倒像个小绅士，非常关心我的健康，有时专心制作各种小玩意儿。

不过，无论怎样说，作为大家闺秀出身的林徽因在李庄那极为艰苦的环境下，她还需要当好她那家庭主妇的角色，虽然那并不是她的爱好或专长。对此，林徽因的心态杂乱而又平和：

我继续扮演着经济绝招的“杂耍演员”，让全家、几个亲戚和同事多少得到一点好的照顾。我忙着为思成和两个孩子缝补那些几乎补不了的内衣和袜子……直到实在做不下去时，连小弟在星期天下午也加入了缝补的行列。这比写一整章关于宋、辽、清的建筑变迁或描绘宋朝都城还要费劲得多。这两件事，在思成忙着写作时，我曾经替他的书稿做种种补充、修改，润色文字。宝宝一切都好，但她要走这么远的泥泞路去上学，可真难为了她，而且她中午老是吃不饱。

公元 1945 年 8 月，中国人民艰苦的八年抗战终于胜利了，这样难挨的日子也终于要结束了。这对于已经蛰居在李庄 5 年之久的学人们来说，实在是一个令人无比兴奋的好消息。然而，就在这时当梁思成带领林徽因第一次走出李庄前往重庆检查身体时，却得知了一个极为不幸的消息。对此，梁再冰回忆说：“1945 年 8 月，日本投降了。父亲所盼望的‘朝辞白帝彩云间，千里江陵一日还’的日子快要到了。但是，他已衰老许多，母亲的身体也很难恢复了。这一年，他陪母亲到重庆检查一次身体，医生悄悄告诉他，母亲将会不久于人世。”这对梁思成和林徽因来说，无疑是一个极为沉重的打击。由此，林徽因念及昆明美丽的风光、良好的气候和诸多老朋友们，认定“再次到昆明去，突然间得到阳光、美景和鲜花盛开的花园，以及交织着闪亮的光芒和美丽的影子、急骤的大雨和风吹的白云的昆明天空的神秘气氛，我想我会感觉好一些。”于是，林徽因再次回到昆明，入住圆通山下的唐家花园养病。昆明的气候虽然宜人,但高原缺氧的状况却不利于林徽因肺病的治疗,而这时梁思成受聘为清华大学建筑系主任，林徽因于是从昆明返回重庆。公元1946年7月底,梁思成全家回到了思念已久的北京。

这时,梁思成也将开始他长达26年情注清华园的漫长岁月。不过,至今我们还在心里坚信:中国需要江苏周庄的“杏花春雨江南,小桥流水人家”,也不能缺少四川李庄的“青灯黄卷苦读,热血挚情坚忍”！对此,我们可以从公元1992年罗哲文先生第一次返回李庄时所写的诗句中能够真切地感受到。记得罗哲文先生在诗中满怀深情地写道：

几回清梦到李庄,江水滔滔万里长。

五十余年今又是,激情旧景旧时光。

5. 回归清华园

梁思成是一个预言家,他精确的预言源于他广博的见闻与学识;梁思成更是一个勇敢的实践者,他勇于实践的精神是因为他对建筑学、对中国、对人民充满了赤诚的真爱。

早在公元1945年3月9日，梁思成在李庄时就致函清华大学校长、当时主持西南联合大学校务的梅贻琦,希望清华大学尽快增设建筑学院。因为在这封信中将梁思成这个勇于实践的预言家的品格展露无遗，故不弃长言全文录入,也望读者细细读之,体味梁思成这位预言家的人文情怀和实践者的精深学养。原信如下：

月涵[①]我师：

母校工学院成立以来,已十余载,而建筑学始终未列于教程。国内

① 梅贻琦,字月涵。

大学之有建筑系者，现仅中大、重大两校而已。然而居室为人类生活中最基本需要之一，其创始与人类文化同古远，无论在任何环境之下，人类不可无居室。居室与民生息息相关，小之影响个人身心之健康，大之关系作业之效率，社会之安宁与安全。数千年来，人类生活程度随文化之进展而逐渐提高，营造技术亦随之演变。最近十年间，欧美生活方式又臻更高度之专门化、组织化、机械化。今后之居室将成为一种居住用之机械，整个城市将成为一个有组织之 Working mechanism，此将来营建方面不可避免之趋向也。我国虽为落后国家，一般人民生活方式虽尚在中古阶段，然而战后之迅速工业化，殆为必由之径，生活程度随之提高，亦为必然之结果，不可不预为准备，以适应此新时代之需要也。

然而我国社会，虽所谓智识阶级，对于居室之重要性且素乏认识，甚至不知建筑与土木工程之别者。殊不知建筑与土木工程虽均以相类似之物料为其工作之 medium，但其所解决问题之本身则相去甚远。建筑所解决者为居住者生活方式所发生之问题，自个人私生活之习惯，家庭之组织，以至团体或机关组织办事之方式，以至一工厂生产之程序，皆需要不同之建筑部署，以适应各个不同之用途。而土木工程所解决者，则较为间接，如公路、铁路、水利等等问题是也。

抑近代生活方式所影响者非仅一个，或数个一组建筑物而已，由万千个建筑物合组而成之近代都市已成为一个有机性之大组织。都市设计已非如昔日之为开辟街道问题或清除贫民窟问题（社会主义之苏联认为都市设计之目的在促成最高之生产量；英美学者则以为在使市民得到身心上最高程度之娱乐与安适）。其目的乃在求此大组织中一切建置之合理部署，实为使近代生活可能之物体基础。在原则上，一座建筑物之设计与多数建筑物之设计并无区别。故都市设计，实即建筑设计之扩大，实二而一者也。

抗战军兴以还，各地城市摧毁已甚，将来盟军登陆，国军反攻之时，且将有更猛烈之破坏，战区城市尽成废墟，及失地收复之后，立即有复兴焦土之艰巨工作随之而至;由光明方面着眼,此实改善我国都市之绝好机会。举凡住宅,分区,交通,防空,等等问题,皆可予以通盘筹划,预为百年大计,其影响于国计民生者巨,而工作亦非短期所能完成者。英苏等国,战争初发,战争破坏方始,即已着手战后复兴计划。反观我国,不惟计划全无,且人才尤为缺少。而我国情形,更因正在工业化之程序中,社会经济环境变动剧烈,乃至在技术及建筑材料方面,亦均具有其所独有之问题。工作艰巨,倍蓰英苏,所需人才,当以万计。古谚虽诫"毋临渴而掘井",but it's better late than never.为适应此急需计,我国各大学实宜早日添授建筑课程,为国家造就建设人才,今后数十年间,全国人民居室及都市之改进,生活水准之提高,实有待于此辈人才之养成也。即是之故,受业认为母校有立即添设建筑系之必要。

在课程方面,生以为国内数大学现在所用教学方法(即英美曾沿用数十年之法国 Ecole des Beaux-Arts 式之教学法)颇嫌陈旧,遇于着重派别形势,不近实际。今后课程宜参照德国 Prof.Walter Gropius 创之 Bauhaus 方法,着重于实际方面,以工程地为实习场,设计与实施并重,以养成富有创造力之实用人才。德国自纳粹专政以还,Gropius 教授即避居美国,任教于哈佛,哈佛建筑学院课程,即按 G.教授 Bauhaus 方法改编者,为现代美国建筑学教育之最前进者,良足供我借鉴。

在组织方面,哈佛,麻工,哥伦比亚等均有独立之建筑学院,内分建筑,建筑工程,都市计划,庭院,户内装饰等系。为适应将来广大之需求,建筑学院之设立固有其必要。然在目前情形之下,不如先在工学院添设建筑系之为妥。建筑系设备简单,创立较易,其中若干课门,如基本理化及数学力学等,因无需另行添设课程,即关于土木工程方面者,亦可与土木系共同上课;其需另行添聘者仅建筑设计及绘塑艺术史等课教员;在设备方面,目前仅须购置书籍及少数绘画用石膏模型即可,在工学院中,实最轻而易举。为此建议母校于最近之可能期间,筹设建筑学系,其建筑设计学教授则以延聘现在执业富于创造力之建筑师充任，以期校中课程与实际建筑情形经常保持接触。一俟战事结束，即宜酌量情形，成立建筑学院，逐渐分添建筑工程，都市计划，庭院计划，户内装饰等系。营国筑室，古代尚设专官；使民安居，然后可以乐业，为解决将来之营国筑室问题计，专门建筑人才之养成实目前亟须注意之一大问题。此项责任，我母校实应挺出负担，责无旁贷。受业忝受校恩，爱护母校，今既有感于中，敢不冒昧直陈，敬乞予以考虑，幸甚！幸甚！耑肃敬请

道安

受业

梁思成 谨肃

三十四年三月九日

这一建议颇受梅贻琦的赞赏，他邀请梁思成主持筹建清华大学建筑系。不久，梁思成被国民政府教育部任命为清华大学建筑系主任。这时，梁思成不得不结束中国营造学社的历史使命，他一边带领学社仅剩的三名社员刘致平、莫宗江和罗哲文整理学社多年来积累下来的丰富资料，将诸多书籍、文件、图片和装备等打包待运，一边在李庄与重庆之间奔波联系运输的船只和飞机，以及商量返回北京的路线。这时，因为北返或南迁的国民政府机构过于庞杂，不得不按照有关部门的安排进行编号排序启运，梁思成所在的中国营造学社与中央博物院筹备处一起被编为第47号，因为不知何时被通知启运，所以他们只能耐心等待。公元1946年7月31日，梁思成一家人终于坐上一架由重庆直接飞往北京的飞机，住进清华大学新林院8号。同时，由刘致平、莫宗江和罗哲文负责押运的学社资料也等到了运输的船只，不过他们并没有直接前往北京，而是因为交通等诸多困难，不得不辗转上海、南京、秦皇岛、天津，然后再从天津乘火车于公元1947年春天才到达北京。

早在返回北京之前，梁思成便接到教育部指派他前往美国考察“战后的美国建筑教育”的使命。不久，由于梁思成在建筑领域所取得的巨大成就，使

他受到国际学界的重视和关注，并收到了耶鲁大学和普林斯顿大学讲学及参加学术会议的邀请。在前往美国之前，梁思成为了筹建清华大学建筑系可谓是不分昼夜地忙碌着，先是在清华园水利馆的二楼找了几间空房子作为教室和办公室，然后便是忙着购买教具和招生等工作。当然，最重要的是聘请教员，当时由于刘致平、莫宗江和罗哲文还没有返回北京，清华大学建筑系虽然已经招收了12名学生，但教课则是由土木系教师兼任，为此梁思成四处聘请教员。

对此，最先受聘清华大学建筑系的吴良镛先生曾这样回忆说："来清华以前，我在南京中央卫生实验院工作，等待清华从昆明迁平。1946年夏，梁思成突然来找我，留了个条，要我去上海渔光村陈植家见他。我当即赶去，谈话的主要内容是如何与上海花旗银行楼上的清华同学会联系、我的行程等，他还从笔记本撕下一页纸，交代我《建筑初步》课程的十个作业题等。他匆匆地远走美国，去任耶鲁大学访问教授了，这时我由于工程未完，尚留在南京。八九月份，清华大学王明之教授受林徽因先生之托，给我来信，说开学在即，希望我尽快到校。铁路因战事中断，学校上海办事处委托我领复员学生一道搭自上海至秦皇岛的运煤船，赶至北平，时天气已有寒意。"

对于吴良镛先生受聘清华，那是早在公元1945年10月间他与梁思成之间的约定。对此，吴良镛先生后来回忆道："1945年初春，我从云南滇缅边境回到重庆，当时主持'战后文物保存委员会'的梁思成先生正在重庆，他托人带信给我去帮他画图。直到8月15日日本投降，机构撤了，我才离开。又过了两个月，接到梁的信，告诉我清华要办建筑系，让我去看他。他家刚从李庄搬到重庆，……于是我和梁先生便顺着走到一个四壁空空，连坐凳也没有的空房间，梁先生站着告诉我，为了战后的复兴，清华大学梅贻琦校长批准成立清华建筑系。当前，建筑教育太保守，他将去欧美考察，希望我能在新办的系里任助教，共同创业，等等。由于此前与梁有过一段愉快的共处，我毫不犹豫地答应了……"对于这次会面，吴良镛先生说："这是一次重要的会见，我做出一个抉择，从此定下了我一生的道路。"

确实,后来梁思成从美国归来,极力推荐吴良镛前往美国跟随国际著名城市规划大师萨里宁学习,从而才有了今日两院院士的吴良镛。对此,吴良镛先生也不曾忘记:“也就在这时期,出现对我来说不敢奢望的事。某次系务会议之后,梁先生告诉我,他离美前参观了萨里宁主持的匡溪艺院,那里艺术环境很好,可同时学习建筑与规划,很适合你,并且萨里宁已七八十岁了,跟他学要赶快,否则就来不及了。后来梁先生为我写好了给萨里宁的推荐信,林先生一看,说:‘对良镛的介绍应该这样来写’,于是动手就改。一封推荐信竟然两位大师拟稿,我理解为他们对我寄望之殷,送我出国之情之深。恨当时慌慌张张,竟没有把它抄下来,事后想起来成为莫大的遗憾。”没有留下梁林两位大师所写的推荐信确实是一件遗憾的事,不过吴良镛先生毕竟是十分幸运的,他不仅跟随梁林两位大师受业多年,还因他们的推介得以师从萨里宁学习多年,这岂是人人能获得的幸运?

当然,除了吴良镛先生之外,梁思成为了为清华大学建筑系聘请到一流的教授人员,他还有过一次“雍容揖让”的美谈。据说,当梁思成受人引荐准备聘请著名雕塑家高庄先生到建筑系任教时,有人却向梁思成进言说:高庄先生虽然才华卓越,但秉性不凡,很难相处。对此,梁思成则说:只要有才华、有能力,我宁可让他三分,也要聘请他当教授。果然,梁思成不仅聘请了高庄先生,且这位高先生当时只开设一门课——木工。不过,正是这位特立独行的高庄先生后来在国徽设计中却做出了不凡的贡献。公元1986年,清华大学教授陈志华先生这样回忆说:“我们系老师们设计的国徽图案被政协原则上通过之后,请高先生塑造。他一向爱美爱得入迷,鉴赏力极高,而且眼到手到。再加上生性认真,从来不肯马虎,所以在塑造过程中,对方案有不满意的地方,就不管不顾地‘擅自’修改起来。幸亏系主任梁思成先生全力支持,一方面写报告向中央说明情况,一方面充分信任,决不干扰高先生的工作……多少日子之后,他带着满眼的血丝,右眼被台灯烤得近乎失明,完成了修改和塑造。一看成品,全系的教师和学生没有一个不赞叹,但是除了给我们讲了一次课之外,他以后不再提起这件事。”这就是高庄先生的认真,这就是梁思成的雍容大度。

除了上述的吴良镛和高庄之外，梁思成还先后为清华大学建筑系聘请了程应铨、汪国瑜、朱畅中、郑孝燮、胡允敬和美术家李宗津等等，他们都为初创的清华建筑系做出了自己的贡献。不过，对于清华大学建筑系初创时费心力最多的当属林徽因，这不仅因为林徽因有过与梁思成草创东北大学建筑系的经验，更因为梁思成匆匆赴美讲学前将系里的工作交代给了林徽因，并要求年轻的教师们有事多向她请教，而林徽因对于创建清华建筑系更是自感责无旁贷。对此，吴良镛先生在《林徽因的最后十年追忆》一文中追忆道：

> 建筑系设在水力楼二楼上，只是几间空房子，学生已到校，要忙开学，教室、图板、画图凳已有了，其他什么也没有。于是赶紧把图书馆五种柱式的书调来，描示范图，晒蓝图，先把《画法几何课》开起来，《素描》课上起来……需要说明的是，吴柳生（笔者注：当时代理建筑系主任一职）是尊敬而亲切的长者，也很懂建筑，但专业的事他不太过问，他完全做到能协助的一切。这里主要谈林先生在建筑系的贡献。
>
> 以后的许多事都说明，林徽因虽然经常卧病在床（见我那是一次不多的例外），却能运筹帷幄，是一位事业的筹划者、指挥者，能协助我们解决颇多的难题。例如，学校最初分配我住工字厅，与一位外文系的讲师合住，别人感到不方便，林先生知道了，说那好办，金岳霖先生在工字厅海棠西院有一间朝南房，有配套的家具，房子正空着，你去住好了。这样，我进清华，住房竟是教授待遇。学生上素描课，要有石膏，林先生让我找美院李宗津先生；请一位讲师给翻制制图；到东单口永兴洋纸行去采购绘画用品；需要教学辅助人员，介绍我去颐和园找当时在那里监工的原营造学社纪玉堂先生来系工作。如果进城回不来，可以住在中山公园，去找老师（一位七十多岁的营造学社留守人），在那里过夜……有些事是她卧床上想到的，有些是我把事情进展告诉她，

经磋磨后,建议我怎么做的。

一年级的第一个设计是公园大门，我作为大学毕业的助教来教《初步设计》,有些心虚不安。我学着在中大时启蒙老师谭垣的做法,事先想好十多个方案,那时有12个学生,改不出来好奉送一个。第一次设计在师生昼夜奋战中结束,大家都以极为兴奋的心情,欣赏自己和别人的作品,作业送给林先生去看。看到新学期第一批作业的成果出来,林先生自然特别高兴,她与金岳霖先生共同以极大的兴趣,看着图板,说这张比例处理得很好,那个不太像公园门,这个更具有欢迎人的气氛,等等。

一学期过去了,刘致平、莫宗江、罗哲文先生终于克服交通的阻挠,陆续到校,系里更加热闹了。林先生利用营造学社有限的剩余“经费”,组织了一次对恭王府的测绘。对刘、莫来说,测绘自然是轻车熟路,而我则是第一次接受科班训练,林先生向我们做了一次“开题报告”,从和珅的为人、与乾隆的关系,到恭王府的奢华、这一组建筑的价值等。经过近一周的调查,我的收获自然很大,回校根据调研所得,并参考从林先生处借来的一本研究恭王府的英文书,写成《恭王府后苑的园林艺术》,她很高兴,认为写得很好,“留下来我给你改”,可惜后来她病情加重,未能如愿,文章后来亦散失了。

1947年5月,清华校庆,这是复员后第一次校庆,自然热闹非凡,新成立不到7~8个月的清华建筑系也做了一番张罗，共辟了两个展室,展出过去营造学社的测绘成果和学生设计作业及水彩画等,引起学校很大的关注。以林先生的性格,这样的活动她是不会不参加的,那天她却雇了一辆人力车,来到系馆,梁先生朋友楼光来之子楼格(当时在清华读书)把她抱上二楼的建筑系馆,我看林先生从来没有这样的兴奋,以超出一般的神采和兴趣浏览一切,预支着她的精力。可以想象回家以后,她又要花很长时间才能恢复。

1947年夏,梁思成先生自美国载誉归来,看到建筑系从空空的两间房子到现在这个样子，十分高兴。

清华大学建筑系就这样创立起来了。不过，随着梁思成自美国考察回来后，便开始对原先的教育模式进行了全面改革。首先，梁思成通过在美国的博采众长，提出了"体形环境"的教学理念，即他认为建筑教育不单是要培养设计单体建筑的建筑师，还要造就广义的体形环境的城市规划人才。这种将一般建筑概念扩展到"物质环境"，即将城市设计首次引入中国的理念，并随后成立园林组、工艺美术组和清华文物馆等以拓展建筑外延的做法，不仅明确了梁思成强调建筑活动要讲求整体环境的教育思想，也透露出其卓越的人文主义眼光。于是，梁思成首先将建筑系更名为营建系，在其下设立"建筑学"和中国高校中第一个"市镇规划"专业，两个专业的课程也进行了调整和增加，分为文化及社会背景、科学及工程、表现技巧、设计课程和综合研究五大类。而从长远来看，这营建系今后还应该扩展为营建学院，下设建筑系、市镇规划系、造园系和工业技术系。

很显然，这是梁思成建筑教育思想的一大转变，或者说是一大特色或进步，总结起来大约可以用以下几点来概括：一是将属于理工科的建筑学与社会科学的文科结合起来。例如，他在课程中增设的社会学、经济学、人口问题、土地利用和社会调查等，就是希望营建系所培养出来的人才不是单纯的"工匠"。二是重视对学生进行史学知识的培养。例如，他将中外建筑史、中外美术史和雕塑史等都作为学生的必修课，这虽然与当时现代建筑运动中那反历史的倾向不相和谐，但这却有效地培养了学生们洞察历史的能力，使其所设计的作品中都蕴含着一种深厚的历史感，而这也正是梁思成作为建筑史学家对中国乃至世界建筑教育的一大贡献。三是讲求建筑艺术理论与建筑创作实践的紧密结合。为此，梁思成在设置了建筑画、素描、水彩、雕塑和建筑图案等课程之外，还经常聘请北京大学教授、中国著名的历史地理学家侯仁之先生前来讲授市镇地理知识，聘请著名建筑师戴念慈和严星华等兼任建筑设计课的教师。

梁思成所进行这一系列的建筑教育改革，不仅是他一生中建筑教育思想最为活跃的时期，也体现了他对于建筑学科发展方向的准确把握，而在此基础上所形成的崭新而系统的建筑教育思想，更奠定了他作为现代建筑教育学家不可撼动的卓越地位。对此，赖德霖先生后来总结说："梁思成的建筑教育思想是他建筑思想的一部分，集中体现了他对建筑学科研究对象的全面认识，也反映了他作为一个杰出的建筑家对学科发展方向的敏锐把握。这是他作为教育家的成功之处，也使他的建筑思想明显超越于大多数的同辈建筑家。在相距近半个世纪的今天，这些思想仍不失其活力……梁思成的建筑教育思想也是中国近现代建筑思想的一部分，代表了近代中国建筑家对现代主义认识的一个高度，同时也表现出早期受学院派教育的中国建筑家在接受现代主义思想时的取舍与选择，这一点，也是非常值得深思的。"然而，梁思成这一颇有远见的建筑教育思想，竟于公元 1952 年在全面学习苏联的运动中被无情地终止了。这是后话。

在教学和生活的实践中，梁思成不仅善于调动和启发学生的学习兴趣与创新思维，而且注重对学生进行高尚情操和品格的培养，这对他们一生都有着无穷的益处。对此，在前面"执教'东大'"一章中已有所涉猎，在此只想辑录梁思成当年的几位学生、如今都已成为建筑大师或建筑学教授们的片断回忆，来做一次不完整也不系统的阐述。例如，关肇邺教授回忆说：

1948 年春我在燕京大学理学院读一年级。一天，校长邀请刚由美国参加联合国总部设计回国的梁先生来校做学术讲演。我因仰慕先生的名气，也去听了。那次讲的题目是"中国建筑的特征"。这个题目，对于一个学理科的学生本不易引起太大的兴趣，但我却深深地被先生那渊博的学识和学者风度所折服。特别是先生以大量的事实，论述了"建筑是一面镜子，它忠实地反映着一定社会的政治、经济、思想文化"。会后许多进步学生均赞扬他的观点与他们偷偷学习的历史唯物主义原理相吻合，这更加深了我对先生的钦敬，并暗暗决心转到清华去学建筑。在那年清华校庆时,我到旧水利馆楼上那狭窄的建筑系馆去参观,看到建筑系所学的内容和涉及的各种学科领域后,更加坚定了学建筑的决心。虽然清华不承认我一年的学历,要重新报考一年级,我还是转了学。

开学之际,我第一次见到梁先生,他首先对我说,“祝贺你是今年考进的唯一新生,希望你能学好。”原来那一年我们同年级十多人,全部是清华其他系的学生因对建筑有兴趣而放弃原来专业转来的或由清华“先修班”来的,正式考入的只我一人。接着先生便把这十来个一年级学生都找来,简要地说明了建筑学的内容,最后说,“你们要仔细考虑好,愿不愿学这样的学科,若不合意,现在转走还来得及。”并着重对我说,“特别是新来到清华的你。”我连忙说,“我认真想过了,我愿意。”先生是深感不少人因对建筑学的误解而投错了门,白白浪费了时间,因而在开学之初提出警告。

他常常对学生说:“希望你们喜欢自己的职业,建筑创作要有激情,就像画家一样,一张好的作品,得有那么一种激情,否则这张画在技巧上不论多高明也是只有匠气,而无灵气。同样建筑师不是把一些东西堆砌起来,画出来。建筑师得有想法,有立意,创作在其中,有激情在里面,才能满怀热情地去做。不要挑挑拣拣的,认真对待每一件工作,你才能体会到,你是一个很可爱的建筑师,这个职业是个很好的职业。一定要把感情放进去,比如巴黎的公共厕所就设计得非常好嘛。”

…………

我正式听过先生讲的课有西洋建筑史、建筑设计原理和中国绘塑史三门。课时不多,但给我的印象很深刻。常说好的教师若倒给学生一杯水,自己要有一桶。但我感到对先生来说,至少应说是一大缸。他在讲课中时时涉及有关联的外围领域,有中外历史、语言、艺术、书法、音乐、佛教哲学、工程技术、城市规划等。我们学生不多,大家围坐一桌,先生娓娓而谈,如谈家常,如数家珍,大家无不被他那极高的文化艺术素养所感染。先生所讲到的内容,这些人类创造的文化结晶,大部分不只是来源于书本,而是经过先生的亲自观察、细心揣摩,有的是亲手测绘摹写甚至是他第一个发现论证的,是真正兼有丰富的感性和理性认识的。由于学贯古今,兼通中西,所以他能旁征博引,一件事物可以和不同时代、不同地域、不同文化背景的相应事物进行比较分析,从而使学生加深理解,印象深刻。

先生有极厚的功底,这对我们更是最有影响力的样板。记得在建筑史课里,当先生讲到罗马建筑如何发展成为哥特式的,他边讲边画,从如何减薄了墙壁,出现了大窗,到如何加强壁柱,出现了扶壁、飞扶壁,如何加上小尖塔、吐水兽以及如何拉长了柱子,调整了比例,出现了筋肋和各种装饰,短短十多分钟工夫,把哥特建筑形象的来龙去脉讲得一清二楚,同时黑板上也一步步地出现了一个极完整、极准确、极精美的哥特教堂剖面图和天花板仰视图。从大的间架比例到细部装饰,无不惟妙惟肖。这堂课给我的印象实在太深了,真是终生难忘!

但是使我们得益更多的,还是在课外各种场合的接触中先生所给予我们的影响。先生对社会主义祖国的热爱,对民族文化的深厚感情,他严谨的学风、严格的科学的工作方法,以及对青年学生的爱护培养等,无不给我深刻感染,时时成为无言的教诲。

对于关肇邺先生所说在课外接触中所获得的滋养,李道增先生同样感受深刻,他说:

1956年,搞十二年科学规划期间,梁先生是土建组副组长,我是小组秘书之一,同住在西郊宾馆。晚上有空,常去他房间聊天,有一次,他跟我说:“不要轻视聊天,古人说:‘与君一席话,胜读十年书。’从聊天中可学到许多东西。过去金岳霖等是我家的座上客。茶余饭后,他、林徽因和我三人常常海阔天空地‘神聊’。我从他那里学到不少思想,是平时不经意的。学术上的聊天可以扩大你的知识视野,养成一种较全面的文化气质,启发你学识上的思路。聊天与听课或听学术报告不同,常常是没有正式发表的思想精华在进行交流,三言两语,直接表达了十几年的真实体会。许多科学上的新发现,最初的思想渊源都是先从聊天中得到的启示,以后才逐渐酝酿出来的。英国剑桥七百年历史出了那么多大科学家,可能与他们保持非正规的聊天传统有一定联系,不同学科的人常在一起喝酒、喝咖啡,自由地交换看法、想法。聊天之意不在求专精,而在求旁通。”听了这席话,我有茅塞顿开胜读十年书之感。

无论在什么场合,只要梁思成一说话,大家都自然屏息聆听,他的即兴讲话,从来都十分生动、风趣,从不干巴巴。他旁征博引,妙趣横生,譬喻典故还来得多,间而引得哄堂大笑,笑过之后,发人深省。他的确是位艺术家,讲话的“形象感”特强,情理交融,能以情感人,以理服人。他的“理”,闪耀着知识与智慧的光辉,他的“情”又像一团火一般的“热”。

当然,梁思成并非圣人,他有时也会犯错误,但他对待错误的态度和认识非一般人所能及。他常对学生们说:“世界上绝对聪明的人是没有的,绝对正确的人也是没有的,重要的是你能够不再犯同样的错误,并善于改正自己的错误。可能别人看你有错误,觉得你不怎么样,但对你来说,你扔掉了错误,你就前进了一步。所以要经常寻找自己的不足,寻找自己的错误。你们很容易只看到别人的错误,只看到自己的辛苦和努力。这是不对的,你自得其乐自以为是,其结果就永远看不见、抛不掉自己的错误,永远不能进步。”

对于梁思成的这种教诲,他的学生、著名建筑师黄汇女士深有感触地说:“一个人天生会犯错误,或者在你探讨新事物时,也不可能一下就成熟,需要不断地去克服错误,只有这样才能进步。每当一个工程来了,在开工以前我可以说出自己方案的许多优点,一旦建成了,我就要去寻找设计的不足。比如北京四中的设计，介绍方案时我显得劲头十足。等建完了后，我去做了另一件事，就是去寻找设计的失误，结果我发现了三十多处，这使得我再也不愿介绍四中的经验了。我认为这很重要，正如梁先生说的那句格言‘最聪明的人只是不再重复自己犯过的错误’。有时我去回访，真有人当面毫不客气地批评我，让别人当面骂你的确很不舒服，但是建筑师除了寻找一些想法，还要找骂。这是你进步的一个立足点，如果你害怕知道自己做错了，你就很难进步，因为有的错误是自己发现不了的。”

作为良师，梁思成对学生是“传道授业解惑”；作为长者，梁思成则十分关心学生的工作和生活。公元 1962 年，梁思成收到从清华大学建筑系毕业的学生萧默的来信，信中说他毕业后分配到新疆伊犁州设计室工作，设计室撤销后他被安排到中学去教书，而他希望能重新回到自己专业的工作岗位上，并透露说自己对敦煌石窟极有兴趣。对于学生这样的来信，梁思成感到很不安，他认为培养一名建筑师不仅要花费长达 6 年的时间，而且还要花费数万元的金钱，如今让一个清华大学建筑系的毕业生去中学教书实在是学非所用，浪费人才。于是，梁思成先是在一次会议中与敦煌研究所所长常书鸿谈妥此事，然后又亲自到文化部找到王冶秋予以办理调动，使萧默如愿以偿到了敦煌。后来，萧默果然不负梁思成的厚望，不仅在艰苦的敦煌工作了数十年，成为著名的敦煌建筑艺术研究专家，还出版了《敦煌建筑》等诸多优秀的著作，为中国建筑艺术做出了贡献。

与萧默不同，梁思成对学生汪国瑜的关怀有一件小事值得一提。对此，我们还是来听一听当事人的回忆好了：“最最使我感动，永远铭记我心的是，梁先生曾亲自驾驶他那小‘臭虫’的汽车(笔者注：指梁思成于公元 1947 年从美国讲学时带回的“克劳斯莱”牌小型汽车)从城里妇幼保健院接回当时分娩出院的我爱人，他到医院接她们时对护士笑着说：‘司机老梁来接小姐回家。’使得我们全家既非常感谢又非常激动。这句珍贵的话包含的不只是幽默风趣，而是老一辈长者对我们青年人的钟爱和关怀，我们全家永远都不会忘记这种父辈的深情厚谊的。”对于梁思成这种父辈的关怀，汪国瑜在梁思成诞辰百年时感慨地说:“他那时已是全国政协委员、北京市都市计划委员会副主任、清华大学营建系主任、著名的学者和教授,百忙之中这样体贴晚辈,扶持晚辈,言传身教鼓励晚辈,怎不令人深深怀念和思念!回忆既往,总感一生为人治学无不得益于先生之教诲与影响。”

不过,正如林洙女士所说:梁思成和学生的故事太多了,每一个和他接触过的学生都能谈个没完。但是,我终究也要结束这一章节了。

6. 誉满世界

自公元1928年梁林夫妇留学回国到公元1946年梁思成应邀前往美国讲学,在这漫长的18年时间里中国从来也没有安顿消停过,除了军阀混战就是日本侵华战争,公元1945年中国人民终于取得抗战的胜利后,国共两党的交锋早已如火如荼。然而,就在这样动荡混乱的社会状态下,梁思成不仅从来没有放弃过自己对建筑专业的追求,而且竟取得了令世界学界都为之瞩目的多方位的宏大成就。对此,现代学人也许感到这实在是一件不可思议的事情,简直是匪夷所思,令人难以置信。不过,我们只要有意识地与那个时代隔开一定的距离,然后进行一次全方位的反思和回顾,便不难发现其中的奥妙。

对于梁思成在颠沛流离和蛰居孤村中能取得“多方位的宏大成就”的原因,吴良镛先生在《梁思成全集》的前言中总结说:一是在于梁思成那扎实的基本功和宏博的学术视野,而这也是“他们那一代学人的本色”,即“由全面的基础教育、学贯中西的涵养所造就的”。二是“与他严谨的态度、‘守拙’的精神(他自己谦虚地称之为‘笨功夫’)分不开”。三是在于梁思成在学术上的创新精神。也就是说,梁思成在治学上“不是跟着前人亦步亦趋,而有一己的敏思和创意,其学术思想是适应时代,甚至超越时代的。”对此,吴良镛先生列举三例予以说明:一例是开创了研究中国建筑需要科学的调查方法。二例是将建筑学和语言学结合起来,即称清工部《工程做法则例》和宋《营造法

梁思成在讨论联
合国大厦设计方
案时发言

梁思成参与联合国大厦设计方案

式》是中国建筑的两部“文法”课本。三例是于公元1932年与林徽因在《平郊建筑杂录》一文中共同提出了“建筑意”的概念。对此，吴良镛先生评价说，他们“敏锐地注意到中国建筑的‘场所意境’，这比西方诺伯舒兹提出‘场所意境’要早几十年”的时间。四是公元1953年梁思成在中国建筑学会成立时提出建筑的“可译性”和“翻译论”等观点，将中国建筑构图元素与西方文艺复兴时的建筑词汇进行对比，积极探索建筑构图规律。五是将梁思成之所以取得“多方位的宏大成就”归结于其强烈的爱祖国、爱人民的激情，以及积极面向现实的治学处世态度和原则。

诚然，梁思成取得如此“多方位的宏大成就”确实离不开上述缘由，但让国内与世界学界普遍认同似乎还离不开他善于推介和宣传的策略。例如，梁思成利用一切机会向国人介绍中国古代建筑的辉煌成就，即便是在公元1944年春天在重庆举办的全国第三届美展上，他也不顾孱弱而多病的身体，带领中国营造学社仅有的三名成员连夜赶制图纸参展，从而获得极大的成功。例如，公元1937年梁思成携全家逃离北京时将他关于赵州石桥的研究论文，寄给已回美国的好友费慰梅女士并委托她在美国发表。后来，费慰梅女士将这篇论文转交给麻省理工学院建筑系主任威廉·爱默生教授，由他推荐给美国著名专业杂志《笔尖》并得以重点发表。由此，不仅引起了世界建筑学界的重视和关注，也恢复了梁思成即便在战乱期间也能保持与其密切联系的桥梁。例如，在李庄那样艰难的困境中，梁思成竟然克服重重困难刊印了两期《中国营造学社汇刊》，并分寄给世界诸多的有关学术机构，使世界学界能够及时了解中国营造学社的研究成果。而正是因为《中国营造学社汇刊》这一学术团体的机关刊物，从而引来了美国耶鲁大学和普林斯顿大学的特别关注和盛情邀请。由此，我们还是来看一看梁思成作为访问学者身份在美国的活动情况吧。

公元1946年11月，梁思成因为等待横渡太平洋邮轮的舱位比原定时间迟到了三个月才来到纽海文，这是他应耶鲁大学邀请作为公元1946年至公元1947年客座教授讲学的地方。在纽海文期间，梁思成住在耶鲁大学塞

梁思成与国际友人合影

布鲁克学院里，除了兢兢业业教授他那精彩的中国艺术和建筑课程外，还广泛地参加一些学术活动并结交了诸多新老朋友。

首先，梁思成到达耶鲁大学不久就结识了该校青年教师邬劲履，这位公元 1945 年毕业于哈佛大学建筑学院的高才生与梁思成一见如故，他当时负责因战火而毁坏的耶鲁大学中国长沙校区的重新设计，迫切需要一名中国专家的指导，而梁思成无疑是他最好的请教对象。而梁思成也希望能与邬劲履探讨战后中国建筑的新概念，并及时了解哈佛和耶鲁这两所美国最著名建筑学院的最新课程。对此，邬劲履根据自己对欧美建筑和城市规划方面的研究，为梁思成筹建的清华大学建筑系开列出了一张书单，梁思成按照这个书单购买了所有的图书并及时寄回了清华，这些书籍至今还保存在清华大学建筑学院的图书馆里。

其次，梁思成在美国还与老朋友史坦因夫妇重温了往日的友谊。公元 1936 年 4 月，美国著名建筑学家和城市规划专家史坦因曾带领“他迷人的妻子、名女演员”马克虹到北京拜访过梁思成和林徽因夫妇，并受到梁林夫妇热情的接待。特别是因为史坦因的缘故，梁思成从那时起就开始阅读和思考城市规划这一新课题。如今在美国重逢，梁思成“从史坦因那里学到了关于城市规划中可能做到和难以做到的第一手资料”，“等回到北京，他在清华建筑系的课程中加进城市规划的内容，证明史坦因的指导意见非常宝贵。”

除此之外，“思成在逗留美国期间还发生了许多有意思的事，包括返回母校宾夕法尼亚大学和一些老同学私下接触；去了一趟克兰布鲁克学院，探望他在中国时已读过其著作的建筑师沙里宁；到田纳西州参观刚刚完工的天纳流域管理局杰出的建筑工程。他又回到麻州剑桥，在 1927～1928 年做过研究的哈佛大学福格博物馆，演讲他对中国古建筑的新发现。他也不时见到定居或新近到美国，久未谋面的亲友。”

其中最值得一提的是，梁思成专程前往克兰布鲁克学院拜访著名建筑大师和城市规划专家沙里宁教授。公元 1873 年出生在芬兰的沙里宁，曾在公元 1917 年做大赫尔辛基规划时，便开始注意总结出城市过于庞大时需要有机疏散的理论。公元1923年,沙里宁移居美国创办匡溪艺术学院。公元1943年,他终于完成了《城市:它的生长、衰退和未来》这一对世界城市建设至今仍有重大影响的巨著。对于这本书，梁思成在公元1944年6月20日由好友费正清通过美国副总统华莱士访华时转来而得以阅读。对于这本书中的观点,梁思成极为赞同,从而对这位城市规划大师也极为敬重。于是,梁思成在公元1947年7月8日专程拜访他并与之进行了学术交流。

对此，梁思成曾在日记中写道:"与谈建筑教学原则，他主张问题要实际,不应用假设问题。所以中国学生若来,需自己把中国问题带来,他可助之解决。这里只有毕业研究建筑班,以十人为限,老先生自教。只有Design一课,课题偏重City planing方面。学程颇自由。学费连膳宿每学年九个月仅1050元,真便宜。除建筑外,尚有绘、塑、图案、陶瓷、纺织等课。学生以动手为尚,空气充满创作滋味。校舍美极,园中塑像尤多,喷泉遍地,幽丽无比。"梁思成这次拜访沙里宁之行，不仅促成了他的助手吴良镛先生不久得以师从其门下,使吴良镛先生成为如今中国城市规划及建筑学界的领袖人物,也对于他后来与陈占祥先生共同提出《关于中央人民政府行政中心区位置的建议》(即著名的"梁陈方案")有着极为重要的内在联系。这是后话。

公元1947年2月,梁思成还受国民政府外交部委托出任联合国大厦设计委员会的中国代表,参与大厦的设计工作。对此,当时正协助纽约建筑师事务所哈里森掌控联合国大厦工程的美国建筑师乔治·杜德利后来曾撰文回忆说:

> 他的加入对联合国设计委员会是一大好事,尽管我们当中很少人知道他或他的成就。他给我们的会议带来比任何人更多的历史感,远远超越勒·柯布西耶所坚持的直接历史感——他坚持远离布杂艺术风,对文化变迁倒没什么反应。思成则建议联合国秘书处大厦,一如历代重要的中国建筑那样坐北朝向，长长的前厅入口朝向温暖的南面。可是他事先没有想到,大厦选址在东河之滨,那四十层大厦最好坐落

在地基的四十二街那一头，这样多数公务人员可以直接进来，若按思成的设计，就意味着北面整个地区都要长年笼罩在阴影之中。于是他悄悄地又是大方地撤回了他的意见。

后来，乔治·杜德利还说：梁思成对于尼迈耶那从北到南高层平板的建筑方案给予了大力支持，并最后得到了联合国大厦设计委员会的一致批准。

除了以上这些活动之外，梁思成还应邀参加普林斯顿大学建校200周年的纪念活动，担任其中“远东文化与社会”研讨会的主席。对此，费慰梅女士曾在文章中回忆梁思成参加这项活动时的情景：

1947年4月初，普林斯顿大学庆祝建校200周年，举办为期一年的纪念活动，其中一项是“远东文化与社会”研讨会，邀请梁思成担任主席。他在会中做了“唐宋雕塑”及“建筑发现”两个学术演讲，得到极高的评价。这次学术活动使他在这个学科获得很高的荣誉。与会者并非一般听众，而是六十多位研究远东文化的专家学者，包括美国在这一领域中的领先人物，还有一些欧亚的知名学者。如莱顿大学的杜维文达克教授、瑞典博物馆馆长塞伦和牛津大学的休斯教授，中国方面则有陈梦家、冯友兰、陈达、屈栋子等著名学者参加。会议日程涉及从各层面研究中国，但对于会议的主办者、普林斯顿大学中国艺术专家劳利教授来说，梁思成才是精英中的精英。劳利曾在30年代中期访问过北京，对梁思成修复中国建筑遗存和他广泛的中国艺术兴趣，留下深刻的印象。劳利的亲密合作者、研究中国和日本建筑的美国专家索佩尔教授，多年来通过营造学社的《中国营造学社汇刊》中文本，包括在李庄印行的最后两期，一直密切注意思成的成果。他们两位对思成的开拓精神，以及后来在战时的磨难、匮乏中的执着追求都十分钦佩，乐意把他介绍给参加这次盛会的同行。其中许多人了解他的研究成果，有的甚至还在八年抗战之前，在北京见过他。与会期间，他举办了一次图片和照片展，接着以从未有人报道过的四川大足石刻为主题，做了一场演讲。其他人的讲演会，他也出席并参与讨论。

“远东文化与社会”研讨会结束时，普林斯顿大学在拿绍厅举行了一场特别仪式，授予杜维文达克和梁思成两人荣誉博士学位，以表彰杜维文达克在传统汉学方面和梁思成在中国建筑史方面的显著研究成果。仪式开始，有身着大礼服的校长和教职员领着大学生列队入场，接着走出的是两名受奖人。身材高大、白发苍苍的杜维文达克佩戴着中世纪头饰，身着长袍，与比他瘦小、看上去显得年轻、身着普林斯顿提供的过大黑色长袍、帽子的梁思成，一高一矮，形成鲜明的对照。在仪式中，校长宣读对思成的赞词：“文学博士梁思成：一个创造性的建筑师，暨建筑史的讲授者，在中国建筑史研究和探索方面的开创者，也是恢复、保护他本国建筑遗存的带头人。”和这一赞词相配的，是他拥有的众多的头衔，只要举出其中一些就够耀眼了：中央研究院院士、中国营造学社社长、清华大学建筑系主任、清华大学建筑研究所所长、联合国大厦设计委员会委员，以及耶鲁大学美术系访问教授。

普林斯顿大学档案里，至今保存着梁思成当时接受荣誉学位时，写给校长多兹的一封信。他的话表现出典型的礼貌、谦虚和机智：“对一个只不过花了太多时间和精力，来追寻也许仅仅是满足其闲情逸致的好奇者而言，这样的奖赏实在是过高了。”

确实，梁思成的回信是中国式的谦虚，但他接受以上荣誉可以说是当之无愧。对于梁思成在中国乃至世界建筑学上的贡献，公元2001年4月28日，在清华大学90华诞之际，在海内外众多学者云集清华园参加“梁思成先生诞辰100周年纪念会”上，他曾经的助手、两院院士吴良镛先生登台发表了十分中肯而动情的评价性演讲：“由于近代中国没有经历‘文艺复兴’、‘工业革命’，没有现代化城市的兴起，加之战乱频仍，一直贫穷落后。直到20世纪20至30年代，才有梁先生等建筑界的仁人志士，力挽狂澜，兴办建筑教育,发掘建筑遗产,弘扬建筑文化,在有限的时间里,艰难跋涉,可以说做到了可能做的一切。他们是中国这一独特的历史时期伟大的建筑思想的启蒙者,是中国经过百年甚至更长时间的磨难后能量的聚集者、释放者。在此历史意义上说,梁先生等人与西方现代建筑思想的启蒙者具有同样的历史地位。”

转眼间,梁思成在美国已经度过了近一年的时间,这时他收到来自中国北京的电报,电报中说林徽因的肺结核病急剧恶化,正准备动一次大手术。对于这个消息,梁思成心急如焚,不得不提前结束美国事务准备回国。在返回中国之前,梁思成委托史坦因夫妇为他代买一些小礼物,那是准备回国送给林徽因和孩子及亲友的。同时,他前往剑桥拜会费正清和费慰梅夫妇,请费慰梅女士帮他一起校对他在李庄完成的《图像中国建筑史》一书,并委托她帮助寻找一家出版公司予以出版。不过,梁思成在临行前只将书中的照片和图纸留下来,而带走了文字手稿,他希望利用横渡太平洋的两个星期海上航行时间进一步修改定稿,然后再寄回美国。不料,由于政治的原因,这书稿再也没能寄到费慰梅女士的手中。这也是后话。另外,敏感的费慰梅女士也许是预感到他们这一别可能相见无期, 于是在梁思成临行前集中地采访了他一整个下午和晚上, 从而有了后来风靡中国的那本关于梁思成和林徽因的书。

告别美国,告别美国的朋友,从此梁思成还是因为政治的原因再也没能踏上这片给予他知识、友谊和荣誉的土地。

7. 首选院士

公元 1947 年 9 月,梁思成终于载誉归来。随后,他从美国购买的那些小礼物也一并运到国内。对于这些在当时中国还是非常新奇的玩意儿,林徽因描绘她和孩子们接受礼物时的情景说:

在一个庄严的场合，梁先生向我展示他带回的那些可以彻底拆、拼、装、卸的技术装备。我坐在床上，有可以调整的帆布靠背，前面放着可以调节的读写小桌，外加一台经过插入普通电源的变压器的录音机，一手拿着放大镜，一手拿着话筒，一副无忧无虑的现代女郎的架势，颇像卓别林借助一台精巧的机器在啃老玉米棒子。

关于那台录音机——

我们确实听到了录在磁带上的各种问候。但是全都不对头，思成听起来像梅贻琦先生、慰梅像费正清、而费正清近乎罗伯逊。其中最精彩的是阿兰(笔者注：指史坦因妻子马克虹)的，这当然在意料之中。我非常自豪，能收藏一位专业艺术家的"广播"录音。不过迄今我还没有按这机器应有的用途来做什么，只是让孩子们录些闹着玩的谈话。我觉得好像乾隆皇帝在接受进贡的外国钟表。我敢说他准备让嫔妃们好好地玩一阵子。

不过，短暂的愉快并没有减缓林徽因的病情，她不得不住院准备进行手术治疗。对此，她于公元1947年10月4日在病房中写信告诉好友费慰梅女士说：

我应当告诉你们为什么到医院来。别紧张。我只是来做个全面体检。做一点小修小补——用我们建筑术语来说，也许只是补几处漏顶和装几扇纱窗。昨天下午，一整队实习和住院医生来彻底检查我的病历，就像研究两次大战史一样，我们(就像费正清常做的那样)拟定了一个日程，就我的眼睛、牙齿、肺、肾、饮食、娱乐和哲学建立不同的委员小组。巨细无遗，就像探讨今日世界形势的那些大型会议一样，得出一大堆结论。同时许多事情也在着手进行，看看都是些什么地方出了毛病；用上所有的现代和技术知识。如果结核菌现在不合作，它早晚也得合作。这就是其逻辑。

由于林徽因的病情极不稳定，不是发烧就是检查出并发症，于是她的手术直到同年 12 月 24 日才得以进行。出院后，梁思成又像当年在昆明和李庄一样当上了林徽因的专职护士，同时为了给林徽因补充营养，他还充当了采购员和营养师。虽然辛苦，但因为林徽因的病情已经渐渐好转，以及她体力的逐渐恢复，梁思成还是长长地舒了一口气。

公元 1948 年 4 月 1 日，在国立中央研究院第二届评议会第五届年会上，中国第一次采用院士制度，共评选出第一届院士 811 人，其中数理组院士 28 人、生物组院士 25 人、人文组院士 28 人。国民政府鉴于梁思成在建筑学领域所做出的开拓性的突出贡献，评选他为中央研究院人文学部艺术史方面的院士。同时，梁思成受邀参加将于同年 8 月份在南京召开的中央研究院成立 20 周年庆典和第一次全体院士会议。众所周知，国立中央研究院是南京国民政府的最高学术研究机构，而院士无疑是学术界最高的终身性荣誉。由此，我们可以说梁思成已经登上了他学术生涯的巅峰。那么，梁思成自公元 1928 年学成回国以来到底取得了哪些成就呢？

公元 1928 年创建中国大学中的第一个建筑系，奠定了他作为中国近代建筑教育开创者之一的历史地位；公元 1932 年完成《清式营造则例》一书，这是中国第一部以现代科学技术观点和方法总结中国古代建筑构造做法的著作；公元 1932 年实地调查河北蓟县独乐寺并发表《蓟县独乐寺观音阁山门考》和《蓟县观音寺白塔记》，这是中国第一次用现代科学方法调查测绘古建筑的调查报告，并因此引起国际学术界的特别重视；公元 1932 年与蔡方荫、刘敦桢合作完成《故宫文渊阁楼面修理计划》，这是中国第一次用现代科学技术和方法对故宫进行修理；公元 1935 年考察山东曲阜孔庙后发表《曲阜孔庙之建筑及其修葺计划》一文，这是中国学人第一次比较全面阐述对古建筑维修观点的总结；公元 1936 年与美国著名建筑学家和城市规划学家史坦因进行学术交流，促使中国学人第一次思考城市规划问题；公元 1937 年调查发现山西五台山佛光寺，这是当时中国所知的最古老的木构建筑；公元

1941年集中精力研究宋李诫的《营造法式》,并陆续完成法式大部分图解工作,这是中国学人第一次开始读懂这部“天书”;公元1944年完成《中国建筑史》和英文版《图像中国建筑史》,这是中国人自己撰写的第一部中国建筑史;公元1945年在《大公报》发表《市镇的体系秩序》一文,这是中国建筑师第一次提出“住者有其房”和“一人一张床”的社会思想;公元1946年创建清华大学建筑系,随后第一次将城市规划学纳入建筑教育之中;公元1946年应邀前往美国讲学,作为第一位中国人将自己民族优秀的建筑文化艺术系统地展示给世界学术界;公元1947年作为中国代表参与联合国大厦的设计工作,同年担任美国普林斯顿大学举办的“远东文化与社会”国际学术研讨会的领导工作,第一次将中国的世界文化遗产四川的大足石刻介绍给国际学术界……

以上只是对梁思成重大学术建树具体事宜的粗略梳理,难以概全。如此,我们不妨引用吴良镛先生的话来总结好了,他说:梁思成是近代建筑教育事业的奠基者之一,是古建筑研究的先驱者之一,是中国近代城市规划事业的推动者,是中国历史文物保护的开创者,是一些建筑学术团体的创建者和组织者之一,以及后来他成为新中国成立初期几项重大工程的主持人与设计者。对于梁思成这诸多难忘项背的宏大成就,吴良镛先生还说:“一般说来,一个人能有上述一、二项贡献,就足以称道难能可贵了,而他对建筑及文化事业建立如此全方位的卓越贡献,不能不令人涌起发自内腑的钦敬之情。”这也许就是梁思成作为首选院士的理由吧。

公元1948年8月,梁思成乘专机来到南京,来到了位于鼓楼广场北极阁东南侧的国立中央研究院。在南京接受院士荣誉和参加会议期间,梁思成便和诸多老朋友们商讨了当时的国内政治形势,许多人对于国民党统治已经失去了最后一点信心,但也有一些人持观望态度,对于即将建立的新中国还有一种怀疑。不过,梁思成早与妻子林徽因商定绝不离开中国大陆,他们坚信任何政党执掌国家主权都需要建筑师,广大人民群众都需要建筑师为他们建造房屋,何况他们还舍不得刚刚亲手扬帆启航的清华大学营建系这艘行船，何况大战过后百废待兴的中国正是他们施展才华的最好舞台。然而，只有一腔报国热忱和一副幼稚政治头脑的梁思成，这时还不足孔子所说“五十而知天命”的年岁，且掌握整个中国命运的新的最高领导者的心思也不是梁思成所能揣知的。那么，梁思成将会迎来怎样不可预知而又变幻多端的“天命”之年呢？

美国汉学家市井迁为费慰梅女士那《梁思成与林徽因：一对探索中国建筑史的伴侣》一书所作的前言中说：“如果我们保持些距离，对 20 世纪的中国历史作一番鸟瞰，就不难看到，这是一个惊人虚掷的世纪：虚掷了机会，虚掷了资源，也虚掷了生命。外敌侵占的痛苦，加上国内政治的无序，怎么可能产生有序的国家建设？……在这个持续动荡的世界，这个严酷的审查制度令人失去想象的世界，个人的创造力与心智的探索，又怎么可能广泛流行？梁思成与林徽因的故事，从一开始似乎就印证了上述悲观的省思。千重万叠的社会浪费，打乱并吞噬了他们的生命，一次又一次，这个世界就是不留给他们任何呼吸的空间。”

公元 1996 年 9 月，清华大学建筑学院(系)成立 50 周年时，梁思成的学生、原国家建设部副部长、两院院士周干峙在《梁思成学术思想研究论文集》出版时曾著文缅怀先师说：“新中国成立后，梁先生在新中国生活了 22 年……总起来，真正发挥作用的时间最多一半左右（而吴良镛先生则说：“从 1949 年起，梁先生潜心地投入新中国成立后的专业工作、参加新中国建设时，不过 48 岁，这样一位饱学之士，充满激情地放手工作的时间还不足 5 年！”)，特别是最后带着困惑和痛苦去世，不能不说是一场悲剧……科学家的悲剧，不仅在科学不发达的哥白尼的时代存在；在科学比较发达，甚至相当发达的时代，只要人们的认识有差距，就会有矛盾。这种悲剧就会程度不同地出现。”

第四章

天命难知

1. 学人入政

公元1948年12月下旬的一个晚上，清华园新林院8号的梁家迎来了老朋友张奚若和两位至今也不知姓名的新朋友——中国人民解放军军官。他们是来诚请梁思成为解放军攻城部队在军事地图上，标注北京城里哪些属于需要重点保护的文化古迹和文物建筑，以免不得已攻城时猛烈的炮火毁坏了它们。面对解放军攻城部队的这一请求，梁思成与林徽因夫妇不由得惊喜万分也激动万分，他们多少次彻夜难眠，辗转反侧，一直担心如自己生命一样珍爱的北京城里这些文化遗产遭受战争的毁坏，如今胜利在握的人民解放军竟然要不惜以流血牺牲来保护这些珍宝，这怎能不让梁思成和林徽因夫妇激动呢？于是，梁思成与卧病在床的妻子林徽因几乎不假思索或参阅任何资料，当即便在那两名解放军军官所带来的军事地图上，一一标明了北京城里诸多文物古迹的准确位置。

目送新老朋友匆匆地消失在夜色之中，梁思成与林徽因还在回味着刚才的那一幕，心底不由得涌起了一种莫名的幸福与感动。同时，他们也想起了当年在沈阳东北大学时的酸涩。公元1928年，梁思成与林徽因在紧张的教学之余开始对沈阳市及周边古建筑进行首次的科学测绘，从此也就踏上了保护古建筑的艰难之路。一次，当梁思成得知沈阳市市长在城市建设中，以阻碍交通为由决定拆除市内有着这座城市重要标志性意义的钟鼓楼时，便“自不量力”地向市长请求保留下钟鼓楼，他在“上书”中动情地陈述道：“毁坏容易保护难，它们一旦消失就不能再恢复了。为什么你要选择把它毁掉呢？”最终，梁思成的进言没有被采纳，他第一次试图保护古建筑的努力以功败垂成而结束，这似乎也成了他今后保护古建筑一种宿命的开始。不过，那毕竟是国民党时代的事，而今由中国共产党领导下的人民军队竟然在大战前夕主动提出要保护北京城里的文物古建筑，这不能不使梁林夫妇对国共两党在心中做一番比较。

在比较中，梁思成还记得保姆刘妈前天从自家刚回来时，便急切讲述自己早上目睹那罕见一幕的兴奋情景。那天清晨，家住北京城郊成府村的刘妈一打开家门，就见村里来了许多身穿灰布军装的队伍，听说他们是半夜开进村里来的，可是竟然没听见一声响动，就连看家护院的狗也没叫唤一声。原来，这支队伍半夜进村后没有惊扰一户村民，而是悄悄地靠在胡同口的墙脚睡了半宿。天亮后，村民们见状于心不忍，纷纷邀请他们进屋喝碗热粥暖暖身子，而他们同样没有一个人进屋，就连喝一口开水也要连连道谢。对此，保姆刘妈一回到梁家就兴奋地说：人人都说共产党好解放军亲，我以往怎么也不敢相信，自古以来哪有军队不欺负老百姓的，如今我算是亲眼见着了，活了大半辈子还没见过这么守规矩懂礼貌的队伍。保姆刘妈还说，她进城的时候村里已经非常热闹，村民们都行动起来了，到处敲锣打鼓，手拿着小红旗在欢迎人民解放军呢。听着保姆刘妈绘声绘色的讲述，梁思成和林徽因不由得想起“箪食壶浆，以迎王师”的典故来。是的，这就是他们满怀期待而又心怀忐忑留在北京等待的中国共产党，等待的中国共产党领导下的人民军队。有这样的政党和人民军队，梁思成的心中更是充满了期待。

果然，随后所发生的一切都让梁思成激动起来。公元1949年1月10日，人民解放军正式接收清华大学等高等院校，宣布一切暂时维持原状，教职员工的薪水按原来等级及时复发，其他事宜将等待北京全城解放后通盘筹划解决。公元1949年1月31日，人民解放军顺利接管北京全城，城内秋毫无犯，梁思成所关注的文物古建筑丝毫未损。随后，梁思成还注意到往日垃圾成堆的街道变得洁净了，淤塞的护城河清水流淌了，杂草丛生的湖泊变得清澈了，散发恶臭的下水道也被彻底清理畅通了……所有的一切都让梁思成对即将新生的人民政权充满了信心和希望。而当人民解放军代表再次造访清华园新林院8号，向梁思成请教在即将展开的大规模人民解放战争中，如何保护全国各地文物古建筑时，梁思成更加坚信自己当初拒绝登机飞往台湾的决定是多么的英明，他对中国共产党及人民军队更加钦佩。随即，梁思成组织清华大学建筑研究所人员，在极短的时间内就编制出了长达一百多页的《全国重要文物建筑简目》，并立即交由华北高等教育委员会图书文物处大量印刷，然后又以最快的速度分发到全国各地人民解放军的高级将领和指挥员手中，使诸多文物古建筑在随后的解放战争中免遭厄运。对此，罗哲文先生后来曾回忆说：

1949年1月，北平和平解放。党中央深知梁思成先生是对古建筑文物素有研究的专家，对全国古建筑的情况最为熟悉，为了在解放战争中保护好祖国文化遗产，特地派人到清华大学来访梁先生提意见、想办法。他慨然应允了，并组织了建筑系的部分教师，一起动手，以飞快的速度，编出了一本长达百页的《全国重要文物建筑简目》。从翻书查资料到刻钢版、折纸页、装订、包裱封面，如出学社七卷汇刊那样，自力更生用手工劳动完成，一共用了一个来月的时间。我还担任了全书的钢版蜡纸刻印工作。封面设计和书中版式的排列是在梁先生的指导下，朱畅中同志(现清华大学教授)的手笔。

这一简目编者的名义为中国建筑研究所。其原因是抗战胜利以后,营造学社的工作人员都在思成先生的带领下,全部来到了清华大学建筑系。为了继续古建筑的调查研究,特设立了一个中国建筑研究所,以保证此工作不致中断。遗憾的是由于新中国成立前的条件日益困难,经费缺乏,教学任务的加重,古建筑的调查研究没有进行,营造学社也就等于名存实亡了。这本《中国重要文物建筑简目》也就成了中国营造学社的一份珍贵纪念和向中国共产党、人民解放军的一份献礼。

这份简目虽然极为简要,但是它却饱含着这一学术团体多年的成果。把它发到解放军中之后,不仅在解放战争时期起到了保护古建文物的重大作用,而且在解放初期开展古建文物调查、保护、研究工作上也起到了积极作用。它已经成了新中国文物保护史上的一个早期重要历史文献。

除了《全国重要文物建筑简目》这一厚礼之外,梁思成在随后被委任为顾问并负责筹建中央直属修建处的过程中，还积极写信邀请散布在全国各地的诸多建筑师加盟其中,诸如吴景祥、陈占祥、张镈、戴念慈、严星华、沈奎绪和刘江仲等,他们后来都成为新中国各建设部门的骨干,为国家建设做出了卓越的贡献。如果说这还不能算是梁思成真正入政的话，那么他在公元1949年一年之中就先后被委任或当选为北京市人民政府都市计划委员会委员、中国人民政治协商会议会场——中南海怀仁堂建筑师、北京市各界代表会议代表、中国人民政治协商会议筹委会“国旗国徽初选委员会”顾问、中国人民政治协商会议特邀代表、北京市人民政府委员会委员和北京市各界人民代表会议协商委员会副主席等,这就不能不说梁思成已经进入了政途。特别是公元1950年1月当梁思成被任命为北京市都市计划委员会副主任委员时，他的政途便从此围绕着保护北京城和北京城里的古文物建筑拉开了不屈不挠的抗争序幕。当然,这也是他从政或人生悲剧的开始。

按说，受父亲梁启超的言传身教，梁思成自青年时代就立志要一生致力于学术研究的，他几乎从来就没曾想过要从政，可这一切的荣誉和头衔都来得让人惊喜、意外和兴奋不已，使人无暇多加考虑或有所选择。当然，梁思成也许没有想到新中国成立后他要如何选择自己今后的人生之路，他对中国共产党充满了感佩和信心。如果说人民解放军代表两次造访清华园，是梁思成对中国共产党的美好初识的话，那么随着他后来频繁地与中国共产党人接触，特别是与一些高级领导者的频繁交往，使他越来越愿意或者说是希望亲近中国共产党，并且还有了一种“鞠躬尽瘁，死而后已”的朴素念想。

梁思成一直记得他与中国共产党第一位高级领导人彭真相见时的场景，他说：“我接触的第三个共产党员就是彭真了，那是北平解放不久的一次会议上，有人把我介绍给他，当时我对党内的组织情况毫无了解，根本不知道他在北京市及党内的地位。当他知道我是梁启超的儿子时说：‘梁启超曾经说，今后之历史殆将以大多数劳动者或全体国民为主体，现在实现了。’接着他又引了一句梁启超的话，然后对我说：‘我相信梁启超先生要是活到今天，他也会拥护共产党的。’我真是大吃一惊，我虽是梁启超的儿子，但很惭愧，我没有读过多少父亲的著作，然而眼前这位共产党的干部却能背诵他的作品，这件事很自然地使我对彭真产生了亲切感。”

除此之外，梁思成在参加中国共产党的会议特别是宴会时，对那种自然、轻松、活泼、愉快的气氛也是感受深刻。在公元 1949 年新中国成立前夕的一次政协宴会上，梁思成被特意安排与周恩来总理坐在一桌，席间周恩来总理谈笑风生，谦虚平和，而当人们崇敬的伟大领袖毛泽东主席前来敬酒并笑劝大家不吃辣椒就不是革命者时，更是将轻松愉快的宴会气氛推向了高潮。对此，梁思成每次参加完会议回到清华园时，总是对会议情况津津乐道，言词间对新生的人民政权满怀热爱。

不过，新生政权百废待兴，筹建政府的事务可谓是千头万绪，梁思成也开始忙碌起来，他积极投身到诸多带有政治性的专业事务工作之中。梁思成是有崇高声誉和名望的著名学者,更是城市规划和建筑设计方面的权威专家,新生的人民政府有诸多事务还需要他的参与。于是,忠心热爱中国共产党的梁思成别无选择。

别无选择的梁思成也许没有想到再做其他选择，他不仅早已决定将自己所学贡献给即将新生的人民政府，还积极向云集在江南的诸多建筑师老朋友们写信邀请他们“北来”,因为“中共政策”让他感受到“前途满是光明”。例如,早在公元1949年6月梁思成就写信邀请老同学童寯先生加盟清华大学营建系。短信如下:

老童:

恭喜你们也解放了。现在虽然少迟了几天,但我仍以“老区”的资格来向你致贺。清华比北平城早获解放一个月,从解放的第一天起,解放军的纪律就给了我们极深的印象。接着与中央方面的种种接触,看见他们虚怀若谷,实事求是的精神,耳闻目见,无不使我们心悦诚服而兴奋。中国这次真的革命成功了。中共政策才能把腐败的中国从半封建半殖民地的状况里拯救出来,前途满是光明。这不是jargon(左川注:原意为难懂的话,此处意为并非奢谈),而是真诚老实的话。南京解放后,想你们必也同感。

现在北京已安定下来,并且已展开了建设工作。北平是新中国的首都,以后需要大量的建筑师,并且需要训练大量的新建筑师。我企盼你早早地北来,华盖可在平设一分事务所,先立下基础。从清华及我个人的立场说,我恳求你实践我们在重庆的口约,回来提携母校的后进。我已对学生说了多少次你早已答应过来清华,他们都在切盼。清华建筑系的师资太缺乏了,你若肯来,可以给我们无量的鼓励。因此双重原因,我恳切的求你毅然离开南京,来为母校养育后辈。我知中大也需要你,但在宁沪的建筑师多,总可找个替身;而清华之需要老兄,却是迫切之至。

北京旅程的一切,政府都能为你准备,企盼早日赐覆。即颂
双福

弟 思成 恳切拜上
徽因 附候

后来,虽然因为种种原因童寯先生未能应邀前来,但不久在朱德总司令的敦促下,梁思成因为负责筹建中国建筑总公司的缘故,还是从江南邀请来了二十多名青年建筑师,并竭力向政府有关部门推介他们任职,并在生活上为他们请求照顾。例如,公元1949年9月19日梁思成致信时任北京市市长聂荣臻将军时说:"……我因朱总司令的关怀,又受曹言行局长的催促,由沪宁一带很费力地找来了二十几位青年建筑师。此外在各部门做领导工作的,也找来了几位,有拟聘的建筑公司总建筑师吴景祥先生,拟聘的建设局企划处处长陈占祥先生,总企划师黄作燊先生,以及自由职业的建筑师赵深先生等。各人在建筑学上都是有名誉的人才。陈占祥先生在英国随名师研究都市计划学,这在中国是极少的。在开办之初,政府必须确定他们可以在技术上发展他们的才能,不受过去以营造厂商而兼"打图样"者的阻碍,才有办法。我所介绍来的几位建筑师对于这点最感疑惧,来后都因没有确定机构及工作地址,也不明了工作性质范围,也没有机会与各有关方面交换意见,一切均极渺茫着困惑的感觉。我诚恳地希望,关于这一点,各机关的直接领导者和上级能认识清楚,给他们一点鼓励和保证。此外还有一些枝节的小问题:如受政府聘请北来人员,人地生疏,带着眷属,困于居住的问题。北来旅费及参考书籍的运费等,亦使他们为难。事情虽小,但在个别的每人来平之前,总要我为他们打听情形,看来我们总应该有个原则上的决定。"

此后,梁思成信中所提到的几位建筑师均各得其所,例如赵深后来担任国家建工部中央设计院总工程师兼民用设计室主任工程师,例如陈占祥后来担任北京市都市计划委员会企划处处长、北京市建筑设计院副总建筑师、中国城市规划设计研究院总规划师等职。可是陈占祥在担任北京市都

市计划委员会企划处处长期间与梁思成共同提出了《关于中央人民政府行政中心区位置的建议》,也就是著名的"梁陈方案",却使他吃透了苦头。这是后话。

通过梁思成以上的一系列作为，我们不难看出他对于中国共产党和即将诞生的新中国中央人民政府是怎样的赤胆忠诚。这也许就是学人入政之初的普遍表现吧。

2. 国旗、国徽、纪念碑

在新中国成立前后那短短几个月的时间里，梁思成竟成了学术界的政治明星,踏上了传统士大夫最为看重的仕途之路,并毫不费力地就登上了所谓的事业巅峰。虽然这巅峰几乎没有任何的缓冲地带，而且还是直上直下的,但这并不妨碍梁思成决心把平生学识献给人民政府的满腔热忱,这从他毫无保留地积极参与和主持设计新中国几项带有标志性的重大工程——国旗、国徽和人民英雄纪念碑等,就能够看出作为一个纯粹知识分子最初从政的真实心态。

公元 1949 年 8 月,梁思成被选为中国人民政治协商会议筹委会"国旗国徽初选委员会"顾问后,每天开始往返于清华园和市区政府机关之间,积极参与国旗、国徽的讨论和选定工作。全国政协成立后,立即开始向全国及海外侨胞公开征集新中国国旗和国徽的图案以及国歌词谱，梁思成和林徽因也组织清华大学营建系成立了设计小组，积极参与国旗和国徽的设计竞赛。同年 9 月,中国人民政治协商会议第一届会议通过决议,确定了即将成立的"中华人民共和国的国旗为红地五星旗"。随后,梁思成根据全国政协会议对原国旗方案的修改意见，带领清华大学营建系设计小组成员通宵达旦进行赶制,采用坐标方法确定了国旗的比例和五星的大小与位置方向,并绘制出了第一张中华人民共和国国旗图案的施工图。

国旗图案顺利确定之后,国徽图案则颇费了一番周折。自公元 1949 年

7月就开始公开征集而来的国徽图案中，几乎所有图案的设计水平都不太高，没有一份符合委员会的要求。随后，全国政协邀请中央美术学院和清华大学营建系两家单位分别组织人员进行重新设计，而梁思成最初的建议与中央领导人的意见有较大分歧，他对于要求将天安门作为主题设计进国徽图案里的设想并不赞成。梁思成认为："国徽不是寻常的图案花纹，它的内容的题材，除象征的几何形外，虽然也可以采用任何实物的形象，但在处理方法上，是要强调这实物的象征意义的，所以不注重写实，而注重实物的形象的简单轮廓，强调它的含义而象征化。"即便是在全国政协第一届委员会第五次常务委员会会议已经议决了以天安门为国徽主题图案后，梁思成依然在公元1950年6月11日的一次全国政协国徽组会议上发言说："我觉得一个国徽并非是一张图画，亦不是画一个万里长城、天安门等图式便算完事，其主要的是表示民族传统精神，而天安门西洋人能画出，中国人亦能画出来的，故这些画家所绘出来的都相同，然而并非真正表现出中华民族精神，采取用天安门式不是一种最好的方法，最好的是要用传统精神或象征东西来表现的。"

至于制作国徽的具体设想，梁思成认为："在图案处理上感觉有点不满意即是看起来好像一个商标，颜色太热闹庸俗，没有庄严的色彩。又在技术方面：a.纸用颜色印。b.白纸上的颜色要相配均匀。c.要做一个大使馆门前雕塑，将在雕塑上不易处理，要想把国徽上每种颜色形状表现出来是不容易的。d.这个国徽将来对于雕刻者是一个艰巨工作。由于以上这几点意见，建议这次通过决议案（天安门为中华人民共和国国徽）的国徽图形上修改的意见。"

对于梁思成的意见和建议，张奚若却有着不同的看法，他认为："我今天所谈的仅把设计过程谈谈，我个人感觉用天安门是可以的，从其内容上来说：它代表中国"五四"革命运动的意义，同时亦代表中华人民共和国诞生地，其次在颜色上曾考虑过许多次，采取地球形状是受到颜色的限制，按道理上讲，天的颜色是要用纯青色，尽量使颜色调和，不使它过于太浓太俗，可能范围内要用强烈的颜色,苏联及欧洲各新民主主义国家都是这样的。要做到相当的调和确是一件困难事,例如一个画家要绘画一个人,想把其全部画出来那是不可能的,我们以后的雕塑亦是这样的。同时苏联的克里姆林宫所制出雕塑也不能全部都描写出来的。不过这些困难我们是要设法克服的。"

沈雁冰也就是大名鼎鼎的作家茅盾先生虽也赞成在国徽中使用天安门图案,但又提出了新的内容,他说:"我听到很多人对国徽有分歧意见,我们理想的国徽是代表着工农联盟的斗争精神以及物产领土等方面, 倘若把古代方式添上去有许多不适当的,其次民族意识亦用什么东西来代表,除工农联盟外再找不出来什么,若用车轮来搞是没有什么意见的,一般人看之,不能立刻感觉出来,还有一部分人要求要有一种气派精神,若将此类放在里边一点没错是很困难的。同时也又认为国徽让人看起来便立刻知道是哪一个国家,由此图形上便了解该国家的一切,这种要求,不唯苏联没有做到这一步,其他欧洲各新民主主义国家更谈不到,那么以中国来说,根本过去没有国徽,若有的话,都是些龙的图形,我对采取天安门图形表示同意,因为他是代表中国"五四"运动与新中国诞生之地,以及每次大会都在那里召集的,最好里边不要写'中华人民共和国'几个字,看起来有点太俗了。"

虽然各方意见有诸多分歧,但当公元1950年9月20日毛泽东主席签署中央人民政府命令, 通过全国政协第一届委员会第二次会议所提出的关于"中华人民共和国国徽图案及对该图案的说明"后,也就是确定将天安门作为主要图案放进国徽之中,梁思成便保留了自己原先的建议,并积极考虑如何将天安门和五星巧妙地组合在一个图案之中了。

梁思成认为:"因为天安门实际上是一个庞大的建筑物, 而它前面还有石桥、华表等许多复杂的实物,所以处理它的技术很需要考虑,必须掌握两个象征化的原则:一是极力避免画面化,不要使它成为一幅风景画,这就要避免深度透视的应用,并避免写真的色彩;二是一切需图案化象征,象征主题内容的天安门,同其他象征的实物的画法的繁简必须约略相同,相互组成一个图案。"按照这个原则,梁思成与林徽因夫妇带领清华大学营建系国徽设计小组成员昼夜赶制，几天内便拿出了一份比较成熟的图案。

对于这个图案的象征意义，梁思成认为：图案内以国旗上的金色五星和天安门为主要内容。五星象征中国共产党的领导与全国人民的大团结；天安门象征新民主主义革命的开始，“五四”运动的发源地，与在此宣告诞生的新中国；以革命的红色作为天空，象征无数先烈的流血牺牲。底下正中为一个完整的齿轮，两旁饰以稻麦，象征以工人阶级为领导，工农联盟为基础的人民民主专政，以通过齿轮中心的大红丝结，象征全国人民空前巩固团结在中国工人阶级的周围。就这样，以五种简单实物的形象，借红色丝结的联系，组成了一个新中国的国徽。

而在处理方法上，梁思成等人着重强调了五星与天安门在比例上的关系，这是因为这样可以给人以强烈的新中国的印象，收到全面含义的效果。而为了同一原因，用纯金色浮雕的手法处理天安门，省略了繁琐的细节与色彩，为使天安门象征化，而更适合于国徽的体裁。至于其中用红色描金，那不仅是中国民族传统形式的表现手法，还兼有华丽与庄严的效果。采用作为国徽的色彩，是为中国劳动人民所爱好，并能代表中国艺术精神的。

公元 1950 年 6 月 23 日，在全国政协第一届第二次会议上，当在毛泽东主席提议下以起立的方式，一致通过了梁思成和林徽因夫妇所领导设计的国徽图案时，梁思成却因病没能目睹那全体与会者起立并报以长时间热烈掌声通过时的场景，但作为特邀代表参加会议的林徽因则激动得热泪盈眶，那同样病弱的身体几乎支撑不住这巨大的喜悦。

与设计国徽图案相比而言，设计兴建人民英雄纪念碑的工程实在是“好事多磨”。公元 1949 年 9 月 30 日下午，参加中国人民政治协商会议的全体与会代表，一致通过建造人民英雄纪念碑的提案，并通过了纪念碑上的具体碑文。傍晚时分，伟大领袖毛泽东主席和全体与会代表来到天安门广场，举行了人民英雄纪念碑的破土奠基典礼。

随后，北京市都市计划委员会便向全国征求人民英雄纪念碑的设计方案。对此，全国诸多高校、专业机构、美术家和建筑师积极响应，不久便收到了一百八十余份应征方案。在这些应征方案中,大致可以分为三种类型:一是认为人民英雄来自于广大的工农群众,纪念碑应该体现出一种亲切感,因此这一类方案采用了纪念碑平铺在地面的方式;二是希望以巨型群体雕像的形式,来体现人民英雄那光辉高大的形象;三是希望用高耸矗立的碑形或塔形,以体现革命先烈高耸云霄的英雄气概和崇高品质。而至于各方案所采取的艺术形式,也是种类繁多,有采用中国传统形式的,也有采用欧洲古典形式的,还有采用“现代”式的。

对于征集而来的这诸多各式方案,北京市都市计划委员会邀请了各方面、各单位和各团体的代表,以及在北京的一些建筑师和艺术家们共同评选。在评选的过程中,首先那种将人民英雄纪念碑平铺在地面上的方案很快被否定,于是到底是使用雕像还是采取碑的形式,就成了领导和专家们争论的中心问题。不过,大多数人在争论的过程中,基本上同意了以下几个根本出发点:

一是,既然全国政协通过了兴建人民英雄纪念碑,并通过了“碑文”,那么人民英雄纪念碑的设计应以“碑文”为中心主题,所以还是应该采用碑的形式。至于“碑文”中所述三个大阶段的英雄史迹,可以采用浮雕的形式来表达。

二是,考虑到古今中外都有“碑”,有些方案采用埃及“方尖碑”或罗马“纪念柱”的形式,而这些都难以突出作为主题的“碑文”,而以镌刻文字为主题的碑在中国有着悠久的传统,所以采用中国传统的碑的形式还是比较恰当的。

三是,在一般的情形下,中国的古碑大都矮小而郁沉,缺乏英雄气概,所以兴建人民英雄纪念碑必须予以革新。

四是,考虑到“碑文”只镌刻在碑的一面,其另一面则拟请毛泽东主席题写“人民英雄永垂不朽”八个大字。后来,彭真还提议说周恩来总理写得一手极好的颜体字,故建议“碑文”请周恩来总理手书。

关于“碑文”,在北京市档案馆中至今还珍藏着一份由毛泽东亲笔修改的“碑文”草稿。原来，“碑文”最早是彭真同志拟写的，其中“中国人民解放战争和中国人民革命烈士纪念碑奠基典礼”一句，毛泽东则将原词中删去“纪念碑奠基典礼”几个字，改为“在中国人民解放战争和中国人民革命中牺牲的人民英雄们永垂不朽！”修改后的“碑文”深邃精辟，气势磅礴，情感深沉，充分表达出了人们对革命先烈的敬仰。

随后，北京市都市计划委员会参照已经收到的各种设计方案，立即组织人员草拟了碑形的设计方案，但雕刻家们则仍保留自己的意见，他们认为还是应该以雕像为主题。对于即将兴建的人民英雄纪念碑采用碑的形式的意见，梁思成不仅表示赞同，而且还积极组织清华大学营建系师生参与设计，并于公元1951年8月29日特意致信北京市市长彭真再次阐明了自己关于人民英雄纪念碑的设计意见。在短短千余字的这封信中，梁思成将人民英雄纪念碑的设计理论阐述得极为精湛，故抄录如下：

彭市长：

都市计划委员会设计组最近所绘人民英雄纪念碑草图三种，因我在病中，未能先作慎重讨论，就已匆匆送呈，至以为歉。现在发现那几份图缺点甚多，谨将管见补谏。

以我对于建筑工程和美学的一点认识，将它分析如下。

这次三份图样，除用几种不同的方法处理碑的上端外，最显著的部分就是将大平台加高，下面开三个门洞。

如此高大矗立的，石造的，有极大重量的大碑，底下不是脚踏实地的基座，而是空虚的三个大洞，大大违反了结构常理。虽然在技术上并不是不能做，但在视觉上太缺乏安全感，缺乏“永垂不朽”的品质，太不妥当了。我认为这是万万做不得的。这是这份图样最严重，最基本的缺点。

在这种问题上，我们古代的匠师是考虑得无微不至的。北京的鼓楼和钟楼就是两个卓越的例子。它们两个相距不远，在南北中轴线上一前一后鱼贯排列着。鼓楼是一个横放的形体,上部是木构楼屋,下部是雄厚的砖筑。因为上部呈现轻巧,所以下面开圆券门洞。但在券洞之上,却有足够的高度的"额头"压住,以保持安全感。钟楼的上部是发券砖筑,比较呈现沉重,所以下面用更高厚的台,高高耸起,下面只开一个比例上更小的券洞。它们一横一直,互相衬托出对方的优点,配合得恰到好处。

但是我们最近送上的图样,无论在整个形体上,台的高度和开洞的做法上,与天安门及中华门的配合上,都有许多缺点。

(1)天安门是广场上最主要的建筑物,但是人民英雄纪念碑确是一座新的,同等重要的建筑;它们两个都是中华人民共和国第一重要的象征性建筑物。因此,两者绝不宜用任何类似的形体,又像是重复,而没有相互衬托的作用。天安门是在雄厚的横亘的台上横列着的,本身是玲珑的木构殿楼。所以英雄碑就必须用另一种完全不同的形体;矗立峋峙,坚实,根基稳固地立在地上。若把它浮放在有门洞的基台上,实在显得不稳定,不自然。

由上面两图中可以看出,与天安门对比之下,上图的英雄碑显得十分渺小,纤弱,它的高台仅是天安门台座的具体而微,很不庄严。同时两个相似的高台,相对地削减了天安门台座的庄严印象。而下图的英雄碑,碑座高而不太大,碑身平地突出,挺拔而不纤弱,可以更好地与庞大,龙盘虎踞,横列着的天安门互相辉映,衬托出对方和自身的伟大。

(2)天安门广场现在仅宽100公尺[①],即使将来东西墙拆除,马路加宽,在马路以外建造楼房,其间宽度至多亦虽超过一百五六十公尺左右。在这宽度之中,塞入长宽约四十余公尺,高约六七公尺的大台子,就等于塞入了一座约略可容一千人的礼堂的体积,将使广场窒息,

① 现在通用国际标准长度单位为"米",1公尺等于1米。

使人觉到这大台子是被硬塞进这个空间的，有硬使广场透不出气的感觉。

(3)这个台的高度和体积使碑显得瘦小了。碑是主题，台是衬托，衬托部分过大，主题就吃亏了。而且因透视的关系，在离台二三十公尺以内，只见大台上突出一个纤瘦的碑的上半段。所以在比例上，碑身之下，直接承托碑身的部分只能用一个高而不大的碑座，外围再加一个近于扁平的台子(为瞻仰敬礼而来的人们而设置的部分)，使碑基向四周舒展出去，同广场上的石路面相衔接。

(4)天安门台座下面开的门洞与一个普通的城门洞相似，是必要的交通孔道。比例上台大洞小，十分稳定。碑台四面空无阻碍，不唯可以绕行，而且我们所要的是人民大众在四周瞻仰。无端端开三个洞窟，在实用上既无必需；在结构上又不合理；比例上台小洞大，"额头"太单薄，在视觉上使碑身飘浮不稳定，实在没有存在的理由。

总之，人民英雄纪念碑是不宜放在高台上的，而高台之下尤不宜开洞。

至于碑身，改为一个没有顶的碑形，也有许多应考虑之点。传统的习惯，碑身总是一块整石。这个英雄碑因碑身之高大，必须用几百块石头砌成。它是一种类似塔形的纪念性建筑物，若做成碑形，它将成为一块拼凑而成的"百衲碑"，很不庄严，给人的印象很不舒服。关于此点，在一次的讨论会中我曾申述过，张奚若，老舍，钟灵，以及若干位先生都表示赞同。所以我认为做成碑形不合适，而应该是老老实实的多块砌成的一种纪念性建筑物的形体。因此，顶部很重要。我很赞成注意顶部的交代。可惜这三份草图的上部样式都不能令人满意。我愿在这上面努力一次，再草拟几种图样奉呈。

薛子正秘书长曾谈到碑的四面各用一块整石，四块合成，这固然不是绝对办不到，但我们不妨先打一下算盘。前后两块，以长 18 公尺，宽 6 公尺，厚 1 公尺计算，每块重约 215 吨；两侧的两块，宽 4 公尺，各重约137吨。我们没有适当的运输工具，就是铁路车皮也仅载重50吨。到了城区，四块石头要用上等的人力兽力，每日移动数十公尺，将长时间堵塞交通，经过的地方，街面全部损坏，必……

无论如何，这次图样实太欠成熟，缺点太多，必须多予考虑。英雄碑本身之重要和它所占地点之重要都非同小可。我以对国家和人民无限的忠心，对英雄们无限的敬仰，不能不汗流浃背，战战兢兢地要它千妥万帖才放胆做去。

此致

敬礼

梁思成

一九五一年八月二十九日

在摸索设计各种方案的过程中，后来彭真说毛泽东主席曾看到颐和园里的"万寿山昆明湖"碑，并说纪念碑就可以采取这样一种形式；还说北海白塔山下不是也有这样一座碑吗(指"琼岛春阴"碑)？根据彭真所传达的这一指示，北京市都市计划委员会便开始向现在已经建成的人民英雄纪念碑这种碑形进行设计。为了更有针对性地指导人民英雄纪念碑的设计工作，中共中央于公元1952年5月专门组成了"人民英雄纪念碑兴建委员会"，其主要成员如下：

主任：彭真

副主任：郑振铎、梁思成

秘书长：薛子正

工程事务处处长：王明之　副处长：吴华庆

建筑设计组组长：梁思成　副组长：莫宗江

美术工作组组长：未定(后定为刘开渠)

土木施工组组长：王明之

当时，还设立了电器设备组、采石组、财务组和记录组，但组长人选均未确定。此外,还设有史料专门委员会,召集人为范文澜;建筑设计专门委员会,召集人为梁思成。同年 6 月 19 日,美术工作组正式组成,组长为刘开渠,副组长为滑田友和张松鹤两人。

公元 1952 年 7 月中旬,史料委员会初步提出了浮雕的主题方案,一共有九幅。到了公元 1953 年 1 月 19 日,秘书长薛子正传达了毛泽东主席关于浮雕主题的指示说:“井冈山”改为“八一”;“义和团”改为“甲午”;“平型关”改为“延安出击”;“三元里”是否找一个更好的画面?“游击战”太抽象;“长征”哪个场面可代表?对于毛泽东主席的这一指示,史料委员会经过多次慎重讨论后,将原先提出的浮雕主题又进行了多次改变,最终决定采用现在已经雕成的八幅,即“鸦片战争”“金田起义”“辛亥革命”“五四运动”“五卅运动”“南昌起义”“敌后抗战”和“渡江战役”。

大约在公元 1952 年七八月间,由郑振铎主持召开会议,决定采用现在已建成的这一设计方案,但对碑顶暂作保留,碑身以下全部定案,并立即开始进行基础设计和施工。在这一设计方案中,人民英雄纪念碑的高度大约为 40.5 米,这是按照天安门广场将来扩建为宽 200 米~250 米的情形设计的。当时设计者考虑,人们由北面任何一点望过去,人民英雄纪念碑在透视上都要高过高约 42 米的正阳门城楼。同时在结构方面,设计和施工人员还考虑到了土壤的荷载力,以及地震等问题的影响。

不过,虽然人民英雄纪念碑的大体设计方案已经确定,但兴建工程的进度则极为缓慢。对此,自公元 1953 年 2 月随中国科学代表团到苏联访问直到同年六七月份才回到北京的梁思成认为,主要原因有三点:一是碑顶形式一直定不下来,建筑师多主张用“建筑顶”,雕刻家则主张用群像。反对“建筑顶”的认为,这种“大屋顶”形象太古老;反对群像的理由则是,群像在 40 米高空无论远近都看不清楚。二是碑座一周浮雕主题多次送请中央审查,多次发回让继续讨论,并要做出画稿再决定。三是因为主题未定,雕刻家难以开始工作。另外,由于缺少娴熟的石刻工人,必须临时从外地选调并要经过集中训练后才堪使用。同时,雕刻家们则认为即便主题决定后,也要经过由画稿到小比例尺泥塑稿、由小比例尺泥塑稿到足尺泥塑稿，再由足尺石膏到正式雕刻成汉白玉浮雕，至少需要三至四年的时间。

到了公元1954年11月6日，北京市人民政府委员会召开会议集中解决以上几个问题。在会议上，彭真指示说人民英雄纪念碑的碑顶可以采用“建筑顶”，并通过讨论也确定了浮雕的主题，随后工程才得以进展下去。公元1955年11月2日，梁思成因病住院治疗，直到同年10月间才康复出院，而这期间人民英雄纪念碑的碑顶已经完成。公元1956年，人民英雄纪念碑基本完工，之所以说是基本完工，因为在公元1959年国庆10周年庆典之后，周恩来总理曾指示将人民英雄纪念碑的碑顶及人民大会堂的国徽改用能发光的材料，并指定由吴晗负责召集一些建筑师和艺术家开会研究碑顶，也可考虑另行设计。随后，一些设计部门和高等院校果真送上了大约二三十个方案，有用雕像的，有用红星的，也有些相当“现代”的，但经过大约三四次会议讨论之后，大家认为并没有一个方案有特别突出的优点，改了效果不一定能比现在的碑顶更能令人满意，于是改顶工作暂时作罢。那么，如今矗立在天安门广场上的人民英雄纪念碑到底是怎样一种形状呢？

位于天安门以南约463米、正阳门以北约440米北京城南北中轴线上的人民英雄纪念碑，总高37.94米，是由一万七千块花岗石和汉白玉砌成，碑身为紫灰色的花岗石，浮雕和四周栏杆则是汉白玉，两层月台面也铺着青色花岗石，周围的甬路则为橙黄色花岗石。纪念碑碑座分上下两层，四周环绕汉白玉栏杆，四面均有台阶，下层座为海棠形，东西宽50.44米，南北长61.54米，上层座呈方形，台座上是大小两层须弥座，下层须弥座束腰部四面镶嵌着八块巨大的汉白玉浮雕。这些石料来自北京房山和山东泰安，其中的碑心石则出自山东青岛的浮山。作为人民英雄纪念碑最主要构成部分，碑心石是一块称得上是中国建筑史上少有的完整花岗石，整个石坯长14.4米，宽2.72米，厚3米，重达320吨以上。纪念碑采用了钢筋混凝土筒体，将碑座和碑身各部分石块牢固地拉结浇筑在一起。在碑心石正背两面的题字，都用阴文镌刻在石面上，然后采用中国传统的镏金方法，做成钢胎金字镶嵌进去。据说，整个碑题和碑文共用黄金一百三十余两。具有中国独特民族风格的人民英雄纪念碑，其庄严宏伟的雄姿与金碧辉煌的天安门，以及巍峨雄伟的正阳门城楼，形成了一个庞大、和谐、一致而又完整的建筑群。

如今，当人们环视瞻仰矗立在天安门广场中心的人民英雄纪念碑时，是否能想起它的设计者梁思成和林徽因夫妇呢？

3. 梁陈方案

甚至智识远见如梁思成者，真正的悲运竟是从他"知天命"的 50 岁时开始。现在，梁思成将要进入他的悲剧时期，悲剧的序幕从他与陈占祥合作完成的《关于中央人民政府行政中心区位置的建议》，也就是著名的"梁陈方案"拉开。

民本思想是梁思成的心中之重，因此他非常关切人民"安居乐业"的城市规划问题，特别是对于他极为钟爱的北京城及其居民，以及北京城中遍地珍贵的文物古建筑，他早在心里做过通盘考虑。所以说，"梁陈方案"的出炉对于他来说，实在是太自然不过的事情了。

既然是"梁陈方案"，我们还应该特别介绍其中的"陈"。在新版《哲匠录》关于陈占祥的条目中，有这样的文字记载：

> 陈占祥，1916 年~2001 年，浙江奉化人，1916 年生于上海市。1935 年考入上海雷士德工学院，1936 年通过伦敦大学入学考试，并于 1938 年 8 月赴英留学，入利物浦大学建筑学院读书。在该学院学习期间，曾参加该校由教授组成的讲师团，向英国公众作了五百余次关于中国抗战、胜利后的城市建设等专题讲演；当选为建筑学院学生会主席；创办了中国海员俱乐部并兼任秘书长。1944 年完成了研究生论文《利物浦中国城》。1944 年底在伦敦大学的大学学院读英国著名城市规划专家阿伯康爵士的博士生，攻读都市计划立法。1946 年放弃博士生学业，应

南京国民政府之邀回国主持北平城市规划工作,未果。此后,担任国民政府内政部营建司简派正工程师,同时还兼任中央大学建筑系教授,主讲都市计划学。此间完成了南京国民政府“行政中心规划方案”。曾任上海市都市计划委员会总图组代组长。

从这一条目中,我们不仅得知陈占祥师出名门,早在英国留学期间就曾参与过城市规划工作,而且还在国民政府时期主持过北京城的规划,这就不能不说他与北京城的缘分是极为深厚的,他后来与梁思成共同撰写“梁陈方案”也实在是属于情理中事了。当然,使陈占祥真正名垂中国建筑和城市规划史册的,也正是公元1950年2月他与梁思成合作的“梁陈方案”。

对此,陈占祥后来回忆说:“1949年5月上海解放了,使我看到了祖国的光明前途。我第一次给梁先生写信,说明我的情况,并表示愿同梁先生一起从事首都城市规划工作。梁先生很快回了信,热情邀我北上共事。”于是,陈占祥携全家来到了北京。

公元1949年10月,陈占祥来到北京第一次与他久已仰慕的梁思成和林徽因相见。年龄悬殊15岁的梁陈两人虽然是初次相识,但彼此对城市规划颇为相同的学术思想见解,以及对北京古城的无比热爱,使他们有一种相见恨晚的感觉,这也许就是他们一拍即合完成“梁陈方案”的基础。

其实,在“梁陈方案”之前,梁思成已经开始对拓展北京新市区有了初步的方案。对此,陈占祥后来在梁思成诞辰85周年时撰文说:“在我到达北京之前,梁先生对首都规划已有一个初步方案。那是以日本军国主义者在侵华战争中已惨淡经营过的‘居留民地’(今北京西郊五棵松一带)为基础而设计的一个市中心方案。”对于这个方案,陈占祥到达北京后提出了自己的建议,他说:“梁先生的指导思想是要保护北京历史名城。我完全赞成梁先生的这一指导思想,但对原有的初步方案发表了我的意见。”陈占祥的意见就是:“日本侵略者在离北京城区一定距离另建‘居留民地’,那是置旧城区的开发于不顾。我主张把新市区移到复兴门外,将长安街西端延伸到公主坟,以西郊三里河(现国家经委所在地)作为新的行政中心,像城内的‘三海’之于故宫那样,把钓鱼台、八一湖等组织成新的绿地和公园,同时把南面的莲花池组织到新的规划中来。”对于陈占祥的这一建议,梁思成不仅表示认同和赞赏,并随后以此为基础开始了两人对北京城的精心规划。

为了使他们的规划在北京城得以顺利实施,当时作为北京市人民政府都市计划委员会委员的梁思成,曾于公元1949年9月致信时任北京市市长兼都市计划委员会主任聂荣臻,希望他能督促北京市都市计划委员会真正发挥作用,注意首都建设工作的“慎始”,并立即纠正已经开始的乱建行为。在信中,梁思成先是肯定了一些单位与都市计划委员会的合作:“在都市计划委员会建立以后,各方面都能与该会合作,来建立一个有秩序有计划的,而不是混乱无计划的新首都,所以有新的兴建,或拟划用土地时,都事先征询“市划会”的意见。大者如人民日报社新厦的地址问题,小者如西郊新市区小小一个汽油库的地址问题,都尊重“市划会”的意见,是极可钦佩的表现。”随后,梁思成则将话锋一转提醒说:“近来听说有若干机关,对于这一个主要原则或尚不明了,或尚不知有这应经过的步骤,竟未先征询‘市划会’的同意,就先请得上级的批准,随意地兴建起来。这种办法若继续下去,在极短的期间内,北平的建设工作即将呈现混乱状态,即将铸成难以矫正的错误。”为此,梁思成恳切地建议说:“我们人民的首都在开始建设的时候必须‘慎始’。在‘都市计划法规’未颁布之先,我恳求你以市长兼‘市划会’主委的名义布告所有各级公私机关团体和私人,除了重修重建的建筑外,凡是新的建筑,尤其是现有空地上新建的建筑,无论大小久暂,必须事先征询‘市划会’的意见,然后开始设计制图。这是市划会最主要任务之一(虽然部分是消极性的。),若连这一点都办不到,市划会就等于虚设,根本没有存在的价值了。”

公元1949年12月,在聂荣臻市长亲自主持下的城市规划工作会议上,苏联专家团不仅派出著名规划专家巴兰尼克夫作了《关于北京市将来发展计划的问题的报告》,还具体提出了《关于改善北京市市政的建议》。很显然,苏联专家团既然应中国共产党盛情邀请而来,也是受苏联共产党中央政府特别派遣而来，帮助这个新生的社会主义兄弟国家进行城市建设，他们自然是满怀热情并做了有系统的准备而来的。所以，苏联专家在这次会议上表现得慷慨激昂，侃侃而谈。

对于由苏联专家代表团团长阿布拉莫夫所做的这个建议发言，与会的陈占祥后来回忆说："这是我第一次参加这样的会议，当时我是极端的无知，根本不知道那些领导是谁，在我看来，苏联朋友毕竟是友好使者，会议不过是讨论北京都市计划方案的构思而已。团长阿布拉莫夫介绍方案后好久无人启口，我就不假思索地说了我的意见。""无知者无畏"的陈占祥认为：在城中心建设行政中心区位置是增加旧城的负担，解决北京的城市建设计划应把周围地区联系起来考虑，"于是我反问苏联朋友对城乡关系有什么考虑？"阿布拉莫夫回答说，城乡矛盾是一个复杂的问题，要由社会主义建设来回答，因此是将来的问题，现在答复不了。对于阿布拉莫夫这样的回答，不仅陈占祥不能表示同意，梁思成也不会保持沉默。不过，梁思成认为，"中心区究竟是在北京旧址还是在新市区的问题，尚未决定，所以对各区域的分布计划工作，为时尚早。"由此我们不难看出，当时考虑问题显然要比年轻的陈占祥成熟的梁思成心里很明白，他和陈占祥除了口头观点之外，没有任何文字的说明论证材料，显然那时是不宜也不能与准备充分的苏联专家相"抗衡"的，他们需要也必须将自己的观点付诸文字，和苏联专家一样形成一份系统的论证方案。所以，在这次会议上梁思成并没有向苏联专家直接发问，而是采取了一个迂回的缓兵之计。会后，梁思成与陈占祥立即着手进行"梁陈方案"的撰写。

不料，就在梁思成与陈占祥刚刚着手准备"梁陈方案"时，北京市建设局提出了一份《对于北京市将来发展计划的意见》，对苏联专家的建议表示完全赞同，而对梁陈提出建设新的行政中心予以反驳。遗憾的是，如果说梁陈两人的愿望是"偏重于主观"的话，还不如说他们是站在北京市长远发展的角度所进行的科学的考量，再如果说，他们的这一考量"对实际可能的条件估计不足"的话，还不如说他们对于当时的政治环境的"实际可能的条件估计不足”更为准确。正因如此，梁思成与陈占祥依然认为只要他们拿出科学合理的“梁陈方案”，就能够驳斥苏联专家团以及北京市建设局的意见。

经过数月的艰辛努力，《关于中央人民政府行政中心区位置的建议》也就是所谓的“梁陈方案”，终于于公元 1950 年 2 月顺利出炉。为了使“梁陈方案”引起最高领导及相关领导和部门的高度重视，梁思成自费刊印了一百多份分别报送上去。

在这份著名的长达 25000 字的“梁陈方案”中，不仅见证了人民共和国那段特殊时期的特别历史，还因为这一高瞻远瞩的科学的城市规划方案至今闪烁着智者的智慧光芒，并对如今的中国乃至世界的城市规划工作都有着重要的借鉴作用。梁陈两人既然如此重视且很慎重地提出了“梁陈方案”，那么对于解决北京市规划问题就抱有极大的期望。为此，他们在“梁陈方案”的最后充满感情地连续使用了八个“为着”的排比句式，以表达他们对规划建设好北京城的殷殷厚望：

> 我们相信，为着解决北京市的问题，使它能平衡地发展来适应全面性的需要；为着使政府机关各单位间得到合理的，且能增进工作效率的布置；为着工作人员住处与工作地区的便于来往的短距离；为着避免一时期中大量迁移居民；为着适宜的保存旧城以内的文物；为着减低城内人口过高的密度；为着长期保持街道的正常交通量；为着建立便利而又艺术的新首都，现时西郊这个地区都完全能够适合条件。

同时，梁陈两人还积极依据展拓西郊新市区的这一假定，准备草拟大北京市的总计划，希望实现建设一个平衡发展的和谐的大北京市。当然，梁陈两人之所以有此宏大设想，不仅在于他们充满了对在社会主义土地国有制条件下能够实现这一构想的希望，还在于他们对欧洲当年因为计划不周而导致城市普遍发生严重病症的深刻解析。

在“梁陈方案”呈送各级领导仅仅两个月之后，梁思成便急迫地给刚刚

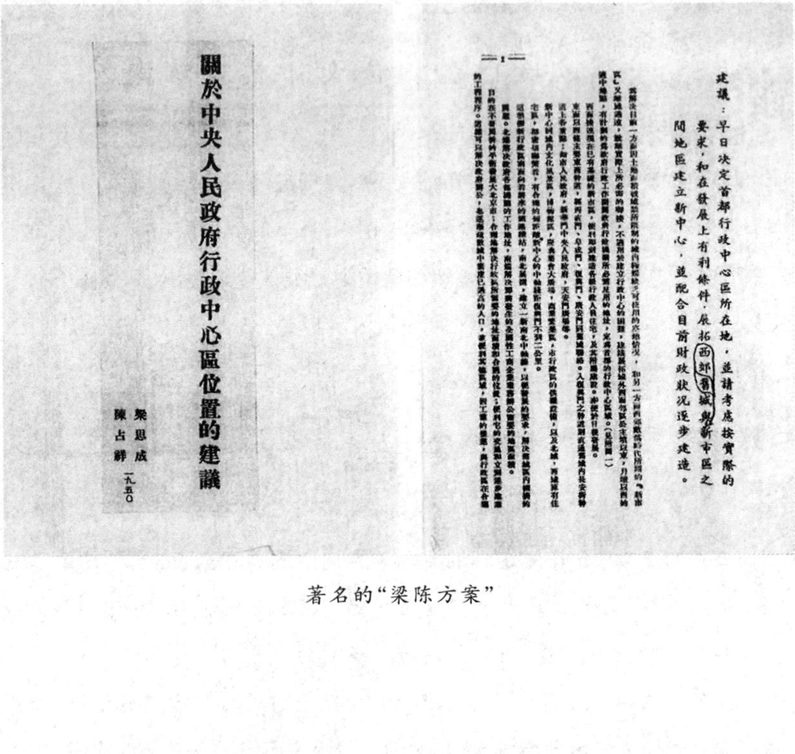
關於中央人民政府行政中心區位置的建議
梁思成
陳占祥
一九五〇
建議：早日決定首都行政中心區所在地，並請考慮按實際的要求，和在發展上有利條件，展拓西郊舊城與新市區之間地區建立新中心，並配合目前財政狀況逐步建造。

著名的“梁陈方案”

从苏联访问回国的周恩来总理写信，希望能当面向总理陈述“梁陈方案”的构想，并敦促尽早决定中央人民政府行政中心区的位置，他在信中写道：

恩来先生总理：

在您由苏联回国后不久的时候，我曾经由北京市人民政府转上我和陈占祥两人对于中央人民政府行政中心区位置的建议书一件，不知您在百忙之中能否抽出一点时间，赐予阅读一下？

在那建议书中，我们请求政府早日决定行政中心区的位置。行政中心区位置的决定是北京整个都市计划的先决条件：它不先决定，一切计划无由进行。而同时在北京许多机关和企业都在急着择地建造房屋，因而产生两种现象：一种是因都市计划未定，将建筑计划之进行延置，以等待适当地址之决定。另一种是急不能待的建造，就不顾都市计划而各行其是的；这一种在将来整个的北京市中，可能位置在极不适当的位置上，因而不利于本身的业务，同时妨碍全市的分配与发展，陷全市于凌乱。尚未经政务院批准而已先行办公的都市计划委员会现在已受到不少次的催促和责难，例如人民日报社，新华印刷厂和许多面粉厂，砖窑等，都感到地址无法决定之困难。因此我们深深感到行政中心区位置之决定是刻不容缓的（这只是指位置要先决定，并不是说要立刻建造）。

我很希望政府能早点作一决定。我们的建议书已有一百余份分送给中央人民政府，北京市委员会和北京市人民政府的各位首长。我恳求您给我一点时间，给我机会向您作一个报告，并聆指示。除建议书外，我还绘制了十几张图作扼要的解释，届时当面陈。如将来须开会决定，我也愿意得您允许我在开会时列席。

总之：北京目前正在发展的建设工作都因为行政中心区位置之未决定而受到影响，所以其决定已到了不能再延缓的时候了。因此不忖冒昧，作此请求，如蒙召谈，请指定时间，当即趋谒。此致崇高的敬礼！

梁思成

1950年4月10日

赐示请寄清华大学，电话四局2736至2739分机32号

这封信发出10天后，公元1950年4月20日，北京市建设局的工程师朱兆雪和赵冬日联袂写出《对首都建设计划的意见》，对将行政中心设在北京旧城的意见予以肯定。

不久，“梁陈方案”便遭到了诸多指责。在众多指责中，最为严重的则是他们于“梁陈方案”中所说在西郊另设行政中心的建议，这被指责为“企图否定”天安门作为全国人民向往的政治中心。如此，“梁陈方案”就不是什么学术之争而是严重的政治问题了。

然而，就在“梁陈方案”遭受来自内外两面夹击时，梁思成和陈占祥这两位真正的学人，竟然在反思“梁陈方案”中过于突出新行政中心的规划而忽略旧城改造的可能性。于是，梁陈两人又紧急着手制定以天安门为中心的故宫周边的规划方案，希望以此作为“梁陈方案”的补充。为了这个补充方案，当时已经是疾病缠身的梁思成经常通宵不眠，在一个“天将破晓”的黎明，当梁思成终于“以他高超的渲染技巧完成了1∶200的通长画卷”时，他的脸上露出了疲倦但却十分愉快的微笑。

其实，梁思成这时露出微笑还可以理解，毕竟中央行政中心区还没有正式确定下来，他作为北京市都市计划委员会唯一的专家级副主任，关于北京市的都市计划工作还需要他出谋划策。因此，当时任北京市副市长的吴晗和市政府秘书长薛子正先后向他征询都市计划工作意见时，梁思成不顾病体虚弱给北京市委全体领导写了一封建议信。在这封信中，梁思成不仅对都市计划委员会的机构健全、方针任务和改组时的人选等问题，提出了自己坦诚而中肯的意见，并自我检讨说：“我个人因为能力不够，经验缺乏，加上清华教学时间没有排好，住在城外交通不便，等等原因，以致对于本会工作多所

疏忽,做得很不好,在行政和技术方面都不能适当地处理,发生许多问题,使工作受到阻碍及损失,自己检讨,深为歉愧。”同时,梁思成在信中再次提醒说,因为“中央政府行政区的方位尚悬而未决”,不仅导致他“大部分工作差不多等于停顿”,而且使政府许多机关“各行其便”,“分散在各处的现址上或兴盖起来,或即将兴盖”。如此放任自流,则将造成“建筑事实”,这将给今后都市计划工作带来极大的麻烦。为此,梁思成在信的最后呼吁说:“应该努力求得行政区大体方位之早日决定。”

但梁思诚的最后努力也是枉然。吴良镛先生后来曾这样评论说:“1950年,他与陈占祥合作,积极为首都未来发展献计献策。《关于中央人民政府行政中心区位置的建议》主张发展新区,保护旧城;《关于北京城墙存废问题的讨论》一文提出保护北京城墙,可惜这些卓越见解未被采纳。如今,不但与旧城行政中心、保护与发展的矛盾继续存在,而且新形势下大体量的、与日俱增的商贸办公楼等充斥旧城,这势必要带来更为严重的破坏,‘保护与发展’的矛盾也将更为严峻。”即便如此,吴良镛先生依然乐观地认为“如果从现在开始,我们不再立足于以旧城为中心的发展,解决问题的途径则可以宽广得多”。不过,那将花费怎样漫长的时日,恐怕就不是如今已经年逾八旬的他老人家所能见证的了。

4. 城与墙

完整地保留北京古城原来的格局,是“梁陈方案”两个最主要的基本思想之一。

在从事建筑科学研究的巨人梁思成的眼里,北京城和故宫紫禁城又有另一番审美情趣。对此,梁思成于公元1951年4月发表在《新观察》杂志上的《北京——都市计划的无比杰作》一文中曾有细致描述。虽然这是一篇学术文章,但在文字表述中却有一种散文式的优美,故不能不摘录其中部分段落,在供读者了解梁思成关于北京城的学术思想的同时,也欣赏其在文学功

底上的造诣:

构成整个北京的表面现象的是它的许多不同的建筑物,那显著而美丽的历史文物,艺术的表现;如北京雄劲的周围城墙,城门上嵯峋高大的城楼,围绕紫禁城的黄瓦红墙,御河的栏杆石桥,宫城上窈窕的角楼,宫廷内宏丽的宫殿,或是园苑中妩媚的廊庑亭榭,热闹的市心里牌楼店面,和那许多坛庙,塔寺,第宅,民居。它们是个别的建筑类型,也是个别的艺术杰作。每一类,每一座,都是过去劳动人民血汗创造的优美果实,给人以深刻的印象;今天这些都回到人民自己手里,我们对它们宝贵万分是理之当然。但是,最重要的还是这各种类型,各个或各组的建筑物的全部配合;它们与北京的全盘计划整个布局的关系;它们的位置和街道系统如何相辅相成;如何集中与分布;引直与对称;前后左右,高下起落,所组织起来的北京的全部部署的庄严秩序,怎样成为宏壮而又美丽的环境。北京是在全盘的处理上才完整的表现出伟大的中华民族建筑的传统手法和在都市计划方面的智慧与气魄。这整个的体形环境增强了我们对于伟大的祖先的景仰,对于中华民族文化的骄傲,对于祖国的热爱。北京对我们证明了我们的民族适应自然,控制自然,改变自然的实践中有着多么光辉的成就。这样一个城市是一个举世无匹的杰作。

如果说上述是梁思成从北京市的"表面现象"所做的大致描写,那么下面则是他从他最为看重的"中轴线"格局所进行的礼赞:

大略地说,凸字形的北京,北半是内城,南半是外城,故宫为内城核心,也是全城布局重心,全城就是围绕这中心而部署的。但贯通这全部署的是一根直线。一根长达八公里,全世界最长,也最伟大的南北中轴线穿过了全城。北京独有的壮美秩序就由这条中轴的建立而产生。

前后起伏左右对称的体形或空间的分配都是以这中轴为依据的。气魄之雄伟就在这个南北引伸，一贯到底的规模。我们可以从外城最南的永定门说起，从这南端正门北行，在中轴线左右是天坛和先农坛两个约略对称的建筑群；经过长长一条市楼对列的大街，到达珠市口的十字街口之后才面向这内城第一个重点——雄伟的正阳门楼。在门前百余公尺的地方，拦路一座大牌楼，一座大石桥，为这第一个重点做了前卫。但这还只是一个序幕。过了此点，从正阳门楼到中华门，由中华门到天安门，一起一伏，一伏而又起，这中间千步廊(民国初年已拆除)御路的长度，和天安门面前的宽度，是最大胆的空间的处理，衬托着建筑重点的安排。这个当时曾经为封建帝王据为己有的禁地，今天是多么恰当地回到人民手里，成为人民自己的广场！由天安门起，是一系列轻重不一的宫门和广庭，金色照耀的琉璃瓦顶，一层又一层的起伏峋峙，一直引导到太和殿顶，便到达中线前半的极点，然后向北，重点逐渐退削，以神武门为尾声。再往北，又"奇峰突起"地立着景山做了宫城背后的衬托。景山中峰上的亭子正在南北的中心点上。由此向北是一波又一波的远距离重点的呼应。由地安门，到鼓楼、钟楼，高大的建筑物都继续在中轴线上。但到了钟楼，中轴线便有计划地，也恰到好处地结束了。中线不再向北到达墙根，而将重点平稳地分配给左右分立的两个北面城楼——安定门和德胜门。有这样气魄的建筑总布局，以这样规模来处理空间，世界上就没有第二个！

不仅如此，就连中轴线东西两侧和以故宫为中心的其他建筑布局也是世所罕见、壮美无比的：

在中线的东西两侧为北京主要街道的骨干；东西单牌楼和东西四牌楼是四个热闹商市的中心。在城的四周，在宫城的四角上，在内外城的四角和各城门上，立着十几个环卫的突出点。这些城门上的门楼，箭

梁思成手绘的北京城墙与城门楼改造图

楼及角楼又增强了全城三度空间的抑扬顿挫和起伏高下。因北海和中海,什刹海的湖沼岛屿所产生的不规则布局,和因琼华岛塔和妙应寺白塔所产生的突出点,以及许多坛庙园林的错落,也都增强了规则的布局和不规则的变化的对比。

对此,梁思成还充满想象地建议说:“在有了飞机的时代,由空中俯瞰,或仅由各个城楼上或景山顶上遥望,都可以看到北京杰出成就的优异。”然而,面对这“一份伟大的遗产”,当时诸多的国人是不能认识到或予以欣赏的。

既然渴望以“梁陈方案”全面保卫这壮美无比的北京旧城已宣告失败,梁思成不得不“退而求其次”,希望对已经不可阻止地进入了旧城的新建筑,通过规划的方式予以合理安排,尽量减少对北京旧城整体布局和文物古建筑的损坏。可没想到,自此梁思成不得不一而再地“退而求其次”,直到生命在已无完肤的批判中凄然消亡为止。

公元 1952 年春,根据北京市人民政府秘书长兼都市计划委员会副主任薛子正的指示,都市计划委员会责成陈占祥和另一位规划师华揽洪以行政中心设在旧城为原则,分别组织人员编制北京城的规划方案。至于为什么没有让梁思成来担纲组织编制这一规划,也许与他在“梁陈方案”之后连续发表文章或直接上书周恩来总理等领导人强烈要求保留旧城另辟新区的行为有关。

梁思成靠边站了,陈占祥和华揽洪在编制北京规划方案中,不仅由于学术观点不同编制出了两个分歧严重的方案,而且后来这两个方案也毫无反应地靠边站了。

关于公元 1952 年华揽洪和陈占祥因为见解不同而编制了甲和乙两个方案,关于他们在各自方案中对城墙采取截然不同态度的问题留待下面详细记述,现就两个方案其他的不同点做一简介。

在华揽洪主持编制的甲方案中,他不仅主张拆除城墙,而且对北京旧城的原来格局也做了较大的改变。对此,新华社主任记者陈军在《城记》中这样记述说:他“把东南、西南两条对外放射干道斜穿入外城,与正阳门大街交汇于正阳门。东北、西北两条道路分别从内城东北、西北部插入新街口与北新桥,并引铁路干线从地下插入中心区,总站仍设在前门外。”而在陈占祥主持编撰的乙方案中,他不仅完全保留北京旧城原来那棋盘式的道路格局,将所有放射状的道路都相交于旧城的环路上,而且杜绝铁路插入旧城,将总站设在永定门外。对于中央政府行政办公区的设置,两个方案各有主张,甲方案主张适当分散布置,乙方案则强调集中在平安里、东四十条、菜市口和磁器口相围合的范围内。很显然,如果按照华揽洪的甲方案设置行政区,北京旧城的格局必然要被分散布置的行政新建筑所割裂;而陈占祥的乙方案则能更大限度地保留北京旧城的原来格局,这自然是“梁陈方案”思想原则的部分继承。

不过,无论是华揽洪的甲方案还是陈占祥的乙方案,当公元 1953 年 8 月梁思成奉命向北京市人民代表汇报时,两个方案都没能获得通过,原因则是这两个方案“在有些问题上和党对改造与扩建首都的意见不一致,如何对待城墙与古建筑,工业区分布与道路宽度等许多重大原则问题上争议分歧很大。”其实,早在梁思成奉命向人民代表汇报的两个月之前,中共北京市委就已经聘请苏联专家为顾问,具体指导另外成立的一个规划小组,在甲乙两个方案的基础上重新编制规划方案。只是这个设立在动物园畅观楼上的规划小组,其中成员并没有华揽洪和陈占祥,更没有梁思成参加。自此,他们三人都被排在了北京城市规划的大计之外。

在这个被称之为“畅观楼小组”所编制的《改建与扩建北京市规划草案的要点》中,无论是对北京旧城格局和历史价值的评价,还是中央人民政府行政中心区位置的确定,抑或是如何改造旧城和发展工业等问题,都提出了与梁思成或华揽洪和陈占祥的甲乙方案截然不同的观点。对此,公元 1994 年 8 月由北京出版社出版的《行程纪略》一书中刊载的“改建与扩建北京市规划草案的几个问题”中曾这样记述说:

北京是我国著名的古都，在都市建设及建筑艺术上，它一方面集中地反映了伟大中华民族在过去历史时代的成就和中国劳动人民的智慧，具有雄伟的气魄和紧凑、整齐、对称、中轴线明显等优点，但另一方面，也反映了封建时代低下的生产力和封建的社会制度的局限性。它是在阶级对立的基础上发展起来的，它当初建设的方针完全是服务于封建统治者的意旨的。它的重要建筑物是皇宫和寺庙，而以皇宫为中心，外边加上一层层的城墙，这充分表现了封建帝王唯我独尊和维护封建统治、防御农民"造反"的思想。

…………

北京是我们伟大祖国的首都，必须以全市的中心地区作为中央首脑机关的所在地，使它不但是全市的中心，而且成为全国人民向往的中心。

把城市的中心区扩展到新街口—菜市口—蒜市口—北新桥这一环，作为中央及市级的主要领导机关所在地（但不是所有领导机关都集中在这个地区，同时在这个地区亦要有必要的服务性企业、学校和住宅分布其中）。将天安门广场加以扩大，东起原东三座门，西起原西三座门（现有十一公顷，须扩大两倍到三倍左右），在其周围修建高大楼房作为行政中心。将中南海往西扩大到皇城根一线，作为中央主要领导机关所在地。

…………

在改建和扩建首都时，应当从历史形成的城市基础出发，既要保留和发展它合乎人民需要的风格和优点，又要打破旧的格局所给予我们的限制和束缚，改造和拆除那些妨碍城市发展的和不适于人民需要的部分，使它成为适应集体主义生活方式的社会主义城市……对于古代遗留下来的建筑物，我们必须加以区别对待。对它们采取一概否定的态度显然是不对的；同时对古建筑采取一概保留，甚至使古建筑束缚我们的发展的观点和做法也是极其错误的。目前的主要倾向是后者。

…………

我们的首都,应该成为我国政治、经济和文化的中心,特别要把它建设成为我国强大的工业基地和技术科学的中心。现在北京最大的弱点就是现代工业基础薄弱,这是和首都的地位不相称的,是不利于首都的社会主义建设和社会主义改造工作的,也是不利于中央各工业部门直接吸取生产经验来指导工作的。因此,在制定首都发展的计划时,必须首先考虑发展工业的计划,并从城市建设方面给工业的建设提供各项便利条件。

很显然，这一规划草案要点完全是从中国当时政治形势的实际情况而编撰的,它并没有考虑到城市长远发展的科学性和规律性。对此,在中共北京市委向中央提交介绍这一规划草案出笼的报告中，特别是介绍由哪些人员所组成的这一规划小组中不难看出其政治色彩来:

从 1949 年起，本市都市计划委员会即着手进行首都的规划工作。当时苏联专家阿布拉莫夫、巴兰尼克夫等同志曾提供许多宝贵意见，批判了“废弃旧城基础,另在西郊建设新北京”以及“北京不能盖高楼”等错误思想……为了及早制定一个规划方案,以适应首都建设的迫切需要,并为了在讨论与研究过程中避免引起一些无谓的争论,我们又指定了几个老干部,抽调少数党员青年技术干部,在党内研究这个问题。市府有关各局的党员负责干部都参加了研究,在都市计划委员会所提供的两个方案的基础上,制定了这个规划草案——这是第三次修正草案。

随着这一草案的出笼和实施，梁思成保卫北京旧城的又一次抗争宣告失败。对于中共北京市委置陈、华两个方案及梁思成的建议于不顾而是另起炉灶的做法,他们三人意见极大。对此,新华社记者陈军曾根据梁思成的工作笔记进行了整理:

陈占祥说,他已不知规划工作如何做了,自己是谈得多,做得少,与资产阶级思想有关。他与华揽洪是建筑思想不统一,但有具体工作时较好些,他们合作的月坛南街就做得痛快,否则影响团结。几年来他采取分散的原则编制规划,当时也是必需的。以后建设宿舍、住宅,应以市民为对象,干部亦应当作市民看。拨地要先做好规划,争取主动。他对市委的意见是,做了小的,未做大的。市委做了许多具体规划,但这是小的,大的是计划部分,应把总的方针任务更多地明确一下,这样对工作的帮助可能更大一些。

华揽洪随后发言,提出规划编制工作的问题是指导思想不明确,当前与远景的关系应该有所分析,革命也要分步骤、看情况。例如,规划的年限问题,苏联是15年到20年,我们应该伸缩性大些,20年到30年。可是去年的规划草案一提20年,二提还是20年,这是如何决定的?应该解释一下……又如,甲、乙方案编制之后,拟做丙方案,但做了交秘书长,无下文……甲、乙方案无论在深度上或建设工作的联系上,都是走了第一步,方案出去后,总图搬到市委去了。市委也未继续,拟停下来了。在建筑艺术问题上,如何处理政治领导与创造者的关系?创作不能脱离领导意图,领导至少反映部分群众意见,但可能有部分个人趣味。自己对集体创作体会不深,深感领导指示太具体,不如让建筑师自己改……

梁思成在发言中说,他对把规划编制工作拿到党内做的方式很有意见,目前工作中最大的困难是没有政策、没有领导,经济建设情况也不知道,只好道听途说,希望得到明确指示,因为自己直到今天仍不知计划。在这样的情况下,审查建筑方案,是狗咬耗子不解决问题,在都市计划委员会内部,他与薛子正的意见又不一致。现在都市计划委员会已不起作用了。自己的思想状况是,1949年不知请示、报告,不知依靠党,热情但主观;1950年生病休养,与实际脱节;1953年6月以后,对规划编制工作插不进手,自己也就知难而退了……

事实上,梁思成虽然在都市计划工作上“知难而退”了,但他并没有放弃自己保卫北京城的抗争,而是不屈不挠地采取“退而求其次”或者说是“步步为营”的策略,开始对被他“称为一串光彩耀目的中华人民的璎珞”——北京城墙的保卫战。那么,这被梁思成称之为“中华人民的璎珞”的城墙是如何形成的呢?它有着怎样的魅力竟使梁思成发出“拆掉一座城楼就像挖去我一块肉;剥去了外城的城砖就像剥去我一层皮”如此痛彻心扉的呐喊?而这一次梁思成的城墙保卫战能够获得胜利吗?或者说北京古老的城墙还能够得以保全吗?

据梁思成考证说,现在北京最早的基础是唐朝的幽州城,其中心位于今天广安门迤南一带。后来,北京城先后经历了四次比较大的改建,而真正形成当时凸字形状则是第四次改建。对此,梁思成曾撰文这样记述:

在明中叶以后,东北的军事威胁逐渐强大,所以要在城的四面再筑一圈外城。原拟在北面利用元旧城,所以就决定内外城的距离照着原来北面所缩的五里。这时正阳门外已非常繁荣,西边玄武门外是金中都东门内外的热闹区域,东边崇文门外这时受航运终点的影响,工商业也发展起来。所以工程由南面开始,先筑南城。开工后,发现费用太大,尤其是城墙由明代起始改用砖,较过去土墙所费更大,所以就改变计划,仅筑南城一面了。外城东西仅比内城宽出六七百公尺,便折而向北,止于内城西南东南两角上,即今西便门,东便门之处。这是在唐幽州基础上、辽以后北京第四次的大改建。北京今天的凸字形状的城墙就这样在1553年完成的。

北京凸字形城墙自明朝中叶形成后，直到民国年间并不曾有过大的改动,其完整的体形和附属建筑构成的壮美让梁思成赞美不已：

北京城内城外无数的文物建筑,尤其是故宫、太庙(现在的劳动人民文化宫)、社稷坛(中山公园)、天坛、先农坛、孔庙、国子监、颐和园等等,都普遍地受到人们的赞美。但是一件极重要而珍贵的文物,竟没有得到应有的注意,乃至被人忽视,那就是伟大的北京城墙。它的产生,它的变动,它的平面形成凸字形的沿革,充满了历史意义,是一个历史现象辩证的发展的卓越标本,已经在上文叙述过了。

至于它的朴实雄厚的壁垒,宏丽嶙峋的城门楼、箭楼、角楼,也正是北京体形环境中不可分离的艺术构成部分，我们还需要特别提到。苏联人民称斯摩棱斯克的城墙为苏联的项链,我们北京的城墙,加上那些美丽的城楼,更应称为一串光彩耀目的中华人民的璎珞了。古史上有许多著名的台——古代封建主的某些殿宇是筑在高台上的,台和城墙有时不分——后来发展成为唐宋的阁与楼时,则是在城墙上含有纪念性的建筑物,大半可供人民登临。前者如春秋战国燕和赵的丛台,西汉的未央宫,汉末曹操和东晋石赵在邺城的先后两座铜雀台,后者如唐宋以来有文字流传后世的滕王阁、黄鹤楼、岳阳楼等。宋代的宫前门楼宣德楼的作用也略像一个特殊的前殿,不只是一个仅具形式的城楼。

北京峋峙着许多壮观的城楼角楼,站在上面俯瞰城郊,远览风景,可以供人娱心悦目,舒畅胸襟。但在过去封建时代里,因人民不得登临,事实上是等于放弃了它的一个可贵的作用。今后我们必须好好利用它为广大人民服务。现在前门箭楼早已恰当地作为文娱之用。

在北京市各界人民代表会议中,又有人建议用崇文门、宣武门两个城楼做陈列馆,以后不但各城楼都可以同样的利用,并且我们应该

> 把城墙上面的全部面积整理出来,尽量使它发挥它所具有的特长。城墙上面面积宽敞,可以布置花池,栽种花草,安设公园椅,每个若干距离的敌台上可建凉亭,供人游息。由城墙或城楼上俯视护城河,与郊外平原,远望西山远景或禁城宫殿。它将是世界上最特殊公园之一——一个全长达39.75公里的立体环城公园!

然而,对于这样"一件极重要而珍贵的文物",主张拆除者竟然大有人在,为此还引发了一场针锋相对的激烈辩论。主张拆除者认为:1.城墙是古代防御工事,它已经完成了自己的历史使命,失去了应有的作用;2.城墙是封建帝王的遗迹,是为保卫封建统治者的利益而建造的;3.城墙不仅阻碍城市交通,而且限制或阻碍了城市的发展;4.城墙由大量砖石筑成,如果拆除不仅可以利用其地皮修建公路,那大量城砖还可以用来建造诸多房屋。对此,梁思成于公元1950年7月在《新建设》第二卷第六期上发表了《关于北京城墙存废问题的讨论》一文,不仅认为以上"看法是有偏见的,片面的,狭隘的,也缺乏实际计算的",如果再从"全面城市计划的观点看来,都是知其一不知其二的,见树不见林的",而且还条分缕析地对于主张拆除城墙者的"理由"予以一一驳斥。

首先,梁思成认为城墙虽是古代防御工事,但只要利用得好,依然能够发挥它应有的作用。梁思成说:"现代的都市计划,为市民身心两方面的健康,为解除无限制蔓延的密集,便设法采取了将城市划分为若干较小的区域的办法。小区域之间要用一个园林地带来隔离。这种分区法的目的在使居民能在本区内有工作的方便,每日经常和必要的行动距离合理化,交通方便及安全化;同时使居民很容易接触附近郊野田园之乐,在大自然里休息;而对于行政管理方面,也易于掌握。北京在二十年后,人口可能增加到四百万人以上,分区方法是必须采用的。靠近城墙内外的区域,这城墙正可负起它新的任务。利用它为这种现代的区间的隔离物是很方便的。"

除此之外,梁思成还为主张拆除者设想说:"隔离固然隔离了,但是你们所要的园林地带在哪里？”对此，梁思成不仅从城市的现状出发做了巧妙规划，还以此引导人们进行一次美妙的憧憬。他说：“城墙外面有一道护城河，河与墙之间有一带相当宽的地，现在城东、南、北三面，这地带上都筑了环城铁路。环城铁路因为太近城墙，阻碍城门口的交通，应该拆除向较远的地方展移。拆除后的地带，同护城河一起，可以做成极好的‘绿带’公园。护城河在明正统年间，曾经‘两涯甃以砖石’，将来也可以如此做。将来引导永定河水一部分流入护城河的计划成功之后，河内可以放舟钓鱼，冬天又是一个很好的溜冰场。不唯如此，城墙上面，平均宽度约十公尺以上，可以砌花池，栽植丁香、蔷薇一类的灌木，或铺些草地，种植草花，再安放些园椅。夏季黄昏，可供数十万人的纳凉游息。秋高气爽的时节，登高远眺，俯视全城，西北苍苍的西山，东南无际的平原，居住于城市的人民可以这样接近大自然，胸襟壮阔。还有城楼角楼可以辟为陈列馆、阅览室、茶点铺。这样一带环城的文娱圈，环城立体公园，是全世界独一无二的。”

古老城墙不仅有以上的现代功用，梁思成还从国防军事上予以考虑说：“假使国防上有必需时，城墙上面即可利用为良好的高射炮阵地。”如此，“古代防御的工事”在现代不是“还能够再尽一次历史任务”吗？

其次，梁思成对城墙是封建帝王的遗迹一说，很不客气地批驳道：“这是偏差幼稚的看法。故宫不是帝王的宫殿吗？它今天是人民的博物院。天安门不是皇宫的大门吗？中华人民共和国的诞生就是在天安门上由毛主席昭告全世界的。”随后，梁思成又提醒主张拆除城墙者说：“我们不要忘记，这一切建筑体形的遗物都是古代多少劳动人民创造出来的杰作，虽然曾经为帝王服务，被统治者所专有，今天已属于人民大众，是我们大家的民族纪念文物了。”

第三，梁思成对于城墙阻碍交通和限制城市发展这一主要论调，似乎不屑于聒噪太多，因为这个问题他曾多次发表文章予以解释。对此，梁思成认为：“这个问题只在选择适当地点，多开几个城门，便可解决的。”而“现代在道路系统的设计上，我们要控制车流，不使它像洪水一般的到处‘泛滥’，而要引导它汇集在几条干道上,以联系各区间的来往”,所以“正可利用适当位置的城门来完成这控制车流的任务”。另外,梁思成还认为:“城墙并不阻碍城市的发展,而且把它保留着与发展北京为现代城市不但没有抵触,而且有利。如果发展它的现代作用,它的存在会丰富北京人民大众的生活,将久远的为我们可贵的环境。”关于这一点,已在梁思成首先辩驳中涉及,在此不赘。

第四,对于拆除城墙利用城砖进行其他建设的看法,梁思成不仅很耐心地算了一笔账,还从多种假设情况出发进行了分析。他说:“城砖固然可能完整地拆下很多,以整个北京城来计算,那数目也的确不小。但北京的城墙,除去内外各有厚约一公尺的砖皮外,内心全是‘灰土’,就是石灰黄土的混凝土。这些三四百年乃至五六百年的灰土坚硬如同岩石;据约略估计,约有一千一百万吨。假使能把它清除,用有二十节十八吨的车皮组成的列车每日运送一次,要八十三年才能运完!请问这一列车在八十三年之中可以运输多少有用的东西。而且这些坚硬的灰土,既不能用以种植,又不能用作建筑材料,用来筑路,却又不够坚实,不适使用;完全是毫无用处的废料。不但如此,因为这混凝土的坚硬性质,拆除时没有工具可以挖动它,还必须使用炸药,因此北京的市民还要听若干年每天不断的爆炸声!还不止如此,即使能把灰土炸开,挖松,运走,这一千一百万吨的废料的体积约等于十一二个景山,又在何处安放呢?主张拆除者在这些问题上面没有费过脑汁,也许是由于根本没有想到,乃至没有知道墙心内有混凝土的问题吧。”

对于拆除城墙利用其地皮的观点,梁思成依然耐心地分析说:“苦心的朋友们,北京城外并不缺少土地呀,四面都是广阔的平原,我们又为什么要费这样大的人力,一两个野战军的人数,来取得这一带之地呢?拆除城墙所需的庞大的劳动力是可以积极生产许多有利于人民的果实的。将来我们有力量建设,砖窑业是必要发展的,用不着这样费事去取得。”另外,“如此浪费人力”和物力所得到的结果,竟然是“要毁掉环绕着北京的一件国宝文物——一圈对于北京形体的壮丽有莫大关系的古代工程”,以及“对于北京卫生有莫大功用的环城护城河”。如此,“这不但是庸人自扰,简直是罪过的行动了”。

然而,关于北京城墙存废的争论,很快被执政者的决策所终止。对此,有一天梁思成从城里开完会回到清华园，谈到北京市一位负责人在会议上所说“谁要是再反对拆城墙,是党员就开除他的党籍！”如此,即便是代表科学和理性的梁思成也只能“知难而退”了。

随后，北京雄伟壮丽的城墙在北京市民义务劳动那嘹亮的号子声中消失了。

5. 孤独卫士

古老雄壮的北京城墙被“突破”之后,“拆改大军”开始向城内纵深发展,准备进一步扩大“战斗成果”。对此,实力过于悬殊的“守城小分队”在梁思成率领下只能采取零星的“巷战”,逐一保卫那遍布北京城的文物古建筑。第一场“遭遇战”首先在天安门前“打响”了。

原来，在天安门东西两侧曾有两处被人们习惯称之为东三座门和西三座门的明代建筑(新华社记者陈军注:据北京市文物研究所顾问张先得考证说,此为长安左门和长安右门,真正的东西三座门应该分别在现在南池子南口以东和以西),它们与天安门城楼及中华门共同组合成了一个“T”字形的广场。主张拆除者认为,这两座门严重阻碍交通和队伍的游行活动,特别是在“节日游行阅兵时,军旗过三座门不得不低头,解放军同志特别生气”,而且“眼巴巴盼着到天安门前看看毛主席”的游行群众,“有时直到下午还过不了三座门,看不着毛主席。”于是,拆除三座门对于解放军和广大人民群众来说是势在必行。

不过,经历拆除城墙那场“阻击战”的“拆改大军”,这次没有采取“硬攻”的方式,而是充分发动群众,在天安门前声泪俱下地控诉三座门的“血债”,希望以此将“守城小分队”围困在“人民战争”的汪洋大海中。很显然,经历了长达 28 年革命战争的“拆改大军”的统率者，他们个个都是“攻城专家”，不仅深谙“政治攻势”的策略，而且更懂得“人民战争”的无比威力。然而，誓死要捍卫北京城文物古建筑的梁思成并没有退缩，在公元 1952 年 8 月 11 日召开的北京市各界人民代表会议上，“护城小分队”的骨干林徽因代表梁思成发言，一度使人民群众“倒戈相向”，竟将“拆改大军”这会议的组织者陷于“绝境”。目睹“战场”情况发生意想不到的逆转，运筹帷幄的会议组织者不得不另想良策，决定再次上演“梁陈方案”那场戏，也就是“关起门来”在党内解决此事。对于这场“遭遇战”的实况，记者杨正彦曾以“目击者”的身份和感受在《北京日报》上发表文章说：

> 林徽因代表梁思成发言。当时会场设在中山公园内的中山堂，这里没有固定座位，只能运去大批的软椅，为了代表便于出入，不得不留出若干条通道。林徽因一上台，就以她雄辩的口才先问各位代表：台下的椅子为何要这样摆？还不是为了交通方便！如果说北京从明代遗留下的城墙妨碍交通，多开几个城门不就解决了？她这番话在代表中起了很大的煽动作用，因为当时矗立在天安门前东西两座“三座门”对来往车辆和行人实在不太方便，每年都在此处发生几百起车与车相撞或者车与人相撞的事故，市委市政府早已下决心先将这两座“三座门”迁移，施工力量都已准备好，单等代表会议一举手通过，就立即动手。彭真同志考虑到那天会场的情绪，怕一时很难通过，便立即召开代表中的党员会，要求大家一定服从市委的决定，举手同意先拆除天安门前的两座“三座门”，由于代表中党员居多数，这项决定便这样被通过了。

于是，在“一夜之间这两座三座门就不见了”。至此，发生在天安门前的这场“遭遇战”，最终以“护城小分队”的彻底失败而宣告结束。然而，让人感到匪夷所思或者说哭笑不得的是，“护城小分队”的首领梁思成竟然在这次会议上当选为北京市人民政府委员会的委员。

其实,梁思成应该能够想到他所领导的这场"北京保卫战"的结局,可他的选择只能是破釜沉舟,因为他实在是太爱北京城的这些瑰宝了。即便早在新中国成立之初梁思成就明白新的城市建设必将有损于珍贵古建筑的道理,即便他那"新旧两利"的"梁陈方案"被无情地打入冷宫,即便北京城墙保卫战惨遭失败,即便现在连天安门前的三座门他也未能保住,但北京城内还有众多古建筑珍宝等待他的护卫,他别无选择。既然如此,"战斗"仍将继续。

新的"战斗"从拆保牌楼开始。

对于梁思成来说,北京城里的牌楼不仅是极为重要的文物古建筑,属于人类文化瑰宝,还有一种衬托北京城整个市容风格不可替代的作用。

在北京城拆除牌楼还是经历一番起伏的。对此,罗哲文先生曾这样记述说:

自从城墙城楼决定要拆之后,牌楼就成为"进攻"的主要对象了。一场论战围绕着牌楼而展开。主张拆的一方是认为牌楼妨碍交通,必须拆除才能解决。另一方不主张拆的认为,一是要保护古建筑和古都风貌,二是可以用街心广场转盘方式来解决。我当时是"敬陪末座"的一名实际工作人员,自始至终参与其事。一是保,一是拆,各陈理由,各抒己见。他们都是我的老师、前辈或是领导,有郑振铎、张奚若、梁思成、翦伯赞、吴晗、薛子正等人。吴晗当时是副市长,主持讨论,他的主张是拆。此论遭到了这些专家学者们的坚决反对。思成先生据理反驳,并提出了从交通规划上解决矛盾的办法。

张奚若、翦伯赞、郑振铎等都力主保护。郑振铎是吴晗同志的老师,也未能把他说服。一连开了好几次会都未得结果,有时争论得面红耳赤,互不相让。

最后,由北京市人民政府与文化部文物局共同组成了联合调查组,对北京城区的牌楼,包括一些其他古建筑进行调查。由我代表郑振铎,由闻立鹤代表吴副市长(闻系吴的秘书),参加的人有北京文物组

> 的侯锷、容少祖,文物局文整会的曾权、袁中山等。我们查阅了所有牌楼的历史,拍了许多照片、绘了图,资料甚是丰富,都由闻立鹤保存在市政府。结果,许多牌楼还是没有保住。最后由周总理出面找思成先生做工作。思成先生以文学家的富于诗意的语言,描述了帝王庙牌楼在夕阳渐落西山的景色。看来周总理也已知不能保,但未明言,而以李商隐"夕阳无限好,只是近黄昏"的诗句来回答了思成先生,并做出了保、迁、拆三种处理方法。即在公园、坛庙之内的可以保下来。大街上的除了国子监成贤街的四座外,都迁移或拆除。东四、西四牌楼、东西交民巷、前门五牌楼、大高殿三座牌楼和帝王庙牌楼都拆了。东、西长安街牌楼迁到了陶然亭,"文革"中被拆除。

据考证,新中国成立后第一次拆除牌楼是公元 1950 年 9 月初,拆除的是东公安街和司法部街牌楼。然而,同月北京市政府为了配合国庆活动,遵照周恩来总理的指示,不仅组织人员对城门和牌楼等文物古建筑进行调查,还提出了修缮计划。对此,时任北京市建设局养路工程事务所综合技术工程队队长孔庆普后来在接受记者采访时说:"我们对城楼、牌楼做了保护性处理后,写了个报告。市里要求进一步调查,以便更好地加以修缮……写完报告,十月中旬报给张友渔副市长,张副市长跟吴晗副市长说,你去找梁思成,告诉他北京要修城楼、牌楼。梁思成非常高兴。十一月下旬的一天,在市府东大厅开完会后,薛子正对建设局副局长许京骐说:'修缮城楼的事,总理批了,政务院还将拨一部分款子来。总理说:毛主席很关心北京的古代建筑和历史文化古迹,城楼和牌楼等古代建筑是我们祖上劳动人民留下来的瑰宝,应注意保护好,我们的国家现在还很穷,需要花钱的地方很多,修缮工程暂以保护性修理为主。估计拨款不会太多,先编制一个修缮计划和预算,等政务院拨款后再具体安排'。"公元 1951 年 4 月,北京市政府对东西长安街牌楼等进行了全面维修。对于北京市政府的这一举动,想来梁思成自然是极为欢迎和高兴的。

不料，时间仅仅过去了一年，风向便来了个 180 度的大转弯，理由依然是老生常谈——交通问题。对于这种“片面强调‘交通’，借口‘发展’来拆除文物”的行为，梁思成于公元 1953 年 8 月 12 日致信中央领导希望及时制止，并举例予以说明：历代帝王庙前牌楼“所在的一段大街，既不拐弯也不抹角，中间一间净宽 6.2 米，足够两辆大卡车相对以市区内一般的每小时 20 公里的速度通过，不必互相躲闪，绝对不需要减低速度；若在路面中线上画一条白线，则更保绝对安全。两旁的两间各净宽 5.15 米，给慢行车通过是没有问题的。”意见相左，于是交锋也就在所难免。

在梁思成上书中央领导一个星期后，也就是公元 1953 年 8 月 20 日，北京市副市长吴晗受命主持召开“关于首都文物建筑保护问题座谈会”，参加会议的有郑振铎、梁思成、薛子正、华南圭、马衡、林徽因、俞同奎、叶恭绰、朱兆雪与罗哲文等专家学者和政府工作人员。作为会议的主持者，副市长吴晗首先做了这样的开场白：“关于古文物建筑的处理，经与各方面交换意见，大体要分三类：一类是有艺术价值的应该保存；一类是有艺术价值应该保存，但必须迁移的；第三类是无历史价值的应该拆除。在应该保存的古文物建筑中，还应有区别，一种是修缮养护不能使用，一种是可以使用但不能更动，另一种是可以使用也可以更动。”

对于吴晗的开场白，郑振铎在表示赞同的同时也有自己不同的见解，他说：“根据政务院制定的原则，北京的古建筑应做一番彻底的调查，应该而必须保存的坚决保存，而且积极养护，使它在人民首都活起来，但这不是一天两天所能做好的。同时，也要了解首都必须发展，古建筑完全不动也不可能，因此，同意吴副市长所讲的三项原则处理。但是如有需要拆除的，最好事先和社会文化事业管理局联系，取得同意后再拆，不应采取粗暴的态度，而应采取仔细虚心的态度。”

郑振铎的这番发言引起了吴晗的“不良反应”，他含沙射影地回敬了一句说：“全国性的问题请示中央。”言外之意就是说，只要不属于“全国性的问题”，就没有必要“请示中央”，可以自行决定。

在这次会议上，虽然梁思成的发言没有郑振铎与吴晗那样火气十足，但他很显然是支持郑振铎的，且将针对性的话说得有理有节："北京市的发展是要在历史形成的基础上发展，一定要保存历史形成的美丽的城市风格，我们要把北京城建设起来，将来变成十层、八层乃至几十层的楼房，但是还是要传统的北京城的面貌，而不是面目全非，人家都不认识。苏联莫斯科也是这样建筑的。我们要求保存历史形成的北京城市的风格，要求北京城市达到高度的艺术形态，因此城市建筑的发展不是单纯从古物来看。都市发展应该从全面考虑，某些部门只从片面考虑，采取粗暴的态度应受到批判。另一方面，首都在全国是起示范作用的，一举一动都会影响到全国，所以处理文物应该很严肃很慎重处理。过去有些部门对文物建筑认为是毫无价值的、严重妨碍城市发展，对文物没有给予适当的重视，这样可能造成无法抵偿的错误。文物本身有它的历史价值和艺术价值。另外，文物在城市风格里还起一定的作用……莫斯科总建筑师提醒我们，处理文物一方面要对历史负责，一方面也要对我们的子孙负责。苏联调查研究文物工作从彼得大帝时代开始，西欧以意大利为最早，是从十四世纪末开始做文物的调查研究工作，而中国只有二十年的历史，北京做的也很少。政务院虽然发布了保护文物的条件，可是遇到实际问题时还要打官司。"

同样，对于梁思成的发言，吴晗绵里藏针地回答说："在处理中应尊重专家的意见，但专家不能以为自己的意见必须实现。"

双方互不相让，会议成果也就不能尽如人意。最后，吴晗对这次会议的成果进行了如下归纳：

第一，人民政府重视、爱惜文物，可以征求专家的意见，但不是所有专家的意见都可以依据的，还需要从各方面考虑。

第二，大家都同意对古文物建筑进行调查研究工作，但是必须很严肃地进行，并且应该分别先后，轻重缓急，不能普遍进行。

第三，古文物建筑中可以使用的，应该使保管和使用结合起来，以达到保护文物的目的。

第四，这次调查可以以过去调查过的材料为基础，民间建筑艺术的调查因限于人力，暂缓办理，如果各研究机关需要，可以自行调查。

第五，关于工作机构问题，不主张组织委员会，但座谈会可以经常召开，并可多请有关方面参加。具体工作由中央文化部社会文化事业管理局、文物整理委员会、文物组、都市计划委员会等单位抽调干部组织办公室，请文教委员会李续钢秘书长担任办公室主任，办公室进行调查研究并提出处理意见后，再召开座谈会讨论。

此后，由北京市人民政府和政务院文化部社会文化事业管理局等部门共同组织了一个调查小组，根据都市计划委员会提出的意见，对北京市一些急需解决和可能发生问题的文物古建筑进行了逐项细致的调查、绘图和摄影，其中包括东四牌楼、西四牌楼、金鳌玉蝀牌楼、地安门牌楼、东交民巷牌楼、西交民巷牌楼、历代帝王庙牌楼(景德坊)、东长安街牌楼、西长安街牌楼和大高玄殿牌楼等。可惜的是，这些调查测绘的资料在“文革”期间不幸全部丢失，少数由罗哲文先生个人拍摄的照片得以珍藏，今有部分刊发在一些书刊中，使人们只能透过这些已经发黄的照片去领略昔日北京城的牌楼风韵了。

北京市人民政府还是比较尊重专家学者的意见，公元 1953 年 12 月 28 日再次召开“关于首都古文物建筑处理问题座谈会”。这一次参加会议者不仅人数众多，而且涵盖面也很广泛，既有建筑学家、文物专家和城市规划专家，又有一些著名的学者和作家，例如薛子正、梁思成、郑振铎、王明之、林是镇、叶恭绰、朱欣陶、罗哲文、马衡、侯仁之、朱兆雪、李续钢、俞同奎、华南圭、萧军和曾全等。

在这次会议上，北京市副市长吴晗在概述了上次组织的调查小组的工作情况之后，提出先行拆除面临倒塌的历代帝王庙牌楼，并提议“将材料保存起来”。对此，梁思成第一次对吴晗的这一发言表示同意，但他依然强调将文物古建筑组织进城市新的环境中的原有理念。他说：“今年春天我访问苏联时和莫斯科的总建筑师布拉索夫同志谈到保护古文物建筑的问题，他说：

应该首先把古文物建筑经过一次调查研究和评定，肯定是文物的就尽可能地保护，在这个原则下做都市计划工作的人要负绝大部分责任，在做规划工作时就要把古文物建筑组织到新的生活环境里边，有价值的古文物建筑不但要保存并且还要尽量在都市里表现出来。另外，都市规划是有一条必须考虑的原则，就是文物据点的规划。今天我们认为无所谓的东西，也许二三百年以后，我们的子孙就感觉到很大的兴趣。”

对于梁思成的这一发言，俞同奎不仅表示赞同，而且还认为牌楼是构成都市风景的重要点缀，他说：“第一，牌楼是有保存价值的；第二，牌楼的保存应有区别，街道的牌楼应该是最重要的，古建筑物附属的牌楼价值就较差一些；第三，利用牌楼不是利用旧牌楼，也可以创造新的，可以用钢筋洋灰，也可以用各色的大理石。”通过俞同奎的发言，不难看出他对于政务院那关于牌楼处理的三项原则基本上是不赞同的，甚至是截然相反的态度。

对于梁思成和俞同奎这两位学者的发言，作为历史学家的副市长吴晗自然不能认同，他发言说：“关于都市风格问题，俞先生提出牌楼的作用，据我所了解，原始居民有累石作为宗教标识的习惯，后来演变为石头坊、表，以至贞节牌坊之类，唐宋以来有坊，坊前立牌坊还有表明居民基层组织意义，因为当时的交通工具是骡车、轿子。今天条件基本上已改变了，道路和交通工具都改变了，而且街道上都有一定标识，因此，是否还需要以牌坊做标识，这就牵涉到都市风格的问题，如果需要标识美化，是否可以用其他形式代替或搞些铜像、喷水池、街心公园等代替，需要多考虑一下。”

对于吴晗提出以铜像或喷水池等作为城市标识的问题，对此类欧洲古老街景形式极为谙熟的梁思成根本不用多加考虑，随即便表示了自己“有保留性”的反对意见：“关于都市风格问题的确是很大问题，我们可以分析一下北京到底有些什么都市风格。第一，街道系统很齐整；第二，建筑物在适当的位置上；第三，街道上的对景主要是牌楼、城门楼。到底是好、是坏，意见不一致……其次，是否可用铜像、喷水池。我们不拒绝中国原有的传统，同时也不拒绝外来的东西。外国的东西我们看着很新鲜，可是在外国已经是两千多年前的老东西了。因此,应该考虑新和旧的定义……”接着,梁思成又说,“我们今天的文化是落后的,我所体会的文化落后方面很多,包括很多古代建筑物可能起的积极作用,还未看见。以牌楼来说能否配合好,要看建筑师或做都市规划工作的人能否配合好,如能配合好,就相得益彰了。”最后,梁思成点明了他谈话的主旨:“关于建筑美的判断上,我觉得专家还是对的,表现在建筑师学会上一般看法相当一致,当然,建筑师可能完全错误,但是在被说服前,我还是保留自己的意见。”

不料,梁思成这次“保留性”的发言,竟遭到上次同盟者郑振铎的反诘:“北京市的标志,绝不是很矮小的牌楼,而是很大规模的高层建筑物,这是我们自己创造的,像莫斯科大学那样雄伟的建筑物。牌楼在现在看很美,但可能另外一个形式更美。当然创造绝不是凭空的,而是要吸收民族优良传统,甚至不拒绝世界上一切人类所创造的优良传统。”不过,对于梁思成一贯要求保存文物古建筑的意见,郑振铎还是赞成并积极支持的:“至于古文物建筑的保存问题,专家认为应该保存是必要的,现在也没有人说完全不保存,并不是可拆可不拆的一定要拆,而应该是决定要拆的就坚决拆,可拆可不拆的就暂时保留,应保存的不但要保存好,还要发扬光大。大家的立场都是为了将来,为了发展,并不是单纯为了保留,所谓保留也是为了发展新的。”

对于这种辩论,著名作家萧军则采取了折中式的发言,但在很大程度上还是支持梁思成的。他说:“关于古文物建筑的保护问题,听了吴副市长和诸位先生的意见,我有一些领会:第一,在今天来讲,北京城市是新的内容和旧的形式的矛盾问题,新的内容就是新政府、新人民、新社会;旧的形式是封建社会所遗留下来的建筑物、宫殿、庙宇乃至街道,都是按照封建统治者的意图产生出来的。封建制度应该消灭,但建筑物如果完全消灭是不对的,虽然是在封建帝王的意志下造成的东西,但从物质资料和劳动力来讲,全是人民创造的,如果毁坏这些东西,等于毁坏了人民的劳动和智慧。所以不能无原则的毁掉,需要加以批判和选择,把它组织到新的都市规划中来,成为有机部分。第二,建筑本身是艺术,土木工程是实现这种艺术的手段。从全面来看,大街小巷和建筑物应该配合,而且要有主有从,要有高低起伏。关于牌楼问题和地安门问题,我认为首先应考虑历史和艺术价值,然后再考虑位置对都市规划有无妨碍,如有妨碍,就不管是什么建筑,一切要为了人,就要设法使建筑物不威胁人的生命。如东、西四牌楼、帝王庙牌楼应该服从都市规划。如从造型的美来说有牌楼好看,就应保存,至于如何保存,是具体技术问题,也许缩小,也许扩大。将来帝王庙本身因道路展宽要向后退,这样,牌楼就不是帝王庙的建筑物之一了。把这个问题考虑明白,保存与否,便不是问题的焦点。"

正如方竟成所言,当时年仅二十多岁的郑振铎的秘书罗哲文先生,却提出应该从发展的角度看待文物古建筑的保护问题。他说:"关于保存古文物建筑,我认为要从发展上看,为了把北京建设得更好,并且要在现在的基础上创造更好的东西。"另外,他还提出了以下几点建议:"第一,将北京市所有古文物建筑加以清理,评定价值并登记下来;第二,对古文物建筑进行研究,评定价值然后再考虑保留、迁移或拆除,但应先明确评定的标准;第三,把古建筑物做些模型,保存下来。"

从以上各人的发言来看,这次会议的成果与上次不尽相同,依然是难得统一。随后,吴晗做总结发言后立即将会议情况致信北京市主要领导并转报周恩来总理。在信中,吴晗汇报说:"经过激烈讨论,每人都发表了意见,一致同意的有以下各点:一、为防止倒塌,保障人民安全,立即拆除羊市大街女三中前景德坊。拆除后它应迁地或就地保存,待都市规划确定后(这一条街),再商计提出意见,所拆材料应妥善保存。二、东、西交民巷两个牌坊可立即拆除;三、地安门保存或拆除问题,以后再研究。目前为解决交通安全问题,可建议设法拆除四角民房约十间左右,将地安门暂时作为交通大转盘,便利交通。"虽然在以上问题上达成了一致的意见,但在许多重大问题上梁思成依然保留了自己不同的看法。对此,吴晗同样如实地向北京市主要领导及周恩来总理做了汇报:"意见仍分歧,不能取得一致的,是旧都市风格,如东、西四牌楼和首都建设的矛盾问题。梁(梁思成)俞(俞同奎)主张保存,并认为是可以和新都市规划结合。梁并表示如政府决定,派他拆除,他一定坚决执行。但仍保留并主张他的反对意见。”

后来,北京城内的牌楼及城楼等文物古建筑还是拆除了。对此,梁思成不仅痛心疾首地对中共北京市市委书记兼市长彭真直言道:“在这些问题上,我是先进的,你是落后的……五十年后,历史将证明你是错误的,我是对的。”而且,梁思成后来在“‘文革’交代材料”中还认为,有人是“自食其言”。

自公元 1954 年 1 月至公元 1956 年 6 月,在北京城内展开的大规模拆除牌楼等古建筑之战,梁思成无疑又一次失败了。因为至此北京城内跨街牌楼仅剩四座,即成贤街两座和国子监两座,其余都销声匿迹。不过,在这场北京城内古建筑保卫战中,梁思成还是有一次也是唯一一次胜利的,而赢得这场胜利的原因则是周恩来总理在其中起到了关键性的决策作用。对于这一事件的全过程,罗哲文先生后来撰文记述说:

1953 年一股要扫掉北京古建筑的极“左”思潮在一些人的思想中泛起。开马路要笔直,开车要无阻拦,大街上表现古老北京街景的牌楼、牌坊已在拆除之列,与紫禁城角楼相匹美的大高殿习礼亭拆走了,西长安街金代庆寿寺双塔拆毁了,眼看轮到团城了。

思成先生对团城的存废问题,忧心忡忡。我们文物局当时住在团城,又是担任保管之事的,更是日夜不安。郑振铎局长叫我写一篇团城的文章,照片要多,文字不计,发表在“文参”上。

我理解他的意思,是要留下资料吧!我为了保团城之事,几次到都市计划委员会找先生商量。他也是心急如焚,把苏联专家也动员了出来,赞成保护。我曾在团城上,两次接待了他和苏联专家,共同寻求办法。最后思成先生不得不去面见周总理,恳陈意见。

周总理亲自两上团城进行实地勘查,决定中南海围墙南移,马路稍一缓弯,把北京这一重要史迹和文物保存了下来,为子孙后代留下了珍贵遗产。决策之明断在总理,而曲直周旋,来回奔走,得以玉全,先生之功不可没也。

对于这种面呈或直接上书总理等国家最高层领导的做法，在文物古建筑保护这件事上似乎是屡见不鲜。

继承梁思成保护文物古建筑精神的,还有中国营造学社成员、现任国家文物局古建筑专家组组长罗哲文先生。罗哲文先生对于梁思成保护文物古建筑精神的领会,可以说是源远流长、感同身受,不仅早在20世纪40年代便跟随梁思成身边得到熏染,就是后来供职国家文物局也能经常得到梁思成的指导和教诲。对此,罗哲文先生后来撰文追忆了十件事,其中如“长城审图”一事,他曾这样回忆说:

1952年秋,全国开始了古建筑的有计划维修工作,国家设立了古建筑文物维修的专款,准备首先修缮赵州桥、隆兴寺、晋祠、善化寺、光孝寺等等项目。这时政务院副总理兼文教委员会主任郭沫若提出要修缮长城的建议。文物局便把这事作为大事来办,郑振铎局长把这一任务交给了我,让我先做勘查,搞出规划设计来。我对北京居庸关、八达岭进行了初步勘查之后,画出了一个草图,并去清华大学向梁老师请教,请他审定。他当即提出了许多宝贵的意见,并在图纸上签了审定的名字,这张图纸我还保存着。他所提的这些意见,以后一直作为我维修文物的指导性准则。我印象最深的三点是:一、古建筑维修要有古意,要“整旧如旧”,也就是后来我们写入文物保护管理条例和文物法的“保持原状”的原则。他特别强调修长城要保存古意,不要全部换成了新砖新石,千万不要用洋灰。有些残的地方,没有危险,不危及游人的安全就不必全部修齐全了,“故垒斜阳”更觉有味儿。二、休息座位的布置,他说这也是艺术,在长城故垒之下不能搞“排排坐吃果果”的布置,要有点野趣。后来我就照他的意见搞了些略加整理的自然石桌凳,随意安排,不求规则,效果甚好。三、是种树问题,他提出在长城脚下千万不能种高大乔木，以免影响观看长城的雄姿，树太近了高了，对长城的保护也不利。

五十多年来，我参加过许多次长城的维修讨论，他这三条意见我都一直坚持，已经成了我自己的指导思想。

如此看来，梁思成不仅有像郑振铎这样的同道支持者，还有如罗哲文先生这些出色的精神传人，他不应该属于“孤独卫士”。就此，我们不能不提及对于梁思成来说，无论是事业上还是生活中都极为重大的一件事，那就是他的爱妻林徽因的中道而逝。

公元 1954 年秋冬之际，梁思成和林徽因双双因为劳累过度而病倒，不得不住进同仁医院接受治疗。虽然俩人的病房相隔而设，但为了避免相互交叉感染，他们并不能彼此面对面地关心照顾，只能通过医护人员或来探望的儿女和亲友传递彼此的关爱。转眼间到了公元 1955 年的春节，梁家的这个春节实在没有什么可喜庆的，这不仅因为梁林俩人都病魔缠身，根本无法像往常一样精心准备节日的欢庆，还由于针对“以梁思成为代表的资产阶级唯美主义的复古主义思想”的批判已经在建筑界展开。春节过后，虽然梁思成的病情大有好转，得以出院休养，但针对他的这场批判开始声势浩大起来。为此，梁思成在林徽因的面前除了沉默还是沉默，他不能再给已经病势沉重的妻子增添任何心理负担。但是，心心相印的妻子林徽因怎能不明了丈夫的处境和心思，只是彼此都不愿点破而已。在这样凄风苦雨的日子里，林徽因也许自知她的生命之星即将陨落，但作为中国 20 世纪最美丽的才女和中国第一位女建筑师，她要体面地离开这个虽然暗淡但依然热爱着的人间世界。不过，在离开之前她实在放心不下和自己一样为了科学真理不畏权贵的丈夫梁思成。公元 1955 年 3 月 31 日深夜，林徽因在弥留之际竭尽全力地呼喊着丈夫的名字，她也许是想当面规劝丈夫在没有她的日子里，在好好保重自己病弱躯体的同时，是否能够尽量减少一些激动的争吵，虽然为了真理她与丈夫一样不会退缩，但她还是想提醒丈夫今后孤军奋战时讲究点策略为好。

当然,临别之际想说的话实在太多,可年轻的护士却不能体会梁林俩人这对神仙眷侣的情感,没有满足林徽因这最后的愿望,只是冷冷地回答说:“有事明天再说吧。”然而,林徽因虽然等到了明天,但并没能等到与梁思成相见的时刻,便于公元1955年4月1日凌晨6时20分不幸在北京同仁医院病逝,享年仅仅51岁。

自此,梁思成就像是失行的孤雁,不仅没有了往日琴瑟和鸣般的学术思想交流,也没有了日常生活中扶手相携的默契温情,更不可能在艰难困境中荣辱与共、相濡以沫。林徽因的中道而逝,对于她自己来说也许是一件幸事,因为从此她不必以那敏感的心灵和纤弱的身体,去承受后来种种非人的身体磨难和精神折磨;而对于梁思成来说,林徽因的中道而逝不仅使他失去了一位生活和精神上的伴侣,更失去了一位学术和思想上的知音。这种心灵孤寂而难耐的生活,梁思成独自“品味”了7年之后,直到公元1962年与清华大学建筑系图书资料员林洙结为连理才结束。而这时,梁思成已经开始面对来自所谓“大屋顶”的荒诞批判,并将迎接一浪连着一浪的政治运动,乃至最终湮灭在污浊的政治风浪之中。这是后话。下面我们还是从破解中国建筑界“大屋顶”之谜开始吧。

6. “大屋顶”之谜

这实在是一场没来由的荒唐的学术政治运动。

在中国的历史上,将文化学术政治化早有先例,例如“焚书坑儒”“罢黜百家,独尊儒术”和屡屡兴起的“文字狱”等等。不过,这些文化学术政治运动,不仅没有促进文化学术事业的发展,反而严重阻碍迟滞了文化学术的进步,并在文化学术界开了一个政治化的不良先河和坏风气。历史延续到公元1955年2月4日,一场针对中国建筑界以梁思成为首的“资产阶级形式主义和复古主义思想”的批判运动,以中国建筑工程部召开的设计及施工工作会议为标志拉开了序幕。关于开展这场运动的起因,至今也不能让人明了,但却不能不从今天人们依然街谈巷议的所谓的“大屋顶”开始解密。

在中国传统建筑学的术语中，屋顶只有平顶和坡顶之分，并没有什么“大屋顶”之说。而这个至今还带有一种贬义的词汇，依然为人们耳熟能详。其实，“大屋顶” 不过是指中国传统建筑特别是宫殿建筑中那高高隆起的屋顶而已，至于这种屋顶分什么硬山、悬山、歇山或庑殿与卷棚等等形式，人们并不曾过于注意或者明了，而是一概笼统地称之为“大屋顶”。由此可见，这种“大屋顶”应当是中国传统建筑元素中一种带有标志性的构件。那么，留学美国学习西洋现代建筑理论的梁思成，自公元 1928 年回国创办东北大学建筑系开始，他一直是倡导世界主义现代建筑思想的，为何竟转身成了推崇中国民族式传统建筑理念的“领袖”的呢？

确实，自公元 1924 年至公元 1927 年梁思成就学美国宾夕法尼亚大学建筑系，受教于著名的学院派建筑大师保罗·菲利浦·克雷，受到严格的古典主义学院派建筑教育和训练。当时，宾夕法尼亚大学建筑系深受以古典主义著称的法国巴黎美术学院艺术风格的影响，有美洲的“巴黎美术学院”之称，着重强调建筑的艺术性，并注重培养学生对古典主义形式美的把握。但是，在此之前也就是公元 1920 年西方现代建筑运动已经开始蓬勃发展，特别是格罗皮乌斯的“包豪斯”学派已经创立，而柯布西埃也于公元 1923 年发表了《走向新建筑》这一著名学术论文，密斯·凡·德·罗在这期间更是提出了玻璃和钢的高层建筑示意图。

世界主义建筑所有这些新动向或强劲风暴，不仅引起了梁思成的关注，也对他早期建筑思想的形成产生了重大影响。例如，公元 1930 年梁思成在与张锐合作完成的《天津特别市物质建设方案》中，他就曾指出：“所有近代便利，一经发明，即供全世界之享用。又因运输便利，所有建筑材料方法各国所用均大略相同。故专家称现代为洋灰铁筋时代，在这种情况之下，建筑式样已无国家地方分别，但因各建筑物功用之不同而异其形式……今日之中国已渐趋工业化，生活状态日与他国相接近。此种新派实用建筑亦极适用于中国。”又如，公元 1935 年梁思成在《建筑设计参考图集序》中也提出了：“所谓‘国际式’建筑，名目虽然笼统，其精神观念，却是极诚实的；在这种观念上努力尝试诚朴合理的科学结构，其结果便产生了近年风行欧美的‘国际式’新建筑。其最显著的特征，便是由科学结构形成其合理的外表。”在这篇文章中，梁思成还对采用了中国传统建筑屋顶式样即所谓“大屋顶”的北京协和医院和燕京大学等建筑进行了批评，指出：“他们的通病则全在对于中国建筑权衡结构缺乏基本的认识的一点上。他们均注重外形的模仿，而不顾中外结构之异同处，所采用的四角翘起的中国式屋顶，勉强生硬的加在一座洋楼上；其上下结构划然不同旨趣，除却琉璃瓦本身显然代表中国艺术的特征外，其他可以说是仍为西洋建筑。”

与此同时，梁思成还将他的这种想法投入了实践。公元 1934 年和公元 1935 年，他与林徽因以现代主义建筑手法设计了北京大学地质馆和女生宿舍楼。对此，他认为这“是由中国建筑师设计的体现现代主义建筑风格的早期作品之一。它已从集仿主义（包括对西方‘巴洛克’风格或中国自身民族建筑形式的仿写）中摆脱出来，甚至已无新艺术运动影响的痕迹。它所注重的是功能和合理，建筑形式已成为内部功能的自然反映。它所体现的是二十年代刚刚得以充分发展的现代主义建筑的基本原则，这在当时的中国建筑中是不多见的。”

到了公元 1946 年至公元 1947 年，梁思成在访美考察期间接触了柯布西埃、格罗皮乌斯、莱特、尼迈亚和沙里宁等现代主义建筑大师，与他们进行了多方交流和切磋，使他对现代建筑更加深了理解。

不过，自幼深受国学传统及家学渊源滋养熏陶的梁思成，并没有一味地沉浸在世界主义现代建筑理论的框架内，而是希望将其与中国传统建筑思想结合起来，积极探索如何使两者之间巧妙结合的途径。例如，公元 1928 年即使梁思成与妻子林徽因在创建东北大学建筑系的过程中，他们在没有任何先例的情况下只能沿用宾夕法尼亚大学的教学模式，但是梁思成这时已经开始思考如何“加强中国旧有建筑以适合现代环境”的问题。对此，梁思成还清醒地认识到：无疑的将来中国将大量采用西洋现代建筑材料和技术。如何发扬光大我民族建筑记忆之特点，在以往都是无名匠师不自觉的贡献，今后却要成近代建筑师的责任了。

面对这一责任，梁思成很是担心，他说："如何接受新科学的材料方法而仍能表现中国特有的作风及意义，老树上发出新枝，则真是问题了。"确实，梁思成的担心不无道理，因为"欧美建筑以前有'古典'及'派别'的约束，现在因科学结构，又成新的姿态，但它们都是西洋系统的嫡裔。这种种建筑同各国多数城市环境毫不抵触。大量移植到中国来，在旧式城市中本来是过分唐突，今后又是否让其喧宾夺主，使所有中国城市都不留旧观？这问题可以设法解决，亦可以逃避。到现在为止，中国城市多在无知匠人手中改观。故一向的趋势是不顾历史及艺术的价值，舍去固有风格及固有建筑，成了不中不西乃至于滑稽的局面。"特别是一些"无知匠人"，他们为了体现中国传统建筑"大屋顶"这一元素特征，竟然在平面和结构模仿西洋的建筑上随意加盖"大屋顶"，使其"必有不相符之处"。

对此，梁思成强调说："因为最近建筑工程的进步，在最清醒的建筑理论立场上看来，'宫殿式'的结构已不合于近代科学及技术的理想。'宫殿式'的产生是由于欣赏中国建筑的外貌。建筑师想保留壮丽的琉璃屋瓦，更以新材料及技术将中国大殿轮廓约略模仿出来。在形式上它模仿清代宫衙，在结构及平面上它又仿西洋古典派的普通组织。在细项上窗子的比例多半属于西洋系统，大门栏杆又多模仿国粹。它是东西制度勉强的凑合，这两制度又大都属于过去的时代。它最像欧美所曾盛行的'仿古'建筑。因为靡费侈大，它不常适用于中国一般经济情形，所以也不能普遍。有一些'宫殿式'的尝试，在艺术上的失败可拿文章做比喻。它们犯的是堆砌文字，抄袭章句，整篇结构不出于自然，辞藻也欠雅驯。"

不过，梁思成还是真诚地希望"今日中国之建筑……势必有一种最满意之样式，一方面可以保持中国固有之建筑美而同时又可以适宜于现代生活环境者。"也就是说，梁思成还是鼓励这种探索的，他希望通过这种探索能创造出中国的新建筑。所以，梁思成认为："这种努力是中国精神的抬头，实有无穷意义。”当然,梁思成所鼓励和提倡的并不是单纯的世界主义现代建筑,简单地设计一个玻璃“方盒子”式的建筑,也不是过分强调中国传统建筑的“大屋顶”,他希望中国建筑师在“提炼旧建筑中所包含的中国质素”和参考“我们自己艺术藏库中的遗宝”的同时,能够“加以聪明的应用”,“不必削足适履,将生活来将就欧美的部署,或张冠李戴,颠倒欧美建筑的作用”,而是“要创造适合于自己的建筑”。为此,梁思成举例予以说明:“每个国家民族仍有不同的表现。英、美、苏、法、荷、比,北欧或日本都曾造成他们本国特殊作风,适宜于他们个别的环境及意趣。以我国艺术背景的丰富,当然有更多可以发展的方面。新中国建筑及城市设计不但可能产生,且当有惊人的成绩。”也就是说,梁思成这时希望并相信中国建筑师能够创造出具有中国风格的现代主义建筑。

梁思成这种看似矛盾的建筑思想,其实是他积极探索中国乃至世界建筑思想和理论的具体表现,也是他建筑思想日趋成熟的具体表现。

不料,新中国成立后随着苏联提倡“民族的形式,社会主义的内容”建筑理论的输入,以及“一边倒”国策方针的提出,使对中国共产党和社会主义极端信任的梁思成,不能不“紧跟形势”,积极改造自己的建筑思想。当然,梁思成多年来对中国古建筑的深入研究,也使他痴迷于中国传统建筑艺术之魅力。不过,究其根本,个人的力量毕竟不能与整个政治环境相抗衡,何况纯粹而单纯的学者梁思成这时丝毫也不怀疑中国共产党的政策。特别是在学习了毛泽东的《新民主主义论》后,梁思成对于其中提出的“民族的、科学的、大众的文化”的论述极为认同。随后,也就是公元1950年4月5日他在致朱德总司令的信中说:“我们很高兴共同纲领为我们指出了今后工作的正确方向:今后中国的建筑必须是‘民族的,科学的,大众的’建筑,二十余年来,我在参加中国营造学社的研究工作中,同若干位建筑师曾经在国内做过普遍的调查。在很困难情形下,在日本帝国主义侵略以前的华北、东南及抗战期间的西南,走了十五省、二百余县,测量,摄影,分析,研究过的汉、唐以来建筑文物及观察各处城乡民居和传统的都市计划两千余单位,其目的就在寻求实现一种'民族的,科学的,大众的'建筑。"既然如此,梁思成还有什么理由不放弃原先的现代主义建筑的"旧"思想,积极回归到中国传统建筑的"新"理论中来呢?

特别是随着"反对结构主义"苏联建筑专家团的到来,在他们激愤地批判西方国家"毫无民族特色的"现代主义建筑声浪中,梁思成认可了他们积极提倡的建筑的"民族形式"理论。而当苏联专家团认为这是"资产阶级世界主义和无产阶级国际主义的斗争在建筑理论、建筑思想领域里的反映",即将这种学术理论引进到政治领域之后,就使原本属于学术领域的正常讨论染上了浓厚的政治色彩。

然而,可悲的是政治思想单纯的梁思成,不仅没有辨别出这种风气将会对中国建筑学界产生多么恶劣的影响,而且他也将纯粹属于建筑领域的学术理论上升到了"党性"和"阶级性"的高度上来。例如,公元 1953 年 10 月梁思成在中国建筑学会成立大会上做了题为《建筑艺术中社会主义现实主义和民族遗产的学习与运用的问题》的专题报告,在其中"建筑艺术的阶级性或党性"一节里他这样写道:

"建筑既然是艺术,那它就必然是有阶级性,有党性的……在中国,这阶级斗争还是同民族解放斗争密切地结合着的。毛主席给我们指出:'在民族斗争中,阶级斗争是以民族斗争的形式出现的,这种形式表现了两者的一致性。'在今天的中国,在建筑工作的领域中,就是苏联的社会主义的建筑思想和欧美资产阶级的建筑思想还在进行着斗争,而这斗争是和我们建筑的民族性的问题结合在一起的。这就是说,要具有我们民族特性而适合于今天的生活的新建筑的创造必然会和那些充满了资产阶级意识的,宣传世界主义的丝毫没有民族性的美国式玻璃方匣子的建筑展开斗争。我们还先要肃清过去盲目崇拜西洋建筑的心理。在中国的一些所谓西洋建筑所具有的民族性是别的民族的而不是我们自己的,是和我们过去的文化没有发展的关系的,是帝国主义侵略者硬搬到我们的土地上来,并用来抹杀我们自己建筑的传统的。它们所反映的正是百年来帝国主义侵略中文化侵略的影响。"

为了消除这种文化侵略的不良影响，梁思成还进一步提出了建筑语言学和建筑可译论，认为“每一个民族的建筑同一个民族的语言文学同样地有一套全民族共同沿用共同遵守的形式与规则，在语言文字方面，每个民族创造了自己民族的词汇和文法，在建筑方面，他们创造了一整套对于每种材料、构件加工和交接的方法或法式，从而产生了他们特有的建筑形式。”也就是说，“如同用同一文法，把词汇组织起来，可以写出极不相同的文章一样，在建筑上，每个民族可以用自己特有的法式，可以灵活地运用建筑的材料、构件，为了不同的需要，构成极不相同的体形，创造出极不相同的类型，解决极不相同的问题，表达极不相同的情感。结论是：凡是别的民族可以用他们的民族形式建造的，另一个民族没有不能用他们自己的形式建造的。”

那么，在中国民族的传统建筑元素中，除了斗拱无疑就是“大屋顶”最能代表其特色了。于是，梁思成反思了自己过去对宫殿式建筑的指责，认为“我们过去曾把一种中国式新建筑的尝试称作‘宫殿式’，忽视了我国建筑的高度艺术成就，在民间建筑中的和在宫殿建筑中的，是同样有发展的可能性的。”接着，梁思成于公元 1954 年在《祖国的建筑》一文中强调说：“只有在我们被侵略，被当作半殖民地的时代，我们的城市中才会有各式各样的硬搬进来的‘洋式’建筑，如上海或天津那样。”同时，梁思成在文章中还画了两张想象中的建筑图，所绘建筑包括 35 层的高楼，在其顶部也都有中国式建筑屋顶造型——“大屋顶”。对此，梁思成解释说：“第一，无论房屋大小，都可以用我们传统的形式和‘文法’处理；第二，民族形式的取得首先在建筑群和建筑物的总轮廓，其次在墙面和门窗等部分的比例和韵律，花纹装饰只是其中次要的因素。”梁思成这一思想的转变，还来源于苏联专家的直接“指导”。例如，公元 1949 年 9 月当第一批苏联专家来到北京与梁思成相见时，就提出建筑“要像西直门那样”，并在纸上画出了箭楼的样子。

其实，梁思成原本并不赞成“大屋顶”的宫殿式建筑，他认为除了重要建筑可以采用这种形式外，其余建筑形式还是要与其实用性结合起来。为此，梁思成还曾在《为什么研究中国建筑》一文中对北京协和医院一类“宫殿式”

建筑予以批评，他说:"'宫殿式'的结构已不合于近代科学及艺术的理想……它是东西制度勉强的凑合,这两制度又大都属于过去的时代。它最像欧美所曾盛行的'仿古'建筑。因为糜费侈大,它不常用于中国一般经济情形,所以也不能普遍。"也许是基于这种原因,梁思成在与陈占祥合作完成的"梁陈方案"中,依然沿用他提倡的现代建筑与中国传统建筑相结合的思路。他认为:中国建筑的特征,在结构方面是先立构架,然后砌墙安装门窗的;屋顶曲坡也是梁架结构所产生。这种结构方法给予设计人以极大的自由……这是中国结构法的最大优点。近代有了钢骨水泥和钢架结构,欧美才开始用构架方法。现在我们只需将木材改用新的材料与技术,应用于我们的传统结构方法,便可取得技术上更大的自由,再加上我们艺术传统的处理建筑物各部分的方法,适应现代工作和生活之需要,适应我们民族传统美感的要求,我们就可以创造我们的新的、时代的、民族的形式,而不是盲目的做"宫殿式"或"外国式"的形式主义的建筑。

而当梁思成接受中国共产党在新中国成立之初对知识分子进行的思想改造,以及苏联专家团一味排斥西方现代建筑理论之后,他不仅抛弃了把中国传统建筑精华与西方现代建筑合理元素相嫁接的有益尝试，而且也开始向中国传统建筑"大屋顶""一边倒"了。用新华社一位记者的话说,梁思成这是将他原本积极有益的探索,如同放在"洗澡水"里的"婴儿"一样被一同倒掉了。不仅如此,这位学识渊博但政治思想单纯的学者梁思成,最终竟然被他曾经借用过的"阶级斗争武器"所打倒。这不能不说是梁思成的悲剧,也是那个时代几乎所有知识分子的悲剧,更是那个时代和社会的悲剧。说到这,20 世纪 50 年代以"大屋顶"为标志对梁思成所开展的批判到底是为了什么呢?

翻检历史陈迹，我们不难发现这与国际形势或直接说与苏联国内的政治变化有重大关系。公元 1953 年斯大林去世后,赫鲁晓夫于第二年 11 月便召开了第二次全苏建筑工作者会议,他针对国内情况从政治的高度做了《论在建筑中广泛采用工业化方法,改善质量和降低造价》的报告,从而在苏联建筑界发动了一场批判复古主义的学术政治运动。既然苏联老大哥已经做出了榜样,向苏联学习的中国小兄弟自然不甘落后。特别是听到了“大屋顶有什么好,道士的帽子与乌龟壳子”的有关指示后,中共北京市委立即召集中央设计院、北京市设计院、清华大学建筑系等单位的共产党员,决定“对建筑方面的反人民的、反动的形式主义、复古主义即资产阶级思想”进行最“严厉的批评”。很显然,这场针对“大屋顶”的批判首先是在党内进行发动,然后才准备对“反人民的、反动的形式主义、复古主义即资产阶级思想”的建筑“大屋顶”采取“围剿”行动。

对于在建筑界展开的这场批判，虽然梁思成是始料未及的。1954 年 8 月 30 日也就是苏联召开那次建筑会议之前三个月,时任北京市委办公厅城市规划小组成员的陈干便联合其弟、时任中央新闻纪录电影制片厂会计科长高汉,在《文艺报》上发表了《〈建筑艺术中社会主义现实主义和民族遗产的学习与运用的问题〉的商榷》一文,对梁思成有关建筑民族形式的论述进行了针对性的反驳。关于《建筑艺术中社会主义现实主义和民族遗产的学习与运用的问题》一文,是梁思成于公元 1953 年 10 月在北京召开的中国建筑学会第一次代表大会上的专题发言,后来这一发言被刊登在公元 1954 年 2 月号的《新建设》杂志上。在梁思成的这一长篇发言中,他不仅再次将建筑艺术赋予“阶级性”和“党性”这些政治色彩,而且通篇不是引用毛泽东在《新民主主义论》中关于“民族的、科学的、大众的文化”等论述,就是借用苏联有关专家将建筑艺术提高到政治高度的原话。在这一发言中,梁思成虽然提出了不乏真知灼见的见解,但他基本放弃了自己原来极为谙熟的建筑“文法”,而是运用并不熟悉的政治语言和阶级斗争词汇。这不能不说是梁思成这位本应该属于纯粹学者的失策了。

其实,在此之前梁思成在强大而浓烈的政治环境中,似乎早已忘却了最初选择建筑这一远离政治专业的初衷，或者说在那滚滚政治洪流中他已经辨别不清自己的来路。特别是新中国成立后，通过对知识分子开展的思想“洗澡”运动,以及全球社会主义建筑强势——苏联专家团灌输的政治建筑理论,梁思成实在没有理由不接受这些思想。于是,梁思成渐渐地融入其中不能自拔,这通过他先后发表的一系列相关文章中不难看出。

例如,公元 1952 年 12 月 22 日发表在《人民日报》上的《苏联专家帮助我们端正了建筑设计的思想》、发表在公元 1953 年第 14 期《新观察》杂志上的《民族的形式,社会主义的内容》、公元 1953 年 5 月下旬写就的《我对苏联建筑艺术的一点认识》,以及这篇他出访苏联回来不久后写出的《建筑艺术中社会主义现实主义和民族遗产的学习与运用的问题》等等,都是梁思成积极融入建筑“民族的形式,社会主义的内容”的见证。不过,梁思成终究只能算是一位学人,他在政治上的悟性远远不及他的父亲梁启超。所以,当陈干和高汉两兄弟联袂抛出那篇针对他的“檄文”时,梁思成一时还没有洞察其中的真正玄机。这么说,不仅是因为这篇“檄文”批驳的“条分缕析”,用词凌厉,而且似乎至今也没见到梁思成对此所做出的反诘。

在陈干和高汉的这篇“檄文”中,两兄弟这样写道:梁思成的建筑理论“只看见语言与建筑相同之点而忽略其相异之点;只看见‘法式’对于材料的约束性而看不见材料对于‘法式’的决定性,因而把‘法式’强调到‘约制’一切的高度。这可说是本末倒置的‘唯法式论’观点。”而对于梁思成关于建筑艺术阶级性的论述,两兄弟认为:梁先生对于建筑艺术阶级性的问题的理解,是比较抽象而混乱的。原因首先在于梁先生没有从正确的立场出发,以一定的观点和方法来批判自己过去的认识。

对此,两兄弟还旧事重提,举例予以说明:“我们果真以社会主义现实主义的观点来处理天安门广场,将毫不犹豫地主张拆除东西三座门,而绝不主张将伟大的内容束缚于这已经失却效用和妨碍生活的形式之内。因为生活是主要的,首先的,是艺术形式的决定因素;艺术形式只能处于为它服务的地位……四合院虽好,却有一个根本的缺点,这就是建筑的主要立面都朝向院子,而在街道上只有墙,甚至连窗子也难得开一个。而今天要求把建筑的主要立面朝向街道,朝向城市,朝向人民。”之所以梁思成将建筑形式与人民生活这一主要内容“本末倒置”,“可能是由于梁先生对自己的建筑思想尚缺乏严格的,历史的,系统的批判。”既然如此,由“人民大众”来帮助梁思成纠正这一“模糊观念”的建筑思想,很显然是十分必要的。

于是,当公元1955年2月建筑工程部召开设计及施工工作会议,开始正式对以梁思成为首的“资产阶级形式主义和复古主义”建筑思想进行批判之后,陈干和高汉两兄弟,随即又在公元1955年第1期《建筑学报》上发表了第二篇批判文章,对梁思成的“资产阶级形式主义和复古主义思想”的建筑理论进行猛烈轰击。两兄弟在题为《论梁思成关于祖国建筑的基本认识》一文中,是这样写的:“梁思成先生所鼓吹的,关于我国旧建筑的特点及其发展规律的理论,是一种不易理解的形式主义的说教……他是割断了建筑与社会基础及其上层建筑的关系来理解旧建筑的;同时,他是割断新建筑与我国在过渡时期的经济条件和社会生活状况的关系来理解新建筑的……梁先生所谓的‘祖国的建筑’(除赵州桥而外)基本上只不过是直接或间接地为封建统治阶级服务的建筑;对作为祖国建筑的根基,那千百年来直接地普遍地为劳动人民自己服务的民间建筑,竟装聋作哑毫无论述。”

为了对梁思成关于建筑理论那“不易理解的形式主义的说教”进行彻底批判,陈干和高汉这两兄弟可真是下了大功夫,当他们以“近水楼台先得月”的优势,从中共北京市委听说要彻底解决梁思成的问题必须从解决“法式”着手时,这两兄弟似乎恍然大悟,竟然下决心要“从头研究‘法式’问题”。果然,这两兄弟“历时一年终于搞清了产生‘法式’的历史和社会背景”,从而于公元1955年12月在《新建设》杂志上发表了第三篇批判梁思成的文章,并将其批判矛头直接指向梁思成的扛鼎之作——《营造法式》研究。在这篇题为《论“法式”的本质和梁思成对“法式”的错误认识》一文中,两兄弟这样写道:梁思成“歪曲了‘法式’的本意,阉割了‘法式’的精髓……他在斯大林和毛泽东同志以及一些苏联专家的著作中寻找论据,以他们的词句来装点自己。就这样他以各种巧妙的方法和堂皇的形式,终于形成了一股片面强调‘民族形式’的逆风。实质上这正如某些同志说过的,他已经把‘适用、经济和可能条件下的美观’的党的原则,按照他自己的意志改造成为‘美观和可能条件下的适用和经济’。这是梁思成先生隐藏在写着‘民族形式’和‘法式’这几个大字的幕布后面的实质。”对此,我们不能不对陈干和高汉这两兄弟的智商表示“钦佩”,因为梁思成穷其一生也不敢说研究透彻的《营造法式》,他们仅用了一年的时间便“参悟”出其中“精髓”,并能从“阶级斗争”的高度对梁思成展开如此“深刻而彻底”的批判。

其实,陈干和高汉这“门外汉”两兄弟不仅没能从理论上批驳倒梁思成,而且也没有真正把握住“上边”批判梁思成的脉搏。因为中共中央宣传部副部长周扬在参加中共北京市委批判梁思成的一次会议上，曾这样指示说:“马列主义最薄弱的环节是美学部分，中国对马列主义美学的研究更少,你们写了这些文章,连我这个外行都说不服,怎么能说服这样一个专家呢？关于民族形式,原来有的东西就有民族形式的问题,原来没有的就没有民族形式的问题。建筑在我们国家发展了几千年,当然有民族形式的问题,比如我们原来没有汽车,所以就没有民族形式的问题,可是一把刀子就有民族形式的问题,拿出一把刀就可以看出是日本的腰刀还是缅甸的刀;又如话剧,我们国家没有，按理说应该没有民族性的问题，由田汉等人从日本带回的话剧,开始有点学西洋,比如表示惊诧一耸肩,而这就不是中国人的习惯,中国人看了就笑,就不能接受。建筑肯定是有民族形式的问题,批判的文章我的意见还是不要发表,我们只能批判浪费,从理论上我们还没有依据,这方面的理论我们要派人去研究。”很显然,“上边”的意思是从“大屋顶”所造成的浪费对梁思成展开批判，并不主张在对建筑理论还没有研究成熟的时候对其开展这方面的批判。然而,这样的批判还在继续。1955 年 10 月 2 日一位毕业于清华大学的年轻学生在《学习》杂志上发表了题为《论梁思成对建筑问题的若干错误见解》一文,他在文章中分为这样五个小标题对梁思成建筑理论进行了“深刻而系统”的批驳:1.梁思成颠倒了建筑学中“适用、经济和在可能条件下讲求美观”的原则;2.梁思成所提出的“民族形式”实际上就是复古主义的主张;3.所谓建筑上的“文法”“词汇”论乃是一种形式主义的理论;4.梁思成的建筑理论是直接违反总路线的错误理论;5.梁思成的错误思想根源——资产阶级唯心主义。同时，这篇批判文章也老调重弹，对当年梁思成与陈占祥合作的“梁陈方案”及“北京城墙保卫战”等进行了猛烈的攻击。

面对这些“对建筑理论还没有研究成熟”的批判，梁思成可能会一笑置之，但对于与他密切合作共事10多年的“战友”刘敦桢发表的批判文章，他就不能不感到十分震惊或漠然处之了。刘敦桢于公元1955年发表在第1期《建筑学报》上题为《批判梁思成先生的唯心主义建筑思想》的文章中，是这样写的：梁思成“片面强调艺术忽视适用和经济的错误偏向”，是“资产阶级唯心主义思想的具体表现”“关于保护古代建筑纪念物方面，梁先生提出所谓‘古今兼顾，新旧两利’的方针，而在实际工作中几乎为保存古物而保存古物，不顾今天人民的需要与利益，反对改变原来城市的面貌，严重地妨碍国家建设事业的发展。”

与“战友”刘敦桢发表批判文章同样让梁思成感到十分痛心的，还有来自他一手创办的清华大学建筑系师生对他展开的连续的批判。对此，仅举周卜颐《批判以梁思成先生为首的错误建筑思想》一文即可，他在这篇文章中对“梁陈方案”这样批判道：“梁先生要在西郊建设北京，计划保留旧城，结果是让旧城逐渐死亡，这不是爱护遗产，而是破坏遗产，违反城市发展规律，与唯物主义的城市建设毫无共同之处。”其实，这场运动开始之初清华大学建筑系师生们不仅感到特别的震惊，而且思想上也一时转不过弯来，他们无法理解自己一贯崇敬的师长梁思成竟然会是“资产阶级形式主义和复古主义”建筑思想的倡导者，所以“批梁”运动难以开展。对于清华大学如此“不配合”的状况，负责这场运动的中共北京市委一些领导极为恼怒，他们不得不采取当初拆除城墙和三座门时那行之有效的“党内解决”的方法。此后，清华大学建筑系在强大的政治压力下，终于“动”了起来，但只发表了十几篇文章后便草草收场。不过，即便如此我们在承认当时一些人思想单纯和诚实之外，也不应该否定其中确有投机者，否则为什么后来在“文革”中对梁思成的批判不断升级的，竟然都是来自清华大学内部呢？这是后话。

早在公元1955年2月18日，接受"批梁"任务的中共北京市委负责人，在这天召开的北京市人民委员会的会议上，就曾这样不点名但却明白无误地指出："关于建筑形式问题，我们在三年前就已经明白交代过，市政府主管部门不要强迫人家盖大屋顶的房子，同时，建筑物只要不妨碍都市总规划，就不要去管；现在，主管建筑部门的有些人，到处滥用职权，对建筑形式任意干涉，强迫人家盖大屋顶，或强迫人家'这样''那样'，而市政府是没有给他们这种权利的。主管建筑的首长要对那些强迫人家盖大屋顶或其他滥用职权的事情进行严肃的检查和处理。"于是，除了上述那些"散兵游勇"的零星批判之外，在中央宣传部专门派员协助下，中共北京市委专门组织了由几十人组成的写作班底，驻扎在颐和园的畅观堂内按照市委负责人的具体指示，很快便完成打印出了一百多篇批判文章。虽然按照市委负责人的指示，不要随便上纲上线，要认真学习研究，不要说外行话，但"上纲上线"和"外行话"仍在继续。

面对这些"上纲上线"说"外行话"的风雨般的猛烈批判，坚贞的学者梁思成似乎也不屑于反诘。后来在市委领导的耐心说服下，梁思成不得不表示他承认自己缺乏"经济观点、群众观点、革命观点"，并"心甘情愿"地接受批判者送给他的"形式主义"和"复古主义"这两顶大帽子，同时也表示可以在公开场合进行检讨。对于梁思成的这种"妥协"行为，我们认为除了当时政治环境的迫使之外，还在于中国士大夫那种讲求"内圣"精神的熏染，特别是其父亲梁启超不惜"以今日之我，批判昔日之我"的内省精神，使梁思成在思想"洗澡"中能够"悔过自新"。当然，还有一点不容忽视，那就是出于他至真至诚的爱国主义情怀和强烈的社会责任感。

于是，公元1955年5月27日梁思成在病中写下了"大屋顶检讨"，承认自己在"新中国成立以来六年多的期间"，虽然"没有做过任何一座房屋的具体设计，但在清华大学的教学工作和首都的都市规划工作中，以及通过写文章（包括主编《建筑学报》）、在各处讲演、做报告等社会活动方式，我却在一贯地传播着一套'理论'"，而"这'理论'严重地影响了许多建筑师的设计思想,引导他们走上错误的方向,造成了令人痛心的浪费。”在这份检讨中,梁思成还“反省”自己说:“最近两年来,陆续出现了如西郊招待所那样的建筑,虽然它们有很多严重缺点,如造价贵,平面有毛病,结构不合理等等,但是,我总是‘原谅’那些缺点,认为‘总的方向’是对的,缺点只是‘小问题’。我还嫌那样的建筑太少,嫌它还‘不够好’。我明知党对于我的‘理论’是不同意的,但我还是长期地、顽固地坚持我的主张,自认为是在‘坚持真理’,自认为是‘光荣的孤立’!”同时,梁思成还进一步“反思”说:“我认为党对革命是内行,对建筑是外行。我竟然认为这个领导六亿人民翻了身的党不能领导建筑……我像一个对学校没有信心的母亲一样,‘不放心’把自己的‘宠儿’‘建筑’交给党……”

面对如此扑面而来的口诛笔伐,病体孱弱的梁思成在检讨后便再次病倒了。病愈后,梁思成得到周恩来总理的特别关照,住进颐和园的谐趣园休养,但对他的批判并没有就此罢休。同年11月,建筑工程部多次召开批判会议,并收到来自各方面的批判文章近百篇。同时,梁思成也被要求重新写了一篇检讨,并打印成小样分送批判会进行讨论。随后,也就是公元1956年2月3日在全国政协二届二次会议上,梁思成宣读了这篇检讨。在这篇检讨中,梁思成这位学者的语言竟然充满了那个时代的政治特色,不能不摘引如下:

> ……七年以来,我对于党的一切政治、经济、文化的政策莫不衷心拥护,对于祖国在社会主义改造和建设上的每一伟大成就莫不为之三呼万岁。但在都市规划和建筑设计上,我却一贯地与党对抗,积极传播我的错误理论,并把它贯彻到北京市的都市规划、建筑审查和教学中去,由首都影响到全国,使得建筑界中刮起了一阵乌烟瘴气的形式主义、复古主义的歪风,浪费了大量工人农民以血汗积累起来的建设资金,阻碍了祖国的社会主义建设,同时还毒害了数以百计的青年——新中国的建筑师队伍的后备军。

我对自己的错误是长期没有认识的。这是由于我的思想感情中存留着浓厚的封建统治阶级的“雅趣”和“思古幽情”,想把人民的首都建设成一件崭新的“假古董”,想强迫广大工人农民群众接受这种“趣味”,让他们住在一个“保持着北京原有的‘城市风格’”的城市里。我对于建筑的认识又极端缺乏经济观点、群众观点、革命观点。又由于新中国成立以来我兼职多,社会活动多,没有系统地、好好地学习,所以我的马克思列宁主义水平不得提高,思想方法错误,片面地强调了建筑的艺术性。我以为自己是正确的,党是不懂建筑的,因而脱离了党,走上错误的道路。

远在1951年,党就洞悉了我的偏向,五年来不断地启发我,教育我,开导我,反复为我阐述社会主义建设的基本原则,为我讲解“适用、经济、在可能条件下注意美观”的正确方针。但由于上述原因,我顽固地坚持错误,争辩不休,与党对抗。直至去年年初,建筑工程部召开了全国设计施工会议,在会议上严正地批判了建筑设计中形式主义、复古主义的偏向,并举出了惊人的浪费数字,这才使我从梦中惊醒。不幸,去年整年我都在医院和休养所中度过,未得参加那次会议和会后各设计单位和学校的建筑思想批判学习。但是党并没有忘记我。到去年年底,当我的健康——也是在党的关怀下——康复了以后,又大力帮助我,为我组织了几次座谈讨论会。这样我才初步认识了我的建筑理论为什么是错误的,并挖出了它的根源。

我之所以走上错误的道路是因为我的错误的立场、观点、方法使我脱离了党的领导,脱离了群众,走上了错误的道路,为人民带来了损失,造成了祖国建筑的障碍。这才使我体会到技术是绝对不能脱离党的领导的,脱离了党就必然要犯错误。因为我们的党是工人阶级的先锋队,它是掌握放之四海而皆准的马克思列宁主义——辩证唯物主义、历史唯物主义的思想方法,为全体劳动人民的利益,为祖国的社会主义建设而奋斗的党,所以党领导六亿人民解放了自己,又领导着我们在社会改造、经济和文化建设的战线上赢得了一个接着一个的胜利。没有党的领导,这一切光辉成就是不可思议的。"党领导政治、专家领导技术"的思想是完全错误的。党对技术的领导是丝毫无容置疑的。

脱离了党的领导,就必须犯错误,为人民带来损失,我自己就是一个活生生的证明;对于我自己,则是一次沉痛的教训。

公开检讨之后,梁思成也许是真正认识到了中国共产党的伟大、光荣和正确。几天后,他便委托周恩来总理向毛泽东呈送了一封感情真挚的长信,强烈要求加入中国共产党。随后,经过许多领导人的同意,终于在公元1959年批准梁思成加入了中国共产党。至此,针对梁思成关于"大屋顶"的批判算是基本结束了。那么,这场学术政治化运动的最终后果是什么呢?

公元1970年,梁思成在弥留之际曾这样追忆说:"我既无股票,又无房产,怎么会是资产阶级?"也就是说,梁思成对于所谓"大屋顶"造成"浪费"的指责也许能够接受,但对于这场没来由的学术政治批判他是心有不甘的。不仅如此,这场把学术问题政治化的做法,迫使梁思成那一代建筑师把建筑科学纳入"为无产阶级政治服务"的轨道,其结果必然是政治标准取代了科学的学术标准和经济标准,最终也必然导致建筑学术理论的停滞不前。同时,这场学术政治运动还使建筑学界陷入了无法自拔的思想困境,也就是说那一代建筑师们既害怕凸显民族风格而陷入"复古主义"泥沼,又担心学习西方现代建筑特色而成为效仿"资产阶级"的"走狗"。这实在让那一代建筑师们战战兢兢,左右为难。

对此,梁思成的一名学生后来这样回忆说:"当时也闹不清梁先生错在哪里,把钱浪费在大屋顶上的确不对,虽说在建筑界的'复古主义''形式主义'的设计偏向,梁先生'有不可推卸的责任',但也不是梁先生一声令下,全国就都能照办,他还没有那么大的威信吧?中央的政令要自上而下地贯彻,也不会这样快当吧?纵观世界建筑史的复古现象,自文艺复兴时期就有了,乃至于资产阶级革命时代,各种折中主义,各种回潮,热闹非凡,30年代的意大利和德国,40至50年代的苏联,乃至新中国成立后的中国,都有历史的回潮。这个道理,马克思在《拿破仑第三政变记》里指出,‘资产阶级登上历史舞台后,需要有自己高大的形象,但一时没有现成的手段,只好到历史的仓库里借用些现成的道具来演出威武雄壮的历史场面。’大多数的中国人,想要在世界面前表现自己的高大形象,而且是使中国人可以自豪的形象,在最富表现力的建筑艺术上使用自己传统的艺术语言,那份狂热,就是可以理解的了。”

确实,在那个一切以“政治挂帅”的年代,本来属于正常的学术理论上的问题,完全可以通过探讨和争鸣得以解决,并很好地促进学术思想的进步,但政治压力不仅将学术思想捆绑得裹足不前,被挤压到了社会边缘,而且还在思想学术界开启了政治化的不良先河。毫不讳言,这种遗毒至今在一些思想学术领域里也不曾消散。当然,如果一定要挑拣出这场关于“大屋顶”批判所取得的“成果”,那就只能说因为这场学术政治运动使梁思成表面上“换了脑筋”。但是,也因此在随后开展关于知识分子的“鸣放”运动中,为梁思成增添了“大鸣大放”鲜活的素材罢了。而关于这场鸣放运动,对于梁思成来说又是一场永远也无法忘记的梦魇而已。

7. 检讨与“鸣放”

正如公元1956年2月在全国政协会议上所做检讨“永远一步也不再离开我们的党”一样,梁思成虽然遭受了这场没来由的批判,在各种压力下多次做了“深刻”的检讨,但他并没有因此而“离开我们的党”,更没有懈怠了“我们的党”赋予自己竭力保护文物古建筑的责任。这时,当他得知北京昌平明十三陵遭受雷击着火的消息后,立即前往国家文物局找到局长郑振铎一同赶赴十三陵现场查看情况,随后提出了在全国重要文物古建筑上安装避雷针的建议。这一建议得到周恩来总理的支持,随即在全国得以实施推行,这一措施对全国诸多文物古建筑的保护起到了难以估量的重要作用。对此,罗哲文先生后来回忆说：

> 我国古建筑多为木构，最怕火焚。古往今来不知有多少杰阁层楼、巍峨宫殿、离宫别馆由于被火焚烧，顷刻之间化为乌有。
>
> 一种是人为的纵火，近代又增加了电线走火等等。
>
> 另一种则是雷电起火，这种例子很多很多。如新中国成立以后，河北遵化清东陵康熙景陵大碑楼失火，易县清西陵光绪崇陵配殿失火等等，不计其数。雷火古往今来都是古建筑，特别是木构建筑的大敌。但是几千年来一直未能采取过防雷措施。
>
> 1957年7月30日的一个上午，思成先生来到文物局找到郑振铎局长和我，说是明十三陵的楠木殿昨晚被雷击着火，情况如何尚不知道。这一大殿全为楠木，是唯一的大型楠木殿，应立即去看一下，于是我们三人驱车前往，在车上我们心中都十分焦急，忐忑不安，不知究竟烧到什么程度，如果被烧光或烧得倒塌了，那将是一个无法弥补的极大的损失。因为此殿不仅是楠木结构，而且在建筑历史、艺术、科学三方面都具有重大价值。车子好不容易开到了十三陵，我们远远望见黄琉璃瓦的棱恩殿大屋顶，心中好像一块大石头扑通落了地。楠木大殿只是后槽金柱的柱头顶被雷劈裂一大块，虽然已经烧焦，但未延烧起来。
>
> 在回城的路上，先生和郑振铎局长商量，古建筑要设法安避雷针才行。那天晚上，正好他们两人都要参加周总理召开的会，要我立即写了一个简要的情况，两人当面向周总理汇报。周总理立即指示由国务院下通知，全国重要古建筑都要安装避雷针。

与明十三陵楠木殿遭受雷击着火而在全国重要文物古建筑上安装避雷针有异曲同工之妙的，还有后来梁思成在承德休假期间目睹避暑山庄及周围寺庙由于年久失修大部分坍塌而提出“修旧如旧”这一重要文物修复原则一事。这一年，梁思成面对承德避暑山庄等文物古建筑由于年深日久、缺少经费维修等原因，已经变得破烂不堪而感到忧心忡忡。在承德的整个休假期间，梁思成一直在思考如何维修和保护这些濒临毁坏的珍贵文物古建筑，并与当地同行进行了广泛的座谈。回到北京后，梁思成将在座谈会上的发言整理成了《闲话文物建筑的重修与维护》一文。在这篇文章中，梁思成把他当年审查西安小雁塔维修方案时所说的“保护古建筑是要它老当益壮，延年益寿，而不是要它焕然一新，返老还童”的话，精准地概括为“修旧如旧”四个字。如今，“修旧如旧”已经成为中国乃至世界修复文物古建筑的重要原则之一。

其实，对于如何保护文物古建筑的态度，梁思成早有论述，并由单体文物古建筑的保护延伸到周边环境乃至整个城市的保护。这也是如今在全国推行保护历史文化名城倡议的最早论述。记得他曾经这样对自己的学生们说：“古建筑绝对是宝，而且越往后越能体会它的宝贵。但是怎样来保护它们，就得在城市的总体规划中把它有机地结合起来，不能撞到谁，就把谁推倒，这是绝对不行的。古建筑是这样，对城市也是一样，对北京这样的文化古城，这样来用它是不行的，将来会有问题的。城市是一门科学，它像人体一样有经络、脉搏、肌理，如果你不科学地对待它，它会生病的。北京城作为一个现代化的首都，它还没有长大，所以它还不会得心脏病、动脉硬化、高血压等病，它现在只会得些孩子得的伤风感冒。可是世界上很多城市都长大了，我们不应该走别人走错了的路，现在没有人相信城市规划是一门科学，但是一些发达国家的经验是有案可查的。早晚有一天你们会看到北京的交通、工业污染、人口等等会有很大的问题。我至今不认为我当初对北京规划的方案是错的。只是在细部上还存在很多有待深入解决的问题。”

正如梁思成所预言的那样，北京城的交通拥堵和人口过于稠密早已成为首都的顽症，而工业污染更是北京人民生活质量极端恶化的一大杀手，否则像首都钢铁总公司这样的巨型企业不会跑到渤海湾去围海造地准备搬迁。试想，如果当初能够按照梁思成的设想将首都北京只作为政治和文化中心进行建设,而不是“把消费城市变成生产城市”的工业重地和经济中心,今天的首钢也不至于耗费巨额资金去搞什么围海造地搬迁，更不会使原本蓝天白云绿水的首都每年竟有超过三分之二的天数处在空气污浊之中。

自公元1955年那场没来由的批判之后,梁思成似乎真的接受了当时有人提醒他“今后要少写文章”的“建议”,他此后直到生命结束也不曾写有什么好的学术文章。即便写了一些“文章”,那也完全是按照上边有关旨意完成的任务罢了。对此,梁思成后来在“文革”期间所交代的材料中这样写道:“自从建筑思想批判以后,除了作为‘任务’接受下来,并按交代下来的‘精神’交卷外,我没有写过任何有关建筑问题的文章。我以为这样总可以不至于再犯错误了。”其实,也不尽然,梁思成的这种想法依然还是书生意气。公元1955年的那场批判之所以草草收场,除了梁思成“认错”态度较好之外,他还赶上了一个好的契机，那就是当时中共中央把知识分子纳入工人阶级一部分的好政策。公元1956年1月14日，周恩来总理在中央工作会议上做了题为《关于知识分子问题的报告》,这对于知识分子来说就像是报春的惊雷一般，使他们的内心里欢欣鼓舞,备感振奋。接着,巨人毛泽东在一周之内连续两次发表讲话,鼓励知识文化界开展“百花齐放,百家争鸣”运动。同时,由中共中央政治局批准成立的国务院科学规划委员会,正积极筹划公元1956年至公元1967年的“十二年科学远景规划”,梁思成应邀参加其中的工作。特别让梁思成感到兴奋的是,他当年因为政治等原因而中断的《营造法式》研究工作被纳入该规划。

对此,梁思成后来这样写道:“公元1961年始,党采取了一系列的措施以保证科学家进行科学研究的条件。加之以新中国成立以来,全国各省、市、县普遍设立了文物保管机构,进行了全国性的普查,实例比新中国成立前更多了。在这样优越的条件下,在校党委的鼓舞下,在建筑系的教师、职工的支持下,这项搁置了将近二十年的工作又重新‘上马’了。”不过,除此之外,梁思成似乎还是心有余悸的,他并没有对毛泽东那“百花齐放,百家争鸣”的倡议予以积极回应。当然,向来行事小心谨慎的“书生”们,都与梁思成一样在持一种观望的态度犹疑着。后来,中央发出了《关于整风运动的指示》,为"书生"们展开争鸣提出了命题——主观主义、官僚主义和宗派主义。

既然如此,向来视天下为己任的"书生"们便开始当仁不让地"鸣放"起来。在昏暗的社会里,"书生"们学会含沙射影的语言文字技巧;而在政治清明时,"书生"们则直言不讳,甚至语出惊人。第一个敢于直面向领导"鸣放"的,就是当年带领人民解放军军官请梁思成绘制北京文物地图、自公元1952年担任中共中央教育部部长的张奚若。他用16个字批评有关领导:"好大喜功,急功近利,鄙视既往,迷信将来。"半个月后,张奚若不仅在参加中共中央统战部举行的座谈会上,对这16个字进一步进行系统阐释,随后还发表在公元1957年5月16日的《文汇报》上。

在张奚若如此大胆"鸣放"之前,梁思成还是比较谨言慎行的,只是在小范围内对北京城市建设及公元1955年针对他的那场批判进行零星辩解或"小鸣小放"。例如,在公元1957年3月2日召开的北京市人民委员会第二十四次会议上,梁思成这样"鸣放"说:"展宽西长安街的时候,拆了很多民房,结果街道过宽,街道当中用不着,留作停车场,把民房拆了做停车场,我看不太妥当……西长安街太宽,短跑家也要跑十一秒钟,一般的人走一趟要一分多钟,小脚老太婆过这条街就更困难了。"又如,梁思成对公元1955年那场批判这样说道:"建筑的民族形式主要不是形式问题,而是内容问题,民族形式的建筑创作,要从生活开始,研究平面、结构,再上升到情感。而在批判了形式主义和复古主义之后,建筑界又出现了单纯强调功能的结构主义,从一种形式主义走向另一种形式主义。"随后,见好友张奚若如此坦诚直言并无不利时,梁思成也开始禁不住大胆地"鸣放"起来。公元1957年5月17日,在《北京日报》上刊登题为《畅谈民族形式和保存古建筑——梁思成先生访问记》一文,就是梁思成大胆"鸣放"的见证。在这篇访问记中,梁思成大胆坦率而又比较系统地将新老旧账一起"鸣放"出来:

古往今来,人民制造的一切物件,都有它自己的民族形式,就连一张桌子，一把刀子也不例外……所谓民族形式是吸引人们思想感情的东西，今天的建筑，无论它是一个厂房或一个托儿所，还是一所房屋，而房屋是人类自古以来就有的东西，所以在建筑上也就要求表现出自己的民族特征来。问题在于，建筑师能不能认识民族传统，能不能正确运用民族传统的问题。北京的有些新建筑，人们可以看到建筑师把梁头当成雀替来处理，就好像把一条中国的绣花裙搭在一架钢琴上，显得极不协调。这当然不是什么民族形式……反对人们把错误的东西都说成是民族形式，并因此来否定民族形式的态度……直到今天，我还搞不清“大屋顶”的定义是什么！照一些人的看法，好像有脊、有坡、有檐、有点曲线的就是“大屋顶”。其实一般说来，屋顶是有坡顶和平顶两种（圆顶也是一种坡顶），有的出檐，有的不出檐；有的有曲线，有的没有曲线。同样出檐，只有一条比较不显著的脊，但没有曲线的坡顶，就不是“大屋顶”吗？我实在搞不清。我虽然喜欢琉璃瓦大屋顶，但是我的意见是：使用琉璃瓦以前，先要改进琉璃瓦的生产和施工方法。目前，制造琉璃瓦还和几百年前一样，还要用特定某某山生产的材料做釉子；轧压干子土还要用牛的蹄子来捣拌；施工还要在望板上抹 15 公分泥，在这种情况下建筑师硬要设计琉璃瓦大屋顶，那岂不是自寻烦恼……

建筑中出现了“复古主义”应该由我负责，因为我写了《清式营造则例》，整理了李明仲的《营造法式》，责任我是要负一部分的，谁叫我搞了这两本书呢！我也不能担负全部责任呵……尽信书不如无书（梁思成翻开《清式营造则例》序言）……你瞧，上面写着“随宜加减”，瞧，又是“随宜加减”！没有哪个人要建筑师在今天把它当作公式，生搬硬套呀！（梁思成又翻开《营造法式》一书）这两本书，在当时历史条件下，是前人总结的一套预制构件和标准设计的经验，利用它可以加速施工，便利估工估料，还可以保证一定的艺术水平和整体性、一致性。现在，情况不同了，但我们如能学习它，咀嚼它，对今天的建筑还是有好处的……

我绝不相信经济与美观是对抗性的矛盾。建筑师如能创造性地运用民族形式，不一定非多花钱，非加上许多装饰不可……这几年的新建筑，比较起来，我认为最好的是儿童医院。这是因为建筑师华揽洪抓住了中国建筑的基本特征，不论开间、窗台，都合乎中国建筑传统的民族风格……儿童医院虽说并不是十全十美的建筑，但是它既表现了民族风格，也基本上满足了使用的要求，它也没有什么很大的浪费。儿童医院建筑重要的缺点，是它的大门与整个建筑不协调，这是薛子正硬要华揽洪修改设计的结果……有些建筑为了更美好一些，可能要多花一些钱。对于多花的一些钱，人们就可能有两种不同的看法。一种说法是："仅仅多花这么一点钱，就把建筑处理得这样美，很值得！"另外一种说法可能是："为了追求建筑艺术，竟然多花了这么多钱，可不值得！"这就牵涉到我们对个别建筑在艺术处理上的不同要求了……在做城市规划的时候，既应该照顾城市的将来，也应该照顾到城市的历史。

做规划设计的人要有很强的整体观念，把必须保存的古建筑有机地组织到城市整体里来，使古建筑在现代的城市里成为积极因素，而不能把古建筑看成是包袱，一味地以卸掉包袱为快。有些人一谈到建设社会主义城市，就强调现代化。其实，看一座城市是否现代化，也要看它是否把历史遗产组织到整体里。一座改建的城市，如果把古建筑都拆掉了，那不是什么现代化的城市，而是"暴发户"的城市……西长安街展宽马路，把元代建的双塔寺拆掉，这是一个极端错误。这两座塔如果保存下来，不但丝毫不妨碍交通，而且会给西长安街增加风采。塔的四周如果栽种些花草，可以使它成为一个美丽的岛。然而市人民委员会却把它拆除了。为什么拆除呢？市人民委员会也可能说："这是群众要求拆除的！"可是另外也有群众不赞成拆除呵！这两座塔存在了六百年，为什么不容许它继续存在三年五载或一年半载，让它在路中间存在一个时候，听听群众的意见！如果那时候广大群众真是都要求拆除它,那我就没有一点意见,事情不是这样做的,我不了解市人民委员会为什么那样匆匆忙忙地拆掉它,结果反而使展宽的街道落得个“大而无当”。拆掉许多房子(包括双塔)让在全聚德吃烤鸭的人停汽车,群众恐怕也有意见吧……展宽西颐路的时候,把民族学院前面的一座小庙也拆除了,这我也不同意。我认为把小庙留在上下行道中间,不但增加风趣,而且可以利用它的十一间房,作为公共汽车乘客候车室,或者用做自行车修理站,这对群众也是有好处的。再如女三中门前的帝王庙的牌楼,也应该保留,但是拆除了。现在我还是主张等到按照规划继续改建这条街道时,把原来的牌楼恢复起来,连同现有影壁,放在一个街心岛上,将马路分为上下行道……

也许有人会说:城市要建高楼,高楼中间留着低矮的牌楼多难看,这不是理由。请问大楼中间为什么还建喷水池和雕像?喷水池和雕像不也是低矮的小东西吗?在城市改建中对古建筑采取“秋风扫落叶”的方式,我是反对的……有人会因此责备我,说我是“复古主义者”,说我有“思古之幽情”,对于这样的责备我不能接受。我觉得我自己只是对民族遗产有着强烈的感情,但绝不是颂古非今。我一向认为我既能欣赏古建筑,也喜欢城市里一切新的好的东西。我站在纽约港口的轮船上,一方面看得到它的杂乱无章,一方面也会欣赏它壮丽的轮廓线。我喜欢英国设计得极为美丽的流线型电话,也喜欢莎士比亚故居。俄罗斯的、乌兹别克的建筑,我也学会了欣赏。有人说我喜欢的只是皇宫里的玩意儿,这也不是事实,其实我最不喜欢的是宫廷艺术,特别是清乾隆、慈禧的宫廷艺术……我也喜欢这些云南、四川的民间刺绣呵!

欣赏艺术不能有成见,应该放宽胸襟,既不能一看大屋顶就说是封建,也不能只爱大屋顶就反对“摩登”的东西。过去有人批评我,说我要把北京城当成历史博物馆保存下来,所有古建筑都不同意拆除。对这种批评,我可不能不喊冤。西便门是我批准拆除的。大高殿前面的牌楼是那样精美,可是我也赞成拆除,因为这些地方的古建筑不拆除,就再也无法进行建设了，这属于你死我活的矛盾。而上面所说的拆除的古建筑，情况却不是这样。我主张保留城墙原因也是如此。北京的城墙，作为历史遗迹看，它是世界上独一无二之宝呵！在规划中并不是一个不能处理的难题。是否能把它处理好，也是对做北京规划的人的一个考验……

这就是梁思成的“大鸣大放”，可以看出他对于当年几乎所有对他没来由的批判和不实攻诘都进行了“翻供”。

与此同时，全国几乎所有的“书生”们也都开始大胆地“鸣放”起来，而像张奚若和梁思成这样的高级知识分子更是言之凿凿。不料，政治“风向”突然转变了。

接着大批高级知识分子被打成右派。然而梁思成却并未被划成右派，而且还在公元 1957 年 6 月 3 日的《人民日报》上，刊登了他的一篇题为《整风一个月的体会》的文章，因此竟使梁思成在无意中成了“反右”的“先锋”。那么，这是一篇怎样的文章呢？作为著名的建筑学家，这虽然不是梁思成的学术文章，但却淋漓尽致地反映出了那个时代的语言特色，故不妨摘录如下：

整风开始以来已经一个月，全国各地都动起来了。在仅仅一个月的期间，全国人民帮助共产党整风，揭发了无数“三大主义”的具体事实。从报章、杂志上，从各机关、学校的墙壁、黑板上，从广播中，从街头巷尾的谈话中，从各式各样的座谈会中，从许多高等学校的“自由论坛”上，所看到、所听到的，无非都是党的官僚主义、宗派主义、主观主义——从党中央一直到任何一个小单位的支部，无不或多或少地普遍存在。“真是一团糟！中国共产党就是一个充满官僚主义、宗派主义、主观主义的党。它就是‘三害’的化身！”有许多人就得到这样一个印象，乃至已经下了这样一个结论了。有人说从前对共产党存着幻想，现在幻想破灭了。有人说从前对共产党有信心，现在信心消失了。甚至有些已经申请入党的人也声明他要撤消(销)申请了。他们陷入悲观、失望的境界中。这种人在高级知识分子中不占少数。

的确,对于一些过去把共产党理想化的人,这样的揭发是令他们吃惊的;对于一些一向不满意于共产党的人,这样的揭发正好使他们拍手称快。的确,在“三反”“五反”中,在镇反、肃反中,是有些人被斗错了的;在学习苏联的过程中,是犯了教条主义的偏差的;在五年计划的拟定中,是有偏急、偏高的主观主义的。这一切,谁都承认是党所犯的一些错误。至于个别党员在日常执行任务中,以至在私人生活作风中所犯的错误更是不胜枚举。许多具体的错误事实,这次都揭发出来了,所以令拥护党的人吃惊、失望,令敌视党的人称快、高兴。

从我个人在工作中同党的接触来说,我对党不满的地方是很多很多的。由于党的某种工作方法或作风而令我吃的苦头也真不小,使我彷徨、苦闷、沉默。例如在北京城市改建过程中对于文物建筑的那样粗暴无情,使我无比痛苦;拆掉一座城楼像挖去我一块肉;剥去了外城的城砖像剥去我一层皮;对于批判复古主义的不彻底,因而导致了片面强调节约,大量建造了既不适用,虽然廉价但不经济,又不美观的建筑,同时导致了由一个形式主义转入另一个形式主义,由复中国之古转入复欧洲之古,复俄罗斯之古;在北京市的都市规划过程中,把“旧”技术人员一脚踢开,党自己揽过来包办一切的关门主义等等。在节约声中,北京市委盖了那座不可一世的,大而无当的,铺张浪费的,里面是复欧洲之古的,外面像个把里子翻出来的洗澡间的市委大楼,我也很有意见。我尤其不满意党在许多措施中专断独行,对许多学术性的分歧意见用狂风暴雨来刮得人、淋得人连喘气都喘不出来,更不用说说话了。是的,我对党是有很多不满的。

八年来,我对党的领导同志,不管是哪一位领导同志,总是争辩不休的。在我被说得真正地心悦诚服以前从来没有低过头。但是,在这样硬着头皮、继续不断地同党抬杠的同时,我从来没有忘记:是谁领导六亿人民解放了自己,从根底下铲除了百年来帝国主义、封建地主、官僚资本对我们的压迫;是谁领导我们取得了抗美援朝的伟大胜利,从而同时保障了国民经济的三年恢复,并开始了第一个五年计划的伟大建设;是谁领导我们根治淮河、黄河,修筑成渝、兰新、宝成、鹰夏、集二、黎湛等铁路,使克拉玛依、柴达木喷出石油,使长江大桥提前两年合拢,使三门峡工程开工;是谁领导我们第一次做出了自己的汽车和喷气式飞机;是谁领导五亿几千万的农民、手工业者和资本家欢天喜地、敲锣打鼓地完成了自己的“三大改造”。我从来没有忘记是谁帮助我(以及成千上万的知识分子)搞清楚了我到底为谁服务,给了力量和信心。我更不能忘记每逢“五一”“十一”的天安门前,是谁使千千万万张充满了自信和自豪的脸孔笑逐颜开;是谁使全国几千万条红领巾上面露出那样愉快、幸福、可爱的小脸蛋!套一句公式话——但在这里不是公式而是事实,不是口头禅而是由衷的、公平的评价——成绩是主要的,缺点是次要的。

中国共产党是一个“闻过则喜”“过则勿惮改”的党;是一个“虚怀若谷”的党。它的缺点“如日月之蚀焉”。党知道自己有缺点,并且分析出了“三害”。它不护短,不掩饰自己的缺点,反而提出了“百花齐放,百家争鸣”“长期共存,互相监督”的方针——并且声明是一个长期的方针。现在全国人民、各民主党派已经实行“监督”起来,鸣放了一个月,许多许多缺点都揭发出来了。这不是“糟得很”,而是“好得很”。让我们回顾一下人类五千年的历史,可曾见过任何一个政党,不管它在朝在野,和任何一个党领导下的政府,能有这样勇气,这样度量,这样虚心,并寄予全国人民这样无边彻底的信任,发动全国人民来给自己提意见,找缺点,进行批评?这是人类历史上的创举,是中国共产党最勇敢、最英明的决定和措施。缺点是揭发出来了,可以对症下药了,这些缺点就将得到改正。事实上,许多地方已经边整边改了。这是六亿人民的幸福。这是六亿人民所应额手称庆的大喜事。

凡是有政府、有组织、有机构的地方,就可能有官僚主义;凡是有人与人的关系(即使是夫妇之间)就有彼此,就可能有宗派主义;只要是一个人,就必然有他的主观成分。“三害”是世界上任何一个地方都有的。世界上七八十个国家,假使它们有勇气也来揭发一下,我相信它们的“三害”不知要比我们的多几千百倍,虽然没有法子统计,也没有尺度可衡量,我相信(如果能够摊出来比较一下的话),我们的“三害”不是最少的也是最少者之一。整风开始了,党的许多缺点揭发出来了,我不但丝毫没有对党失望,失去信心,相反地它增强了我对党的信心。我相信在整风结束的时候,这些缺点将绝大部分被“整”掉。洗这样一次澡,全身的尘垢洗掉了,党将焕然一新。它将更加年轻,健壮,坚强——更加可爱。它将以更坚定的步伐,领导全国人民建设社会主义。

我们绝不应否定党的领导。党的领导是无可置疑的。我不同意从高等学校(或其他机关企业)中撤销党委,我们需要党的领导。问题在于党怎样领导。过去有些以党代政或党政不分的办法是不妥当的。我们应该研究怎样进一步发扬民主,使党的领导作用能更好地、更正确地发挥起来。

让我们继续大鸣大放,给党吹毛求疵,给党挑错儿、找茬儿,并且帮助党把它们“整”掉。经过团结——批评——团结,我们的党将更加健壮、巩固、坚强,我们的政治觉悟也将随着得到提高。六亿人民更加亲密地团结起来。这是一阵送暖的春风,是一场最及时的“及时雨”。它将给我们的国家,给六亿人民带来新的生命,更大的幸福。缺点的揭发显示出来的是光芒万丈的前途!

正当党的缺点被无情地揭发出来的时候,我却要说:中国共产党是一个伟大的党!是一个最可爱的党!我知道你有缺点,也不怕你有缺点,并且还要尽情地、无情地继续揭发你的缺点,也将尽我的一份力量帮助你整掉它。我最后还要加一句:我还要把我的一切献给你!

确实，正如梁思成在文章中所说他对于中国共产党还是充满着赤诚之情的。关于这一点我们至今也毫不怀疑，因为早在公元1956年2月他在全国政协会议上所做检讨中就这样说过：我“衷心地感谢党，在给我医治了身体的重病之后，又为我医治思想上的严重病症。党尽了一切可能来救我、治我。我相信我已得救，至少可以说‘病情’是肯定地好转了。党是我们的带路人，把我从迷途中引回到光明的康庄大路上来了。我要像一个初进学校大门的学生一样，努力学习，学习马克思列宁主义，进行自我教育，提高自己的水平，重新认识遗产，重新开始我的工作，贡献自己的力量，并通过教学工作，扩大我们的队伍。我要团结所有的建筑师、工程师、艺术家和从事建筑工作的同志们。我要和那个资产阶级唯心主义的故我进行坚决无情的斗争。我一定要把自己改造成为一个红色专家，红色教师。我的身体虽然不好，但我有信心，在党的关怀和鼓舞下，我至少还可以工作二十五年，争取至少工作到我八十岁的那天。在这不算很短的期间，我要把我的一切献给党的事业——伟大的共产主义事业。我永远一步也不再离开我们的党！”

对于中国共产党的这种赤诚之爱，还表现在他于公元1957年所做的自我检讨中。对此，梁思成说：

……过去我在工作中有没有烦恼呢？有，而且不少也不小。我的烦恼是“党什么都好，就是可惜不懂建筑”。“人之患在好为人师”，我就开始犯错误了。我一个人单枪匹马地想搞一个在建筑领域里的反党运动。我写文章，做报告，系统地做学术讲演，并且以我的理论教育清华大学建筑系的青年教师和学生。为了反对美国式的玻璃方匣子，我有意识地搬用了毛主席的话，矫枉必须过正。所以为了矫方匣子之枉，必须过正地去搞复古主义。我想搞成一个学派，以群众的压力来“教育”党的领导同志。我的错误理论在全国范围内影响了不少建筑师，造成了巨大浪费。正如一位领导同志后来告诉我说：连许多共产党员都被我“俘虏”了。正在我暗暗高兴的时候，我发现自己突然成了全国性的批判对象,使我大吃一惊。我心情非常沉重。但是,我同党并没有抵触情绪。我想:这样"整"我,一定是因为我的建筑理论是不利于祖国建设的。我的痛苦是一个受到母亲谴责的孩子的痛苦。为什么?因为我信任我们党像我小时候信任我的妈妈一样。我思想没有搞通以前真是痛苦万分,但是党却是那样耐心地同我讲道理。我搞通了,从心底下服气了。我低头,我承认错误。后来我知道了《人民日报》和《北京日报》曾收到了将近一百篇批判我的文章,而党没有发表。为的是不要让群众把我同当时正在受批判的胡适、胡风、梁漱溟等同起来。因为我的是一个学术思想问题,若是两个姓胡的,两个姓梁的相提并论,就可以一棍子把我打死。我才知道党对我的这种无微不至的爱护,我只有从心眼最深处感激感动。

从检讨到"鸣放",从"鸣放"再到检讨,梁思成经历如此反复的思想"洗澡"运动之后,是否已经具备了迎接随后而来的变化莫测的"文革"风雨的洗礼呢?

8. "文革"风雨

梁思成自公元 1957 年成为"反右""先锋"至公元 1966 年"文化大革命"爆发这近 10 年间的言行,诸多书刊鲜少提及,虽然这一段多是不值得浪费笔墨没意思的"跟风政治"活动,但这毕竟是不算短暂的 10 年光阴。

翻检梁思成人生中的这 10 年,给人最大的感受就是扼腕而惜。因为在这 10 年黄金岁月里,梁思成除了系列科普文章《拙匠随笔》和对《营造法式》进行部分注释之外,竟然鲜有值得推崇的学术成果流世,这不能不使人将此与当年战火烽烟中他和营造学社同仁不畏艰险四处调查古建筑并取得烁烁辉煌相比较,也不能不让人两相对照反思其因。

不经意间成为"反右""先锋"的梁思成,并没有因此而"飘飘然",经过多次思想“洗澡”运动之后，他似乎真的洗净铅华，脱胎换骨，政治上变得“成熟”起来，他已经开始学习怎样与马列主义信仰融入一道了。特别是公元1959年1月，当梁思成被中国共产党组织吸纳后，真正成为无产阶级先锋队里的一员时，他便开始大踏步地在社会主义大道上昂首前进了。

在前进的道路上，梁思成也开始变得忙碌起来，不过他忙碌的身影不是在清华园建筑历史与理论的研究所里，也不是在通往全国各地深藏古建筑瑰宝的调查路上，而是出现在各种相干或不相干的学术和政治会议上。因此，他的“成果”多是一些会议演讲或报告，其中虽然也有极少数学术文章，但在这些文章中则充斥着那个时代的政治术语，让人抽取学术滋养的同时，也不得不接受政治雨露的“沐浴”。

为了使人们对此有一个相对感性的认识，现将这10年间梁思成参加的部分会议情况罗列如下：公元1957年2月出席中国建筑学会第二次会员代表大会，当选为副理事长；同年7月应邀出席上海建筑学会成立大会并做报告。公元1958年3月出席在捷克斯洛伐克布拉格召开的国际建筑协会城市规划委员会的报告人会议，草拟亚洲各国城市规划情况报告；同年6月参加全国城市规划工作座谈会和中国建筑学会在青岛举行的城市规划和建筑会议并做报告；同年7月担任中国建筑学会代表团副团长出席在莫斯科举行的国际建筑协会第五次大会并做报告；同年8~9月担任中国建筑学会代表团副团长访问捷克斯洛伐克。公元1959年5月出席在斯德哥尔摩召开的世界和平理事会特别会议；同年5~6月参加中国建筑学会和中国土木工程学会在杭州召开的工作会议，以及由建筑工程部和中国建筑学会在上海召开的住宅建筑标准及建筑艺术座谈会。公元1960年4月出席在上海召开的中国科学院第三次学部委员会扩大会议；8月当选为全国文学艺术联合会第三届委员会委员。公元1961年12月参加在湛江召开的中国建筑学会第三次会员代表大会，当选为学会副理事长。公元1962年2~3月参加国家科学技术委员会在广州召开的全国科学工作会议，受命准备重新研究《营造法式》。公元1963年9~11月担任中国建筑师代表团副团长出席在古巴哈瓦那举行的国际建筑协会第七次大会，以及世界青年建筑师会见大会和在墨西哥举行的国际建筑协会第八次代表大会。公元 1964 年 12 月至公元 1965 年 1 月参加第三届全国人民代表大会第一次会议，当选为第三届全国人民代表大会常务委员。公元 1965 年 7 月担任中国建筑师代表团副团长出席在巴黎召开的国际建筑协会第八次大会和第九次代表大会。公元 1966 年 3 月出席在延安举行的中国建筑学会第四次会员代表大会,当选为副理事长。

在梁思成参加这些会议所做的报告或撰写与会议相关的文章中，都表现出了他“紧跟政治形势”的姿态。例如,公元 1958 年 6 月在青岛参加城市规划座谈会后应邀为《青岛》一书所做的序言中,梁思成写有这样一段话:“……我们看到了在‘大跃进’的形势下,城市规划和建设工作也在以‘一天等于二十年’的速度飞跃前进。许多中、小城市鼓足干劲、力争上游,用快速的办法、土办法、多快好省地编制出了城市规划,彻底打破了过去对城市规划的迷信,解放了思想,做出了过去不敢想象的奇迹,给全民性的工业化准备了良好的条件,也给我们深刻的教育——特别是思想教育。”

例如，公元 1959 年 2 月梁思成在清华大学教学研讨会上的一次发言中,他说:“……我们深深体会到这些成绩的取得,是由于党的领导。回忆我们在工作中,周总理、彭真同志,中央和市委的许多位领导同志,多次来清华看我们设计,给了我们许多指示。学校党委的同志对我们更是十分关心,常常深夜走到画图桌旁。在各县市的工作中,省、市、县委也同样在方针政策上,从原则到具体的技术上领导着我们。我们深刻地体会到,没有党这样的领导、关怀和在工作中具体的指导,我们是不可能取得这些成绩的。”

例如,公元 1959 年 6 月梁思成在上海参加住宅建筑标准及建筑艺术问题座谈会的发言中，他是这样说的:“这一次会议又一次证明了党对我们知识分子、对建筑事业无微不至的关怀,对建筑事业的重视。党正在领导着我们一步一步地向过去几年来我们所攻不下的建筑创作这一堡垒进攻。我们可以说我们已得到了初步的胜利。这次会议的胜利也就是在党的领导下走群众路线的胜利。事实证明:只要党一抓,事情就好办了。农民们常爱说:

‘听党的话,没有错。’我们这次会议所取得的这些胜利就是十年来我们建筑设计人员由反对党的话,不听党的话,逐步转变到学会听党的话而取得的胜利。”

例如,在公元 1961 年第 7 期《建筑学报》上梁思成所发表的《建筑创作中的几个重要问题》一文中,他这样写道:“毛主席教导我们:‘政策是革命政党一切实际行动的出发点,并且表现于行动的过程和归宿。一个革命政党的任何行动都是实行政策。不是实行正确的政策,就是实行错误的政策;不是自觉地,就是盲目地实行某种政策。’‘……全党的同志必须紧紧地掌握党的总路线……’‘……如果真正忘记了我党的总路线和总政策，我们就将是一个盲目的不完全的不清醒的革命者，在我们执行具体工作路线和具体政策的时候,就会迷失方向,就会左右摇摆,就会贻误我们的工作’。对于今天的建筑工作者来说,在党的领导下,紧紧地掌握‘鼓足干劲,力争上游,多快好省地建设社会主义’的总路线,坚决贯彻执行‘适用、经济,在可能条件下注意美观’的建筑方针以及在不同的建设阶段中制定、发出的指示,就是我们今后建筑工作取得更大胜利的保证……我们进行分析、批判的唯一准绳就是遵循毛主席的指示,‘以政治标准放在第一位，以艺术标准放在第二位’。所谓政治标准就是这建筑过去为谁、为什么阶级服务?今天能否为我们的社会主义建设、为无产阶级政治服务？”诸如此类具有那个时代特色的政治性口号语言,梁思成在这 10 年中真可谓是俯仰皆拾,运用自如。那么,梁思成经过 10 年的政治磨砺,是否真的具备了在险恶政治风浪中搏击的本领了呢?

其实不然,梁思成虽然在这 10 年中“紧跟”政治风向,但正是因为他在“紧跟”中所发表的一些言论,却成为他在“文革”期间遭受无情批判的口舌,这似乎真正应验了中国的那句老话——言多必失。

“文革”开始了,不久梁思成便被“揪”了出来,罪名是“反动学术权威”。他被挂牌批斗。在“革命无罪、造反有理”的巨大声浪中,踉踉跄跄站在建筑系馆大门口的梁思成，因为剧烈的疼痛使他原本受伤有些前倾的腰身变得

梁思成在“文革”期间

更加弯曲，沉重巨大的黑牌坠得他直不起腰来。这种“待遇”给予梁思成的感受，梁思成虽然没有留下任何的文字记述，但林洙的一段话是恰当而令人深思的，她说：“其实，疼痛的又何止是身体呢？望着面前人头攒动的观看者，听着他们发出的刺耳的哄笑，梁思成眼前恍惚了。这批斗与其说是肉体上的折磨，不如说是精神上的侮辱，是对这位正直学者一生坚持的高尚人格的粗暴践踏。”后来梁思成只要出门就必须挂上这块黑牌子，以表明自己的“身份”。当然，梁思成的内心是不愿意接受这一“身份”的，更不愿意带着这种“身份”在清华园里抛头露面，但这时他已经身不由己了。按规定，他每天必须带着黑牌子到大字报栏前学习其内容，反思自己的“罪行”，然后再一遍遍地写检查。

在众多关于梁思成的大字报中，有一张可谓是“独具创意”“图文并茂”，漫画中的梁思成脖子上挂着北京城墙，下面写着“我们北京的城墙，更应称为一串光彩耀目的璎珞了”。这本是梁思成在50年代初为保护北京古城墙而写的《北京——都市计划的无比杰作》一文中的一句话，如今竟被运用在梁思成自己的身上，真可谓是“妙趣天成”“相映成趣”。在这幅“绝妙”的漫画旁边，还有一张“内容丰富”的大字报，强烈批判梁思成“留恋封建社会，疯狂地反对拆除封建社会的城墙。新中国成立前夕去美国讲学是做了一次文化掮客，卖出中国的古建筑，贩回资产阶级的腐朽建筑观和教学制度。”后来一张带有总结性的大字报，其醒目的标题就是“打倒国民党残渣余孽、丧失民族立场的反共老手梁思成！”随后，这张大字报“揭批”了梁思成“四大罪状”：一、公元1966年梁思成在接见法国建筑师代表团时，曾在法国女团长的面颊上吻了一下，严重地“丧失民族尊严”；二、公元1947年梁思成代表国民政府出任过联合国大厦的设计顾问；三、梁思成曾担任过国民党“战区文物保存委员会”副主任；四、梁思成疯狂反对毛主席的新城市建筑指示。对于这些“反动罪名”，当时的梁思成只能默默承受，不能有丝毫辩解的机会。

梁思成的家被抄了，大量的梁家私物被搜走了。这被抄走的大量“四旧”中，除了一些他们认为属于迷信物品的文物古董外，还有梁思成和林徽因生前用于建筑和雕塑研究的艺术珍品。在这些被“收缴”的文物古董和艺术品中有几件值得一说，下面不妨来看看后来林洙在文章中的记述：

……思成常津津乐道地对学生分析它们所代表的时代特征及造型的美。那只明代小陶猪，他常常用来考学生，问他们，“欣赏不？”如果对方摇摇头，他就哈哈大笑说：“等到你欣赏时你就快毕业了。”对方若表示欣赏，他会追问为什么？他不但要学生看，还要他们用手去摸。他说：“建筑也一样，不仅要用眼看，有时还要用手去摸，才能‘悟’出其断面细部设计上的妙处。”有一次我被他考了以后，要求他给我分析一下。他笑着说：“只能意会，不能言传。”我生气地说：“那你就不是好老师。”他看我认真了，就把小陶猪放在我眼前，拿起我的手抚摸着小猪的脊骨说，“这根线条，刚劲有力又流畅，它对整个造型起了决定作用。这和圆滚滚的肥猪好像很难联系在一起，但就整个小猪的造型来说，却又惟妙惟肖。”

还有一双小小的汉白玉佛脚，这是他在佛光寺后山上拾得的。佛像的身体部分已毁了，只留下一双踏在莲花上的小胖脚丫。他常常给朋友们看这双小胖脚，并说：“这是典型的唐代塑像的脚。”还风趣地在这双小脚的莲花座下面写着：“莫待临时抱”。

在抄走的文物中有几件极有市场价值的东西，一件是战国时期的铜镜。虽然我国古代铜镜保留到现在的极多，但是像这面铜镜保存得那么完美的却极少，它上面的花纹几乎没有受到损坏，而且精美无比，这是梁启超的遗物。另一件是一尊高约三十厘米的汉白玉坐佛，它曾见于古书记载，这是林徽因父亲的遗物。还有一个高三十厘米宽二十多厘米的石雕，上面刻着三尊美丽的佛像，思成曾告诉我这尊古雕的由来：一天他去拜访陈叔通老先生。陈老酷爱古玩，他看思成正在聚精会神地端详他珍藏的佛像，便玩笑着说：“你如果能猜得出这雕像的年代，我就把它送给你。”没想到思成竟脱口而出，说这是辽代的。陈老大吃一惊，但是他老人家信守诺言，真要把这个稀世之宝送给思成。思成执意不受，但却玩笑着对陈老说："我可以接着猜下去，也许能把您收藏的一大半古玩抱走。"陈老哈哈笑着说："可不敢再让你猜了。"第二天陈老坚决让他的侄儿陈植把这尊珍贵的佛像送到思成家里。

然而，自从这些珍贵的文物古玩和艺术品被"收缴"后，至今杳无踪影，下落不明。

经历几次"收缴"之后，梁思成不得不把一些被毁坏的手稿、信件，以及当年花费大量心血设计的人民英雄纪念碑草图等，堆放在小院中点燃一根火柴，付之一炬了。值得庆幸的是，凝结着梁思成一生心血的《营造法式注释》手稿，被林洙预先交给家中贫农出身的保姆李阿姨保存起来。果然，不久真有一群造反派再次闯进梁家，要求梁思成将所有"封资修"文稿交出来，于是梁家再遭"洗劫"，梁思成早年许多珍贵的手稿被"收缴"一空，损毁无余，而《营造法式注释》手稿则幸免于难。然而，在"文革"中幸免于难的这份珍贵手稿，"文革"之后却不知所终，至今也未能面世，这实在是一件遗憾的事。

再不久，梁家被勒令搬出已经居住了十多年的新林院 8 号，梁思成的工资被停发，他本人也被"请"到建筑系单独住进了那水利馆的楼上。在被隔离的日子里，梁思成不仅要一遍遍地写检查交代自己的"罪行"，还不时地被拉出去接受批斗。在接受批斗的过程中，梁思成这位拥有高尚品操的伟大学者同样"享受"了"高规格"的"坐飞机"待遇，而且往往一坐就是三四个小时，这对于一个年近古稀体弱多病的老人来说，实在是"享受"不起。除了这种那个年代独创的体罚方式之外，诸如甩石块、浇墨汁、吐唾沫和拳打脚踢等就更是家常便饭了。

后来"大串联"开始了，梁思成被释放回家。被释放回家的梁思成这时已经是无家可归了，因为全家被勒令再次搬迁，住进了清华大学北院一间仅有 24 平方米的小平房里，这是公元 1967 年 2 月寒冬腊月里的事。由于房间过于狭小，连家中几口人的居住都成了难题，于是女主人林洙不得不与梁思成商量如何处理大量珍贵的中外图书和相关专业资料。经过再三斟酌,梁思成决定将大批建筑专业的中外图书暂时存放在建筑系资料室里，不料学校“‘文革’领导小组”成员竟予以阻止,经交涉后虽然同意放在资料室,但并不负责保管,后来在“武斗”期间多数遭受毁坏,剩余部分赠送给了图书室。另外,建筑专业以外的大量中外图书被当作废品卖给了收购站。

对此,林洙在当天笔记中这样写道:“为了处理那些封、资、修的书籍,雇三轮车拉了一整天,共运 45 车次,计售人民币 35 元。”处理完大量的图书资料后,梁思成发挥建筑师的设计才能,将 24 平方米的小平房不仅设计出了主卧室兼书房,还“巧妙”地安排了儿童房间和老人卧室,并规划了厨房兼取暖设施。确实,在这个寒冷季节里,女主人林洙不能不考虑最怕寒冷的肺气肿病人梁思成的身体状况。然而,即便炉火昼夜不灭,这个小平房里仍然特别寒冷,随后小屋的窗户玻璃又多次被砖块砸碎,梁思成全家只能在凌厉寒风中度过一个个不眠之夜,因此使梁思成旧病复发。由于梁思成的医疗关系不在清华大学,学校医院不能接受他住院治疗,而他本应享受的高干医疗制度已经被取消,林洙不得不带梁思成前往北京第三医院治疗。说是治疗,其实就是做一次身体检查买点药而已。于是,女主人林洙“不仅是他的妻子、保姆、理发师,又多了一项职务——护士”。就这样挨过数月后,直到公元 1968 年 11 月 17 日周恩来总理得知并直接过问才住进了北京医院，自此梁思成直到病逝再也没能离开过这所医院那张病床。

9. 屈辱与不屈

其实,梁思成早在“梁陈方案”被否定之后就学会了“屈服”。不过,那时毕竟是“大乱”的“文革”时期,在尊严贬值、斯文扫地和人性变态的“文革”风雨中,梁思成能否扛得住人格尊严而不屈服非人的凌辱呢?

梁思成在“文革”期间饱受了种种屈辱,使他“没想到”的事情,不断真实地在清华园发生着。被释放回家的梁思成由于是“头号反动学术权威”,还是隔三岔五地有人光临梁家那24平方米的“寓所”，不仅在大门上贴上“狗男狗女”之类攻击侮辱人格的标语和大字报，还要求病弱的梁思成站在自家门口向人们交代自己的“罪行”。有一次，“革命小将”闯进梁家时，见梁思成因为屋里过于寒冷而身披毛毯取暖的样子，感到十分滑稽可笑，就强迫梁思成披着毛毯站在自家门口交代“罪行”，后来“革命小将”也许感到这样还不够过瘾，又让梁思成绕着房子走了一大圈，然后才大声哄笑着一散而去。

与这种恶作剧羞辱有异曲同工之“妙”的，还有一次梁思成卧病不起被用平板车拉到会场接受批斗的场景。他们像耍猴似的让梁思成坐在破车上面接受批判、哄笑和围观。梁思成的感受正如林洙所说：“他哪里能体会精神上的绝对孤独，对一个知识分子来说，那是比死亡还难以忍受的痛苦。”不过，这种“比死亡还难以忍受的痛苦”梁思成还要一直忍受下去，直到他生命结束的前一刻也不曾解脱。

随着“革命”运动的不断深入，“革命派”逐渐形成了两个阵营，于是批斗和为非作歹也逐渐在升级。一天，一伙自称是来自造反派总部的几人闯进了梁家，他们人人都腰扎皮带，挎着手枪和匕首，为首的一个彪形大汉一把将林洙推搡到了一旁，直接冲到梁思成面前指着鼻子问道：“现在全清华的革命群众都在挨饿，你知不知道？”梁思成怔怔地回答说：“我……我听说停发工资了。”“你打算怎么办？现在是看你的实际行动的时候了。”彪形大汉追问道。“我……我愿尽我的力量……我们的家务是林洙管，我……我不知道家里有没有钱。”梁思成依然怔怔而结巴地回答说。没想到，还没等梁思成把话说完，那彪形大汉抬手就扇了梁思成一记响亮的耳光，差点把梁思成打翻在地，幸好林洙及时冲过去扶住他。“放屁！你没有钱，谁有钱？你每月三四百元的收入，全是人民的血汗钱，你知道吗？现在你哭什么穷？你对革命群众是什么感情！”

那彪形大汉面目狰狞，破口大骂，梁思成一时语塞，不知如何回答了。好在林洙还算镇静，她发现这伙人中有一人始终站在梁家门口东张西望，似乎是在望风。对此，林洙似乎有点明白了这伙来人的真实身份，再加上前一天建筑系的造反派头头已经找她捐了刚刚搬家卖家具的二百多块钱，所以林洙断定这伙人不是什么造反派总部的人,可能是敲诈勒索的坏分子。于是，林洙鼓起勇气说她昨天已经把钱交给了系造反派的负责人，并说隔壁的老刘可以作证。对于林洙这样的回答,很显然没有达到这伙人的目的,他们似乎缓和了一点语气说:“你们要是没有现金,其他东西也可以。现在有些人家都揭不开锅了,你们知道吗? 现在是给你们一个将功赎罪的机会,这是考验你们的阶级感情。”

听了这话,林洙更坚信了自己的判断,于是她反问说:“我不信,在我们社会主义国家的首都,怎么会饿死人,你这是对社会主义的污蔑。梁思成早就没有工资了,存款也没收了,你们既然是总部的,难道不了解这些情况?我没有任何金银首饰,所有值钱的东西早在抄家时抄走了,不信你们搜好了。你们是总部的人,为什么白天不来,晚上来? ”听了林洙的这番话,来人不由得恼羞成怒,其中一人举起手中的皮鞭狠狠地抽打着林洙。见状,自身都不保的梁思成猛然扑上前挡住了从空中甩下来的皮鞭，气喘吁吁但却严正地说:“你们不能打人……你们凭什么打人?!”林洙也急忙大声呼救。对于平日谦和温润的学者梁思成和弱女子林洙的激烈反抗，这伙自称总部的来人也许根本没有想到,顿时显示出了慌乱。不过,在他们匆匆忙忙离开梁家时,依然恶狠狠地指着林洙说:“好!你不是说我们白天不敢来么?明天中午十二点你等着我们。” 第二天,一夜担惊受怕的梁思成和林洙虽然没有等来那伙自称总部的来人，却听说在那同一天晚上清华大学竟有多位教授家遭到了同样的勒索。

如果说面对这些来自身体上的折磨和人格尊严上的侮辱，梁思成难以忍受的话,那么对于他学术思想和政治立场上的歪曲与批判,梁思成的内心更是极为不甘。例如,关于那张带有总结性大字报中所罗列的“四大罪状”，梁思成就曾私下里在与林洙的对话中一一予以驳斥：

……问他这都是怎么回事。他说:“那天建筑学会宴请法国建筑师代表团,法国的团长站起来致完谢辞,走过来在我的面颊上吻了一下。作为主人,我致了答辞,走过去在她的面颊上吻了一下,这是一般的礼节。”

“那你为什么不按中国习惯握握手呢?”我问。

“什么是中国习惯?”他说。“难道握手不是从西方学来的吗?中国是个多民族的国家,各民族都有自己的习惯,在国内要尊重各民族的礼仪,国际上当然也要尊重外国朋友的民族习惯。如果我按满族习惯就得拂下马蹄袖一手拄地一腿屈膝地请安;如果按汉族习惯就要拱手作揖或下跪叩首,难道要我向她献哈达?这样就有民族尊严?”即使在那样严峻的气氛中,他的这段答辩也使我不由得笑了。

关于联合国,他说:“1945 年成立联合国时,宗旨是维护世界和平。后来联合国日益受到美国的操纵, 反对中华人民共和国的合法地位,而保留台湾当局的代表。但是在 1947 年时并不存在这个问题,当初董必武还出席了联合国的大会嘛!”

关于“战区文物保存委员会”,他说:“1944 年冬,为了反击日本侵略军,并在盟军对日本占领区空袭时避免轰炸文物建筑,国民党政府教育部设置了‘战区文物保存委员会’,杭立武是主任,我是副主任,唯一的工作就是编制一份沦陷区的文物建筑表,并在军用地图上标出位置。当时为了和盟军配合作战,全部资料用英汉对照两种文字。这份资料我还委托费慰梅转交给周总理一份,除此以外没有做任何工作。”

停了一儿会,思成沉痛地说:

“新中国成立之初,北京市市长曾在天安门上告诉我说,中央一位领导人曾说,将来从这里望过去,要看到处处都是烟囱。当时我没有说什么,但心里很不以为然。我想在城市建设方面,我们应当借鉴工业发达国家的经验。有人说他们是资本主义国家,我们是社会主义国家,而我认为正因为我们是社会主义国家,才能更有效地汲取各国有益的经验,因为只有社会主义国家,才有可能更有效地集中领导,集中土地,才能更好地实现统一的计划。一百多年来资本主义城市建设的经验告诉我们:工业发达必然会带来严重的环境污染问题,复杂的交通问题,城市人口高度集中带来的居住问题,贫民窟问题,等等。英国的伦敦,美国的纽约不都是我们的前车之鉴吗?我们绝不能步它们的后尘。我们为什么不能事先防止呢?'处处都是烟囱'的城市将是什么样子?于是我就老老实实地把我的想法和盘托出。我认为华盛顿作为一个首都,是资本主义国家中可资借鉴的好典型,所以我希望北京也能建成像华盛顿那样风景优美、高度绿化、不发展大规模工业的政治文化中心。北京是古代文物集中的城市,因此它能像罗马和雅典那样的世界旅游城市。我发表这些看法并没有想到反对谁。"

对于建筑思想的批判,梁思成也有话要说。那么,梁思成的建筑思想到底是怎样的呢?对此,在这里我们虽然不能对梁思成的建筑思想予以全面权威的总结,不过还是有必要进行一番大致梳理的。应该说,梁思成的建筑思想是有一个探索、发展和成熟过程的,大致可以分为三个阶段:一、20世纪20年代至公元1949年新中国成立之初,这段时期梁思成赞成现代主义的"国际式"建筑,但并不摒弃民族形式;二、公元1949年至公元1955年批判"大屋顶"时,在这段时期内梁思成由于国内政治等原因由赞成现代主义转而批判现代主义,并开始强调民族建筑形式,也就是说提倡"大屋顶";三、公元1955年批判"大屋顶"之后,梁思成也否定以"大屋顶"为特征的民族形式,并提出了"新而中"的建筑观。由此可见,梁思成的建筑思想虽然曾经历过"大屋顶"时期的一段波折,但总的来说是在不断前进和日趋成熟完善的。

毕业于美国宾夕法尼亚大学建筑系的梁思成,应当说他接受的建筑思想教育是讲求艺术美的古典主义学院派,也就是如他自己所说受"形式主义"和"唯美主义"思想影响很深,但当现代主义"国际式"建筑观念风靡欧美时,梁思成立即投身其中,成为现代主义建筑思想的拥护者和实践者。对此,梁思成说:"(二十世纪)二十年代美国的建筑教育,完全是沿袭巴黎美院的折中主义的那一套。因此‘形式主义’在我的脑中也是扎下根的。到了三十年代欧美的新建筑已蓬勃发展起来。我非常赞赏当时的建筑大师密斯·温德罗的几句箴言：‘建筑是表现为空间的时代意志，它是活的，变化的，不断更新的。’‘建筑艺术写出了各个时代的历史。’我接受了当时‘新建筑’运动提出的理论，因此也具体地应用到北大女生宿舍（现为位于北京沙滩的《求是》杂志社宿舍）和地质馆（现为位于北京沙滩的法学研究所）的设计中去。在这两个建筑的外形设计上，不采用折中主义的形式，而是从建筑的功能出发，采取了几何形体。”这种以建筑的实际功能也就是实用性为出发点而设计其外在形式的做法，真是现代主义建筑思想的主旨。

不过，在到美国留学之前梁思成毕竟接受了深厚的中华民族传统文化的滋养，他在接受西方现代主义建筑思想的同时，并不主张不加过滤而全盘予以接受的观点，特别是20世纪三四十年代中国诸多沿海城市的新建筑呈现出“全盘西化”趋势后，他更主张在接受现代主义建筑思想时一定要注意保留民族建筑元素。对此，梁思成认为：“尽管在科学技术上采用西方的先进成果，但在中国的新建筑上应体现中国精神。我为仁立地毯公司（现为北京王府井大街雷蒙服装店，原设计被局部修改）设计的铺面房就是基于这个思想，做了一点探索。”对于在现代建筑中采用民族元素的问题，梁思成还进一步分析说：“那个时期我反对采用‘宫殿式’的形式（即现在的大屋顶），因为从近代建筑理论立场来看‘宫殿式’结构，已不合乎近代科学与艺术的理想，由于造价高，也不适用于中国一般建筑，所以也不能普及。”对于这一时期梁思成的建筑思想，应该说他在接受西方现代主义的同时并没有放弃中国的民族形式，属于兼容并蓄、中西结合的建筑思想。

新中国成立初期，由于抗美援朝激起强烈的爱国主义运动和毛泽东提倡学习苏联这“一边倒”国策的施行，注重体现民族形式的建筑观受到重视，而梁思成的这一建筑思想则受到了批判。对于这一提倡和批判，梁思成感到很是困惑：“当时我也深感不解，怎么斯大林提出的民族的形式，社会主义的内容的建筑和我二十年代在宾大所学的那一套完全一样呢？”对于这样的困惑,在当时的政治条件下梁思成要想跟上大踏步前进的新的社会主义步伐,他不得不试图进行自我解决,但总是不得要领。他说:"我自己的解释是:苏联建筑与欧美折中主义建筑之不同,主要在'内容'上。但是在建筑上'社会主义的内容'和'资本主义的内容'究竟有何区别,我之所以说不清,是因为我不懂得什么是社会主义,将来我懂得什么是社会主义时,自然就会懂得什么是社会主义内容了。就这样我把这个深感不解的问题'挂'了起来,不了了之。"

后来,梁思成经过社会主义对旧知识分子开展的思想"洗澡"运动,以及认真学习毛泽东的《新民主主义论》和《论人民民主专政》等著作后,他开始逐渐试着去理解"民族的形式,社会主义的内容"的"新"的建筑思想。对此,梁思成说:"我学习了毛主席的《新民主主义论》,对于新民主主义的文化应该是'民族的形式,新民主主义的内容'这一提法,感到很受启发。我想我们新中国的建筑也应该是具有'民族的形式,社会主义的内容'。我认为过去研究的那些古建筑,它们的形式就是'民族的形式',至于'社会主义的内容',则我既不了解什么是社会主义,也说不清在建筑上哪一部分才算是'内容'。这一直是梗在我心中的一个问题。"至于这个一直梗在梁思成心中的什么是"建筑的内容"的问题,不仅梁思成当时没能弄明白,即便社会发展到今天建筑师们也不敢说就弄明白了。既然如此,梁思成在参照苏联建筑风格之后,提出了自己的中国建筑的"民族形式"和"社会主义内容",他说:"还有一个使我从心底信服苏联的'民族形式'理论的重要原因,就是莫斯科的美。那统一考虑的整体,带有民族风格美丽的建筑群,保护完整的古建筑,再和英美城市的杂乱无章相比,使我深刻体会到社会主义的优越。所以我也就努力学习苏联,提倡'民族形式'——'大屋顶'了。"

除此之外,梁思成对于他提倡"大屋顶"的原因曾这样解释说:

……在三十至四十年代我是反对普遍建造"大屋顶"的,为什么到了五十年代,我反而积极地提倡搞"大屋顶"呢?我想有两个原因:在客观上受当时“学苏”“一边倒”国策的影响。新中国成立初期,从“知识分子思想改造运动”开始的一系列政治运动中,无一不批判“资产阶级建筑观”。我这个资产阶级学者,自然是“众矢之的”。在带有政治压力的学术批判下,使我多少盲目地把过去形成的“建筑观”否定了。认为那些全是资本主义的“建筑观”,而把苏联搞的“复古主义”“折中主义”这一套作为“新事物”“先进经验”照搬、照学了过来。

主观原因则是由于我从事多年的古建筑研究,对古老的建筑形式有很深的偏爱,认为人们反对“大屋顶”,是因为他们缺少文化历史修养,有“崇洋”思想。

即便如此,梁思成不久还是对“大屋顶”建筑形式产生了疑问。他说:“但是五十年代初所盖的‘大屋顶’建筑,却很少能达到我所想象的‘美’的标准,使我对‘大屋顶’越来越灰心——就是说,对‘大屋顶’这一古代的建筑造型,是否适用于现代新建筑产生了疑问。怎样在新建筑中表现我们民族的精神这一问题,经过 1955 年到 1959 年的实践,又提到日程上来。在建筑创作上出现了一系列有待解决的理论问题。”不料,就在梁思成大力提倡“民族形式”的“大屋顶”,但对此又产生怀疑的时候,还是由于政治原因或者直接说是因为中国与苏联之间的关系出现了裂缝,使“大屋顶”遭受了“围剿式”的批判。关于“大屋顶”的批判前面已详细述及,在此不赘。

既然西方现代主义建筑观和中国“民族形式”的“大屋顶”都遭到了否定和批判,梁思成就不能不考虑自己的建筑思想将何去何从。于是,梁思成经过痛定思痛,总结出了“新而中、西而新、中而古、西而古”的建筑思想。对于“新而中”的建筑观,梁思成解释说:“我所谓‘新’就是社会主义的,所谓‘中’就是具有民族风格的。‘新而中’就是中国的社会主义的民族风格。”对于提出这一建筑观的背景,梁思成有这样一段回忆:

1959 年 3 月建筑学会决定把总结各地重点工程经验(即十年大庆

的重点工程)作为主要的内容,讨论在建筑创作上出现的各种问题,并于当年6月在上海召开"住宅建筑标准及建筑艺术问题座谈会"。我因参加全国人大与出席世界和平理事会,到达上海时,"建筑艺术座谈会"已经开始四天了。这次会上各地代表都做了踊跃发言,就建筑理论中的一些基本问题,如构成建筑的基本要素——功能、材料、结构、艺术形象及其相互之间的关系;建筑的形式与内容的问题;传统与革新的问题等交换了意见。我因为迟到了几天,所以先听听别人的发言,我是最后一个发言的。由于1955年对我的批判,所以全国的目光都集中在我身上。是保持沉默停止前进?还是敷衍潦草不说真话?这些我都办不到。我阐明了我对传统与革新的看法,提出"新而中"的创作论点。

对于"新而中"这一观点,梁思成强调指出:"继承传统和吸收遗产不应只重视建筑形体,而应重视建立在人民生活习惯上的平面、空间处理,匠师实践中总结的艺术规律和中国建筑的气质。"由于梁思成提出"新而中"的建筑观受众较为广泛,所以至今在中国建筑界依然有着很深的影响。

不过,在"文革"时期梁思成的这一建筑思想依然遭受了批判,许多同行纷纷撰写文章予以反诘,但都没有"批"中要点,因为经过几次学术政治化运动之后,这一代建筑师们的建筑思想受到了严重扭曲,他们当时还不可能跳出政治化学术批判的怪圈,开展客观真正的学术讨论和争鸣。对此,在一篇题为《梁思成在民族形式问题的错误》的批判文章中,作者这样写道:"梁思成口口声声是'对人的关怀',但他的'理论'和他的所作所为,都彻底地证明了他根本缺乏'对人的关怀'。如果有,那只是出于反动阶级的立场,他才把建筑艺术看作是没有阶级性的,才产生了他这一套资产阶级、封建阶级的复古主义论调,才要我国现代新建的一切建筑物都纹丝不动地向古代反动的宫殿、庙宇、衙署和住宅看齐。"

而似乎不屑于对此进行辩驳的梁思成,还是有话要说的:"我们国家两千多年的封建历史,遗留下来的建筑,当然是为封建社会服务的。保护文物建筑怎么能和‘复古主义’相提并论呢？国务院不是还颁布了《全国重点保护文物单位的名单》吗？既然要保护古建筑，就不可避免地要对古建筑的历史、艺术价值进行分析，这就是毒害青年？什么叫‘文化买办’？我认为学术是没有国界的，任何一个民族都不应拒绝外来文化，一个民族只有接受了外来文化，本民族的文化才能更加发扬光大。如中国的佛塔，本非中国固有的建筑形式，但它从印度传入后，仍以中国的风格，造成成熟的中国特有的艺术而驰名世界。‘文化买办’？在我心中翻来覆去地想了不止一天，仍然得不到答案，真难哪！我不愿口是心非地写假检讨，我希望把我的观点摆出来和大家讨论。”然而，那个时候还有谁来和梁思成这个“头号资产阶级学术权威”讨论这些纯粹的学术问题呢？

陷入困境中的梁思成，只能独自发出这样无奈的自我反问：“我很苦恼，我常想如果再让我从头学一遍建筑，也许还会得出这样的结论。难道真的要带着‘花岗岩’的脑袋去见上帝？我后悔学了建筑这一专业。”其实，以梁思成的品操和个性，无论他学什么专业在那个特定历史时期他都逃脱不了属于他自己的人生宿命，比如如他父亲所愿成为中国美术界的“李杜”，而当年中国的美术界又何曾风平浪静过呢？虽然没有以“大屋顶”为标志的建筑界遭受冲击的“名气”灼人，流“芳”至今，但“文革”流毒不仅在美术和建筑等文化艺术界依然暗存，而且其覆盖面可谓是无所不及，无孔不入。如此说来，梁思成岂能幸免？

既然屈辱不能幸免，既然当面辩解遭受堵截，既然重新选择专业既不现实又无济于事，既然一切都已经发生了，梁思成，人们无比崇敬的一代伟大学人，我们真诚地感谢您虽然最终是带着困惑而去，但那“花岗岩”的脑袋并不曾有丝毫裂缝，这就足够名扬天下、名垂史册了。

公元1969年1月26日，身体和精神都已经遭受重创的梁思成终于迎来了“新生”，因为这一天中共中央转发的清华大学关于《坚决贯彻执行对知识分子“再教育”“给出路”的政策》的文件，被清华大学工宣队特意派人前往北京医院向梁思成做了细致而全面的传达。在这份文件中，对于知识分子给出了五条出路:1.对一般知识分子;2.对可以教育好的子女;3.对犯了"走资派"错误的干部的政策;4.对"资产阶级反动学术权威"的政策;5.对"反革命分子"的政策。其中,关于梁思成的政策应该属于第4条,对此在这份文件中有这样的内容:

> 这些人不是特务、叛徒和其他反革命分子,但他们站在反动的立场上,在学术领域内大搞封、资、修和"三脱离"的一套货色,是资产阶级知识分子统治我们学校的重要支柱……他们人数不多, 流毒很广,影响较大。其中原土建系主任,一级教授,建筑学反动权威梁思成;原副校长,一级教授,机械学反动权威刘仙洲;力学反动权威钱伟长尤其如此……
>
> 宣传队遵照伟大领袖毛主席"彻底揭露那批反党反社会主义的所谓学术权威的资产阶级反动立场,彻底批判学术界、教育界、文艺界、出版界的资产阶级反动思想,夺取在这些文化领域中的领导权"的教导,选定梁思成、刘仙洲、钱伟长三个典型,发动师生员工以毛泽东思想为武器,抓住他们的要害问题,紧紧围绕着两条路线斗争这个纲,集中批判了他们的学术是在什么路线指导下,为谁服务和怎样服务的问题……使师生员工受到了很大教育,认识到"学问再多,方向不对,等于无用"的伟大真理……
>
> 二是在批了之后,不再让他们在校、系等各级领导岗位上当权,但教授的头衔可以保留;身体好,能做点事情的(如钱伟长)要用,他那一套体系必须砸烂,但在分体上,还有用,应有所取。年纪太大,用处不大的(如梁思成、刘仙洲),也要养起来,留做反面教员……

听完文件传达之后, 一贯写日记的梁思成这一天在日记本上没有留下一个字。从此,梁思成陷入了无法自拔的落寞与孤寂之中。

第五章

落寞之惑

1. 黄昏恋情

陷入无尽落寞与孤寂之中的梁思成，应该感谢一个坚强的女人——林洙。所以，在状写梁思成落寞之惑之前，实在有必要细致写一写梁思成与林洙的黄昏之恋，虽然他们的恋情在当时乃至于今天依然存有反对与非议之声，但客观存在的事实还是不要回避为好，这正如杨永生先生所说，“关于林洙与梁思成的婚姻……别人不应再说什么。”

关于林洙与梁家的渊源，应该追溯到公元1948年的那个初秋。祖籍福建、年龄不足20岁的上海小姐林洙，跟随男友、清华大学建筑系年轻教师程应铨来到了梦想中的北京城，她到北京来是希望能考入清华大学学习建筑的。不料，林洙的这趟北京之行不仅没能如愿以偿，还因此而彻底改变了她的人生走向。在林洙到北京后的人生旅途中，虽然有过无尽的苦涩和酸楚，但也有过无尽的幸福与欢乐，苦涩和酸楚来自诸多方面，而幸福与欢乐则来自她的第二任丈夫——大名鼎鼎的梁思成。当然,林洙与梁思成的结合不仅使她获得了无尽的幸福与欢乐,也让她承受了别人难以承受的苦难和艰辛,甚至是亲人、朋友和社会的无端指责与非议。

不过,对此林洙在《梁思成、林徽因与我》一书中这样写道:“但是我不后悔自己的选择,并感谢上帝为我安排了这样一个角色。每当想起梁公在最后的岁月中所受到的屈辱与折磨,我就更加庆幸自己能在那样的时日陪伴在他身旁,带给他最后的一点慰藉与温暖。”对于林洙所说,杨永生先生从另外一个角度予以认可,他说:“事实证明,梁先生与林洙结婚是他晚年个人生活上唯一正确的选择。否则,恐怕不要等到 1972 年,1966 年就会被‘文革’折腾死了。幸亏有林洙的照顾,才活到 71 岁。”如此说来,林洙应该是梁思成在人生落寞岁月里的最后一抹亮色。那么,林洙是如何走进梁家的呢?

公元 1948 年仲夏,林洙来到清华园后并没有前往新林院 8 号拜访梁思成和林徽因,虽然之前程应铨已向同乡林徽因写了引荐信,但林洙因为清华大学建筑系没有开设先修班,再加上对梁林两人的学识和威望过于崇敬而自卑地不敢前往。然而,当林徽因得知林洙已经来到清华大学时,便让人传话请她到家中相见。于是,在这年初秋的一个早上,林洙满怀欣喜而又忐忑不安地来到梁家,接待林洙的是她早就闻名的“美人”林徽因,这时梁思成因为到南京中央研究院参加院士名衔的颁授典礼而没有回来。于是,林洙与林徽因有了第一次接触,并因此而得到林徽因随后提供的多方面支持和帮助,小到住宿地方的安置和帮助补习英语,大到林洙与程应铨结婚时的费用,林徽因都以一个同乡长辈的身份予以特别关照。

对于林徽因的第一印象,林洙说:“我承认,一个人瘦到她那样很难说是美人,但是即使到现在我仍旧认为,她是我一生中见到的最美、最有风度的女子。她的一举一动,一言一语都充满了美感、充满了生命力、充满了热情。她是语言艺术的大师,我不能想象她那瘦小的身躯怎么能迸发出那么强的光和热;她的眼睛里又怎么能同时蕴藏着智慧、诙谐、调皮、关心、机智和热情。真的,怎能包含那么多的内容。当你和她接触时,实体的林徽因便消失了。感受到的是她带给你的美和强大的生命力。她是那么吸引我,我几乎像恋人似的对她着迷。”

与林徽因第一次相见,林洙便像“恋人似的”“爱”上了林徽因,而等到她与梁思成邂逅时又是怎样的情景呢?对此,林洙也有生动的描述:

> 有一天我正走在建筑系的楼道里,迎面来了一位中年人,他身材瘦小,有些驼背,穿一身考究的西服,戴着一副宽边大眼镜,更增加了他那学者的风度。他看来和蔼可亲,诙谐风趣。他向我伸出手,笑着点了点头,又扬起眉毛调皮地说:
>
> “是林小姐?我猜对了吧?这位漂亮的姑娘一定是林小姐。”
>
> 我不好意思地笑了,虽然我搜不出一个字来回答,但立刻就断定这位亲切的长者是梁公。

此后,林洙成了梁家的常客和熟客,即便是在公元1955年林徽因病逝,以及公元1957年林洙在“整风运动”中与程应铨离婚后,她依然经常得到梁思成的帮助和关照。例如,公元1959年林洙在担任清华大学建筑系图书资料员时,当她得知北京建筑设计院拍摄有大量精美的“国庆十大建筑”图片资料后,曾多次前往求借而未得如愿。于是,当林洙将她想借用这些照片在建筑系举办一次图片展览而请梁思成出面帮助时,梁思成不仅慨然应允,而且当即为她给北京建筑设计院院长沈勃写了引荐信,使林洙的这一想法得以实现。当然,类似这样的小事还有很多,而正是通过这些小事的接触与交往,使两颗当时都处于孤独中的心灵在慢慢地靠近。

而使两人感情得以进一步的升华,那还要感谢吴良镛先生为林洙安排的一项艰巨“任务”——为梁思成整理资料。对此,林洙在文章中记述说:“有一天,在路上遇到吴良镛先生,他问我能否抽出一点时间帮梁先生整理一下资料。我爽快地答应了,但一直没有抽出时间去。过了好几个月,一天,泗妹(笔者注:指林洙的妹妹林泗)有事要请教梁公,她要我陪她前往……我想起吴良镛先生要我帮忙整理资料的事,就问梁先生是否需要我帮忙,没想到这句话受到他极大的欢迎。"于是,此后每隔一天晚上林洙便前往梁家帮助梁思成整理已经长久没能处理而堆积如山的图书、资料和信件。随着时间的流逝和两人的频繁接触,原本不愿多言且年已花甲的梁思成竟让林洙的心里渐渐地淡漠了长幼关系,而多了一份朋友之间的情谊,但梁思成依然很少与林洙交谈,这使林洙有时感到这项"工作"很枯燥。不过,"彻底改变"林洙与梁思成之间"关系"的,则是一封来自外埠另外一人向梁思成发出的求爱信。对此,聪明而调皮的林洙曾有这样一段回忆:

那是一封外埠的来信,一位全国人大代表的来信,说她在出席人大会时见到梁公,十分仰慕他,并关心他的生活。她做了简单的自我介绍后,便提出要与梁先生结为伴侣,信中还附了一张照片。这么有趣的事,对我来说还是生平头一次遇见,对我当时枯燥的工作来说也是一点提味的盐。我开心得都要唱起来了,我抓过一张纸写上:

亲爱的××

接君来信激动万分。请速于×日抵京,吾亲往北京站迎迓,请君左手握鲜花一束,右手挥动红色手帕,使吾不致认错也。

××日

我强忍着笑,轻轻地向梁公走过去,一本正经地递上信说:

"您看这样回行吗?您签个字吧!"

梁公接过信开始有点茫然,但立刻就看出是我的恶作剧,等他看完对方的来信,我们相对大笑了起来。我笑得开心极了,又接着逗他说:

"哈哈!您居然脸红了。"他真的脸红了,微微显得有点窘,但又流露出些微得意,假装板着脸说:

"对老人开这样的玩笑,是要被打手板的。"我仍旧笑得很开心,但我发现他脸上竟有一个深长的酒窝。我还看到了他的一双眼睛,一双会说话的眼睛。会说话的眼睛,我在小说中见多了,但在现实生活中从未见过,现在这双眼睛就像年轻人一样地看着我,他在说什么?我不由自主地避开了他的视线。

后来,梁思成那双会说话的眼睛所要说的话,都在一纸“申请书”中充分地表达了出来。在梁思成那洋洋洒洒的“申请书”中,我们不难看出梁思成在林徽因去世后独自固守那份人间真爱的坚定,也能够感受到梁思成对于林洙的炽热爱恋,故不能不全文引录梁思成那充满深情的“申请书”:

亲爱的朋友:

感谢你最近以来给我做清仓工作。除了感谢你这种无私的援助外,还感谢——不,应该说更感激你在我这孤寂的生活中,在我伏案“还债”的恬静中,给我带来了你那种一声不响的慰藉。这是你对一个“老人”的关怀,这样的关怀,为一个“老人”而牺牲了自己的休息,不仅是受到关怀的人,即使是旁观者,也会为之感动的。

你已经看到这个“家”,特别是在深夜,是多么清静。(你的“家”是否也多少有点同感?)若干年来,我已经习惯于这种生活,并且自以为“自得其乐”。情况也确实是那样,在这种寂静中,我也从来不怎么闲着,总是“的的笃笃”地忙忙碌碌,乐在其中。但是这几个晚上,由于你在这里,尽管同样地一小时、一小时地清清静静无声过去,气氛却完全改变了。不瞒你说,多年来我心底深处是暗藏着一个“真空”地带的;这几天来,我意识到这“真空”有一点“漏气”,一缕温暖幸福的“新鲜空气”好像在丝丝漏进来。这种“真空”得到填补,一方面是极大的幸福,一方面也带来了不少的烦恼。我第一次领会到在这样“万籁无声,孤灯独照”的寂寞中,得到你这样默默无声地同在一起工作的幸福感。过去,那种“真空”是在下意识中埋藏着的,假使不去动它,也许就那样永远“真空”下去。我认识到自己的年龄、健康情况,所以虽然早就意识到这"真空",却也没有怎么理会它。

尽管我年纪已经算是"一大把",身体也不算健壮,但是我有着一颗和年龄不相称的心。我热爱为祖国社会主义建设的工作,热爱生活,喜欢和年轻人玩耍,喜欢放声歌唱,总记不住自己的年龄,因此也有着年轻人的感情。

对自己年龄和健康情况的"客观事实"我是意识到的,若干年来,我都让它压制着那年轻的"主观心情",从而形成了那么一个"真空",深深地埋藏起来。但是这"真空"今天"漏了气"了。

我认识你已经十四五年了,自从你参加到系的工作以来,你的工作做得很好。你给了我越来越好的印象。也许因为我心里有那么一个"真空",所以也常常注意着你。(记得过去一两年间我曾不止一次地请你"有空来我家玩玩"吗?)但是也不过是一种比较客观的"关怀"而已。从来没有任何幻想。

今天竟然在你"工作"完了之后,求你坐下来,说是读林徽因的诗,其实是失去了头脑的清醒,借着那首诗,已经一时"忘掉腼腆,(已经)转过脸来,把一串疯话,说在你的面前"了!我非常抱歉,非常后悔,我不应该那样唐突莽撞,我真怕我已经把你吓跑了。但已"驷马难追"怎么办呢?真是悔之不及。

亲爱的洙,必须告诉你,我非常非常珍惜在我们之间建立起来的这种友谊,我非常深切地感受到在夜深人静时,你在这里工作而"陪伴"着我的温暖。但我更明确地意识到我用玩笑的方式所说的"三大矛盾"。即使对方完全是我所说的"三不要"的反面,而且她也不以我的"老、弱、丑、怪、残疾"而介意,我还是不愿意把自己这样一个"包袱"让别人背上的。因此,即使我今晚虽然一时冲动说了"一串疯话",我却绝不会让自己更"疯"。

但是我有责任向你发出一个"天气形势预报"。我是一个心直口快的人,有时也可能说话"走火",我深深地害怕这样"走火"把你吓跑了。

但另一方面，由于我心里有“真空”，所以有时你说话可能无心，我可就听着有意。例如你今晚说，“一个人老不老不在他的实际年龄”。我这有心人就听着“有意”了；又如你说那位画家抱着作品来，并说我相亲要“用马车拉”，那是否也拉到你处呢？从这方面说，我又不是心直口快而变成“疑神见鬼”了。

我非常非常珍惜这些天你给我带来的愉快和温暖，这就不可避免地增厚加深了我对你的感情。这种感情并不是什么“一见倾心”的冲动，而是多年来积累下来的“量变”到“质变”。这样的“质变”虽然使我(单纯从我一方面想)殷切地愿望你就这样，永远永远不再离开我，但我也知道这是一种荒唐的不切实际的幻想。我的理智告诉我，我不但不应该存在任何这种幻想，而且应该完全“保密”，但我今晚一时不慎，已经“泄密”了。你可以看出，我心里是多么矛盾。我既然“泄密”了，这就可能引起你许多疑虑和顾虑，导致你害怕，永远不再来了。我所希望的是你今后经常这样来看我，帮助我做些工作，或者聊聊天，给我这样——也仅仅是这样的温暖。

亲爱的朋友，若干年来我已经度过了两千多个绝对绝对孤寂的黄昏和深夜，久已习以为常，且自得其乐了。想不到，真是做梦也没有想到，你在这时候会突然光临，打破了这多年的孤寂，给了我莫大的幸福。你可千万千万不要突然又把它“收”回去呀！假使我向你正式送上一纸“申请书”，不知你怎么“批”法？

送你走后，怎么也睡不着，想着你怎样在这苍茫月色中一人孤单地回去；辗转反侧良久，还是起来，不由自主地执笔写了这一大篇。我不知道会不会给你看。我只知道，我已经完全被你“俘虏”了！吓坏了吗？

心神不定的成

18日晨2时

对于梁思成如此炽热的爱恋，林洙在感到意外的同时又觉得实在是一件很自然的事,因为她也已爱上了“老人”梁思成。不料,对于梁思成的这黄昏之恋,不仅梁思成的弟妹与子女难以理解和接受,就连过去一些共同“战斗”多年的“战友”也表示异议。对此,杨永生先生曾记述有这样一件难以考证确凿的趣事:“刘敦桢先生得知梁思成与林洙结婚,寄给梁先生一封信,只写了四个字,既没有台头,也没有落款,那四个字是:‘多此一举’。刘先生是一位不苟言笑、非常严肃的学者,谁也不能料到,他竟来了一个意味深长的幽默,弄得梁先生啼笑皆非。”在同一篇文章中,杨永生先生还记述了相关的另一件趣事:“婚后梁先生有一天到中国建筑学会开会。那时,这种会大都在上午八点半开。到钟点,大家都到齐了,唯独梁先生没来。他是副理事长,又是鼎鼎大名的学者,大家只好等待。等了一些时候,梁先生才来到会议室。这时,有一位领导同志破天荒开了一句玩笑:‘君王从此不早朝’啦!哄堂大笑,梁先生也不知所措,只好一言不发,笑嘻嘻地坐下来开会。”

对于梁思成第二次婚姻除了异议之外,也有竭力赞成者。对此,杨永生先生也有一段文字记述,他写道:

> 这里,首次向大家披露一件事实:梁思成与林洙结婚还惊动了时任北京市委第一书记、市长彭真同志。在他们结婚后不久,北京市政府召开一次研究城市建设问题的会议,梁先生应邀参加。会后,副市长吴晗拉着梁思成说:“思成,坐我的车,到我家来坐坐。”到了吴晗家里,吴晗说:“前些时候,彭真同志问我,你们为什么反对梁思成结婚,他的生活需要有人照顾嘛!”梁先生向吴晗介绍了林洙的情况,详谈了他们的结婚经过并说他与林洙相识已有14年之久了。吴晗同志一边听着,一边点头。临告别时,吴晗又说,彭真同志让我转告你,他说:“你告诉梁思成,‘我支持他们的婚姻!’”梁先生回家后,非常高兴地对林洙说:“现在,我们的婚姻得到了市委第一书记的支持。”

在中共北京市委第一书记兼市长彭真的支持下，不仅梁思成心里放下了来自亲人等各方压力，林洙也勇敢地抬起头堂堂正正地与梁思成开始了他们甜蜜的新生活。不过,甜蜜的新生活实在是太短暂了,随后而来的不仅有“文革”风雨,还有因为家庭成员的变化(除了林徽因的母亲外,梁家又增添了林洙与程应铨两人的一双儿女)，使正常的家庭生活中出现了磕磕绊绊,这使他们不得不共同面对,并将承受“文革”那史无前例的疯狂的人性洗礼。关于梁思成与林洙婚后的幸福时光与磕磕绊绊,在此仅举几件小事以窥全貌。

例如,一年夏天,梁思成要出门开会时发现他那辆从国外带回的自行车没气,便找来打气筒准备打气,可由于打气筒被林洙的儿子哲顽皮地给改装了,一时无论如何也打不进气去,这使梁思成很恼火,不由生气地向林洙发了火。由于梁思成和林洙两个人的个性等原因,这一天两人一夜无语也无眠。

类似因为这样的小事而怄气,也许在梁思成与林洙之间经常发生,以至于梁思成终于又因为一件极不起眼的小事“不辞而别”。一年寒假的一天晚上,梁思成因为哲考试成绩不理想而批评哲时,这个性格内向而倔强的孩子一声不吭地将梁思成的一杯水喝光后转身走了，这使梁思成再次向林洙发了火,随即依然是一夜无眠。第二天,梁思成因为要到城里参加会议需一周时间不能回家,便给林洙留下了这样一张便条：

> 我不能不坦白地告诉你,我不喜欢你的沉默,你知道我的工作多么繁忙,需要休息,需要安宁。不能总为一点小事对你左哄右哄,千求万求。对哲我已经越来越失望,越难以忍受他的缺点。也许我应当帮助他改正。但一切均受到我的精力和神经的限制,恕我不能奉陪了。

读罢梁思成的这一便条,林洙感到既委屈又伤心,第三天便委托张光斗先生给梁思成带去了一封回信：

我的朋友：

我认为我没有半点过错。是的，有时候我沉默了，但这难道是因为哲？不是的，我们之间的每一次别扭我都记得很清楚。我无须多说你是知道的。我曾想过，我们之间的矛盾向来都是在思想认识完全一致的情况下解决的。完全不是你所说的“左哄右哄，千求万求”。我常为有这样理解我的丈夫而感到无比幸福，难道你没有我这样的体会？我感到多么失望！

为哲闹别扭共两次：一次在夏天，一次是前晚。夏天是因为他把打气筒改装了（他是出于好心，但是事先没有征得爹爹的同意），而你不是对他，竟是对着我发泄你的不满，我的确感到很难接受这种无故的责难。

哲的缺点我是看到的，我也基本上同意你的看法。但是你把我找到跟前，不是帮助我教育孩子，不是帮助我分析问题，而只是告诉我你对孩子的“失望”和“气愤”。这我能说什么呢？我不能理解你这样做的目的是什么？我面临着一个短期内自己完全解决不了的严重矛盾。我感到困难，困难得很。尽管如此，我还是接受了你正确的意见，如不给孩子零食和过多的电影票。

另外我也有不同意你的地方，我认为哲这样的孩子，由于他的缺点已经形成，而我们又不了解他的思想情况，因而对他进行批评教育就更困难，更得有原则，更得抓住主要问题。比如喝水的事，我就认为他并没有什么大错，这也许是母亲的偏见，难道你不能帮助我正确地认识错误吗？

而你留下这样的信扬长而去！对于高级知识分子的“神经”我不理解。我只知道一个共产党员不仅对社会负有教育下一代的责任，对于家庭则又更多了一层责任。我不认为这会受什么“精力和神经”的限制。

你的信我附上，希望“老爷”也再读一读，也许对你也是有教育意义的。你问我这两天是怎么度过的吗？白天我努力把思想集中在工作上，晚上孩子睡了，再看看你的信想想问题。我也可以坦白地告诉你，我多么多么想念你，无比需要你。我等待着，心灵的这一寒流只有你能把它驱散。

眉（林洙的小名） 12.23 深夜

从这封信中，可以得知梁思成在留下便条“扬长而去”后的第二天还是打电话向林洙表示了问候，而林洙在一些问题上也做出了退让和妥协，这就是夫妻间难以言表的相处艺术。

当然，除了因为这些家庭琐事而发生磕绊之外，梁思成与林洙之间还是有许多快乐趣事的。对此，林洙曾在文章中有这样一段有趣的记录：

……一天他一本正经地问我：

“眉，你知道你丈夫的全部官衔吗？”

“当然知道。”

“不见得吧？你知道我还是寿协和废协的副主席吗？”

这可真把我问住了，我从没有听到过这两个协会，寿协？难道有专门研究长寿的协会？废协？是有关市政卫生方面的吗？我摇了摇头。他哈哈地笑着说：

“不知道了吧，瘦协，是瘦人协会，夏衍是会长，他只有44公斤，我和夏鼐是副会长，一个45公斤，一个47公斤。我们三人各提一根拐杖，见面不握手而是碰杆。废协，是废话协会。一天我和老舍、华罗庚一起闲聊，老舍抱怨说：整天坐着写稿，屁股都磨出老茧来了。我开玩笑说：‘为什么不抹点油？’老舍也回答得快：‘只有二两油（三年困难时期，每人每月供应二两油）不够抹的。’华罗庚接上说，‘我那份不要了，全给你。’”他笑着说：“逗贫嘴谁也说不过老舍，所以他当了废协的主席，我和华罗庚是副主席。”说完他哈哈大笑起来。

“你真是个大坏蛋！”

“眉，你知道你丈夫还是个残废吗？”他说。我含糊地看着他，没有回答。

“哎呀，林洙呀林洙！嫁给一个‘无耻之徒’（指无齿）还不够，还是一个‘瘸子’。”

这就是梁思成与林洙这对老夫少妻的黄昏恋情。不过，从公元1962年6月17日梁思成与林洙结婚后，他们磕磕绊绊但又充满快乐温馨的日子并不长久，因为随后而来的“文革”风雨使他们学会了相濡以沫，但客观地说应该是林洙为梁思成落寞孤寂的晚年生活增添了一抹难得的鲜亮色彩，使梁思成在生命的最后时光里感受了爱情和亲情的温暖。然而，温暖的爱情与亲情能否化解梁思成心中的落寞之惑呢？

2. 落寞之惑

公元1955年4月林徽因病逝之后，应该说就是梁思成陷入无尽落寞孤寂的开始。虽然说他那时还没有彻底陷入批判的落寞之中，一双令他骄傲的儿女也时常来看望他，但独自一人生活中的孤寂总是难以释怀，遥想林徽因在世时那每天从不间断的“下午茶谈”是那样的热烈而愉快，遥想林徽因在世时诸多朋友学生像走马灯式地进出新林院8号的那份忙碌与热闹，遥想林徽因在世时家中谈笑风生的情景实在让人时常想念，遥想林徽因在世时偶尔因为学术观点不同而起的争执也是那样的温情脉脉……而如今，徽因已去，思成独守，有谁能够读懂这位学养深厚的建筑学家的深邃思想，又有谁能够从心底欣赏这位风趣幽默的艺术大师的语言神采，还有谁能够领会这位视北京古城如自己生命的守护神的拳拳赤诚呢？

这样的日子梁思成一直坚守了7年，直到公元1962年与林洙结为伴侣之后才有所改变，但有了林洙做伴，梁思成却失去了儿女的亲情，特别是女儿梁再冰还与父亲之间发生了长达3年的“冷战”，虽然后来终于冰释前嫌，但这时病弱的梁思成已经迎来了“文革”前夕更加孤寂的岁月。对此，林洙曾有过这样一段文字回忆：

婚后很长一段时间，有一件事始终梗在我的心中，就是我们与再冰之间的不愉快，这事虽然不是我的过错，但总是因我而起。思成与再冰之间父女情深，他对再冰从不掩饰自己真实的思想和缺点，他们常常谈心。而现在，他们疏远了。因此我更加感到我们的结合，思成同样付出了很大的牺牲，这使我感到极大的内疚，又无能为力。

1965年，再冰突然来电话说她即将与中干(她爱人)同去英国工作几年，行前要来看我们。我为他们父女关系的缓和感到欣喜与安慰，同时也还有种说不出的复杂心情。

那天再冰、中干带着孩子来看我们，她走到我面前，直视着我伸出手来，紧紧地一攥，我的心随之颤抖了一下。我知道，这深深的一攥，表示她对我的谅解，表示她远行前把父亲和外婆交给我的重托，我几乎掉泪。

两天后我出发到延庆参加“四清”去了，所以没有为她送行。在她行前，思成带着老太太去看她，他们一同照了相。分别时再冰突然搂着思成亲他，哭得十分伤心。她到伦敦后虽然来信，也只能是平安家书。

没想到几年后等再冰回国时，思成已住进北京医院。她永远失去了过去那个乐观、诙谐和朝气蓬勃的父亲，再冰说：“他不爱说笑了，也不像过去那样有信心和开朗了，有时似乎茫然若有所失……我在心里流下了泪。”

后来虽然再冰常到医院看他，在1971年的除夕，她为了让我休息，还来陪思成过了一夜。但她始终没有寻找回来过去的梁思成——她亲爱的爹爹。

不过,从客观上来说无论是梁再冰还是林洙,她们都只能是梁思成部分生活和情感上的慰藉与伴侣，她们谁也不能替代林徽因所给予他的心灵与思想上的慰藉、愉悦和认同,这从公元1963年发生的一件小事便可窥一斑。公元1963年春天的一天,林洙在家等候梁思成回来吃午饭,可是左等不见梁思成回来,右等也没有梁思成的影子,直到下午一点多钟林洙刚开始吃饭时,梁思成才手捧一盆仙客来回到了家。吃完午饭后,梁思成挨着林洙坐下握着她的手说:“我到八宝山去了,给徽因送两盆花去。事先没有告诉你,让你久等了,你不生气吧?”对于梁思成的这番话,林洙一时语塞竟不知如何回答了。后来,林洙在文章说:“但我却深深地自责了,为什么我在欢乐中竟忘了这个重要的日子,也许我应当事先为他买好花,也许我应当陪他去。但是我又否定了。不! 这不是我应该做的,也是我不能做的。我没有权利介入他和林徽因之间。人与人之间的感情是神圣的,有时又是极娇嫩敏感的,它应当受到最大的尊重。”

是的,正如林洙所说,梁思成与林徽因之间的感情应该受到人们最大的尊重,他们这一对“黄金组合”,是任何人也不能替代的。所以,从另一方面来说,无论是梁再冰还是林洙,她们对于梁思成所从事的伟大事业,同样不可能像林徽因那样能够予以全面而深刻的理解和支持。对此,有一件事林洙至今对梁思成还怀有愧疚，那就是发生在拆除北京古城西直门时候的事。对此,林洙曾这样回忆说:

> 1969年冬春之交,北京市民为了执行“深挖洞”的最高指示,向城墙要砖。他们从四面八方疯狂地扑向城墙,带着扫除封建制残余的一腔仇恨,无情地破坏着,仿佛拆除了城墙也就是铲除了残留在人民心中的封建思想。
>
> 当思成听到人们拆城墙时,他简直如坐针毡,他的肺气肿仿佛一下子严重了,连坐着不动也气喘。他又在报上看到拆西直门时发现城

墙里还包着一个元代的小城门时,他对这个元代的城门楼感到极大的兴趣。

“你看他们会保留这个元代的城门吗?”他怀着侥幸的心情对我说,“你能不能到西直门去看看,照一张相片回来给我?”他像孩子般地恳求我。

“干吗?跑到那儿去照相,你想让人家把我这个‘反动权威’的老婆揪出来示众吗?咱们现在躲都躲不过来,还自己送上去挨批吗?”我不假思索地脱口而出。忽然,我看到他的脸痛苦地痉挛了一下。我马上改变语气,轻松地说:“告诉你,我现在最关心的是我那亲爱的丈夫的健康。除此以外什么也不想。”我俯下身,在他的头上吻了一下。但是晚了,他像一个挨了呲的孩子一样默默地长久地坐在那里。

也许没有人能理解这件事留给我的悔恨与痛苦会如此之甚。因为没有人看见他那一刹那痛苦的痉挛。在那一刹那我以为我更加理解了思成的胸怀,但是没有。当我今天重读《北京——都市计划的无比杰作》时,我感到那时对他的理解还很不够。如果当时有现在的认识,我会勇敢地跑到西直门去,一定会的。

不过,虽然林洙对拆除西直门及发现元代城门没有什么深刻的认识,但当时供职于国家文化部文物局却“无班可上”的罗哲文先生则偶尔路过现场,并特意拍摄了几张极为珍贵的现场照片,这也算是对梁思成的一种慰藉吧。

罗哲文先生当时保护文物古建筑的努力也许不为梁思成所知,但罗哲文先生时刻也没有忘记自己的授业恩师,只是因为政治原因不希望给恩师再增添“罪行”罢了。好在到了公元1972年春节时,在“文化干校”接受“劳动改造”的罗哲文先生得到国家文物局局长王冶秋的“保荐”回到了北京,并立即前往北京医院看望恩师梁思成,这不仅极为难得地暂时缓解了梁思成的落寞之情,也使罗哲文先生最后一次得到了恩师的教诲。对此,罗哲文先生后来在回忆恩师梁思成十件事的“临别赠言”中这样写道：

在十年浩劫中，听说先生受到了各种难以忍受的批斗，但又听说他能理解，处之泰然。只是对一些古物、书刊被毁而伤心。

我想他会相信这样的日子长不了，党和人民终会胜利的，所以我很放心。但我不敢去看他，怕增加了他的“罪行”，因为我的罪名也是很多的。

公元1972年的春节，文化部干校突然开恩让我回京探亲了。后来才知道周总理批准恢复《文物》《考古》两个刊物。经王冶秋同志推荐，国务院已下调令要我到《文物》月刊去工作，干校阻拦不住，才让我探亲的。我回到北京之后，费了很大的劲，才打听到先生已住在北京医院的消息。我找到病房，这时他正输完液，看到我来了，他非常高兴。这时只有林洙同志守在他身边，她见了我高兴得几乎流泪。她说：“他可想念你们了。这几年没有人敢来看他的，你今天怎么敢来了？”我说我的罪名虽多，但都不能成立，帽子虽多都快一风吹了，我不会连累先生的，也不怕连累我。先生此时精神顿然好了起来，问长问短，问东问西，特别是营造学社、清华建筑系和文物考古方面的熟人情况。我像竹筒倒豆子般把我在“文化大革命”中参加保护古建筑工作及向周总理写报告保护古观象台以及如何保“黑帮”“黑线”的情况都告诉了他。并向他透露我可能要调回再搞文物工作的事。他更高兴了，说：“文物工作有了你这个‘保’字派，我就放心了。”临行时，先生对我说：“你如果能很快从干校回来搞文物工作就太好了。文物、古建筑是全民的财富，是全人类的财富，没有阶级性，没有国界的。在社会发生大变化的时候，改朝换代，各种战争，不知破坏了多少文物和古建筑。这次‘扫四旧’也破坏了许多文物和古建筑。在变革中能把重点文物保护下来，‘功莫大焉’。望你多多努力。”

他好像还有好多话要说，但时间已晚了，只好依依而别。我回干校后，果然接到了调回北京的通知。可是当我踏上归途的时候，从广播里传来了为先生举行追悼会的消息，我心中不胜悲痛。我心中默祷："尊敬的老师，你的临别赠言我当永记，一定为了保护全民族全人类的文化遗产尽我力所能及的力量。"

确如上文所述，为中国文物保护事业奋斗了半个多世纪的罗哲文先生，不仅始终遵循恩师梁思成"临别赠言"的教诲，还创造性地提出了一些文物保护的新规则，这也许更应该成为远在天堂的梁思成的最好慰藉。

当然，除了罗哲文先生之外，还有"胆大"者敢于前往北京医院看望梁思成，这就是当年提出"梁陈方案"的另一位——陈占祥。对此，陈占祥在梁思成诞辰85周年时撰文回忆说："1971年底，当我去北京医院看望病重的梁先生时，他还鼓励我要向前看，千万不能对祖国失去信心。他说，不管人生途中有多大的坎坷，对祖国一定要忠诚，要为祖国服务，但在学术思想上要有自己的信念。这，可说是梁先生对我的宝贵遗言。而他正是这样生活的。我敬佩梁先生待人的诚恳和正直。遗憾的是最后我连参加梁先生的追悼会的机会都没有……"最后，陈占祥还说："在那个难忘的寒冬日子里，梁先生在北京医院的病床上情真意切地向我说：'占祥，这几年，多亏了林洙啊！'"是的，在那样严峻的政治形势下，林洙不离不弃地照顾着梁思成，使他在人生最后旅途中获得了难得的慰藉。

与罗哲文、陈占祥和林洙等人给予梁思成慰藉所不同的，还有一些极为普通的人民群众。对此，林洙曾见证了当时感人的情景：

……常常有些普通的群众见面向我打听思成的情况，其中就有几个清华的邮递员，他们总是乐观地安慰我说："您放心，没事，早晚问题能搞清楚。"一天，邮递员老赵在安慰了我之后又叹了口气说："我当了30年的邮差，就数梁先生关心、信任我们，他的收发章就放在门口的小茶几上，让我们自己盖，夏天准有一壶凉开水。是个好人哪！好人哪！您放心吧！”他又深深地叹了口气。

“清华经验”在全国、全市传达以后，一天一个青年木工找到我家，一定要见思成，向他请教《清式营造则例》中的问题，他急切地说：“再不学就要失传了。”

又有一天，一位白胡子老头，捧着一个大西瓜到北京医院去看思成，原来是抗日战争前给思成拉包月车的老王，老头哈哈笑着说：“早就听说您回北京了，就是打听不到您在哪，现在听了文件(指传达“清华经验”的中央文件)知道您在这儿，这才来看您。”他还特意跑到清河镇去为思成要了些瓜篓子种在我们的院子里，说是它能治肺气肿……

这就是人民对于他们心目中的“好人”梁思成的敬重，然而这能够化解郁积在梁思成心中多年的落寞与孤寂吗？

公元1969年10月7日，住在北京医院里的梁思成接受了一项“光荣而重大”的政治任务——接受英国著名女作家韩素音关于中国“文化大革命”的访问。据说，这是周恩来总理亲自点名的，所以各级领导都十分重视，特别是清华大学军宣队的刘主任还一再地向梁思成交代说：“你可以随便地和她谈谈体会，想到什么就谈什么，千万不要像检讨似的谈话，千万不要认罪检查。她是国际友人，可不是红卫兵。”然而，正如刘主任所担心的那样，梁思成没能“很好地完成任务”，往日诙谐幽默风趣的学者梁思成已经失去了奕奕神采，他接受采访时的谈话完全是当时最为空洞的政治语言和口号，没有半点昔日学术演讲时的口若悬河。当然，这也许正是当时梁思成所能想到的话，他正是按照刘主任所交代“想到什么就谈什么”去“完成任务”的。然而，这不是作家韩素音所了解和想了解的梁思成，但这却是当时最真实的梁思成。

是的，视建筑如自己生命一样的往日梁思成已经不复存在，今日的梁思成只想迫切地找到什么是“无产阶级教育路线”和什么是“无产阶级建筑观”的答案，以及“建筑的民族形式”和“建筑的社会主义内容”到底应该如何诠释。应该说，这时的梁思成是一个被抽去了灵魂的人，或者说是被包裹在政治铁甲里的“套中人”，但他却没有完全失去思想，他一直想解开上述的“学术”之谜，也想紧紧跟上政治形势好早日恢复他极为看重的“无产阶级先锋队”的荣誉——中国共产党员称号。虽然两年后梁思成真的如愿以偿，被恢复了中国共产党党籍，但这时他已经进入了生命的弥留之际，并将困惑与落寞一同带着“请教”马克思去了。

3. 赤诚的爱国者

完全陷入落寞与孤寂之中的梁思成，在被抽去建筑灵魂之后，却始终有一种深入骨髓的品质不曾湮灭，这就是无比赤诚的爱国主义情怀。关于这一点，在诸多有关梁思成的书刊文字中，人们往往只关注他的建筑思想和行动，以及与妻子林徽因的“黄金组合”等等，至于今天已然有了程式化意味的爱国主义思想则很少涉及，即便有些书刊提及时也多是浮光掠影，点到为止，似乎谁要是谈及爱国主义就是程式化的表现，或者属于那种“假大空”的虚词。其实，准确点说爱国主义品质应该是梁思成乃至梁氏家族集体品质中的主旨或精魂。记得年逾九旬的全国政协委员、国家历史文化名城保护专家委员会副主任委员郑孝燮先生，不仅与笔者多次谈及梁思成无比坚贞的爱国主义情怀，而且在接受中国中央电视台《大家》栏目记者采访时，也将梁思成赤诚的爱国主义情怀特别予以提出，且在言谈中饱含着无尽的深情与敬仰。如此，我们没有理由不来回顾关于梁思成爱国主义情怀的几件往事，并就此探索和剖析梁思成这种高贵品格与情愫所养成的真正根源。

公元 1901 年出生在日本东京并在日本度过美好童年的梁思成，对于日本的感情“总是交杂着善与恶、美与丑、爱与憎的矛盾思绪”，而“随着时光的流失和形势的变迁”，他“对日本的憎恨和厌恶占据了上风，以‘七七事变’为界，对日本的爱情完全冷却下来。”确实如梁思成所说，自公元 1913 年从日本回到中国在天津安顿下来之后，少年梁思成原本对日本美好的印象便被

晚年的梁思成

“打碎了”。其原因就是来自天津日本租界里的那些坏警察,梁思成说:“那里有日本的租界,租界内有坏蛋一样的警察,那些警察虽是中国人,但最擅长的却是欺辱中国人,其总头目是日本警察,更是坏上加坏,与在日本见到的人相比,与其说相似,不如说一点都不一样。在日本租界内,除警察外还有军队,他们也不把中国人当人看。正因为如此,我一见到日本警察和军队的影子便躲得远远的,对日本的爱渐渐蒙上了憎恨。”

如果说这时梁思成对日本的憎恨，还多是出于少年时一些表面认识和印象的话,那么随着他自身及亲人遭受日本人的戕害,则使他因为切身感受而开始从内心真正憎恨起日本来了。公元 1932 年 1 月 28 日,梁思成的弟弟梁思忠这位国民十九路军的炮兵上校，不幸战死在上海抵御日本侵略的战争中,这无疑使梁思成对日本增添了一份仇恨。到了公元 1937 年“卢沟桥事变”后,梁思成对于日本的仇恨更是与日俱增,他回忆说:“日本军队占领了我居住的北京,为所欲为。我携带全家离开北京,在长沙遭受空袭,炸弹就落在距离我们不到三四十米的地方,几乎丧命。尽管从死亡中逃脱出来,房子的一半被刮掉，邻居和附近的人有的被炸死，有的被压在房子底下伤亡。1940 年初,参加空军的内弟林恒战死。在国民党腐败的政治下,我曾向往着投笔从戎,但始终没有机会,也没有想到去延安。逃难到云南、四川,在那里闷闷地度过了八年的时光。那些日子,我充满了对日本的仇恨。”

正是因为“充满了对日本的仇恨”,梁思成的爱国情怀才愈加深沉,他虽然没有机会“投笔从戎”,在战场上直接用刺刀杀敌来报效祖国,但从一定意义来说他是“携笔从戎”的。对此,梁思成在“文革”期间对自己自公元 1928 年从美国留学回国直到“卢沟桥事变”爆发期间,曾有过一次全面而沉痛的“反思”:“过去我一直认为自己是清白的，我热爱祖国，热爱祖国的文化遗产,我没有从父亲那里继承一砖一瓦、一张股票的遗产,我的经济来源完全是靠我的工资收入。我回国后没有去走发财的路,这条路对我是很容易的;而去创办了我国第一个建筑系。为研究保护祖国的文化遗产，我愿献出一切。但是回顾从 1928 年到‘七七事变’前夕这一段时间,正是我国进入彻底的民权主义革命的时期，对外要推翻帝国主义，求得彻底的民族解放；对内要肃清买办阶级在城市的势力，完成土地革命，消灭乡村的封建关系，推翻军阀政府。这个时期红军完成了震撼世界的二万五千里长征，而我却一心想着要赶在日本学者前面，写出自己的建筑史。我想赶快把这些古建筑测绘下来，以防万一日本帝国主义的铁蹄从东北踏入华北内地，一旦战争爆发，这些宝贵的建筑遗产的命运就难以预料了。我很惭愧，在我们民族的解放运动中，我没有贡献自己的力量。”

如此说来，梁思成不仅不应该表示“惭愧”，而且还应该骄傲起来，在世界人民面前骄傲起来，并将这种骄傲一直延伸到我们今天的时代，因为他确实赶在日本人的前面完成了中国人自己的建筑史，这难道不是为中华民族贡献了功德无量的伟大力量吗?

与憎恨日本所不同的是，梁思成对于美国一直怀有美好的感情，直到“抗美援朝”战争爆发后才有所改变。公元 1924 年 6 月，梁思成与林徽因结伴前往美国宾夕法尼亚大学求学，此后他们不仅在美国得到了良好的建筑学教育，而且在不同时期还结识了许多志同道合的好朋友，例如费正清和费慰梅夫妇就是其中的典型。这些异国朋友对于梁思成本人及其学术研究都极为关注，特别是费正清夫妇还给予了梁思成极大的无私帮助和支持。例如，梁思成携全家流亡到云南和四川期间，曾陷入无尽的贫病交加的困境之中，这时的费正清夫妇不仅在生活上予以他们很大的资助，而且在学术研究中也给予了及时的帮助和支持，关于这一点在前面已有记述，在此不赘。

到了公元 1947 年梁思成应邀到美国讲学期间，费正清夫妇因为十分明了当时中国的国内政治形势，便盛情规劝梁思成离开中国留在美国生活、工作和定居。对此，梁思成后来在“文革”期间曾这样回忆说：要我“离开中国?不! 1947 年我离开美国回国前夕，费正清夫妇和一些美国朋友对我说：‘共产党要来了，你回去干什么?’他们劝我把全家接到美国。我说：‘共产党也是中国人，他们也要盖房子。’我还是坚决回来了。多年来我感到幸福的是国家需要我，因此我心甘情愿为祖国奉献一切。”这就是梁思成的爱国情怀。

新中国成立后,当美国出兵侵略朝鲜,企图跨过鸭绿江进一步侵略中国时,中国最高层领导及时洞悉世界局势,果断地派遣中国人民志愿军奔赴朝鲜抗战,最终打败了美国这只帝国主义"纸老虎"。由此,已经目睹中国共产党领导全国人民翻身解放并取得巨大成就的梁思成,开始对美国帝国主义本质有所认识,从而更加热爱自己的祖国。即便在公元 1955 年和"文革"期间遭受不公正批判和非人残害时,梁思成也从来没有想过要离开自己的祖国。对此,梁思成在"文革"期间同样有一段至今读来犹使人感慨万千的"反思":

特别是广州会议(1962 年 3 月 2 日周总理在广州召开的科学工作会议和文艺创作会议上作《关于知识分子问题的报告》,这一报告批判了 1957 年以后出现的左的倾向,重申了我国知识分子绝大多数已是劳动人民的一部分的观点)听了周总理和陈毅副总理的讲话,陈毅还提到了我对《营造法式》的研究工作,我感动极了。我想,我所唯一可奉献给祖国的只有我的知识,所以我毫无保留地把我的全部知识献给中国未来的主人,我的学生们。没想到因此我反而成为社会主义的罪人。

如果真是社会主义建设的需要,我情愿被批判,被揪斗,被"踏上千万只脚",只要因此我们的国家前进了,我就心甘情愿。到国外去?不!既然连祖国都不需要我了,还有什么生活的愿望?世界上还有比这更悲哀的吗?我情愿作为右派死在祖国的土地上,也不到外国去。

这就是梁思成的赤子之心!这就是梁思成无比赤诚的爱国情怀!

然而,梁思成为了这一无比赤诚的爱国情怀,所付出的代价实在是太沉重了。对此,我们且不说他在"文革"期间所遭受的那些亘古未闻的"优厚待遇",单就因此而使妻子林徽因的病症丧失良好治疗一事,不能不让人扼腕叹息。公元 1940 年冬天以后,梁思成携全家蛰居在四川李庄期间,林徽因的病情因为极其恶劣艰苦的自然和生活条件而开始急剧恶化,随时都有生命的危险,但闭塞的环境使他们无能为力。而当费正清夫妇和梁思成的一些美国朋友得知这一情况后,纷纷写信邀请梁思成到美国去,以便能够让林徽因得到最好的医治。然而,梁思成和林徽因都予以婉言拒绝,并写信告诉这些美国的朋友们说:“我的祖国正在灾难中,我不能离开她;假使我必须死在刺刀和炸弹下,我要死在祖国的土地上。”

这就是梁思成的赤子之心！这就是梁思成无比赤诚的爱国情怀！

后来，当有人因此责怪梁思成因为放弃到美国治疗的机会而使林徽因过早病逝时,梁思成这样回答说:“我当然知道这个决定所付出的代价,我不能不感谢徽因,她以伟大的牺牲来支持我。不!她并不是支持我,我认为这也是她的选择。如果说,我从李白、杜甫、岳飞、文天祥这些伟大的民族英雄那里继承了爱国主义思想,而徽因除此之外,比我更多地从拜伦、卢梭等伟大的诗人、哲学家那里学习了反侵略、反压迫的精神。她对祖国的爱,是怀着诗人般的浪漫主义色彩的。后来有朋友责备我,说我的选择使得徽因过早地去世了。我无言以答。但我们都没有后悔,那个时候我们急急忙忙地向前走,很少回顾。今天我仍然没有后悔，只是有时想起徽因所受的折磨，心痛得难受。”是的,不仅在那艰难困苦的条件下他们携伴着“急急忙忙地向前走”,而且梁思成在林徽因病逝后依然“拼命向前”。有梁思成晚年所作一首诗为证:登山一马当先,岂敢冒充少年?只因恐怕落后,所以拼命向前。如此看来,我们还有什么理由不对梁思成和林徽因这种急切报效祖国的精神和行动表示无比的崇敬,乃至应该举手加额呢?

当然,应该举手加额的还远不止这些,我们今天透过梁思成公元1966年以后在笔记本上的几行文字，以及在这几行文字后面特意打上的红色破折号,也许能够更深刻地领会到梁思成那深入骨髓的爱国主义的无比赤诚。这几行文字是这样写的:

1966年10月27日,我国成功地进行了导弹核武器的试验。导弹飞行正常,核弹头在预定的距离,精准地命中了目标,实行核爆炸——

1966 年 12 月 28 日，我国西部地区又成功地进行了一次核爆炸——

1967 年 6 月 17 日,我国第一颗氢弹爆炸成功——

1968 年 12 月 27 日,我国在西部上空爆炸了一颗氢弹,成功地进行了一次热核试验——

1969 年 9 月 23 日,我国成功地进行了首次地下核试验——

1969 年 9 月 29 日，我国在西部地区上空成功地进行了一次氢弹爆炸——

1971 年 11 月 18 日,我国在西部地区进行了一次新的核试验——

对于这些特别日记的感受，我们不难理解当时梁思成在破折号后面的无限感慨。对此,用梁思成得知中国第一次核试验成功消息时的兴奋言语,也许更能明晰其爱国主义的赤诚。他说:“我们成功了,成功地进行了导弹核武器的试验,这几天的《参考消息》一定很热闹,可惜我们看不到。真想知道国外的反映,对他们震动一定很大,真了不起。我们的国防力量大大地加强了,真了不起。”然而,就在梁思成为祖国日益强大表达自己无比兴奋和自豪心情的同时,他也就此陷入了自我批判的死胡同,认为新中国成立以来所进行的诸多政治运动都是非常正确和必要的。如此,我们从另一方面又怎能说这不是梁思成爱国之心和爱国之情之深、之切的一种特别表露方式呢?

剖析梁思成如此令人刻骨铭心的爱国主义情怀的根源，除了上面他自己所说的继承了李白和杜甫等民族英雄的爱国主义思想之外，关于其家学渊源的影响尤其不该被忽视。对此,本书已经在前面章节中有过一些记述,在此不想过多赘述，单单列举梁启超几次爱国壮举对其子女的影响以做说明。众所周知,梁启超以“维新变法”开始踏上救国途程之后,始终没有停息下来,诸如入主袁世凯“第一流人才内阁”,希望通过袁世凯这位“开明的专制伟人”推行民主政治,实现中国繁荣富强的梦想;诸如当他看穿袁世凯孤注一掷要搞独裁统治的阴谋后,毅然辞去该内阁政府职务,率先树起反袁大旗，并策划发动了“护国战争”；诸如袁世凯在巨大声讨中惊恐死亡之后，梁启超面对剑拔弩张的军阀混战局面，虽然曾一度支持段祺瑞讨伐“复辟将军”张勋，但随后他便清醒地认识到依靠军阀难以实现自己救国的远大理想，于是他转身进入天津“饮冰室”书斋，希望通过学术思想以拯救中国广大的还很愚昧的民众。

毫无疑问，梁启超的这些爱国思想和救国行动，对其子女梁思成等人的影响是极为深刻的，特别是他经受政治波折之后转身希望通过学术思想救国的理念，促使梁思成兄弟姐妹等人也希望能够远离政治，几乎无一例外地都选择了科学技术专业作为自己的终身事业，这实际上是想实现其父亲及自身科学救国和教育救国的理想。而所有这一切，也都无不体现出梁氏家族深厚的爱国主义情怀。诸如，梁氏家族诸多子女中虽然有多人留学海外，但没有一人不是学成之后便回来报效祖国的，仅此就足以说明梁氏家族爱国思想的无与伦比。

然而，一生赤诚爱国的梁思成却在“文革”期间带着无尽的遗憾和困惑离开了他所热爱的祖国，来到了无比寒冷的冥界天国。这怎能说不是一个悲剧呢?!

4. 别了，思成

陷入无尽落寞和遭受空前批判的梁思成，虽有一腔爱国主义的无比热诚，但病弱的身体已经严重地衰落下去，他这时已经不起外界任何不良的侵袭和干扰。然而，一场小小的感冒还是使他再次住进了北京医院。

这次住院不同往常，因为梁思成所患的肺心病已到晚期，小小感冒竟然使他出现了心力和呼吸的衰竭，随时都有生命的危险。鉴于梁思成是全国人大常委会委员和国际著名学者等身份，北京医院先后向全国人大常委会和清华大学发出了病危通知，并要求有家属昼夜陪护。然而，作为全国“文化大革命”样板单位“两校六厂”之一的清华大学，并没有遵照北京医院的要求，只是额外“开恩”允许林洙每天晚上 9 点钟可以离开学习班。而每天当林洙匆匆赶到北京医院时，这时大约已经是深夜 11 点钟了，但这时梁思成却一直没能入睡，他现在每天必须等到林洙出现在病房里才能安心，否则是无论如何也睡不着的，这成了这位疾病缠身孤寂老人的一种习惯。第二天，当林洙必须在凌晨 5 点钟起床赶往学校参加学习，否则将会因为迟到而遭到批判并取消对她的额外“开恩”时，梁思成总会“准时”惊醒，然后默默而无助地目送林洙不得不离去的身影。这时，我们虽然无法探知和体会梁思成和林洙各自不同的真实心态，但梁思成那种无助、孤寂、无奈而又渴望的眼神，实在让人不忍去想象。而林洙呢？除了无奈之外还是无奈，在那个风雨无情人亦无情的年代，她和许多人一样就像是秋日里离开大树的落叶，只能任由无情萧瑟的秋风随地漫卷，这是那一个时代人的命运，谁也无法逃离宿命的安排。

在这最后的日子里，已经卧床不起的梁思成迅速消瘦下去，这时他应该升任为“瘦协”会长了吧？这位原先担任“瘦协”的副会长，林洙为了不使他长时间一个姿势躺卧而生褥疮，如今已不再需要护士的帮忙，她一人便能将梁思成从床上抱到沙发上，然后再从沙发抱到床上，而且手臂的感觉越来越轻松，可林洙的心里却越来越沉重，她明白她亲爱的丈夫梁思成不久将离她而去。对于林洙的这种感觉，梁思成早有心理准备，所以公元 1972 年当他听完中央人民广播电台播发《人民日报》的元旦社论后，便扭头定定地望着老伴林洙说：“台湾回归祖国的一天我是看不见了，‘王师北定中原日，家祭毋忘告乃翁’，等到了那一天你别忘了替我欢呼。”这算是梁思成留给林洙的临终遗言吗？是的，这就是一个无比赤诚爱国者的心声。不仅如此，梁思成在呼吸极为困难的弥留之际，依然对守护在身边的女儿梁再冰说：“我相信，马克思列宁主义在中国一定能胜利……”

随后，也就是公元 1972 年 1 月 9 日，梁思成与世长辞，享年 71 岁。

公元 1972 年 1 月 12 日，一代学术巨人梁思成的追悼会在北京八宝山革命公墓礼堂举行。这时，只见礼堂里气氛庄严肃穆，那四环的黑纱，那低回的哀乐,那一副副垂泪的面容,那一个个纸扎的花圈,那挽幛扶着的学人遗像,那为数不多的人们低首怀思的凝重……所有这一切都让人们泪眼婆娑,哀痛无比。透过婆娑的泪眼,人们看到中共中央政治局委员、国务院副总理李先念,中共中央委员、全国人大常委会副委员长郭沫若等党和国家领导人缓缓地来到礼堂,先是默默地凝望着静卧在鲜花丛中这位学人的容颜,然后又默默地行了三鞠躬。在追悼会上,中共北京市委书记、北京市革命委员会常委丁国钰致悼词说:“梁思成同志在全国解放以后,热爱伟大领袖毛主席,拥护中国共产党,拥护社会主义,努力从事教育事业,对我国的建筑科学做了有益的工作。”这就是中国共产党中央人民政府送别梁思成的话,也是对这位学人的最后定论。

别了,思成。你这一介耿直书生,为了学术的正义,你虽然有过困惑但探索的脚步从未停歇;为了学术的真理,你虽然走过弯路但坚贞的操守从未损毁;为了学术的进步,你虽然生不逢时但依然在夹缝中取得了世人至今都难以比肩的成就。总之,以你的秉性和学识只能是一介书生,一介与中国古时诸多仗笔直言读书人一样的耿直书生。

别了,思成。你这开创中国数千年来以科学方法研究古建筑先河的一代宗师,为了寻找和测绘深藏荒野的古建筑瑰宝,你竟然不顾战火纷飞的危险踏遍了中国大半江山;为了开设中国高等院校第一个建筑系,你竟然舍弃高额金钱回报而远涉重洋进行艰辛考察;为了撰写中国人自己的建筑史,你竟然甘愿忍受生活的清贫和疾病的折磨而从不言悔。总之,以你在建筑学领域开创诸多先河和填补一项项空白的辉煌成就,实在是世所罕见的一代宗师。

别了,思成。你这不畏强权和残酷批判的斗士,为了保卫北京古城这宗世所不比且巨大整体的人类文化遗产,你即使被时代洪流冲撞得头破血流也不曾退缩;为了保留北京古城标志建筑牌楼和城楼等,你即使被推到人民群众的对立面也不曾妥协退让;为了保护北京团城这今天已经成为人们难得的观光胜地,你即使在北京都市计划委员会成了摆设也不曾放弃向总理直面陈述的机会。总之,以你为保卫北京古城的所作所为,确实是一名勇敢无畏的真正斗士。

别了,思成。你这品操高贵但又生活平凡的一代伟人,为了担当起时代赋予你的光荣使命,你义不容辞独自用孱弱的肩膀高高扛起;为了使整个中国城市达到你理想的境界,你高瞻远瞩以自己的远见卓识预为培养大批杰出的规划人才;为了中国城市规划的未来主人不辱使命,你殚精竭虑将自己渊博的学识全部奉献给他们。总之,以你屡试不爽的预言和非凡的智识以及高贵的品操,应该毫无异议地被列入政治学家张奚若所界定的伟人行列。

别了,思成。你这对祖国一片赤胆忠心的人民儿子,为了北京市民在繁劳工作之余舒适筋骨,你设计了世界上独一无二的环城休闲公园;为了使全体国人得到真正的"安居",你早在 20 世纪 30 年代就提出了以人为本的设计理念;为了人民不生活在疾病丛生的病态城市里,你一次次大声疾呼表现出了九死而不悔的英雄气概。总之,以你一贯为民请命的作风和行为,授予你"人民儿子"的荣誉称号应该是当之无愧的。

别了,思成!

别了,思成!!

别了,思成……

时至现在,已过了梁思成诞辰 105 周年的祭日,距离他离开人世也已 30 多年了,可人们对他的祭奠却不曾间断。虽然梁思成已去,但他的名字却变成了人世间一个永恒的记忆,他所留给人们的除了那万古不朽的学术思想,还有领会他学术思想真谛的快乐,以及波澜起伏人生命运的反思。

这就足够了。

第六章
祭奠

1. 海外之祭

对于梁思成的祭奠，一则来自海外美国友人费慰梅女士讲述的真实故事，也许是一种对远在天堂的梁思成最有意义的祭奠。虽然这个故事较长，但为了尊重费慰梅女士的真诚祭奠和劳动成果，下面全文照录她写在《中国建筑之魂——一个外国学者眼中的梁思成林徽因夫妇》一书中的故事——“作者后记”：

> 下面我要说一个十分离奇的故事。虽然思成夫妇早已入土，但他们的著作还在人间，而我竟不可思议地卷入这个故事里。
>
> 1957 年 3 月，我们与梁家断了八年的音讯又连接上了，我在剑桥从一位素不相识的人那里接到思成从北京捎来的口信，短而具体，指示我将他 1947 年托我的建筑图稿和照片寄到英国纽卡索(New Castle)给一

位“刘·C小姐”，她会通过英中之间的邮递转寄给他。

我知道思成是多么看重这些图稿和照片，他曾梦想着把《图像中国建筑史》展示给西方的读者看。但我怎么能够肯定这口信是真的？他真的要我把这些无可取代的东西寄给仅知姓名的陌生人？而这个人的地址，离中国和离我一样的遥远。

那段时期，美国和中国之间没有通邮服务。我无法与思成联系上，也不可能确认口信的真假，更不可能把包裹直接邮寄给他。

我没有别的办法，只好把这包珍贵的书稿仔细包好，在1957年3月上旬寄给那位刘小姐。我先寄了封信给她，强调这些书稿的重要性，思成急着拿到它们。我焦急地等了六个星期，终于她来信告诉我，包裹“完整无损”到她手上。她又说，她保证会尽快将它转寄给梁思成教授，同时她也写了信告诉他此事。她还解释，所以会迟迟才回信给我，是因为“学院的事情很忙”。什么学院？我心里想着，她是学生还是教师？后来她便音讯杳然。

21年后，1978年，我的一位欧洲友人访问清华大学建筑系，向一位教授提及我与梁教授之间长期的友谊。那位教授却毫不客气地质问他：“是吗？那为什么费正清夫人不依梁教授的要求，退还给他那些图稿和照片？”

我在剑桥看到这位朋友从北京的来信后，顿时惊讶得目瞪口呆。那些精美的图稿和照片是在那套莱卡缩微底片毁于战火后，唯一留存之物。我知道，它们是思成一生的心血。他生命的最后14年，不能参考这些研究所需的基础图片，他会怎么看待我呢！

从一个旧档案盒里，我找出了1957年3月7日寄给刘小姐那封信的复本，而后又找到她同年4月20日的迟到回函，我把两封信的复本寄到清华，并写了一封简短解释。但是，尽管我可以为我的名誉辩护，心里却很不安。

这位刘小姐究竟是谁？即使我查不到那失踪的包裹，起码我可以追踪她的下落。我猜想，她现在应该是一个中年妇女，但伊人何处寻？她会不会，她能不能解开这个悲剧般的失踪之谜呢？

我问思成的儿子从诫，在北京他家和他父亲的同事中能否打听到那位刘小姐的身份。从诫的回答令人黯然："我们都没有听说过英国的这位学生。我父亲一定是误把她当成一个负责的人。如果包裹不是寄丢了的话，那么只能怪他自己看错了人。不管怎样，都已过去 21 年，现在一切都太晚了。"

是的，如果邮包真是寄丢了的话，那么一切都太晚太晚了。而且，如果她也是在思成和我警觉之前就不知去向，那这不明智的选择只能怪思成本人了。一时之间，我不得不接受了这个事实。但随着时间的推移，那珍贵的包裹却总映现在我的脑际，它虽然失踪、被遗忘，但一定会在什么地方。这就像一个失落了的珍宝，在我们的梦里萦回。我必须再努力一次。

既然无法从北京方面找到刘小姐，我只好转向伦敦。我给好友，一位退休的大使兰博特爵士(Sir Anthony Lambert)写了一封信，将情况原原本本告诉了他，求他帮我的忙。一下子，奇迹出现了。他把我的信交给了英国建筑史学会的提姆·洛克(Tim Rock)，他记得大约两年前，学会里的一位秘书女士就住在纽卡索，而且曾经担任过那里建筑学院的注册组员。他打了电话给她，碰巧她也想起了有这么一位学生，20 年前的一位高年级生，刘怀贞(Lau Wai-Chen，译音)。她回电话说查到刘后来成为一名注册建筑师，目前大概在新加坡。提姆·洛克马上打电话给英国建筑师注册处查刘的登记号，有了这个登记号，他从英国皇家建筑师学会找到了她目前在新加坡的地址。

他简短地描述了这个奇迹："三通电话，15 分钟，加上一位注册组员的记忆。"

兰博特爵士 1979 年 11 月 13 日来信告诉我刘在新加坡的地址。当然我马上给她写了信，附上 1957 年的通信复本，以唤回她的记忆。我告诉她梁思成根本没有收到那个包裹,还告诉她梁的一两位同事甚至怀疑我故意不还给他。在第二页里,我写下一直困扰着我的一连串疑问:

“假如你已将包裹寄往了北京……是什么时候?通过什么邮路?你挂号了吗?你告诉梁教授你已经从我这儿收到它没有?你可知道梁教授没有收到?”

最后,也是最重要的:“现在,那包裹在哪儿?弄丢了?毁损了?还是放在一个书架上,积满灰尘?告诉我,有什么办法可以找到那包裹?”

她的回函姗姗来迟,对我的疑问只字未提。“20年实在太长了,过去的事很难回想起来。收到你的信后,我四处找,最后发现一个小包裹里有图稿和照片。如果我记得没错的话,我写过几封信给梁教授,但都没有得到回音,所以包裹就一直放着。”

好一个“一直放着”,放了20年!没有知会我或思成,而我们俩竟放心托付给她?它怎么会绕了半个世界,这么多年了,却又始终没有回到它的主人手里?我怎么也不明白,她也再没有解释她是如何想的。

找到包裹后的六个月里,她一直拖延着,不肯把它寄给我或寄回北京。正如她信上写的,她不认为她有责任(20年后,她竟说她没有责任!)“把这件包裹交还给梁家”。

尽管我越想越气,但我还是尽量保持风度,客气地与她联系。就这样拖到了1980年5月,她又写信告诉我,寄包裹给思成家人这件事将从春天延到秋天。这真是太过分了!我寄去一封措辞严厉的信:“不管你用什么借口推卸1957年的责任,现在,你没有理由再扣着那个包裹不放。”我要求她马上把包裹用挂号寄出,寄给梁夫人(林洙),又告诉她,我要把这封信的复本寄给梁夫人和思成的接班人吴良镛教授,而几个月前,她已经有了他们在北京的地址。她写信向他们诉苦叫屈,但他们都支持我。终于,差不多两个月后,思成宝贵的遗物从新加坡以快捷邮件寄出,在1980年7月17日回到林洙的手上,整整晚了23年。

那年的10月,我专程到中国,与林洙一起编写清单目录,仔仔细细

梁思成、林徽因与费正清夫妇关系一直很好。这是两家在颐和园游玩时的照片。从左到右，图中依次为：梁思成、梁再冰、林徽因、玛丽安、费慰梅、费正清

与梁家关系密切的金岳霖，也与费家关系良好。从左到右，图中依次为：金岳霖、梁思成、玛丽安、梁再冰、林徽因、费慰梅

地检查了那些图稿和照片。图稿的纸得自战争年代的中国西部,经过39年的岁月已经变旧泛黄,但是那黑色的墨线和文字说明仍像初绘时那般清晰,这些图稿连同那些莱卡照片也依然完整无损。这一点,我们多少得感谢刘女士。同时,思成的建筑史手稿也在清华找到了,这部散佚的著作终于复归完璧。

四年后,思成的大作《图像中国建筑史》于美国麻省理工学院出版社出版。应吴良镛教授的要求,我重新编辑这本书,为它找一家合适的出版社。虽然耽误了几十年,思成对中国建筑精辟的分析依然不失其领先地位。这本书博得中外人士的欢迎以及赞扬,麻省理工学院出版社也因本书在1984年获得美国出版家专业暨学术书籍出版金奖。

看到这批珍贵的图片重见天日,以及《图像中国建筑史》问世,清华大学建筑系和我一样的欢欣。为了表示他们的谢忱,他们特邀请我到山西省游览,由林洙当向导,走过思成往昔曾经到过的地方。在山西南部,我又一次追寻1934年和正清随同梁氏夫妇走过的足迹。50年过去了,坐车游太原以北的地带,我们轻而易举找到了那些重要的建筑。当思成的最伟大发现——五台山上那座唐代佛光寺映入眼帘时,林洙和我简直惊喜若狂。

沿途停了几个地方,从前思成教过的学生热情款待我们。他们各自在自己的领域里打拼。我很欣喜地看到,尽管在"文化大革命"中思成曾受到无情的打击,但他的影响依然存在。

完成这趟中国建筑之旅后,我邀请林洙到美国,她在我们剑桥的家住了两个月。我们旅行了许多地方,从新英格兰到南方弗吉尼亚州夏洛特维尔,一路上参观了许多美国的特殊建筑。我们当然不会错过费城,去看看当年思成和徽因学习建筑的母校宾夕法尼亚大学。我从她的来信里看出,她对新罕布什尔州(New Hampshire)遍布树木的山冈、青色的山峦和农舍非常喜爱。

思成苦难的晚年得到林洙的爱和关怀,多少给他的悲剧留下了一些令人宽慰的片段。本书最后一章收录了林洙的回忆录,是一段深情奉献的感人诉说。思成有徽因和林洙先后做他的人生伴侣,多么的幸运啊!而对我来说,她们两人又在我的心中留下了多么美好的记忆。

在中国与美国断绝邦交的25年间,梁家的孩子长大成人了。女儿再冰精通英文,因公派往伦敦及其他各地。我们很少见面。他的儿子从诫成为一位有才华的学者。在那段苦难的时期,他忠诚地守着父亲和林洙。他小的时候我们就很喜欢他,而今在北京见到他已经成人,我们的爱更加难以言表。麻省理工学院出版他父亲的《图像中国建筑史》深深感动了他,他决定为中国读者翻译出版中英对照版。由于他没有学过建筑,为了挚爱的父亲,他暂时搁下自己的工作几个月,在中国建筑史家们的指导下完成翻译。中英对照《图像中国建筑史》1992年由北京建筑工业出版社出版,推出几个月就销售一空。现在,这部书在清华大学保留了一些,当作赠送给应校长之邀来访的贵宾的礼物。

从诫到剑桥我们的家中来做过几次客。最近的一次短暂来访是在1991年,正清临终前不久。我和从诫一起为失去思成、徽因和正清这几位我们挚爱的人而伤悲。同时,我们也分享着对他们一生成就的骄傲。但愿我们两家的友谊长存,直至他和我们的子子孙孙,永远永远。

费慰梅

因为梁思成,中国的梁氏与美国的费氏建立起了长久的友谊,因此我们也希望中国与美国等世界一切尊重科学、尊重学人的人们和国家永远保持良好的合作与友谊。

2. 百年怀想

死后哀荣,似乎是人类社会的一项"专利",而"发明权"应该属于中国,这从国人对此尤为热衷的种种表现可以得到确证。

公元1972年1月9日之前,病魔缠身甚至弥留之际的梁思成还被责令每日向组织检讨和交代"罪行",而两天后人们似乎突然间变得聪明起来,不仅立即对梁思成的"罪行"给予"平反",而且此后一下子对梁思成深邃的学术思想也有了全面而深刻的认识和理解。于是,各种纪念活动和荣誉纷至沓来,至今不止。例如:

公元1972年1月12日,中共北京市委书记丁国钰在悼词中对梁思成的"罪行"予以"平反";

公元1982年9月,《营造法式注释》(上卷)出版;

公元1982年12月,《梁思成文集》第一卷出版;

公元1984年,《图像中国建筑史》在美国出版;

公元1986年10月,梁思成诞辰85周年纪念活动由中国建筑学会、北京土木建筑学会和清华大学建筑系联合举行,并出版《梁思成文集》(一至四卷);

公元1987年,由梁思成等人所从事的"中国古代建筑理论及文物建筑保护研究"成果,获得国家科学研究最高奖——国家自然科学一等奖;

公元1992年,中国邮政局发行中国科学家邮票一套四枚,梁思成是四位科学家之一;

公元1995年4月30日,梁思成纪念铜像在清华大学落成;

公元1996年2月,《梁思成建筑画》出版;

公元1996年9月,清华大学建筑学院(系)举行成立50周年纪念活动,并出版《梁思成学术思想研究论文集》;

公元2000年9月21日,国家建设部发布《关于开展首届"梁思成奖"评选的通知》,正式设立并开展了首届"梁思成奖"评选活动;

公元2000年12月18日,首届"梁思成建筑奖"盛大颁发;

公元2001年4月8日,纪念梁思成诞辰100周年大会在清华大学隆重举行;

…………

然而，对于梁思成来说悲剧还在延续，一边是荣誉加身，一边则是对荣誉不折不扣的亵渎——用毁坏北京等地古建筑这些实际行动“否定”梁思成的学术思想和理论。对此，如果将人类这种现象冠名为“虚伪”的话，似乎是对我们人类自己的不恭，但这实在让人感到滑稽至极。

当然，在这些认可、赞美和不断加身的荣誉中，除了一些为了某种需要的政府行为之外，来自学术团体如清华大学以及执教或毕业于清华大学的梁思成的同事和学生们，他们所回忆和赞美的往事应该是对梁思成最真实的祭奠和怀念。因此，在这里不能不提及在梁思成诞辰 85 周年和 100 周年的两次大型纪念活动，这两次活动中共有数千人参加，百余人次发表文章或演说，对这位伟大的建筑巨人的建筑思想、建筑行为和生活往事，进行了全面而深层的回顾与怀想。

怀念过去，是为了更好地展望未来。今天，我们在怀念梁思成当年为北京城精心规划蓝图的同时，更关注北京乃至全国诸多城市规划的今天和明天，并坦诚地祝愿我们的市镇和居住在市镇里的人们能够生活安康、自然、幸福、和谐。

毫无疑问，梁思成的学术造诣和成就是深邃、宏大且多方位的，他对近代建筑教育、建筑史学、城市规划、建筑设计、建筑理论及文物建筑的保护等诸多领域，都做出了开创性的巨大贡献。特别是梁思成那诸多观点、主张和理论的正确性、先进性、预见性及宝贵价值，随着时间的不断流逝，已经日益为历史的发展和今天的现实所证实。不过，对于梁思成个人的生平事迹进行回顾，除了祭奠这位建筑巨人之外，更希望世人汲取那一代学人命运中坚韧、拼搏、抗争与不屈等精神品质，摈弃无奈、消沉、落寞与悲凉，创造出飞扬、辉煌、荣耀、靓丽的美好人生。

附录：

梁思成年谱

（公元1901年4月20日~公元1972年1月9日）

公元1901年　4月20日出生于日本东京，祖籍广东省新会县。

公元1906~公元1912年　在日本横滨大同学校幼稚园和神户同文学校初小读书。

公元1913年　随母亲李惠仙回国。

公元1913~公元1915年　在北京汇文学校和崇德学校高小读书。

公元1915~公元1923年　在北京清华学校读书。

公元1922年　6月前往菲律宾马尼拉探望母亲。

公元1923年　5月7日因交通事故受伤休养一年。

公元1924年　6月与林徽因同赴美国宾夕法尼亚大学留学，9月13日母亲李惠仙患癌症病逝。

公元1925年　在美国收到父亲梁启超寄来(宋)李诫著《营造法式》。

公元1927年　2月毕业于宾州大学建筑系，6月获得硕士学位，6月~8月任美国费城保罗·克瑞特(Paul Cret)事务所副设计师，同年9月至公元1928年2月就读美国哈佛大学研究生院。

公元1928年　3月31日与林徽因在加拿大温哥华结婚，同月至9月与林徽因同赴欧洲参观古建筑和现代建筑，9月回国创办东北大学建筑系并任主任。

公元 1929 年　1 月 19 日父亲梁启超因医疗事故去世,8 月女儿梁再冰出生,11 月设计监修梁启超墓落成。

公元 1930 年　与陈植、童寯、蔡方荫合作设计吉林大学礼堂图书馆。

公元 1931 年　6 月离开东北大学安家北京,9 月出任中国营造学社法式部主任。

公元 1932 年　春天调查河北蓟县独乐寺,6 月调查河北宝坻县广济寺三大士殿,8 月儿子梁从诫出生, 随后应聘为国民政府中央研究院历史语言所通讯研究员。

公元 1932~公元 1933 年　出任北京大学教授,讲授中国建筑史。

公元 1933 年　3 月调查河北正定县隆兴寺及正定古建筑,9 月调查山西大同上下华严寺、善化寺、云冈石窟以及山西应县木塔、浑源县悬空寺,11 月调查河北赵县隋代赵州桥(安济桥)。

公元 1934 年　任中央古物保存委员会委员,8 月调查山西晋中地区 13 个县古建筑,10 月调查浙江 6 个县古建筑。

公元 1935 年　2 月考察山东曲阜孔庙建筑,并做修葺计划。

公元 1936 年　春天调查河南龙门石窟及山东中部 19 个县古建筑,冬天调查山西和陕西 19 个县古建筑。

公元 1937 年　6 月调查陕西、山西省 14 个县古建筑,鉴定山西五台山佛光寺为唐代建筑,8 月因抗日战争爆发营造学社暂时解散,9 月携全家逃亡西南。

公元 1938 年　在云南昆明恢复中国营造学社。

公元 1939 年　调查西南 36 个县古建筑,汉阙、汉崖墓、摩崖石刻等,出任四川省古物保存委员会委员、国立中央博物馆中国建筑史料编纂委员会主任。

公元 1940 年　在重庆中央大学做"中国传统建筑的发展及特点"的系列讲座。

公元1941年　集中精力研究(宋)《营造法式》,并陆续完成法式大部分图解工作。

公元1942年　开始撰写《中国建筑史》。

公元1943年　初步完成英文版《图像中国建筑史》。

公元1944年　出任重庆国民政府教育部战区文物保存委员会副主任。

公元1945年　中国营造学社结束。

公元1946年　出任清华大学建筑系主任,10月赴美考察战后美国现代建筑教育,并在耶鲁大学讲学。

公元1947年　2月出任联合国大厦设计建筑师顾问团中国代表,4月接受美国普林斯顿大学荣誉文学博士学位。

公元1948年　3月被选为南京国民政府中央研究院院士。

公元1949年　5月主持改建中南海怀仁堂,8月当选北平市各界代表会议代表,并被聘为中国人民政治协商会议筹委会"国旗国徽初选委员会"顾问,9月当选中国人民政治协商会议特邀代表,12月当选北京市人民政府委员、北京市各界人民代表会议协商委员会副主席。

公元1950年　1月被任命为北京市都市计划委员会副主任委员,2月与陈占祥共同提出《关于中央人民政府行政中心区位置的建议》。

公元1951年　10月倡议成立中国建筑工程学会筹备委员会,并出任主任委员。

公元1952年　8月任北京市政协副主席。

公元1953年　9月以后连续出任中国建筑学会第一、二、三、四届副理事长,同年加入中国民主同盟。

公元1954年　3月出任中国人民慰问志愿军代表团副团长赴朝鲜访问,6月创办中国建筑科学的第一个学术性刊物《建筑学报》,并出任主编,9月以后连续当选为全国第一、二、三届人大代表。

公元1955年　2月担任武汉长江大桥技术顾问委员会委员，同月开始受到"以梁思成为代表的资产阶级唯美主义的复古主义建筑思想"的批判,4

月妻子林徽因病逝,6月当选为首批中国科学院技术科学部学部委员，同年担任国家科委建筑组副组长。

公元1956年　3月参加中国十二年科学远景规划工作,6月出任中国建筑师代表团副团长访问波兰,9月出席在柏林召开的民主国家建协主席秘书长会议,10月出任中国科学院与清华大学合办建筑历史与理论研究室主任,同年当选为中国民主同盟中央常委。

公元1957年　2月当选为中国建筑学会副理事长。

公元1958年　3月出席在捷克斯洛伐克布拉格召开的国际建协城市规划委员会的报告人会议,7月担任中国建筑学会代表团副团长出席在莫斯科召开的国际建协第五届大会,8月担任中国建筑学会代表团副团长率团访问捷克斯洛伐克。

公元1959年　1月加入中国共产党。

公元1960年　8月当选为全国文艺界联合会第三届全国委员会委员。

公元1961年　7月随文化部代表团到内蒙古自治区考察,12月当选为中国建筑学会第三届副理事长。

公元1962年　6月与林洙结婚。

公元1963年　7月担任全国科技普及协会北京分会副会长,9月担任中国建筑师代表团副团长出席在古巴哈瓦那举行的国际建协第七届大会、世界青年建筑师会见大会，以及出席在墨西哥举行的国际建协第八届代表会议,11月担任中国建筑师代表团副团长访问巴西。

公元1964年　8月当选为北京科学讨论会(国际)特邀代表,12月当选为第三届全国人民代表大会常委。

公元1965年　7月担任中国建筑师代表团副团长出席在法国巴黎召开的国际建协第八届大会及第九届代表会议。

公元1966年　3月当选为第四届中国建筑学会副理事长,6月完成《营造法式注释》(上卷),同月开始受到“文化大革命”批判。

公元1967年　作为“混进党内的右派”和“彭真死党”受到批判和游行

示众。

公元 1968 年　被“中央文革小组”正式定为“资产阶级反动学术权威”。

公元 1969 年　全年在北京医院治病并写检查。

公元 1970 年　全年在北京医院治病并写检查。

公元 1971 年　全年在北京医院治病并写检查，同年恢复中国共产党党籍。

公元 1972 年　1 月 9 日在北京医院病逝。